时势缘

刘其芬 —— 著

山东画报出版社

济南

图书在版编目（CIP）数据

时势缘 / 刘其芬著. -- 济南：山东画报出版社，
2025. 7. -- ISBN 978-7-5474-5324-7

Ⅰ. Ⅰ247.5

中国国家版本馆 CIP 数据核字第 2025P312Q2 号

SHI SHI YUAN

时势缘

刘其芬 著

责任编辑　李　双
装帧设计　王　芳　张智颖

出 版 人　张晓东
主管单位　山东出版传媒股份有限公司
出版发行　山东画报出版社
　　　　社　　址　济南市市中区舜耕路517号　邮编 250003
　　　　电　　话　总编室（0531）82098472
　　　　　　　　　市场部（0531）82098479
　　　　网　　址　http://www.hbcbs.com.cn
　　　　电子信箱　hbcb@sdpress.com.cn
印　　刷　济南龙玺印刷有限公司
规　　格　160毫米×230毫米　32开
　　　　　13.75印张　300千字
版　　次　2025年7月第1版
印　　次　2025年7月第1次印刷
书　　号　ISBN 978-7-5474-5324-7
定　　价　98.00元

如有印装质量问题，请与出版社总编室联系更换。

目 录

缘

聚

卓尔群怀着兴奋的心情携本垒准时赴约。

等在门上的欧阳红见远道而来的二位急忙迎上前，热情地招呼："欢迎你们到来，我们都等着呢，快请进。"

厅内灯光闪烁，让人眼花缭乱，场面如同新闻发布会。在座的几乎都是满头银发，纵横交错的沟壑布满脸颊，卓尔群不禁生疑：发小们聚会，怎么不见熟悉的面孔？自己人老眼花反应迟钝可别闹出笑话。她揉揉了枯涩的老眼，辨认无误方敢迈步向前。大家手里举着智能手机，用高科技的现代工具抢拍瞬间，时光虽然改变了他们的容颜，但他们依然体魄健壮，精神矍铄，尽显高科技时代的风范。拍照过后呼啦一齐围上来，久别重逢的情景使人激动万分。卓尔群翻箱倒柜地搜索着记忆，老化的脑细胞已经被锈渍禁锢，她嘴巴笨拙地张了再张却叫不出一个人的名字，挖空心思回想，说啥就是对不上号，无论如何也想不到在座的各位就是曾经的那群少年。

卓尔群的双手被柳飞扬紧紧握住，她从声音中迅速判断出她的模样，她的声音依然甜美圆润，面带微笑，大波浪从头垂到肩，气质高雅，从表到里显现出十足的贵妇形象。两双手紧紧握在一起，久违的话语不知从何说起，久久舍不得分开。

身边的男士以友好的姿态向卓尔群伸出友谊之手，并自我介绍："丰德强在此恭候您的到来。"卓尔群受宠若惊，忙不迭地说："见到您很高兴，看您仪表堂堂，气质高雅，肯定是位大将军，你是我们同龄人的骄傲。"话语间卓尔群似乎觉得丰德强握力不足，下意识地低下头，原来丰德强只有半截手掌，少了三根手指和半截手掌。丰德强带队考核新兵实弹训练，在手榴弹投掷考核中，一名新兵跨入掩体，听到发令员一声令下，拉响了导火索，因高度紧张用力过猛没投向射击目标，反倒落在他身边不远的地方，眼看就要爆炸，新兵不知所措，丰德强眼疾手快，奋不顾身冲上前，抢过将要爆炸的手榴弹拼命扔出，手榴弹还没完全脱手就已经爆炸，三根手指随手榴弹飞去，手掌也被炸得血肉模糊，人虽然被炸昏迷，但保住了新兵的生命，避免了一场事故的发生。

不等卓尔群手得闲，就被一位鹤立鸡群的人握住，他自我介绍说："本人佟津，欢迎您的到来，见到您很高兴。"卓尔群："佟津好，您气质不凡，一眼就能看出是担当大事业的人。本人曾对你很不礼貌，请你海涵。"佟津毫无反应，卓尔群感到愕然，以为佟津还在为省立医院自己的表现生气，场面一度尴尬。柳飞扬见状赶紧解围，指了指耳朵，卓尔群马上会意。佟津在军工机械厂上班，名为机械厂，实则是荒凉的深山沟。车间在山洞里，深山环抱，是专门实验制造现代化国防设备的地方，在对旧军工器械检修改造的同时，也制造新器械。每一批器械都要进行严格实弹检验，经过反复实验，确保性能达标才能出厂。检验中枪弹声不绝于耳，身为技术员的佟津，怀着对国防事业高度负责的精神，深知只有具备极高的精密度，才能保证杀伤力，他一丝不苟，丝毫不敢马虎。他工作中刻苦钻研，大胆改革创新，全身心投入国防事业中，集目测、声测多项技术于一身，练出一双神耳，凭声音就能判断军工器械的优劣程度。长期处于高度紧张的状态，未等退休他的听力就高度受损，靠爱人充当助听器，陌生人或陌生词语说多遍都听不明白，只得写在纸上用文字代替语言交流。

喜欢军事的仲明全，立志想穿橄榄绿，到了服役年龄，听从祖国召唤，走进解放军这所大学校，在部队卫生院服役。他工作中学到一手治病本领，服役期满献身于地方医疗事业，供职于县医院。由于他工作出色便被提拔到县卫生局担任副局长，退休时在医务界已经小有名气。

仲明礼从小喜欢舞刀弄棒，抱着棍子当马骑，随意捡起地上的石子练投掷，到了规定年龄就穿上橄榄绿军装，到部队就背起了小药箱，担任排里的卫生员。战士在训练中跌打损伤时有发生，他不满足只给战士们擦擦红药水、量体温之类的服务，于是想方设法自学针灸。他在自己身上找穴位练习扎针，经过千锤百炼，终于掌握了针灸技术，从卫生员提拔到医院做针灸专职医生。为了给更多人解除病痛，他把自己所掌握的技术毫无保留地传给下一代，退休后继续发挥余热。

供职于粮食部门的佟屹与在电视机厂工作的丰德壮同时伸出热情的手，卓尔群忙不迭地拉起二位的手，两位如同孪生兄弟，辨不清哪位姓丰哪位姓佟，卓尔群激动地连声说："两位好、两位好。"一位端庄的小个子伸出手："欢迎你。"卓尔群微笑着说："没猜错的话，您就是林……"

欧阳红挤过人群，拉住卓尔群的手："大姐您远道而来我深受感动，辛苦了，先入座。"卓尔群激动地说："劳你费心为大家提供了一个见面的机会，分别已久的朋友们能欢聚一堂，畅叙友情，我深表感谢。"欧阳红歉意地说："做得还不够，但愿您能来得满意，玩得开心。"他微笑着对卓尔群说："请坐这里。"卓尔群应接不暇，频频向众人招手，欧阳方、甄优丽、崔月英面带笑容不住地招手致意，卓尔群微笑回敬。靠后的崔月林、柳飞絮招手致意，卓尔群微笑着频频向他们招手。卞召忠等一拨还在招手致意，卓尔群愉快地用力招手表示感谢。

黄老师见状起身说："恭候你的到来，今天见你跟在省立医院见到的你简直判若两人。"卓尔群急忙握住黄老师的手，礼貌地说："让你见笑了，在省立医院遇到完全出乎我的预料，没想到今天我们又见面了，我很激动。"黄老师："我不在你们发小之列，为了迎接你的到来特地到此。"卓尔群："谢谢，有你的参与气氛会更加热烈，场面会更加隆重。我在医院时情绪不稳定大脑不受支配，说话颠三倒四，词不达意，庆幸有机会再次见面，今天我们可以尽情畅叙。绮欢一同来的吗？她在哪？快让我看看，好想她。"黄老师打断卓尔群问话："先不说她，你最应该见的是这位，见到他要比见到绮欢更高兴。他离开你们村后从未间断找你，以前因为受条件限制无法联系，只能四处打听，随着条件慢慢好转电话问世，电话换了一茬又一茬，又因为没有具体的联系方式，只能茫无边际地到处乱打，我戏称他为'乱打大王'，幸亏这位乱打大王坚持不懈地乱打，才终于联系到你。"

欧阳东早就等不及了，双手握住卓尔群的手，两人相对无语，嘴上好像贴了封条，一句话也说不出来。沉默许久，欧阳东打破僵局："今天终于握到了你的手，为了握到你的手我努力了半个多世纪。"

卓尔群："你到哪里去了，害得我好找，差点儿丢了性命。你们走的头一天我母亲到学校告诉我你们第二天就走。送走母亲后我一夜辗转反侧合不上眼，第二天天刚蒙蒙亮就去追。谁知几天都不见踪影，又冻又饿昏死在野外。"

黄老师："太感人了。想起来了，第一天见你母亲在学校大门外等你，第二天你就不见了，原来是去追他？你们的关系非同一般，怪不得欧阳东想尽一切办法要找到你。今天终于得以相见，值得庆贺。"

欧阳东："千般辛苦万般泪，今天终于见到你。"

卓尔群："庆幸，非常值得庆幸，庆幸赶上好时代，高端科技架起友谊桥梁，发达的医疗技术治愈了我脑部疾患，使我重启记忆，半个世纪风雨沧桑能坐到一起，的确值得庆幸。"

　　欧阳红一个箭步登上主席台，向全体在场人员招手致意："大家好。欢迎大家光临，感谢大家没有忘记我，不顾年迈，行走不便走到一起，大家的到来使我激动万分，谨代表哥哥欧阳东、姐姐欧阳方表示衷心感谢！"随着话音深深一鞠躬，全场爆发出雷鸣般的掌声。"我要向在座的每一位郑重宣布：今天是我离开番皋村整整五十周年的日子。"热烈的掌声再次把他的话打断，掌声持续，久久不能平息。"这个日子给我留下了深刻印象，这个村是我的第一故乡，是生我养我的地方。一九六七年初冬离开时我仅有十一虚岁，五十年过去了，从来没有忘记这个村，从来没有忘记村里的父老乡亲和一起长大的伙伴们，大家的音容笑貌铭刻在我心里。五十年前我们同吃一锅饭，在一个锅里摸勺子，我牙还没长全的时候，大锅里煮的地瓜又甜又糯，正适合我这没长牙的吃，吃着煮地瓜我的牙开始萌发，牙齿长得整齐坚固。大锅饭后自然灾害袭来，有大锅饭垫着底，大家咬紧牙关，勒紧裤腰带向困难宣战，度过了三年吃糠咽菜的困难时期。吃过大锅饭的人都不怕困难，再大的困难都能克服；吃过大锅饭的人都能积极向上，无所畏惧。"再次爆发出雷鸣般的掌声。他的话说出了在座的每一位的心声，引起了大家的共鸣，全场情绪激动，兴奋异常。"多年来就有个想法，等我退休了，把大家请到一起，再吃煮地瓜，回想那段让人留恋的美好时光，今天这个愿望终于实现了，请大家坐到一起吃煮地瓜，重温当年情景。遗憾的是，种种原因还有部分发小今天没到场，借此下个预备通知，明年的今天请大家再光临欢聚。现在我宣布，开吃！"大家把地瓜举过头顶，异口同声地重复着："开吃。"欧阳红问："吃出小时候的味道了吗？"众人齐声高喊："吃出来了！"欧阳红深情地说："不光小时候吃地瓜的感觉难以忘怀，就连常挂在嘴边上的方言也挥之不去，我说几句大家听听。屎壳郎钻木头，不是那种虫；癞蛤蟆学舌，不是那种鸟；井底下的蛤蟆，死不见光；老山羊披蓑衣，嘴尖毛长。"柳飞岩："狗撵鸭子，呱呱叫。"全场哄然大笑。欧阳红屏住笑："柳飞岩憋不住了？你说得地道，唱得更比说得好，我知道你最拿手的是边拉边唱，也该你出节目了。你是先说再唱还是先唱再说？下面的时间交给你，大家说好不好？"众人一齐高喊："柳飞岩来一个！"柳飞岩站起身，向全场挥挥手，谦虚地说："我这两下子大家都知道，我一定为大家献唱，不过向后放放，把时间先让给别人。我提议让不经常见面的先说，让我们多一些了解。"欧阳红接过话茬："这个提议很好，就欢迎卓尔群大姐先发言，柳飞扬做准备。"柳飞扬起身谦和地说："你说得既全面又概括，我就不说了，多给卓尔群些时间。"话音未落，坐在后排一语未发的本全高声嚷道："她就是个钻猪窝、捅猪屁股的，有什么好说的。"全场哄堂大笑，卓尔群面色赤红，犹如当众被揭开创伤。欧阳红右手食指顶住左手心，全场立即安静，他语重心长地说："今天诸位来自各条战线，虽然职位不同，所从事的工作各异，但只有分工不同，没有高低贵贱之分。不论是工业还是农业，都是国家需要的行业，每个人在不同的行业中，有一分热发一分光，为社会主义大厦添砖加瓦，为祖国建设贡献青春年华，是值得骄傲与自豪的！"雷鸣般的掌声掩盖了他的话语，掌声肯定了欧阳红的简短总结。欧阳红："退休虽然给我们的工作画上一个圆满的句号，但我们的人生还很长，退休后还应继续发挥余热，起步新征程。下面隆重介绍黄老师、仲明全，我们三人发起的'爱心活动小组'为山区送医送教，请两位上台与大家见面。"黄老师、仲明全走向主席台，三人并肩向大家招手致意。欧阳红接着宣布："请哥哥欧阳东与姐姐欧阳方上台与大家见面。"欧阳方搀扶欧阳东上台。大家再也控制不住激动的心情，缓缓拥向台前，苍老的双手伸向主席台，争相向他们握手言谢，抢抓瞬间握住永不褪色的友谊，握住青春美好记忆。

《喜洋洋》的欢快乐曲响彻上空，拉开他们成长历程的序幕。

缘
源

学习武装头脑

吃罢晚饭的管区书记欧阳和甫，推开碗坐到炕沿上，捧起《毛泽东选集》，对着正在拾掇碗筷的爱人左升阳说："抓紧时间收拾，收拾完了开始学习。"爱人左升阳应声答道："好，这就来。"扯起一条毛巾擦着沾满水的双手来到炕沿边，擦完随手把毛巾搭在胳膊上，挨着欧阳和甫坐定。欧阳和甫手捧着《毛泽东选集》，打开《为人民服务》一篇开始高声朗读："我们的共产党和共产党所领导的八路军、新四军是革命的队伍。我们这个队伍完全是为着解放人民的，是彻底地为人民的利益工作的……"读后放下书，加重语气对左升阳说："学习《毛泽东选集》要全面铺开。学习一遍两遍是远远不够的，要反复学，逐字逐句地学，深刻领会，争取能背熟，背熟了才能加深理解，运用自如，记到心里还不用看书本。我们不但要自己学，还要带领广大人民群众一道学习，用毛泽东思想武装人民的头脑，让张思德精神家喻户晓，每个人都要树立全心全意为人民服务的思想。群众对毛主席很有感情，有学习的积极性，就是受文化限制，学习起来有困难。当前《毛泽东选集》还不能达到人手一册，不过，这些困难都算不了什么，想办法总能克服。首先把有学习能力的组织起来，先行一步，再由他们包学到户、包教到人，分头负责，问题就解决了。毛主席对共产党员这样说：'我们共产党人好比种子，人民好比土地，我们到了一个地方，就要同那里的人民结合起来，在人民中间生根开花。'"左升阳点点头："明白。"欧阳和甫脸上绽出笑容："抓紧时间行动，我去单位组织学习，你在家负责社员学习。"左升阳爽朗地答道："保证完成任务。"欧阳和甫微笑着起身走出房门，大步流星地奔向夜色中。

欧阳和甫离家后，左升阳丝毫不敢怠慢，时间不等人，村民晚上睡得早，晚饭后要立即行动，行动晚了找不到人。

左升阳有点儿文化基础，主要是凭着对毛主席的感恩之情，克服了学习上的困难。根据要求她先学习，逐句逐句读，再由句到段，由段到篇，然后合上书轻声背诵。在张思德精神鼓舞下，不多一会儿就背熟了。她心想：张思德是为人民服务的榜样，他的事迹感人至深。应该尽快让更多的人学习。她大声喊道："欧阳东，到西头把咱一个队的学生卓尔群、仲明礼、仲明全、代多奋弟兄叫到咱家来学习，遇上其他同学也一同叫上，越多越好。"欧阳东听罢转身就向外走。欧阳方、欧阳红齐声嚷道："我也要去。"左升阳爽快地答应："好，一起去吧。"

得到左升阳的批准，三人一同出了门，刚到大门口，前院的崔月蓉着急地喊："吃完饭我就在门上等你们玩捉迷藏，怎么才出来？"欧阳方、欧阳红听说捉迷藏来了精神："我们先玩吧。"随着话音三人一齐钻到崔月蓉家的大门里。

欧阳东来到卓尔群大门上，站在门外大声喊："卓尔群，我妈找你有事。"卓尔群应声答道："知道了，你先回去，我洗完碗筷就去。"卓尔群加快了洗刷的速度，三下五去二把碗筷洗刷干净，她把湿漉漉的双手在衣襟上抹了抹，便快步走出家门。看见欧阳东还在大门旁站着，问："你还站在这里？怎么不先回去？"欧阳东："想和你一起走。"卓尔群："我又不是不去，找我有事吗？"欧阳东："学习。"卓尔群："就找我一个？"欧阳东："还有好几个，我先把你送回去，再去找他们。"卓尔群："好吧，我们走。"卓尔群随欧阳东一起来到他家借住的一农户家。

房东身子骨硬朗，不想给儿子添麻烦，关键是舍不下老乡故土。一人在家把欧阳东兄妹视为膝下之欢，左升阳也照料老人，日子过得舒心满意。房院是土改时分的胜利果实，院子宽敞方正，有上房，有厨房，房东主动把上房让出来，给人多的左升阳家住。

听到开门声，左升阳从屋里探出头："小群来了，快到屋里来，大姨正等你。其他那些人呢？"欧阳东忙说："他们在后边。你先教卓尔群学，我去叫那些人快来。"没想到欧阳东还会撒谎，卓尔群差点儿笑出声，欧阳东递了个眼色，卓尔群掩面微笑问："大姨找我有事？"左升阳把卓尔群领到炕沿边："是这样，毛泽东思想是我们的指路明灯，用毛泽东思想武装我们的头脑，就能明确做人的道理，就有了前进方向。

《毛泽东选集》是毛主席思想的精华，我们学好《毛泽东选集》就掌握了毛泽东思想。"左升阳伸手拿起书，翻开《为人民服务》，指着开头一段说："先学这一段，回家后领着家里人学，人人都要学习毛泽东选集，把毛泽东思想铭记在心。小群你要尽快背过，小方、小红和后边来的一起学。"说着便用手捧起书，开始认真朗读。卓尔群正襟危坐认真跟着读，读了不多一会儿左升阳就问："小群背过了吧？"卓尔群摇摇头。"你试试，不能背过整段背一部分也行，可以分句背，一句背熟了接着背下一句，背熟了一句就背一段，背熟了一段接着背下一段，一段一段连起来，整篇就背熟了。"卓尔群得到学习方法，信心倍增，鼓起勇气开始背，开头几句果然不费多大力气就背熟了，再往下就磕磕绊绊，出现颠三倒四的现象。这当口欧阳东回来了，一看就着急了，说："我估摸你背过了。"抢过书来给卓尔群提示，这一提示发挥的作用可不小，卓尔群不用再停顿就接上茬，你一句我一句不到一会儿还真背熟了。左升阳一看背熟了高兴地说："你可以回去了，明天晚上再来，从现在开始每天晚上都要学。走在路上还可以再熟悉巩固，教家里人学习不成问题，要尽快把全家人教会。""大姨，我怕记不准，我能带上这本《毛泽东选集》回家抄下来，明天再还给你行吗？"卓尔群以试探的口气说。"小群，你已经背熟了，不会忘。这书不能让你带走，不是大姨舍不得，而是还要教别人学习，你看他们都等着，这书实在是太珍贵了，当前还不能每人都有，管区才有一本，欧阳书记为了让我们学习，晚上带回来，我们抢时间快学，明早欧阳书记上班时就要带回单位。"欧阳东说："我看见柳飞扬家桌子上也放着一本。"左升阳肯定地说："是呀，柳飞扬的爸爸柳深青是老管区书记，应该有，他除了自己学习，还负责他那一条胡同的人学习。"

左升阳看天色不早，就说："欧阳东去把小方、小红找回来。"卓尔群刚转身向外走，欧阳方、欧阳红一前一后兴冲冲地闯进门，卓尔群躲闪不及，和欧阳方撞了个满怀，满屋的人都禁不住笑了。

欧阳东跟出房门，卓尔群客气地说："不用送，你在家学习吧。我要到柳飞扬家看看她家的书。"

欧阳东说："我的任务完成了，正好我要去柳飞扬家睡觉，和你一起走。"

"你不在家睡觉？"卓尔群问。

欧阳东："是的，我在柳飞扬家炕上睡。我们家三间屋，我爸我妈和我弟弟睡东头一间的炕上，西头一间我妹妹睡，我没地方睡，柳飞扬的两个弟弟睡一个炕，他家大妈说再加上我一个，三人一个炕挤着点儿就行。我喜欢到柳飞扬家睡，和柳飞岩、柳飞絮两个弟弟挤在一起暖和，上炕后还能说会笑话。柳飞岩经常把老师的二胡带回家，光抱着看，没见他拉过。我也喜欢那把二胡，想抱一会儿，可他就是不松手，等他抱够了就放起来，我一动他就说别给老师弄坏了，弄坏了咱赔不起。"

"你也可以跟老师借。"卓尔群提示。

欧阳东："老师就一把二胡，柳飞岩借了，我就借不成了，老师是有意教他学。嗯，等他学会了我也去跟老师借。去柳飞扬家不用走大门，我领你走个近路。"话音未落，他抢先一步到西墙根，土打的西墙中间有一个大豁子。

欧阳东指着墙豁子说："从这里爬过去，穿过一条小胡同，再爬过她家的墙豁子就到了。"

卓尔群惊讶地说："这么大一个墙豁子房东怎么不修，就不怕越塌越厉害？"

欧阳东嘿嘿笑道："就是再能修也堵不上这个豁子。"

卓尔群："噢，明白了，是故意扒开的，我可爬不过去。"话音未落，欧阳东纵身一跃翻过墙。回头对卓尔群说："你拉着我的手，脚使劲蹬着墙基的石头，我在这边使劲拉，你就过来了。"卓尔群不得要领，脚总是踩空，一没有力气，二不会弹跳，关键是身体不会向上纵，被欧阳东抓着两手上不着天下不着地，脚在空中打转，半天才被欧阳东像拖死猪一样拖过墙，折腾得满身是汗，浑身上下都是土。她责怪道："都是你的好主意，把我弄成这个样子。"两人你看我，我看你，都禁不住笑了。

墙外是一条南北走向的胡同，胡同的最里端有一户人家，胡同是里边住户的唯一出路。胡同的宽度仅够绑着高粱秸秆的手推车单行，从胡同入口七拐八转才能到住户，不熟悉地形的人绝不敢轻易冒进，这就是胡同的妙用。

与欧阳东爬过的豁子相对应的墙上有一个略小的豁子，便是柳飞扬家的东墙。欧阳东："你看多省事，从墙豁子穿过仅仅跨过一条胡同的距离，要是走大门可就远了，出大门直向前过半截街，再拐弯向右到胡同口，从胡同口到柳飞扬家还要拐两道弯，算下来不少一段路。"卓尔群："怪不得你喜欢爬墙豁子，三步两步就到了，省时省力。要不是为了去她家看书，柳飞扬家住的这条胡同别说是晚上，就是白天我也轻易不愿意去，七转八拐把人弄得晕头转向。特别是她对过的那个朱红油漆大门，整天关得紧紧的，阴森可怕。长这么大就见开过一次门，我把着门框偷看了一眼，里边院子大得看不到边，朝南门的一排屋，朝东门的一排屋，朝西的还有一排，吓得心提到嗓子眼上，不敢再看了，走了很远才缓过气来。我娘说这处宅子有来头，门不经常开……"

欧阳东没有听的兴趣，一个箭步跳上墙，再从墙上滑下去，抱出一个板凳递到墙外说："你踩着板凳爬上墙，我在里边接着你。"卓尔群按欧阳东的要求到达院内。院子五间正房分两用，三间上房，两间厨房。房子已是年久失修，上房低矮破旧，土打的墙壁，西头的厨房出奇得矮，比上房矮了半截。别看它又低又矮，承担的功能异乎寻常，做饭睡觉加工间一房多用，迎门就是一个碓，庄户人家不可或缺的重要用具，不论干的湿的粗的细的多的少的，粮食类糟糠类都要用它加工，在家庭中发挥着极其重要的作用。土炕占去厨房的一半，已经达到极限，再也不能加宽加长，这便是柳飞岩和柳飞絮的硬卧，再加一个借宿的欧阳东，把个土炕挤得满满的，远远超出了土炕的承载量。睡觉时三个小头排在炕沿边，锄刀般的发型贴在额头上，很像并排的小足球，麻秆状的腿毫无秩序地在炕上乱搭。用力伸腿头就会搭到锅台上，睡觉时枕头会不知不觉移到锅盖上。做饭烧火满屋烟灰呛人，锅底下飞出来的灰星子沸沸扬扬，天女散花般洒满厨房的每个角落，蒸腾的热气弥漫全屋，炕上的几个若不在做饭前离开，定会被烟灰弄得灰头土脸。

院子很窄，大门很破，已经到了风烛残年、岌岌可危的地步。挨着东墙是废弃的猪圈，眼下只能维持人的生活，哪里还有东西喂猪，猪圈只好闲置，露天厕所依靠前邻居后墙而建，这就是管区书记柳深青的家。柳深青常年吃住在工作岗位上，抗战时南征北战，抛头颅洒热血，抗战胜利后，投身国家建设仍然保持共产党员的本色，吃苦在前，轻伤不下火线，舍小家顾大家，哪里艰苦就到哪里去，打起背包就出发。名曰背包，实质是个纸盒子，或许就是一块条形粗布裹成个包，包上煎饼，带上针和线，斜挎在肩上。

门"吱"地一声开了，柳飞扬听到动静探出头来，欧阳东抢先说："卓尔群想看你家那本《毛泽东选集》。"柳飞扬出了房门拉起卓尔群的手，向屋里抹了一下嘴："你跟我娘说吧。"卓尔群低声说："想看书得经过你娘批准，决定权在你娘手里，对吧？"术辛风站在屋正中方桌右边，慈祥的面容，端庄的身姿，谁家有困难她都慷慨解囊，谁家有事帮忙她总跑在前边，从不吝啬，更何况是一本书。卓尔群蛮有把握地来到术辛风跟前。

封建社会的痕迹残留在术辛风身上，牛屎盘的发髻高挽在脑后，上身穿一件蓝士林布大襟褂，胸前别着几根长短不一的缝衣针，每一根针上穿着一段线，裤脚用扎腿带子结结实实地扎在脚腕上。典型的旧社会

16

的脚，前窄后宽，用力点在脚后跟上，走路不能均衡用力。三寸金莲是封建时代束缚的象征，后来放开了，但旧社会的痕迹仍然可见。术辛风朴素端庄，给人一个简洁明快的感觉，她还是资深的村妇女主任。大女儿已长大成人，嫁到他村。大儿子柳飞远高中毕业后响应国家号召，去了国家需要的地方工作。

卓尔群开门见山地说："这本《毛泽东选集》今天晚上借给我看看，明天一早就还给您，行吗？"术辛风不紧不慢、抑扬顿挫地说："想看书很好，大家都应该学好这本书，这本《毛泽东选集》花钱都买不到，读了能使人心明眼亮，做人有方向，心里有奔头。毛主席是值得人民爱戴的领袖，他为人民谋幸福。他是我们党和国家的引路人，他的思想放光芒。我们老百姓能过上好日子，多谢英明领袖毛主席带领人民军队赶走了日本鬼子。他带领全国人民搞建设，抓经济、抓工业、抓水利、抓扫盲、办学校，让老百姓有奔头。以后还会有楼上楼下、电灯电话更多新鲜事；耕地不用牛，点灯不用油，广播匣子上炕头，坐在炕头上就能听到他说话。"几个人听完一下活跃起来了，开始刨根问底。柳飞岩问："什么是电灯？电什么样？还能点灯？有电点灯就不用洋油了，以后我就不用到供销社买洋油了？"这一开头可就引出不少话题，七嘴八舌一齐问，欧阳东问："电话是啥东西，电帮着说话？还是怎么回事？"柳飞扬说："广播是啥，怎么才叫广播，播什么？"卓尔群问得更离奇："楼上楼下什么样？下雨朝下漏就够厉害了，难道还要朝上漏，那可怎么办。我家屋不好，最怕下雨屋漏，漏得满屋都是水，炕上湿得连觉没地方睡，好几天不见干，地下长的霉多么长。"术辛风纠正道："到底啥样谁都没见过，一定很好，不会像你们说的那样，不用急，等着吧。"术辛风对未来充满希望，一气儿描绘出一幅社会主义蓝图。几个小不点儿屏住呼吸，聚精会神地听她讲述，听得很新鲜。她的精彩演讲就是建国第一个五年计划发展纲要内容，上级早就把这些精神传达给党员，作为解放初期的妇救会会长，这些精神她早就装在心里，这些小辈是无法得知这些的，尤其是卓尔群，更没有接受这些理论的机会。时间已晚，年龄尚小的柳飞岩、柳飞絮实在支撑不住，呵欠接二连三没完没了，否则，术辛风准会再讲马列主义对中国的影响。老党员发展新党员要讲党的章程，向老百姓宣传时党的方针政策都要讲。封建社会束缚了她的双脚，却没有羁绊她向往共产主义的理想，没有影响她追求自由平等。在热烈的气氛中，门被推开，大家应声转头看到了干部形象的柳飞远。他高挑的个头，三七偏分头，身着蓝色中山装，步伐矫健，目光炯炯有神，背包斜挎在左肩上。欧阳东、柳飞扬、卓尔群急忙起身打招呼："大哥，你怎么这么晚才回来？"

"嗯，单位里学习，学完就不早了，回来教妈妈学习，学完了再马上回单位。"屋里人已经爆满，柳飞远小心地探索着插脚之地。

术辛风对欧阳东说："你带他们两个睡去吧。"

欧阳东对柳飞絮说："看你困成这个样，走，二哥背你上炕。"说着蹲下身子让柳飞絮趴到背上。柳飞岩趁机在柳飞絮屁股上拧了一把，欧阳东顺势抓住柳飞岩的手："你就爱动手，你以为他的屁股是二胡吗？

想弹就弹。"

卓尔群知道书是拿不成了，起身告退。虽然没能拿到书，听术辛风讲电灯、电话、楼上楼下、广播匣子这些新鲜事，同样收获不小。心里盘算着：今晚拿不到，明晚再来。

卓尔群没能拿到书，心里直痒痒。为了达到目的，第二天吃完晚饭就急匆匆向柳飞扬家跑，想趁术辛风吃饭的空隙亲手抚摸一下她所向往的那本《毛泽东选集》。刚到了她家大门口就听见读书声，术辛风手捧《毛泽东选集》端端正正坐在方桌左边，柳飞扬几个坐在下边的饭桌两边，欧阳东靠门坐在饭桌下边。听见脚步声，欧阳东迈出门槛，见是卓尔群，已经明白卓尔群的来历。"我们已经开始学习了，你来晚了。"卓尔群急忙向前打招呼，搬个马扎坐到柳飞扬身边。看他们那个认真劲儿，不但拿不到书，连摸一摸的机会都难得，卓尔群急得直搓手。欧阳东小声说："昨天晚上到我家学习的其他人都到了，你快去吧，家里坐不下，我来这里学。"卓尔群只好起身离开，为了节省时间，她使出全身力气爬过两堵墙豁子到欧阳东家学习，看到左升阳手上的《毛泽东选集》爱慕不已，恨不得抢过来捧在自己手里。卓尔群是不达目的不罢休的主，老想着如何能得到这本书，拿不到书多看一眼也能心满意足，亲手捧着《毛泽东选集》，岂不就等于见到了毛主席！她越想越兴奋，越想越激动，坚持不懈地去柳飞扬家。可是每次进门都看到术辛风聚精会神地学习。不过，去的次数多了，她有了一个新发现：术辛风捧着《毛泽东选集》从不翻看。卓尔群纳闷，她书为啥不看，大概是学熟了，不用再看书，自己不看又不借给别人，真是不可思议。便决定再申请一次，试探地说："您已经学好了，把书借给我看看好吗？"

术辛风语气坚定地说："还差得远呢，还要继续努力学。"没辙，卓尔群只得作罢。

卓尔群终于明白术辛风为什么只捧在手里不翻看，原来她也和全国劳苦大众一样，没有尝过墨水的味道。她完全凭记忆背，对于目不识丁的人来说，要原文背诵难度可想而知。她不能读书不能读报，革命理论还掌握得不少，这就是一个老共产党员的胸怀。

卓尔群："听我娘说，你最了解你家对过的那处大宅子，说给我们听听吧。"欧阳东："大院里藏着什么东西，整天关着门。"柳飞扬："把书拿来我替您保管，保证不让别人动，您腾出手来说，我也想听。"术辛风："说来话长，你们也有必要知道些，简单说吧。我爷爷是这附近出了名的石匠，我爹从小就跟着我爷爷干活，我爷爷到哪里都把他带在身边。这个村丁姓一家是大户，从祖辈就财大气粗，能供孩子上学。家里弟兄三个，老大在这一带霸占着好地，是出了名的地主；老二在青岛做布匹生意，有一处不小的商铺；老三养着一条船倒腾粮食，把这一带的粮食、黄豆、花生倒腾到城里去。他们家最早在村东北角盖了一座二层小楼，站在楼顶就能看着他家地里的庄稼有没有被抢，坡里干活的偷不偷懒。之后又建了这处大宅院，用于存放粮食、金银财宝。这条胡同就是这户地主建的，生人别想进来，胡同里住着的都是他家的长工、佃户和用人。我爷爷手艺好，为人实诚，盖楼时石料全部出于我爷爷的手，盖这处宅院时又让我爷爷当把头。老二还多次请我爷爷到青岛维修他家商铺。一来二去和他家人熟识了，他家也离不开我爷爷。老大不让我爷爷再到别处干活，怕我爷爷把手艺传到别人家，就把我爷爷留在他家看门守院，方便随时修理。老二看我爹为人实诚，就让我爹到他家当小伙计。老二家客来人往，就让我爹把门望风，提壶倒水。倒水时偶尔会听到'苏维埃、红色政权'之类他不懂的话，原来商铺是共产党的一个地下秘密联络点。待我爹长大些，东家就把我爹带在身边当贴身护卫，还经常给他讲革命的道理。我爹认清了革命的道理，走上了革命的道路，成为一名共产党员。东家就派我爹秘密回村发动群众，宣传救国救民的革命道理，把群众秘密组织起来，建立地方武装。在丁老二的配合下，活动地点就设在这处大宅子里。他在这里召开秘密会议、发动群众、接收积极分子入党，这个村成为红色根据地。抗日战争爆发，进步青年积极投入抗日前线，捐粮捐物支援前线，夜间站岗放哨，使敌人偷袭不成。村里没有投靠日寇的汉奸走狗。抗战胜利后，共产党多次做丁老大的工作，丁老大家割爱捐出这座大宅子给政府用，乡政府接受后秘密支援前线。就连日寇扫荡时都不知道这个胡同，土豪劣绅更没有胆量，充其量在前街上耀武扬威胡闹。"卓尔群："你爹对革命有大功劳，应该把大宅子分给你家。"欧阳东："是呀，分给你家最合理。"术辛风："这房子是分给了我家，可是我娘不要，让出来给政府用，现在是乡公所粮所，还当仓库存粮食。"柳飞岩："太可惜了，我姥姥为啥要让出来？

不然的话我也能住上大房子啦。"术辛风："你懂得什么，站着说话不腰疼。"柳飞扬："我姥爷呢？怎么从来没见过？"树辛风："别说你没见到，连我都记不清。他在青岛护送党的一名地下干部去延安的路上遭遇日寇突然袭击，为保护地下党员牺牲了。""唉！"几人不约而同地发出惊呼，默默低下了头，术辛风用力捂住双眼不让眼泪流出来。

村支书佟致力抬头看了看"嘶嘶"作响的汽油灯，走向讲台说："学习毛泽东选集的这段时间，我们取得了很好的学习成果，从今天晚上开始展示学习成果。我们本着先党内后党外的原则，每个党员首先背诵《为人民服务》，《为人民服务》一篇背完后接着再背《纪念白求恩》。支部成员先开始，之后按一、二、三、四生产队的顺序党员接上。我打头。我们的共产党和共产党领导的八路军……"支书背完支部成员一个接着一个紧随其后。各队党员不甘落后，第一轮《为人民服务》背诵熟练，圆满通过。第二轮背诵《纪念白求恩》，白求恩是一位加拿大共产党员，不远万里来到中国，他毫不利己专门利人的精神鼓舞着人们，毛主席号召全国人民向他学习，他的事迹每一个中国人都铭记在心，大家受他的精神鼓舞，刻苦学习。佟致力笑呵呵地走上台："党员的精神可嘉，每个党员都克服了文化低的困难，合理解决了学习与生产的关系，熟练程度出乎我的意料，现在时间不早了，征求大家意见，是到此结束还是继续进行？"大家异口同声地回答："继续进行。"村支书："好，继续进行。"第三轮更上一层楼，背诵《愚公移山》，民兵连长打头阵，上来就是一个开门红，大家报以热烈的掌声。素有铁娘子之称的青年书记甄优丽紧随其后，又是一阵热烈的掌声。左升阳不甘落后，甄优丽一停她就神情自若地开始背诵，掷地有声，从头至尾一气呵成，会场上立即爆发出雷鸣般的掌声，左升阳激动得脸色赤红。接下来上场的是术辛风，她双手拽了一下衣襟，抚摸了一下散在前额的头发走上讲台，动情地道："我们开了一个很好的大会。吐字清楚，背诵流畅，没有落字、漏字现象，没有重复颠倒，一气呵成。"掌声大作，会场后边的人激动地站起身，举起双手为她加油、为她祝贺。术辛风微微点头致谢，移动着那双小脚坐到自己的座位上，露出无比欣喜和兴奋的表情。《为人民服务》《纪念白求恩》《愚公移山》这三篇是最早开始背诵的，人们习惯称为"老三篇"，熟练背诵"老三篇"的人当中脚最小的非术辛风莫属。村支书满意地说："每一个党员都表现很好，以愚公移山的精神，把'老三篇'全部背熟。从明天晚上开始以生产队为单位全体社员开始展示，在生产队展示后，到村民大会上展示。"

回家的路上，卓尔群对柳飞扬说："你娘背得真好，会场的人都夸她，她是怎么把三篇都背熟的？""我娘就靠下功夫，自己不会看书，光翻着书看不假，书上的字一个不认识，就等晚上我大哥回家领着她读，晚上读了白天一边干活一边背，我们和她一块背，她背熟了还要教胡同里那些妇女学习，也有忘的时候，背了上句接不上下句就急得跺脚，等我大哥晚上回家再教她。"欧阳东一拍手说："想起来了，一天中午我放学刚推开大门，大妈正趴在墙豁子上，看见我就喊，说快把你妈叫来我问她个事。我急忙跑到屋里，看到我妈正在拌面，就说大妈有事找你。我妈双手都是面，以为家里出了急事，来不及洗手就跑到墙豁子跟前问大妈：'咋了大姐？'大妈说：'我一边做饭一边背诵《愚公移山》，《愚公移山》一文中，我们宣传大会的路线下一句，就是想不起来了，急死我了，快跟我说说。'我妈心想原来是这么回事，我妈教她两遍，问大妈：'记住了？'大妈点了点头才转身离开墙豁子。"

卓尔群说："怪不得你们两家都有墙豁子，这墙豁子非同寻常，关键时刻能派上大用处、解决大问题。"

欧阳东赞同地说："你说的对，明白它的重要了吧？"卓尔群转向欧阳东："你妈认识字，自己认字学起来就容易多了。"

欧阳东："我妈也认不了几个字，翻开书大多都不认识，我爸爸一回家她就问这个字念什么，那个字怎么念。我爸爸一个字一个字地教她，有时候教好几遍还记不住，我爸爸只好画个图帮她记，鸿毛的鸿、泰山的泰教了很多遍她就是记不住，我爸就画了个鸡毛翎和山她才记住了。我爸爸说读毛主席的书要千遍万遍下功夫，才能领会书中深刻的道理。"

"你知道得真多。"卓尔群羡慕地称赞说，"你爸爸真厉害。"

柳飞扬抢着说："我娘说这次党员干部先带头在全村大会上背，下次就该共青团员在全村大会上背了。"

欧阳东接着说："我妈也是这样说的，共产党员打头阵，共青团员紧跟上。"

卓尔群抢白："你们的妈妈都厉害，你们都有好妈妈。"说着加快了脚步，径直向前。欧阳东大声喊："别一个人往前跑，跟我们一起。"卓尔群好似没听见，头也不回一个劲儿向前。欧阳东跟柳飞扬说："我们追她去，刚才明明还看见她在前面，怎么一会儿就不见了吧。"卓尔群一下从墙拐角处蹿出来，嘴里喊道："站住，缴枪不杀。"吓得柳飞扬倒退了一步，"嗷"的一声躲到欧阳东背后，责怪道："吓死我了，真看不出你还有这种鬼点子。""逗你们玩，算我错了还不行。"卓尔群连忙道歉。欧阳东："别逗了，明天晚上一家一户都要背，快回家做准备。你都准备好了？"卓尔群："放心吧，准备好了。"

生产队里老传统，开会从来不点灯，晚饭后第二生产队的社员们都集合到村中间大街老地方，队长盛永民："人到齐了，根据支部要求，今天晚上背诵《为人民服务》，据我了解都能背熟，谁先开始，谁愿意先背？"卓尔干："队长，我有个想法。一个人一个人背，时间太长，最好一家一家背。"社员齐声喊："好，一家一家背，这个办法好。"盛永民："大家都通过了，就一家一家背，卓尔干，你提议就从你家开头。"卓尔干："行，大家听着。家里人聚集到一块，大声点。我起头，为人民服务……"背诵完毕，社员一齐鼓掌："好，背得好。"卓尔干一家背完，脸上洋溢着笑容。盛永民："卓尔干家开了个好头，这样就快了，从卓尔干家向东，一家接着一家，傲寒雪该你家了。"傲寒雪："好，我起头，放开嗓子背，为人民服务……"根据队长要求，一家接着一家通过，每一家背完都流露出自豪感。盛永民："我家最后，大家都注意听着。"崔月英："最后背的肯定格外熟，听着前边的等于跟着

25

背。"盛永民："为人民服务……"盛永民一声令下全队社员都跟着大声背诵，夜幕下响起琅琅的读书声。背诵完毕，大家一齐鼓掌。

盛永民高兴地说："学习不但能进步，还能提升精神。连字都不认识的人，能把文章背得滚瓜烂熟，真了不起，这是一种可贵的精神。今天晚上各家背得都很好，明天晚上还在这里，背诵《纪念白求恩》，后天晚上背诵《愚公移山》，白天得空就背，三篇背熟后，到村民大会上去展示。散会。"社员们个个摩拳擦掌，笑逐颜开。崔月英兴奋地哼起小曲，盛永民："看把你高兴的，明天晚上当着大伙来一口。"崔月英："如果大家想听，明天晚上我把《纪念白求恩》唱出来。"盛永民："看把你能的，越说越来劲。"崔月英："是越学越来劲，学出精神来了。"盛永民："真是越学越有劲，大家好好学，到社员大会上拿第一。"卓尔干："去第一队看看背得怎么样了，他们肯定还在背。"盛永民："你提的这个办法快，明天晚上还得一家一家背。"

教室里油灯下，佟致力走向讲台微笑着说："同志们，通过学习《毛泽东选集》，人的精神面貌焕然一新，学习成为人们生活中的一件大事，学习热情高涨，好人好事层出不穷。我高兴地向大家宣布，昨天公社召开了学习《毛泽东选集》积极分子代表大会，我和甄优丽代表我们村出席了大会，并由甄优丽在会上做了典型发言。为了表彰先进向与会代表颁发了《毛主席语录》和《毛泽东选集》，大红塑料皮，又漂亮又方便，带在身上随时学习。公社还给每一个党员颁发一本《毛主席语录》，我们已经带回来了，有了这些书籍，我们以后学习就方便了。我们村也准

26

备召开学习先进表彰会，弘扬先进，把学习推向高潮。我先说这些，下面由甄优丽主持。"青年书记甄优丽目光炯炯地站到讲台上，扫视着在座的每一位共产党员、共青团员、基干民兵和广大社员，语气坚定地说："我参加了公社的表彰会，这是对我的鼓励和鞭策，我一定要再接再厉，争取更大进步。毛泽东思想成为我们的精神食粮，老三篇已经深入人心，我们要学以致用，关键是落实在行动上。共青团员发挥表率作用，在背诵老三篇的基础上，又背诵了《实践论》，把学习引向深入。今天晚上请大家一睹风采。我先背，我背完后团支部成员接上。"她神态自然，从头背到尾，背诵的流畅程度跟她说话一样。她刚一停下，载后生抢先接上，他语气坚定地开始背诵："《实践论》在中国共产党内，曾经有一部分教条主义的同志长期拒绝中国革命的经验……"从头到尾一气呵成，众人聚精会神地听着，就听他接着说《矛盾论》，大家惊讶地发出赞叹。甄优丽急忙制止："暂停，先让别人接上。"仲明全接着背诵《实践论》末尾换一口气说："《矛盾论》。"甄优丽："停，《实践论》较长，为了让更多人有背诵机会，《矛盾论》明晚再背。大家同意吗？同意的话以掌声通过。"会场爆发出热烈的掌声。甄优丽宣布："团支部其他成员接上，民兵连成员接后。"

背诵完毕，甄优丽总结："从背诵熟练程度看，大家下了一番功夫，本文篇幅较长，繁体字多，学习有一定困难，但大家没有在困难面前低头，这种精神值得表扬，希望广大团员要继续努力，今天晚上背熟《实践论》，明天晚上背诵《矛盾论》，我们要把《毛泽东选集》都背过。"

佟致力站起身满意地说："共青团员、基干民兵学习积极性很高，我深受感动，时间不早了，党支部成员留下，其余人散会。"团员们个个情绪高涨，满面春风地走出会场。待他们离开会场后，佟致力说："党员都向前坐。"党支部成员围拢到村支书跟前。支书微笑着："看到他们的学习劲头了吧？我猜大家的感觉和我一样，和他们相比我们有差距啦，应该向他们学习。党员年龄偏高，文化偏低，这是事实，我们不应该向困难低头，任何时候都应发挥共产党员的先锋模范作用，克服学习上的困难，力争赶上，大家有没有信心？"党员们齐声回答："有。"支书眨巴一下眼说："光有决心还不行，还得有措施有行动，采用一带一的办法怎么样？咸明通你就拧住仲明全教你，我就缠着载后生，非跟他学会不可……"术辛风抢着说："我有柳飞远教，一句一句学，一定能学会。"村支书说："好，明晚散会后再开团员会，要求团员发挥年轻有文化的优势，主动传帮带，解决老党员的学习困难，老党员的先锋模范作用任何时候都不能丢。"

众志成城

佟致力手里垫上几片白菜帮，使劲把锅从灶台上搬出来放到地下，又在地上掂了掂，觉得不很烫，双手端起来就向外走。佟屹一下从炕上滑到地上，问："爸爸你要把锅拿到哪里去？""炼钢铁。"佟致力随口答道。"钢铁好吃吗？"佟屹拉住佟致力的衣角，不依不饶地喊："我要吃钢铁。"佟致力瞪了他一眼："钢铁不能吃。""你骗人，不能吃为什么要用锅去炼？""快回屋，爸爸有事，佟津，快把佟屹领屋里去。"佟屹大喊："锅是做饭的，你不能拿走。"佟致力径直向街上走去，吃力地把锅放到大街上，农救会会长咸明通早他一步把锅放下，佟致力对他说："各家锅统一收集起来拿去炼钢，不用各家自己做饭，解放了妇女劳力，把她们从家务中解脱出来，参加工地大会战，这倒是好事。也会有阻力，老人孩子一时想不通，不过老百姓是通情达理、最拥护上级决定的，只要国家需要，不惜一切代价，全力以赴，大力支持，积极行动，收缴后安排人向炼钢炉那边送。吃饭的问题要解决好，这是一项大工程，你全面负责，担子不轻，做饭的人当中除了术辛风，其余几个都是要喂奶的妇女。今天中午是第一次开火做饭，大闺女坐轿头一回，我们敢走前人没走过的路，开创新局面。"咸明通信心十足地说："放心吧，硬骨头还要我们党员来啃，这个时候都该吃完早饭了，我到西头去催催。"转身放开嗓门喊："各家请注意，吃完早饭把锅送到大街上。"佟津学着咸明通大声喊："各家请注意，吃完早饭把锅送到大街上。"他这一喊不要紧，孩子们都从家里跑出来学着喊："各家请注意，吃完早饭把锅送到大街上。"石头爸爸端着带有余温的大锅在前面走，石岭跟在后边哭着喊："不要把锅拿走，拿走锅就不能做饭了，我要吃饭。"咸明通忙上前："石岭不哭，有你吃的饭，中午给你做一大锅，管叫你吃个够。"石沿川放下锅，抱起石岭抚摸着："不哭，用大锅做饭给你吃，爸爸干活去了，快回家找哥哥吧。"马岸山端起锅向街走，媳妇跟在后边说："锅半腰上一个大窟窿，一烧火就向锅里冒火星，早就该换了，没钱买凑合着，扔到高炉里炼炼也好，炼好了还给我。"马岸山反驳了一句："不就这么点儿事儿，在家里说了数百遍，还要跑到街上说。"媳妇一噘嘴："怎么是小事儿，家里不就一口锅，除了锅还有啥？有了锅连着炕也暖和，一家人还有个地方围着，没了锅家里连个热乎气儿都没有，一家老小坐都坐不住。"咸明通忙解劝："放心吧，只能叫你吃得更好。"后街上战三役与媳妇抬着一口锅走到前街，嘴里不住地嚷嚷："刚买的新锅，没用几天，砸吧烂了当废铁多可惜。我这锅可是新的，新的练出来的钢好，给我记上，可得还我好的。"咸明通答应道："记着了，大家快上工地吧。"佟津领着佟屹学着咸明通的话继续喊："各家请注意，早饭后把锅送到大街上。"各家男主人陆陆续续端着锅走出家门，孩子跟在后边喊："各家请注意，早饭后把锅送到大街上。"各家锅凑到一起黑乎乎的一大溜，锅在家里除了做饭时都要用锅盖盖着，从不敢乱动，现在摆在大街上，失去在家里的尊严，孩子们捧起地上的土向锅里撒，拿起石头向锅里砸，每个人推着一个相互碰。咸明通微笑着说："到别处玩吧，锅要拿去炼钢铁，现在已经不是你们家的啦。"

晚饭吃个差不多时，佟致力趁着人齐，抹一把嘴来到人中间，用力干咳了一声，吃饭的人抬起头，目光集中到他脸上，他语气坚定开门见山地说："趁吃饭时间人齐我说几句，各家的锅都已经送到炼钢炉，但是远远不够，和人一样连个半饱都不到，要吃饱还差得很多，饿着肚子哪有劲儿干活？我们还得想办法让它吃饱，别饿肚子，吃得饱饱的才有力气，还要继续筹集，这就要求乡亲们把家中所有的废铜烂铁都贡献出来。"大家对高炉一无所知，一听他说差得很远，都很茫然。没来得及张口，他接着说："高炉不但要用大量碎铜烂铁，还要用大量木柴，要求各家把现有的木料，院子里、房前屋后的树砍了一块儿送夫，要一切服从炼钢，一切让位炼钢。从明天起，地里的活儿停下，男女社员都去运送材料，能抱动一块砖就抱一块砖，能扛动一根棍就扛一根棍，昼夜不停，吃完饭回去就行动，找找自己家的铁制品，该砍的树今晚就砍，明天一早就交。"话音一落，如同热油锅里浇上一盆冷水，立即炸了，七嘴八舌一齐问："好好的为什么要炼钢？炼钢干什么？刚过几年安稳日子，要缴锅，要砍树，要放下地不管去送东西，这是折腾什么？"佟致力一看群众不明白炼钢的意义，有抵触情绪，决定继续做说服动员工作，关键时刻领头人能起决定作用。抬高嗓门喊："请安静，听我说，炼钢是国家需要，有了钢国家才能强盛，有了钢才能造出汽车、大炮、火车。飞机轮船也需要大量的优质好钢。""炼钢是工人的事，与咱老百姓不相干。"人群中的丁朴开来了一句。佟致力语重心长说："话可不能这么说，我们还记得，日本侵略中国的时候因为你是老百姓就不杀你？没那回事儿。我们老百姓不能把自己觉悟降低了，中国共产党是领导核心，工人阶级是先锋队，咱老百姓是后备军，任何时候都离不开咱老百姓。抗战时期，男人上前线挖战壕、送军粮、抬担架，女人在后方供给养、做军鞋。上边领导都肯定，淮海战役是用小车推出来的，推小车的还不都是老百姓！钢铁是国家的筋骨脊梁，筋骨强壮才能挺直腰杆，挺胸昂头打起精神。振兴工业需要钢铁，消灭侵略者、镇压反动派要用飞机、坦克、枪炮、子弹。拖拉机、收割机、脱粒机都用上农业就保障了好收成，这些现代化器械同样需要用钢铁。仅靠国家原有的炼钢基地远远不够，开展轰轰烈烈的大炼钢铁运动，加快国家建设步伐，解决国家亟须钢铁的燃眉之急，小高炉要在全国遍地开花。到高炉前看一看，就能感觉到炼钢炉是多么需要材料。天不早了先说这些，我相信大家都会支持，回去吧。"老人、妇女领着孩子离开了，青壮劳力好似被大海神针定住了，脚挪不动步，屋里静得掉下根针的声音都能听见，空气像是凝固了，是佟致力一番话锁住了空气流通，还是另有原因？沉默片刻，仲旺轩首先打破沉静："炼钢的意义我听明白了，确实国家需要，我们应该响应，可是我们祖祖辈辈都是种地的，哪有废铜烂铁，除了做饭的锅是铁的，其余就是锄镰镢锨这些家什是铁的，锅已经上缴了，总不能把这些正用着的家什都上缴吧。"马岸山："是这么个理儿。我正为这个事发愁还没来得及说。"经他一提头，你一言我一语七嘴八舌各说各的理。明培厚说："院里有几棵不成材的小树可以砍了当柴火，家里确实再拿不出废铜烂铁。"吉立汉说："我倒想起来了……"佟致力一看再说下去要摆困难，马上接过话茬说："乡亲们的情况都揣在我心里，住一个村多年，谁家门口朝哪我都清楚，谁的家当我都摸底。在场的大部分是当家人，我是这么想的，一个国就像一个家，当过家的人都明白，要把家里的日子过好就要勒紧裤腰带，让家里人吃上、穿上、别冻着、别饿着，别叫人家看笑话。"说到这里在座的人频频点头。他喘了口气接着说："一个国家也是这样，我们都是一块走过来的，一个烂摊子，啥东西都被外来强盗一茬一茬地搜刮干净，留下的是贫穷和苦难。就是当前，美国刚被我们在朝鲜战场上打败，他不会甘心，虎死威风在，贼眼死盯着我们，说不定瞅准机会就对我们下手。蒋介石也不想就蜷缩在一个小岛上，做梦都想打回来，这些危险都眼睁睁摆在我们面前，别说国家领导人，就是我们这些庄稼人都看得明白。"一阵掌声响起，欧阳东睁开惺忪的眼，看见妈妈怀里的欧阳方、欧阳红都在熟睡，丰德强家弟儿俩，柳飞扬家姐弟仨，没有被领走的都趴在家长腿上。朦胧中他听到："国家强大不是喊几句口号就能完成的，要拿出硬家伙，要有飞机大炮，要有更多的战斗武器才能对付他们。咱村参加抗美援朝回来的人经常说，打上甘岭的时候，从敌人飞机上投下的炸弹就像下雹子一样直往下砸，机枪一个劲儿地扫射，志愿军没有飞机没有大炮和坦克，伤亡惨重，被压得抬不起头来。为了保住阵地，黄继光用胸膛挡住敌人的机枪口，这就是一种骨气，中国人就具备这种骨气，凭着这种骨气不输给任何强大的敌人，中国人最不缺的是骨气。国家建设急需要钢材，拿出我们的骨气来。"

第二天一早村民们纷纷把家里搜集出的金属类物品送到集合地点，门上的铁质挂鼻，箱子上挂扣、铁锁、铜锁，除了下地必须用的锄、镰、镢头、铁锨之类都献出来了。吉立汉捧着一件不常见的铜制品走到收集

33

处，在场的人异口同声地问："你这是啥宝贝。"吉立汉说："昨天晚上我就想起家里这个东西，这叫灯盏，是我娘的嫁妆，铜做的，比铁好多了，用它造出来的子弹打蒋介石的头保准送他上西天。"咸明通说："灯盏应该是一对，嫁妆都是成双成对的，不会只有一个。"吉立汉惋惜地说："别提了，小鬼子扫荡的时候先抢了灯盏，又到猪圈里抢猪，抢猪时掉猪圈里一个，鬼子撤退了在猪圈里找到的。"仲明全把铜锁放到材料堆上说："昨天晚上我爹说家里没有废铜烂铁的时候，我就想起我奶奶箱子上挂一把铜锁，铜锁不是废铜烂铁，但比铁好多了。"话音刚落，仲明礼捡起铜锁向家走，仲明全喝道："别动，放下。"仲明礼："这是从奶奶嫁妆上撬下来的，奶奶说嫁妆是娘家陪送的，撬下锁就把嫁妆破坏了，让娘家人知道了会说她不爱惜东西，你拿走了她在家掉眼泪，先拿回去跟她说好了，等她同意了再拿回来。"仲明全说："她要知道用它造大炮打蒋介石一定会同意，还应该把挂锁的铜鼻子撬下来，我会让奶奶同意的。"小三丫说："我爹撬我奶奶箱子上的锁挂鼻，我奶奶就是不让撬，奶奶说值钱的东西放在箱子里，锁上锁别人偷不去。我爹说，新社会没有偷东西的，奶奶按住箱子说那也不行，好好的一个家什不能撬得稀巴烂，爹说这些东西要用它造枪造子弹打蒋介石，奶奶才松开手。"匡小秋笑着说："我爹想撬奶奶箱子上的挂鼻，奶奶说你不爱惜我的东西，我砸断你的手指头，爹还和奶奶吵起来了。"盖由过说："我爹撬箱子的时候我娘说，这是娘家陪送的又没花你的钱，你不能随便撬。"崔月林学着匡小秋奶奶的腔调说："你不爱惜我的东西，我砸断你的手指头。"说完做了个鬼脸,引得儿童团哈哈大笑。柳飞岩:"我家没有箱子,如果有,我也会撬。"柳飞扬说:"原来有,大姐出门子抬走了。"柳飞岩抢着说:"我去她家撬了拿回来。"咸明通笑着说:"不用你去撬了,全国一盘棋,都在一个共产党领导下。她们村也要收,让她自己撬吧。"欧阳东说:"我家没有箱子,箱子什么样?"丰德强说:"我家没有木箱子,我们把衣裳放在纸箱子里。"崔月林说:"我家原来分了两个箱子,放在堂屋里,屋成了上学的地方,箱子就成了老师写字的桌子,里边还放着老师的书本和粉笔,我没东西拿,爷爷把他的烟袋锅、烟袋嘴让我拿来,就是那个。"他用手指给别人看。卞召忠、卞召义两兄弟结结巴巴地说:"我家的箱子,我爸爸牺牲以后,没钱买盐我娘就扛到集上卖了。"仲明礼的奶奶手里捧着锁,踮着小脚走出来,把铜锁放到材料堆上说:"缴就缴了吧,快七十的人了,留下也用不了几天,还惹得孙子不高兴。"仲明全听了这话激动地拉着奶奶的手说:"您真是个好奶奶。"咸明通感激地上前打招呼:"大娘,你说的对。"奶奶问:"你媳妇嫁妆上的锁也撬了?"咸明通:"这样的东西只有你们那一茬人有,到我们这一茬兵荒马乱的,就没有这种东西了,仲旺轩媳妇娘家有没有陪送嫁妆?""她娘家是个佃户,饭都吃不上,哪有嫁妆,就来个人。"咸明通接茬说:"没有嫁妆照样能过,你看他们不是过得好好的。大娘,你把箱子里的东西用包袱包了,把箱子也缴了吧,箱子炼钢也有用。"奶奶没想到咸明通还数算她的箱子,好像被噎了一下,立即涨红了脸:"别。"撂下一句话转身就走。一句话点醒了仲明全，两眼一激灵，蛮有把握地说："奶奶最听我的话，我说让她缴她准会缴。"咸明通称赞说："还得你说服她。儿童团，各人回家找找，有漏下的再拿来，拿得越多越好。"咸明通看着收集的材料，感慨地说："众人拾柴火焰高，人心齐泰山移，一家凑一点，就凑了一大堆，这回算是彻底了。"欧阳东一眨眼："我把我妈东墙根栽的树砍了缴上。"丰德强说："对，砍了缴上。"崔月林附和着："我们一块儿去，我回家拿上斧头帮你砍，不行，斧头已经缴了，怎么办？"儿童团难住了，一起干瞪眼。丰德强突然大叫一声："用镢头刨。"儿童团附和着说："用镢头刨。"说着一窝蜂似的向欧阳东家跑去。一进门看到树都已经刨了，只剩下树坑，儿童团傻眼了。卞召忠说："到我家刨，我娘愁着刨不动，我们去帮着刨。"

村前、村后和村中央的路上，推着、抬着、扛着，运送材料的人群川流不息，昼夜不停，不分村别，不分男女，向着一个目标出发。到达目的地放下材料立即返回，再装载启程，往返不息。

发自排把两根木料从车上卸下，抹了一把汗，没见一个熟人，得意地想："用车推着走得快又轻松，村里大部队还在后边。车袢一上肩，憋着一股劲儿一溜小跑，用肩膀扛的人就没有推车轻松，扛着木料走五十里路，轻则汗流浃背腰酸背疼，重则肩上磨出皮，脚上磨出泡。自己能用车推是得到照顾，这种照顾想起来让人窝火。院子里的两棵刺槐一到开春就长出嫩芽，遇上年景不好青黄不接，捋下嫩芽蒸窝窝头也能抵挡几顿，麦收前结出一穗穗白色花苞，满院飘香，孩子们当点心吃，撒上少许豆子面一蒸香气扑鼻，是每年春季必吃的美味。这种树春季吃花，初夏吃叶，夏季遮阴纳凉；木质好，家里没有个进钱项，满指望年底砍倒打几副车桩卖个好价钱，手头宽裕些。专业做车桩的木匠几次到家里要买，每次嫌他把价砍得太低舍不得出手。昨天晚上村支书要求把房前屋后的树砍了炼钢用，他话音一落我立即向回跑，进门站在树下用手拃了拃，又长粗了一些。谁知我前脚进门他后脚就跟上了。一进门便问：'急着向回跑是想刨树吧？'到底是领导会说话，不用点将用激将，一句话噎得我接不上气来，心里直发毛。我鼓起勇气说：'这树正长着，还不成大料，现在砍了太可惜。再说了，谁家没有三棵两棵的树，还差这棵，国家这么大，没有这棵树照样能炼钢。'我可说的都是大实话，不承想惹得他给我讲了一大套：'可不能有这种想法，谁家多少都有几棵是真的，一人一分力量，别人不能代替你，谁家里的树都有用处。郝逗乐家的两棵楝树打算盖屋当梁用，阚家两棵楸树准备给儿子娶媳妇做彩礼，林家的两棵榆树准备给儿子盖房用，仲家的两棵梧桐树准备做嫁妆陪送闺女，崔家的两棵白蜡树打算为上年纪的老人百年后用。谁家的都有用，谁都想不差自己那两棵，各打各的谱，各吹各的号。现在要顾全大局，拿出咱老百姓的优良传统，共产党指引我们向哪我们就向哪，跟定共产党走不动摇。战场上打仗，向前冲就要流血，就要掉脑袋，难道有危险就向后退不成？战斗打响了还在想不差我一个，有别人在前面顶着，那就只能当亡国奴，让强盗永远骑在我们脖子上拉屎。相反，前方将士一打起仗来，生死不顾，想的就是如何多杀敌人，如何保住阵地，如何夺取最后胜利。战士们英勇杀敌，浴血奋战，有一口气也要坚持到底，让敌人闻风丧胆，直至夺取最后胜利。村里的卞占桥从南打到北，没想过自己的生死问题，打垮日寇打老蒋，他不知道打仗有危险？他不知道家里有老婆孩子等着他？他知道，他全知道！这些和国家利益相比，和解放事业相比就是小事，想的是全民族解放，保证国家领土完整，老百姓不再受罪。他在淮海战役中献出了年轻的生命，连尸体都没找到，眼看全国就要解放了，他连一天好日子都没过上，胜利的红旗是什么样他都没看到。更让人揪心的是，卞召忠、卞召义两个孩子到吃饭时就哭着满街喊爹。仉除吏抗美援朝时被敌机炸掉一条腿，差点儿丢了性命。树砍了可以再栽，人死了不能复活，腿没了不能再长。我本来一肚子话想跟他理论，听到这里，对他摆摆手说：'啥话别说了。'抡起镢头就刨。他说：'刚刨的树沉，车先给你用，明天用手推车推着送。'"

发自排一仰头，嗅到一股烟，深深地吸了一口气，虽说是二手烟，闻个味倒也觉得过瘾，可惜自己没顾上带抽烟的家什。前面一位嘴里正吐着烟雾，他到跟前深深吸了一口吐出来的烟雾，很过瘾。发自排套近乎："老兄是哪个村的？"

抽烟人："前山洼的。"发自排："就来你一个？"

抽烟人看了他一眼："来一个哪能行，没有劳动能力的全都来了。"

发自排："你们村树木多，应该多拿人送。"抽烟人使劲把烟蒂吐到地上，用一只脚把火搓灭，回头瞅了一眼发自排："大部队三天前就开始了，我弟弟是看管炼钢炉的，给他带来几件衣裳，才单独行动，你是掉队的？"

发自排："我可不是掉队的，不瞒你说，我还算是打前锋的。"

抽烟人："既然先来了急着往回跑啥，何不歇口气看看炼钢的热闹再回去。"

发自排："不想看，看那干啥，咱种咱的地，他炼他的钢，看了也没用。我刚刨的两棵树沉，就让我先用车来送，把树送来完事，家里人还急着要用车。"

抽烟人："不看损失可就大喽，见到炼钢人你就明白什么叫钢铁精神了。这些人把高炉当战场，一心想着怎么炼出好钢，让国家打个钢铁翻身仗，外国人能行的中国人照样行，憋足劲儿争这口气，美国没有什么了不起，英国没有什么可怕的。他们的口号是：赶上英国，超过美国，成为世界强国，在国际上扬眉吐气。个人利益全不放在心上，带着豪情壮志昼夜奋战在高炉前，眼睛紧紧盯着炉膛，努力把炉火烧旺，不炼出好钢誓不罢休。他们睡的是用高粱秸搭起的临时窝棚，饿了站在炉前啃煎饼。"

发自排长吸了一口气："他们不怕苦吗？哪来这么大精神？"

抽烟人："人就是一种精神，认准了的事天大的困难都不怕。我弟弟是抗美援朝回来的，他常挂在嘴边上的话是根本无法想象朝鲜战场上战争有多么残酷，生活有多么艰难，人能囫囵着回来就算是幸运的，回国后一定要把志愿军的精神发扬光大，用毕生精力报效祖国。炼钢的很多都是赴朝参战的志愿军战士，到祖国最需要的地方，到最艰苦的地方，是他们的誓言。经历了残酷生活的磨炼，他们立志报效祖国，为国家建设出大力流大汗。他们这些人，不怕死、不怕苦、不顾个人安危。"

少年队伍中年龄较大的牵着较小的手，茫然地眨着双眼看着推车的、肩扛的，南来北往的男男女女，络绎不绝从村中匆忙穿过，这些人从哪里来到哪里去，车上推的、肩上扛的派啥用处一概不知。他们的父母同这些扛木头的人一样匆忙地向目的地奔走。欧阳红在欧阳东背上嗷嗷直叫，欧阳方嚷着："我要妈妈。"欧阳东生气地说："妈妈扛木头去了。"佟屹扯着佟津的手不停地喊："我要找娘。"丰德强说："我妈妈不在家的时候，都是我们两个在一起，我们都不找妈妈。"小伙伴们围拢过来，发多格说："我爹送木头回来了，他说扛木头的人有的往回走了，到木头堆那里去看看。"众人附和着："对，去看看。"欧阳东全然不顾哭叫着的欧阳红、欧阳方，把欧阳红推给欧阳方，撒腿就向庄前跑去，一大群小不点们跟在后边追，崔月蓉追着崔月林喊："哥哥，等着我。"崔月林头也不回地甩给她一句："你找欧阳方吧，我一会儿就回来。"他们躲闪着扛木头的人群跑到庄前，只见木头不见人，一个个像泄了气的皮球，只瞪眼不说话。

佟津对佟屹说："娘临走的时候说让你听话，不哭，娘一会儿就回来，再哭就不领你了。"丰德强看见欧阳东着急的样子，佟屹又一直在哭，就说："我们去找吧。"众少年："对，我们去找。"佟津对佟屹劝道："别哭了，领你去找娘。"佟屹抹了一把鼻涕停住了哭。欧阳东、丰德强、仲明礼、崔月林等一大帮愁云消散，跃跃欲试。明招新问："我们该向哪儿走？我娘走的时候让我好好在家待着，哪里也不去。"一句话等于给他们浇了一瓢冷水，脸上泛起愁云，小声附和地说："我娘也要我好好在家待着。"佟津眼睛一骨碌说："跟着这些扛木头的人走就能找到，我们跟着走。"仲明礼说："我们也扛着木头。"一声号召又激起众少年的热情："对，扛木头。"发多格："我爸爸说路很远，木头沉，大人都把脚上磨出泡，小孩扛不动，我不扛。"佟津不服气地说："我们不怕，小孩可以扛小的，我爹说过，能扛动一根棍就扛一根棍，能抱动一块砖就抱一块砖。"佟屹抽搐着说："爹说你还不到十岁，不到十岁的不能扛，到十岁才能扛，你没听见？"佟津没好气地说："我还当是你光会哭，原来你还知道几岁几岁，算你能。"众少年宣誓般大声喊："我们不怕，我们可以扛。"七手八脚立即动手搬起木头，汇集到运送木头的人流中。

建库蓄水

"我的总指挥你可回来了，还能找着门吧？"术辛风一语双关地对柳深青招呼道。柳深青诙谐地回话："谁说找不到，忘了门也不能忘了你，这门里有你在我就不会找不到。"为了旱涝保收，不靠天等雨，公社决定修建一座中型水库，经过党委全面衡量研究，确定让柳深青这位有经验的管区书记担任水库建设总指挥。柳深青二话没说接过此项重任。他深深懂得一个农业国家，如果农民不能掌握生产主动权、靠天吃饭就会被牵着鼻子走。春天该下种了不见雨，种子播不下，误了农时，收成全无，老百姓就要饿肚子。跟随母亲逃荒要饭的情景时常浮现在脑海里，两个姐姐饿死在母亲怀里，母亲咬着牙把讨来的剩菜剩饭塞到自己嘴里，母亲却饿死在乞讨路上。旧社会遇到干旱年景，穷苦人流离失所，饿殍遍地，这种惨景绝不能重演。水利是农业的命脉，解决了水的问题，旱能浇涝能排，种地有保障，老百姓吃饭的问题就能解决。

柳深青走马上任，对术辛风说："多准备些煎饼，我要搞水库建设规划，走到哪儿吃到哪儿，拿出结果才能回家。"他背上煎饼带领一班人马实地勘探地势，查找水源，挑选库址，匡算库存容量，核算用工用料等。经过半年多的奔波，拿出了一个完整的水库建设方案。公社党委经过全面分析研究，决定在秋收结束后全面动工。

在开工誓师大会上，公社书记丰亦收号召："经过柳深青带领一班人马前期工作，垓西水库正式动工，各村书记挂帅，青壮劳力全力以赴参战，利用今冬明春把水库建成。水库建成后覆盖全公社，各村都收益。现在有请水库建设总指挥柳深青讲话。"

柳深青微笑着走向台，清脆高昂地讲道："我们之所以把水库选在这里，一是公社辖区最西端，不占用耕地；二是有水源，北部与西北群山绵延，末端是两座小山，夏天雨季到来，雨水直流直下，水质好；三是山洪在两山之间顺势而下，多年冲刷形成一片洼地，周边村民不受影响，降低建设成本，关键是水库辖区内的所有村庄都能受益。修建水库我们这一代要吃大苦流大汗，建成以后流芳百世，造福子孙后代。"热烈的掌声打断他的讲话。他挥手示意全场安静。接着说："党中央一声令下，在十三陵修建水库，水库建成后解决了北京城内与下游多地水需问题，这项工程具体核算下来耗资上亿。党中央带领全国人民搞义务劳动大会战，毛泽东主席亲自到工地参加义务劳动，与广大民工一起挖土、筑坝。什么叫义务劳动？说白了就是只要付出不要报酬，只讲奉献不求索取。万里长城是中国的伟大象征，当年在没有大型机械的情况下，建设如此大规模的工程，难度可想而知，但为了抵御外来侵略，人工凿山开石，背驮肩扛，完成了这一浩大工程，成为千古传奇。当人们看到长城，就能联想到中国人自古就有钢铸的筋骨铁打的脊梁。十三陵水库建成后，蓄水、防旱、防涝、灌溉农田，变旱地为水田，改种农作物，满足了城乡供水，不但造福当代，而且为子孙万代留下了持久的财富，树立起一座丰碑。继十三陵水库建成后海东县建成一座中型水库，再建起这座小水库以后，自全国到县再到公社，水渠纵横。靠天等雨的时代一去不复返了。"

会后，丰书记握着柳深青的手深情地说："老柳，任务很艰巨，你肩上的担子不轻，希望你能发扬艰苦奋斗的精神，充分调动群众的积极性，打好攻坚战。"柳深青说："请放心，共产党员最能啃硬骨头，一定保质保量按时完成任务。"

战斗一打响，他身兼数职。天作被褥地当床，住在工地，吃在工地，办公在工地，随时解决施工中出现的问题。工地上他既是指挥又是普通民工，打夯需要人手他架起夯；大坝需要拿土方，他站在坝上指挥；堤坝加固夯实后用花岗岩石块护坡，他亲自示范。从工程开始到完工，他从来没脱过衣服睡个囫囵觉。

水库竣工后，一身轻松地回到阔别已久的家。术辛风走到跟前，惊叫一声："哎呀，你带回来的宝贝不少啊。"

柳深青一惊："啥宝贝？我两手空空。"他上下打量了自己一番。

术辛风："看看，头上虱子成了垛，虮子摞成摞，身上虱子一定成了窝，都来啃你这把瘦骨头，快把衣服换下来。"术辛风催促道。

柳深青风趣地说："你真逗，虱子吃几口算得了啥，参建者们立志掉上几斤肉。"

术辛风："你掉的可不是几斤，本来肉就少，现在成了柴火棒插的，就是个衣服架子，没个人形了。"术辛风嘴上数落着，心疼得红了眼圈。立马卧了两个荷包蛋，端到跟前催促道："快趁热吃，别凉了。你先吃着我烧上一大锅热水，吃了你就洗脸洗头，洗完把衣服全部放锅里煮，我要向虱子、虮子这些吸血虫讨还血债。在家休息几天，好好睡个囫囵觉缓缓劲儿。"

吃完，柳深青舒了一口气，打趣地说："想我了？还是生我气了抹眼泪，我才出去不到一年的时间。大禹为了治水一去就是十三年，三过家门而不入，比起先祖还差得远呐。家里还好吧？你要操劳孩子们吃穿浆洗，男劳力都在水库工地上，生产队里有限的几个男劳力都是年龄偏大或身体有缺陷的，大部分活儿都靠妇女承担，要照顾家庭还要带领妇救会参加生产劳动，你也辛苦了。"

"我没什么，只要你好好的比什么都强。今天包饺子，犒劳你这大功臣，快睡吧，我这就去准备。"

术辛风剁馅揉面准备齐，正要动手开始包饺子，就听"咔嚓"一声雷，柳深青一骨碌爬起身，两人疾速出门查看，说时迟那时快，铜钱大的雨点砸在脸上，乌云压顶，柳深青忙说："不好，暴雨就要来了，快去水库。"柳深青扯起蓑衣向外飞跑。术辛风抓过斗笠："快戴上。"瞬间，狂风大作，天空一片漆黑。术辛风追到门外，已经不见人影，树枝咔嚓咔嚓摔在地上，天和地混为一体。

雨势凶猛，雨点抽打在柳深青的脸上，打得眼睛睁不开，他使劲抹一把脸，拼命向前跑。柳深青告诫自己千万要坚持住，不能被风吹倒。天黑路滑雨水流淌，已经把他折磨得筋疲力尽，不听使唤的两条腿艰难支撑着躯体，方向难辨，他凭借记忆深一脚浅一脚跋涉，狂风助雨力，暴雨借风威，树被连根拔起，人随时可能被风卷走。他咬紧牙命令自己："要挺住，无论如何要挺住，挺住了就是胜利，水库那边还等着自己。水位怎么样了？大坝可千万别出问题，水库关系到下游几万人民的生命，无论如何不能倒下，这是考验水库大坝和考验自己的关键时刻。"危机感和责任感驱使着他，命令他必须战胜困难，不能向困难低头。一道闪电划过，他看到希望，前方就是水库，已经离水库不远了。又一道闪电，看见大坝上人影晃动，心中泛起一丝欣慰。腿灌了铅一样沉重，双脚陷在泥水里，每迈一步都十分艰难，心越急腿越不听使唤，风一吹就是一个趔趄。他从地上抓起一截树枝，双手抱住树枝拼命撑住，摇摇晃晃向水库挪动，眼看就要坚持不住了，在这关键时刻几个年轻人到跟前抓住他的胳膊，架着他向前走。他有气无力地问："水库怎么样？"微弱的声音被风雨吞噬，几个人拖着他爬上堤坝。

水库工作人员、周边村的书记都陆续到达坝顶，库区周边的村民自发跑到水库参加抗洪抢险。水库里的水位已经与坝顶持平，情况十分危急，柳深青立即决定："这是大坝建成后第一次经受暴雨袭击，保证大坝不出问题是关键。部分人启动水闸泄洪，部分人向坝顶增运沙袋，抓紧行动。"瓢泼大雨肆虐浇灌，全体人员坚守坝顶，咬紧牙关坚持奋斗，在灾害面前高昂着头。不知过了多久，雨势减弱，水位继续上涨。在万分危急的情况下他做出应急方案："各村书记死守坝顶，确保万无一失；水库管理人员到外围巡逻，到周边老百姓家中查看受灾情况，水库技术人员到指挥部办公室召开抢险紧急会议。"

会上柳深青大声疾呼："洪水如同猛兽，驯服了能成为琼浆玉液，灌溉良田，为民造福，不然洪水会成为脱缰的野马，涂炭生灵，肆意践踏庄稼和土地。一定要不惜一切代价，制服洪水猛兽。眼下，抢险工作是当务之急，保住大坝是重中之重，水库建成后，大坝第一次经受特大暴雨冲击，这次暴雨是对堤坝的严峻考验，也是对我们修建质量的一次检验。我坚信水库会安全无恙，大坝不会出任何问题。坝上要轮流坚守，直至水位正常。"说完，他一头栽倒在地。

　　术辛风这一夜不敢合眼，风卷残叶发出哨子般的尖叫，雷鸣闪电摇晃着草屋发抖，让人听了心中发颤，折断的树枝咔嚓作响，断枝砸在地下犹如砸在骨瘦如柴的柳深青身上，一声声让人揪心胆寒。

　　闪电划破天空，天穹撕开了窟窿，雨柱垂直泻下。她站在地上祈祷着："别下了，停停吧，天快亮吧。老柳你要挺住，可不能倒下。倒下就被洪水卷走了，被树枝砸烂了，你要活着。"

　　柳深青高烧昏迷，几个时辰不省人事，在场的人都替他捏着一把汗，民工用门板把他抬回家。术辛风见人回来了，心中一块石头落地，没被水冲走，没被树干砸烂就是万幸，留得青山在，从死神手里也要把他夺回来。她把柳深青安放在炕头上，锅里添满水，灶膛里点着火，找出珍藏已久的小瓶白酒，用棉团蘸酒擦拭他的额头、脖颈、耳后、前胸、后背、腋窝、手心脚心。再把艾叶放在大锅开水里煮，用毛巾蘸着煮好的艾叶水一遍一遍擦全身，而后用热毛巾包上他的双脚，盖上被子发汗。

　　欧阳东朦胧中觉得炕越来越热，坐起身揉了揉眼睛，奇怪地发现炕上多了一个人，立即推醒柳飞岩、柳飞絮，二人一睁眼齐声喊："爸爸回来了？"没有回音，术辛风忙摆手："不要出声。"术辛风用棉球蘸水滴到柳深青的嘴里，再用蘸水的棉球擦他的嘴唇，三人一字坐着看术辛风忙碌，直到窗纸泛白，暴怒的天空不再发威。天穹已疲劳得没了力气，太阳羞涩地跳出地平线，发出微弱惨淡的白光。

　　欧阳东跳下炕越墙回家。不一会儿，欧阳和甫与左升阳来到术辛风跟前，坐到炕沿拉起柳深青的手："老兄，你醒醒。"没有任何反应，嘴贴着脸喊："老兄，快醒醒。"仍然没有反应。便安慰术辛风："太累了，又加暴雨激，别担心，会好的。"左升阳把一包红糖放在灶台上，对术辛风说："大姐，多叫几遍或许就能醒。"术辛风摇摇头："让他睡吧，睡够了身子就缓过来了。"欧阳和甫点点头："也许这样对他更有利，的确累了，需要睡觉，睡觉是治疗疲劳的良方。"文竹推开丰德强、丰德壮悄无声息地走到炕前，伸手抚摸一下额头，小声说："过度劳累，高度紧张，超出了身体承受力。很少见的暴风雨，老丰夜里一直坚守在岗位至今未回。"术辛风感激地说："你们都忙去吧，这里有我就行。"

欧阳东推开卓尔群家大门，卓尔群家人都在院子里清理断枝烂草。欧阳东："柳大伯在水库那边昏倒了，被人抬回家，到现在还没醒过来。"卓尔群母亲说："从没见过这么大的雨，我吓得一夜没闭眼，怕把这间破屋刮跑了。卓尔年、卓尔干都在水库那边，不知怎么样了。"回到屋里端出一个瓢对卓尔群说："家里就这几个鸡蛋，你快送过去。让他保养保养身体。"卓尔群端上鸡蛋来到柳飞扬家，丰德强、丰德壮、崔月林和柳飞扬、柳飞岩正在整理院子，横七竖八的乱树枝难以插脚，卓尔群踮着脚尖到屋里把鸡蛋放在灶台上，返身加入搬树枝的行列。不大一会儿欧阳东领着代多邨等西头的来到院里，七手八脚一起把乱树枝堆到墙根处。卓尔群："我家院里从树上掉下来的树枝撂得多厚，还有从屋上刮下来的乱草。""我家院里也有刮下来的草。"明招新说："我家屋上刮下草，墙还掉下来一块儿。"大家面面相觑。佟津跑来，见到丰德强就嚷："去你家找你不见人。"转向欧阳东说："去你家也找不到你，原来你们都在这里，村后边的河里水可大了，这条胡同北边，路上都是水，离河近的人家院子里都灌满了水。"丰德强忙阻止："不要大声说话，柳大伯发烧躺在炕上。"佟津吐了一下舌头，把着厨房门框向里探头。丰德强打手势让佟津到跟前说："村后河里发大水，我们去看看，谁想去跟我一块儿走。"一伙人呼啦啦涌出门。崔月英把柳深青的湿衣服找出来泡到木盆里，用手揉，柳飞扬用搓板搓，卓尔群用棒槌砸，三人一起动手搓洗。

傍晚，佟致力卷着裤腿，把扛着的铁锨倚在门框上，脚在门外轻轻跺了几下，来到炕前，问术辛风："怎么样了？醒过来了没有？"术辛风摇摇头。看着术辛风焦急的样子问："要不要送医院？"没等术辛风回话，就急不可耐地喊："老兄，水位已经稳定了，水库那边的人惦记着你，让我来看看，快醒醒，水库等着你。"说完上前握住柳深青的手："快醒醒，水库等着你。"见柳深青双手在空中挥动一下，惊恐而微弱地喊："水——水库。"佟致力紧紧握住他的双手，对术辛风安慰道："缓过气来了，不会有危险。"术辛风："可把人吓死了。"佟致力："你听我说，好消息，水库没出问题，你睁开眼，我要看着你睁开眼。"柳深青又昏厥过去。佟致力抬腿上炕，搬起他的身子倚在自己怀里："快醒醒，我有好消息告诉你。你听着，水库没出问题。"就听"嗯"地舒了一口长气，无力地睁开双眼，喃喃地说："水，水。"佟致力脸上露出微笑，术辛风松了一口气，佟致力安慰说："不用怕，水被我们治服了，水库没出问题。"佟致力搬着他的头，术辛风喂了些米汤，吃完后佟致力把他放平躺好。对术辛风说："醒了就好，安全脱险。雷震、雨浇、风吹、水位暴涨，水库形势危急，他担惊受怕，精神过度紧张，超出了承受能力。第一次遭遇特大险情，后果难以预料，责任无比重大，搁谁身上都架不住。好了，水库大坝都没问题，浩大的工程经住了狂风暴雨的考验。我回水库告诉他们，让他们放心，人已经醒过来了。"

佟致力走后，术辛风摞起两个枕头把柳深青倚在上面，等他缓过神来，术辛风抓住机会喂他吃玉米糊，每吞一口都十分吃力。术辛风力劝："要想恢复快，就要吃东西。"他想吃却没有力气吞咽，吃了半碗玉米糊累得满身大汗，实在坐不住了推开术辛风的手歪倒了。

晚饭时节，街坊邻居都来探望问候，术辛风对邻居们说："吃饭的力气都没有，实在动不了。"柳深青微微点了点头。过了不知多久，他支撑着身子坐起来，柳飞岩、柳飞絮、欧阳东见状围上前。欧阳东问："大伯，您好了？"柳飞岩问："爸爸，你不困了？可把我们吓坏了。"柳深青手一摆："都过来。"三人顺从地挤到炕沿边，等待下音。他上气不接下气地说："水、水——"柳飞扬问："爸爸你要喝水？"他手一摆半天接不上气。等接上气来又说："水库，今天要跟你们说水库。"又长时间地喘息。柳飞絮问："爸爸，什么叫水库？"他突然提高声音说："水库是用来储水的。修水库利在当今益在后世，意义一言难尽。水库虽然建成了，以后就该把管理提到头等重要的位置，确保水库安全是头等大事。以后跑水库是正常的，越是下雨越要快跑，确保水库安全。为什么要修水库？水和人的性命息息相关，水就等于人身体里的血脉，人没了血脉就停止了生命，人离开水就无法生存。修水库就是为了储备水源，也就是储备生命的源泉。人可以几天不吃饭，但不能几天不喝水；作物没有肥可以生长，没有水就会干死。修水库储备足水源，遇上干旱缺水及时补充。还有防止山洪暴发造成水害，旱涝调节变水害为水利。"

他越说越来劲："建水库是大有益处的，前景辉煌的，不久的将来，水库里的水不光能直接流进农田，灌溉农作物，还能流到锅里、盆里、碗里，让老百姓直接受益。

术辛风："发烧真烧糊涂了，不知说什么好了，和这些不懂事的说这些没用的。"小的们面面相觑，柳深青断断续续地说："正是因为他们不懂，我才要说给他们听。"柳飞岩俏皮地打破僵局："直接流到嘴里更好，张嘴就能喝。"几人忍不住发笑。

柳深青严肃地说："不能光等着流到嘴里喝现成的，我们这一辈建水库，管理水库的任务就落在你们这些人肩上。你们三个听好了，长大了都要管理水库，把水库管理得好好的，让水库发挥更大的作用，让广大人民群众都受益。"柳飞岩说："管水库多苦，下雨就得向外跑，下暴雨可能被水冲走了，多吓人，我不干。"柳深青越发激动地说："苦就不干了？越是苦越要抢着干，苦了一个人，幸福千万家。走，跟我看水库去。"术辛风忙阻止说："不能去，这是晚上，再说了，你身体根本就不行，站起来要摔跟头，没见过你这不要命的，再休息一夜等天明再去。"柳深青语气坚定地说："不能等到天明，现在就去，一定得去，快把我扶起来。"

术辛风知道他的倔脾气，只得说："你这是惦记水库，扶你起来，到地下试试能站住了再去。"柳深青说："好，下去试试。"刚一下地就摔了一个跟跄，术辛风赶紧抱住，说："快回炕上躺下，连站都站不稳更别说走路了。"他坐在炕沿上直喘气，额头上渗出豆大的汗珠。术辛风生气地说："水库那边又不是少了你不行，快死了那条心，安安稳稳睡觉。"柳深青抹了一把汗，用足力气说："一定得去。"术辛风犯愁地说："这样怎么能走？走不多远就要累趴下，实在要去，用车推着你？"他高兴地说："那敢情好，推着也得去，不光我去，你们全都去。"

同吃一锅饭

咸明通对孩子们说："这些锅我要收了，饭已经在大锅里做好了，你们都到那里去吃饭吧。"

"吃饭喽，吃饭喽，吃大锅里的饭喽。"仲明礼一蹦三丈高，蹿到东家蹦到西家，挨门吆喝着吃饭，兴奋传遍各家各户，孩子们滚雪球般涌出家门，越滚越多。佟津兴奋度不亚于仲明礼，嫌佟屹走得慢，在佟屹后背上推了一把，佟屹开始耍小脾气，站在原地不动，无奈，佟津放缓态度：“吃饭的时候给你挑个大的行吧？再不快走大的都被别人拿走了。”佟屹才噘着嘴跟着走。村中间的欧阳东、丰德强兄弟大呼小叫，村西向东走，村东向西行，村后的边凡典拉着妹妹走过来，妹妹见人多不好意思，拽着边凡典的衣角向后拉，男孩们蹦蹦跳跳特别高兴，女孩们也很兴奋，各自躲在门旁窥探。石山带领石岭、石岩兄弟与胡同里的柳飞岩、柳飞絮等一大帮同时到达村中间，与东西方向的伙伴会合，浩浩荡荡向吃饭地点奔去。

吃饭的地点设在村中央，由几间民房临时改建而成。吃饭的人多，锅要相当的大才能满足需要，大锅做出的饭香，被吃饭人命名为“大锅饭”。全村老的少的凑在一起吃大锅做的饭，热闹非常。

吃饭的人多做饭是一件大工程，还要照顾老人孩子的牙齿和胃口，咬得动嚼得烂。做饭的重任就落在术辛风她们身上，她一上任就进入了角色，挑选了几位精明能干的需要给孩子喂奶的中年妇女做帮手，她既是领班又是炊事员，要求互相协作又各有侧重。从来都是一家一户各自开灶，吃啥自己说了算，呼啦一下凑到一起，人多嘴杂，俗话说得好：众口难调，确实是一项重任。为了开好头，起好步，步伐稳，有创新，在前人没走过的路上开辟一条新路，她带领人几天前就动手整理卫生，准备用料和餐具，做到让大家吃饱吃好，从心眼里满意。

第一顿饭吃煮地瓜，从地里刨出新地瓜，一车一车推到院子里，术辛风等人紧三忙四地把地瓜放到大缸里，用特制的炊帚使劲地刷洗，洗刷干净后放到大锅里开始加大火力煮，这边锅里煮，那边继续做准备，煮好一锅盛到事先准备好的大缸里，接着继续煮下一锅。

吃饭时间到了，煮地瓜已经准备好了。上年纪的人陆续赶到，一位满嘴长满白胡子的老年人拄着拐杖，与明招新奶奶搭讪着，向吃饭地点走来。术辛风快步迎上前，扶老人到桌子中间坐下，奶奶挨着白胡子老年人坐，孙女没见过这场面，扎到奶奶怀里不抬头，孙子趴在奶奶腿上。奶奶精力被孙子孙女占用，对自己疏于管理，衣服都没了型，鞋散了架，前头还"挂了彩"。仲明礼的奶奶一到门上，仲明礼就牵着奶奶的手。仲明礼的奶奶身段细长，杨柳细腰，脚却小得出奇，俗称三寸金莲，可惜她老人家的金莲原料不足，几乎不足三寸，封建社会的典型标准，与身体很不成比例，走起路来颤颤悠悠，大有弱不禁风之势，却很健谈，很远就跟早到的两位打招呼。这把年纪的人能到一起吃饭实属件稀罕事儿，吃饭带来见面拉家常的机会，还能多接触一些晚辈。这不，她指着柳飞岩说："这个孩子跟我家明礼同岁，差不了几个月，生的时候我抱出来的，几年不见都长这么大了，小孩不愁长，你看人家多听话，不用人管自己坐着好好的。"转头对着柳飞絮："这个更小，也不用管，都省事儿了。"手指向柳飞扬："这个小闺女长得真俊，是个姐姐，樱桃小嘴大眼睛，小乖乖真叫人喜欢，看见她粉嘟嘟的小脸就想亲一口。"说到兴奋处，脚尖一颤悠，真想向前吻柳飞扬的脸，只可惜脚后跟拽住身体的重量，身子微微颤了一下，脚后跟原地未动，还好脚后跟楔子一样插在地上，不然的话身体准失去平衡。奶奶平时在家忙于照顾孙子孙女，无暇顾及别家的事，凑在一起，借这大好时机她要检阅经过她的手抱过的孩子。不等她评论的话语收尾，术辛风眼疾手快，急忙搀扶她坐在老人另一侧，仲明礼依偎在奶奶身上，没了在大街上活蹦乱跳的劲头，吃饭还要傍着奶奶，仲明礼的妹妹直接就钻到奶奶两腿中间。别看术辛风脚长仅有三寸半，但走起路来健步如飞。餐厅的后墙壁上画着三幅漫画：慢吞吞的老牛拉着一辆散了架的破车，赶车人用小条猛抽，仍然调动不出老牛快速的神经，慢节奏的遗风不改，高倍显微镜都看不出老牛抬蹄的速度，抽急了瞪起铜铃般的双眼，头向后猛甩，向抽打的人横眉竖眼抗议："别逼我，我本性就这样。"赶车人警告："别眨眼，告诉你，你的本性跟不上新社会建设的步伐，再不快改就要被淘汰。"不知风驰电掣的火车速度有多快，火箭多神速，从漫画中看到牛拉车在最底层，飞驰的火车要高出牛车一大截，火箭高高在上超过火车无限高，直观对比就能看出速度的差距。社会主义建设一日千里，如同火箭腾飞。术辛风雷厉风行的风格也是火箭式的。

老老少少吃饭的人到齐，术辛风端上热气腾腾的煮地瓜放到老人面前，叮嘱说："快趁热吃。"又把地瓜拿给不敢自己动手的小字辈，解释说："桌子凳子还没准备齐，老人先坐，小孩们就不用坐在桌子上，挨着墙根坐下。佟津你们坐这里，石山你们挨着坐，丰德强你和这些人坐这里，吃了不够我再给你们拿。"从小失去父母的林根木，在家就吃双目失明的奶奶用手抹进嘴里的地瓜面糊，身体瘦弱，术辛风特别嘱咐："这里就跟家里一样，多吃几个，快快长。"对卞家两个儿子说："喜欢吃哪样的自己挑，别不好意思吃。"吃饭的都是不能上工地的老人和孩子，术辛风兼有做饭和照顾的双重责任。

欧阳东背着欧阳红，领着欧阳方，柳飞扬领着两个弟弟，佟津领着佟屹、崔月蓉、卓尔群一大帮孩子都围坐在地上，手里捧着术辛风给的又热又软的地瓜，不声不响地嚼着。以前坐在自家炕上吃自己煮的地瓜，现在大家都在一起，既热闹又新鲜，女孩们怕看不好意思张嘴，光用眼看别人吃。柳飞岩一个地瓜吃了半截，突然一下扔到崔月林腿上，崔月林也不示弱，把手里正吃着的地瓜摔到柳飞岩脸上，柳飞岩抓起地瓜使劲儿一扔，朝崔月林打去，崔月林用手一挡，半截地瓜不偏不倚正打在崔月蓉右眼上，崔月蓉"哇"的一声哭了，手里的地瓜掉在地上，本来就怯生的崔月蓉哪能吃得住这一劫。柳飞扬急忙按住柳飞岩的手，责怪道："都是你惹的祸，刚才奶奶还夸你懂事，一会儿就现原形，不好好吃打什么仗。"欧阳方急忙给崔月蓉擦去眼上粘着的地瓜，又吹又揉眼睛才能睁开，崔月林捡起掉在地上的地瓜放到崔月蓉手里，劝道："别怕，不是故意的。"欧阳东抱起欧阳红警告说："谁打架二哥收拾他。"一场小小的风波平息了。

待白胡子老人吃完，术辛风快步走向前，把拐杖递到他手里，扶他站起身，打趣地问："老人家吃饱了吗？我煮的地瓜比你儿媳妇煮得好吃吧？"白胡子老人抹一下嘴巴，爽朗地说："好吃好吃，吃了两个半饱，天天吃你做的饭才好呢，活了这把年纪，没想到还能吃上你做的饭。"说罢，一老一少开怀大笑，两位奶奶也跟着笑了，笑声在屋内飘扬，吃饭的人都跟着笑了，连林根木的奶奶也被笑声感染，久违的笑容出现在她脸上，在荡漾的笑声中孩子们注视着老人颤颤悠悠地离开。上岁数的人走过漫长岁月，晚年同吃一锅饭，感受新社会新风尚。奶奶们笑着牵起自家孩子的手，术辛风辅助她们离开饭桌，柳飞岩朝术辛风吐了一下舌头，庆幸刚才的恶作剧没被母亲看见。

柳飞远放学回家，带上柳飞扬、柳飞岩、柳飞絮一同到食堂吃饭。他主动擦桌子、排板凳，老年人到了他微笑着打招呼，上前搀扶着他们坐下，孩子们到了，他指挥这个坐这那个坐那里，孩子们乖乖听他的，他安排坐哪儿就坐哪儿。都知道他是个大学生，很了不起。他端过一盆煮地瓜，让小孩自己动手拿。到他端着的地瓜盆前，他总提醒一句："想吃大的拿大的，想吃小的拿小的，拿好回到自己的座位上吃。"是术辛风的好帮手。丰德强刚拿好，他轻弹了一下丰德强的后脑勺，丰德强猛回头，手里的地瓜"啪"一下掉到地上，他"嘿嘿"笑着说："你再另拿一个，掉到地上的我吃。"小石头走到他跟前，他问道："今天还要不要挑最大的？"小石头知道这是在揭他的短，低头默默不语，见小石头不说话，便用手弹了一下他的额头，小石头不理不睬面无表情，他却爽朗地笑了。那是吃第一顿饭的时候，小石头看见热气腾腾的煮地瓜，伸手就捞了个大的，抱着就吭哧吭哧吃上了，刚开始狼吞虎咽地啃，肚子有几分饱后，啃的速度放慢，咬一口含在嘴里不咽，半天才吃下半截。小孩子都喜欢大的，眼大肚子小，吃又吃不下，扔又不敢扔，真是双手捧着个热山芋，急得大哭。术辛风接过半截地瓜说："吃饱了就行，剩下给我，我不嫌弃。"劝半天才把孩子哄好。刚从地里刨出来的新地瓜煮熟了的确好吃，尤其是大锅煮的地瓜，红里透亮，吃起来又香又甜又糯，要不怎么说大锅饭好吃，很适合老人孩子的牙口。孩子们各自拿完地瓜，他最后从盆里拿上地瓜，挤到欧阳东跟前坐下，边吃边说："我上学不在家的时候你就是他们的哥哥，我是他们的大哥，你就是他们的二哥，好好管着他们，上学的时候你还得领着他们。"用手指着围坐在一起的孩子们说："你们要听二哥的话，哪个不听话我回来可要跟他算账。"旁敲侧击柳飞岩的同时，也给欧阳东加了一项任务。这些吃地瓜的孩子们，吃着又甜又糯的地瓜心里美滋滋的，在成长的道路上留下了难以忘怀的记忆，这段经历对他们的人生将产生深远影响。

第一顿煮地瓜满足供应，人们吃得差不多时，术辛风插空说："不能光让大家吃煮地瓜，晚上换个花样，做老的少的喜欢吃的三合一，地瓜加上萝卜和豆子面，饭菜搭配有营养还有咸味。"晚上吃饭时三合一端上桌，香味扑鼻，孩子们的馋虫上来，止不住吞了几口唾沫。孩子们像吃年夜饭一样大吃大嚼，"嗖嗖"地喝汤声很有西风劲吹的声势，汤足饭饱后背上渗出汗渍。见大家满心欢喜，术辛风又说："秋天收了地瓜就摊地瓜煎饼，今天晚上就开始剁地瓜，上磨推，明天早上叫大家吃上新煎饼，另加白菜叶糊糊。"吃饭的人齐声喊："好。"东方出现鱼肚白，煎饼摊好了。早饭时刚摊的新煎饼送到吃饭人手上，吃到刚摊的地瓜煎饼所有人都喜不自禁，老人们卷起煎饼细嚼慢咽，品尝着滋味儿。孩子们拿到煎饼跟虎妈妈丢给小虎崽一根骨头一样又啃又嚼，吃得撒欢儿，吃完吧唧吧唧嘴，品尝咀嚼的味道，好像嘴上抹了蜜。煎饼除在家的人享用外，还要供给外出和上学的人吃。

夜里西北风劲吹，狂风卷着残叶在空中打旋，树梢完全没了支撑力，任凭狂风蹂躏，树枝身不由己地摇摆拧出哨子般的凄惨叫声，单薄的衣服挡不住疾风的狂虐，吹得人们透心凉。为了减少受寒面积，人们双手揪住衣襟用力裹住胸膛，双肩使劲收缩，把头缩到肩中，双肩包裹住脖颈，尽量使其肌肤少暴露在寒风中，不多的热气从嘴和鼻孔中飘散在眼前，不一会儿眉毛上镶满珍珠，人们快步向吃饭的地方飞奔。到屋里用力搓手，向手上呵气，想用嘴给手补充些热气，嘴里呵出的所谓热气已近零度，止不住的寒战连带着牙齿咯咯响。傲寒梅趴在母亲肩上喊："冷，我害冷。"嘴一咧鼻涕掉下来，眼泪鼻涕流到脸上。母亲赶紧解开衣襟，把她搂在怀里，用身体给她输送温暖，娇小的孩子呀，哪里知道母亲也被凛冽的寒风吹着，同样冷。

术辛风用力端上一盆热饭，抓起勺子以极快的速度一碗一碗盛好端到每个人面前说："快吃饭，趁热先喝汤，热汤烫烫肚子暖和。这才刚到八月底，天怎么说翻脸就翻脸，水缸里冻那么厚，锅里上了冻，锅底下烧着火化冻了才洗东西添锅里的水，这下地里的地瓜还不全冻了。"人们迫不及待地双手捧碗，用从碗中渗出的热量融化冻僵了的手，再端起碗喝下一口汤，一股暖流下肚，压下腹中的凉意。汤饭下肚，老年人的眉心舒展，眉毛上的寒霜褪去，双手不再僵硬。孩子们得到饭的温暖，小脸挂上红晕。

佟致力慌慌张张来到餐厅门外，咸明通立即走到他跟前埋怨道："霜降还不到就上冻，这是哪门子事？"

满脸愁容的佟致力："来寒流了，早上我去坡里看了一遍，正是生长旺季的地瓜全都冻死了，地瓜冻了就坏，坏了有毒不能吃，天灾呀！"

咸明通："地瓜冻了白菜萝卜也得冻，全年的吃食全完了。还好刨了些垛在场里，够吃几天。"

佟致力："得想保护措施。"

咸明通："快到屋里来。"

佟致力进屋坐下，术辛风立即端给他一碗饭说："快趁热吃吧。"

佟致力紧锁眉头不说话，如同冻僵了不接碗。术辛风只好把碗放在他面前，满屋人都瞪大双眼看着他。

他突然一拍桌子起身大叫："有办法了，跟我走。"饭洒了一地他全然不顾。

咸明通紧随其后问："什么办法？"佟致力："用火烧！"咸明通："什么？用火烧？你是急火攻心，怎么个烧法？"佟致力："在上风口点上火，浓烟顺风通过地上，把寒气赶跑。"咸明通："亏你想得出来，满坡的地怎么个烧法？"佟致力："保住一块是一块，粮食是老百姓的命根子，不能眼瞅着到嘴的东西糟蹋了。"咸明通："是，是。"

不多时，满坡的浓烟升起。

一年后咸明通站在餐厅中间说："从去年上秋我们开始一块吃饭，现在正好一年了，起早贪黑的，摊的煎饼还要供应在外边上学的、出门的吃，除了做饭，还要洗刷大家用的碗筷，一年下来做饭的既忙又很辛苦，他们却从不叫苦叫累。天越来越凉了，从明天开始，她们把饭做好，到吃饭时间每家来一个人带着罐子把饭领回家去吃，在坡里干活就提到地里一块吃。到离家远的地方干活，就不用回来领了，做好了到吃饭时间送到地头，再分给各户，自己带好领饭用的罐子、碗和筷子。"

一队、二队的人在火石岭上刨地瓜、切地瓜干。天到正午，送饭的用手推车推着饭桶到地头，按人口分到各家瓦罐里。分好后各家围着瓦罐坐在地头，家长把饭盛到碗里就开始吃饭，吃饭的声响在田间地头回荡。吃完饭把碗筷收拾到瓦罐里，开始干活，火石岭离家三里路，在地头上吃饭节省来回走路的时间。三四队在东湖割稻子，饭送到东湖稻田。坐在地头围着瓦罐吃饭又是一种就餐形式，这种形式又在青少年头脑中增加了记忆。

分餐制实行一年，咸明通对提着罐子到食堂领饭的人说："吃完今天这里不再做饭了，粮食分下去，回家自己做，想吃什么自己说了算。晚上开社员大会，书记还要给大家细讲。"

晚饭后社员大会如期在打谷场上召开，村民陆续到齐，佟致力走到中间问："第一生产队的到齐了？"第一生产队的队长站起身扫视一圈，回答："到齐了。""第二生产队的到齐了没有？"队长盛永民回答："到齐了。"三队四队主动喊："我们到齐了。"佟致力说："到齐了开会。眼下正是农忙季节，白天干了一天活很累，不开时间长了，早散早回去歇着。我先把事安排下去，再以生产队为单位安排生产的事项。今天晚上主要告诉大家，村里不再统一吃饭了，统一吃食堂好几年了，到今天为止散伙，秋季把口粮分到各家各户，自己该怎么吃就怎么吃。"罗初兰抢着说："还是吃食堂好，我们不用忙着回家做饭，一门心思干活就行了。"妇女们七嘴八舌地说："还是吃现成的省事。不然的话，家里一头坡里一头都得忙。"战三役媳妇说："自己做饭还得操办买盐买火的，没处操办个大钱，一块儿吃饭就不用自己操办了。"阚解放媳妇说："要自己做就多分些粮食，掂量着分到家的口粮一冬天就吃上了，过年春上又没吃的了。"其他妇女们也随声附和："是得多分些，吃完了没东西下锅还是个愁。"佟致力大声说："你们说的这些是要考虑，统一吃食堂是根据当时的需要，现在散伙也是根据上级指示精神决定的，不是我们自行其是。咱这里是人多地少，土地瘠薄，不能旱涝保收，打的粮食很有限，先保证交足公粮，留下种子，剩下的按人口分下去。大家紧巴着吃。"不等佟致力把话说完，卓尔群抢着问："什么是公粮？为什么要交公粮？"卓尔年"吼"的一声："小孩子家瞎说什么。"佟致力语气温和地说："公粮就是把我们收的粮食交到公家去。"孩子们齐声嚷嚷："不交，我们不交公粮，留着自己吃。"佟致力耐心地说："孩子们，乡亲们，公粮一定得交，不但要交，还要交好的。公粮是给保卫祖国边疆的解放军战士、干公家事的人吃的，他们把守祖国大门理所当然吃好的，为大家操心办事的应该吃，不交公粮他们饿着肚子怎么站岗放哨？只有他们保卫祖国我们才能过上安稳的好日子。大道理就不讲了，各队分开。"散会后路上叽叽喳喳一片嘈杂声，妇女们敞开嗓门："好不容易吃了几年现成饭，吃得好好的又变卦，这还得自己操办。""没打谱自己拌着吃，菜也长得不好，这是弄得哪门子事。"少年们也掺和，佟津："一块儿吃好，见得人多。"崔月林："我喜欢一块儿吃饭。"卞召忠："我喜欢到食堂里吃饭，从到食堂吃饭我娘就不哭了。"林根木："食堂里的饭好吃，在家我奶奶天天做地瓜面糊往我嘴里抹。"欧阳方："一块儿吃饭崔月蓉都不怕人看了，嘴张得大大的。"崔月蓉："你的嘴也大大的。""哈哈。卓尔群."快走别落下，大人到家了就关门。"

社员大会以后又恢复了老皇历，各家开始做饭。刚分下地瓜放开吃了几天，马上就开始数算着吃，为了来年春上不断顿，下锅都要掺糠使水，糠菜掺半，做出的饭菜远没有大锅饭好吃，虽说术辛风做饭手艺高，但锅里同样蒸的糠窝窝、炖的野菜汤。俗话说得好：巧妇难为无米之炊，没有地瓜下锅自然就煮不出好吃的地瓜。集体吃饭时柳飞岩把地瓜当石头，拿地瓜打闹，眼下再拿到地瓜，他宁愿伸长脖子，噎得眼圈发红，也会迫不及待地把地瓜吞下，哪里还舍得到处扔。自然灾害落到老百姓头上只能忍饥受饿，吃糠咽菜。

饱尝大家庭温暖的青少年，对吃大锅饭十分留恋。

改造荒岭造良田

"哎，我没记错，今天是腊月初六，载厚生，你腊月初六娶媳妇。"廖楚林突然惊叫。

"是的，是我娶媳妇的日子。你的记性真好，我娶媳妇的日子你记得清清楚楚，别嚷嚷，先干活。"载厚生回答。

"大喜的日子，干什么也没有娶媳妇重要。快别干活了，回家准备娶媳妇。"廖楚林催促道。

载厚生微笑着："又不是你娶媳妇你急啥，我还没急你急你倒急起来了，干活吧。"

廖楚林用命令般的口气说："载厚生，活儿是天天干，娶媳妇可是一辈子就一回，少干天活儿算什么，娶媳妇是大事，别干了快回去。"

载后生斩钉截铁地说："你不用再说了，还是先干活，散工后接过来不就行了。"说罢，铁锤铿锵有力地砸向钢钎。

廖楚林嚷道："还有你这样的，光顾干活娶媳妇都顾不上。哎哎，停停，今天我们换换，我抡锤你扶钢钎，你光顾高兴万一一走神把锤砸到我手上可就麻烦了。"

"你小心过火，放心，砸不着你，我既然在这里干活，就安心干好。"载厚生辩解道。

64

廖楚林："不行，还是换换吧，你已经抢了几天大锤了，也该我抢锤了，再说了，别太累了，好事儿还等着你呢。"

廖楚林不容分说夺过锤："扶好了，看我的。"

一会儿工夫载厚生喊："停，够深了，你歇着，我把坑里的石沫子清理干净。"

廖楚林拄着锤把说："装炸药接雷管的就烦坑里有石沫子，石沫子影响炸药的爆破力，清理不干净他们就向队长反映，咱可从来没让他们提出过意见。"载厚生："这些要求都装在心里，让别人提了意见就不好了。"

廖楚林："哎，载厚生，你媳妇漂亮吧？凭你的条件一定得找个漂亮媳妇。"

"漂亮不漂亮明天我把她领到工地上你看看就知道了。"载厚生知道要拿他开涮，呛他一句堵他的嘴。哪知廖楚林的嘴不但没堵住，反而变本加厉："别逗了，明天你就让媳妇上工地？没有那一说，你同意你媳妇还不同意。我问你，娶了媳妇那个——你会吧？要不要我教你？"廖楚林龇牙笑着。

"乌鸦嘴，越说越离谱，你娶媳妇的时候谁教你？没人教你不照样会。清理干净啦，再凿下一个。"

"好嘞。"挨呲儿的廖楚林没有丝毫怠慢，马上收起笑容，一本正经地用力抡起大锤。

太阳眯着笑眼，毫不吝啬地把有限余光洒给大地，静悄悄隐身山底。盛永民大声宣布："今天是个好日子，早收工，去载厚生家看媳妇，闹喜房。"以佟津为首的这帮儿童团闻声高喊："看媳妇啦，看媳妇抢喜糖喽。"撒腿就往回跑。

民兵连长对载厚生说："今天要给你办一个新式婚礼，你回家换上新衣服，我们带上锣鼓家什到你家门口集合。"载厚生欢快地向回走，民兵连长来到宣传棚大声喊："青年民兵、共青团员都过来，散工后我们还有一项特殊任务。"人闻声都围拢过来，他放开嗓门大声说："我们要为载厚生办一个新式婚礼，带上锣鼓家什向载厚生家大门集合，等载厚生穿戴妥当，陪同他搞一个特别的迎接形式，办一个别开生面的新式婚礼。"青年们喜形于色，七嘴八舌："载厚生真厉害，娶媳妇娶出个新花样，我们借机跟着开开眼。"民兵连长打趣说："这可不是一般的新花样，想娶媳妇的抓紧行动，一定给你们办得好上加好。"民兵连长带领青年到达载厚生家大门口后，甄优丽与民兵连长说："这么办，你带领锣鼓队一班人前头开路，女青年四路纵队跟随，男青年四路纵队断后，我捧着两朵大红花打头阵。"

载厚生穿戴妥当笑容满面走出大门，看到大门上的阵势，忙说："为我娶媳妇摆这么个大阵势，让我太过意不去了。"迎亲队伍由甄优丽率领，簇拥着载厚生锣鼓喧天沿村中心街道穿行。孩子们忙疯了，蹦着跳着喊着，恨不得多长几条腿，跑前跑后，前呼后拥，充当着迎亲队伍的先锋。哪知迎亲队伍到达村西口，女方已经在村西头等候。女方没有金饰霞帔，没有轿抬车推，没有吹吹打打，简装便行，朴素大方。载厚生急忙到媳妇跟前，向新媳妇深深一鞠躬。甄优丽和民兵连长分别把大红花戴在载厚生和新媳妇胸前，两位新人立时光彩熠熠，面颊粉红，神清气爽。

锣鼓队原地来了个180度后转，载厚生和新媳妇并肩前行，甄优丽与女民兵两边护驾，铿锵有力的锣鼓声响彻四方，为一对新人鸣锣开道。

第二天，载厚生扛着铁锤，新媳妇扛着铁锹，肩并肩来到会战工地，工地上立即爆发出热烈鼓掌。

廖初林赞叹道："好小子，真有你的，果然把新媳妇领到工地，没放空炮，看不出你还真有两下子。队长，我不能再和他搭档了，得离远点儿。"盛永民迎上前，很礼貌地说："工地又添了新生力量，我代表全体社员欢迎你们。载厚生把大锤给廖楚林，你和媳妇一辆车，你推车她拉车。"

佟致力从公社会场急匆匆来到工地，和盛永民轻轻耳语，盛永民点点头，然后大声喊："全体社员同志们，到宣传棚集合。"社员们放下手里的工具，迅速来到宣传棚。盛永民笑着说："报告大家一个好消息，从明天开始，中午饭不在工地吃了，回家吃午饭，吃完饭马上回到工地干活。"儿童团拍着巴掌高呼："好。"佟致力摆手，民兵连长和甄优丽陪同载厚生与新媳妇到佟致力跟前。佟致力满面笑容地说："载厚生和他媳妇是新时代的两个好青年，打破陈规陋习，不走老路，不摆宴席，向老传统旧习俗发起挑战，为新一代青年树立了很好的榜样，这样的青年应该受到表扬。为表彰他们破旧立新的新思想，党支部决定给他们颁发奖品。"甄优丽扛起缠有红纸的镢头，民兵连长抱着用红纸装饰的锄头铁锨，两人把三件开荒种地离不开的工具放到书记手上。佟致力把沉甸甸的三大件礼品亲手颁发给两位新人。祝贺道："一对模范夫妻，两个劳动能手。"佟津他们呼啦围上去就要抢，小轮子、小英子、仲明礼一群也不甘落后。民兵连长喝道："不能抢，娶媳妇就该红红火火。不用眼馋，等你们娶媳妇的时候也发给你们，谁娶媳妇就发给谁。"术辛风微笑着握住新媳妇的手："祝贺你们新婚大喜。我代表全村妇女欢迎你，祝你们夫妻恩爱，早生贵子。"术辛风话音刚落，廖楚林抢先说："载厚生和你媳妇亲个嘴，抱一抱你媳妇。"社员们"嗡"地笑啦，孩子一齐嚷："抱一抱，抱一抱。"一阵叫喊使新媳妇脸色大红，不好意思地把头扭向一边。

佟致力马上解围："当着大伙的面就免了，晚上回家想怎么抱就怎么抱。他们是青年学习的榜样，敢于冲破老框框，向老一套宣战，为新式婚礼开了个好头，这个头带得好。党支部决定从今后，不论谁结婚都像载厚生他们一样，不用轿抬、不用车推、不收彩礼、不办嫁妆、不请客送礼，喜事新办，移风易俗，争当新社会的好社员，党支部都要颁发大件奖品。锄镰镢锨是庄户人家的贵重家当，是改变贫困的重要工具。可别轻看这锄头，锄头里面有水又有火，它可以在地里搂黄金，涝天锄地切断水分利保苗，干旱锄地防止水分蒸发利保墒，薄地勤锄当施肥，小苗勤锄生长旺，籽粒饱满秸秆壮，面筋长在锄头上；镰是家庭顶梁柱，大户家庭才配得上有，甩开膀子抢镰头，刨掉穷根走富路。你听——"大家屏住呼吸，他嗓门突然抬高："天连五岭银锄落，地动三河铁臂摇……全国的老百姓都在挥舞锄头，抢起镢头，向顽石开战，向荒山要粮，震得地动山摇，把锄头磨得银光闪亮。这样用不了几年时间，农村定会发生翻天覆地的变化，呈现一片新面貌。"雷鸣的掌声久久不能平息。

佟致力把保险灯拧亮，对参加会议的人说："人要生存土地是根本，要想吃饱饭多打粮食是关键。今天晚上召开支部、全体党团员会议，扩大到生产队长，秋收马上结束，结束后有大段的冬闲时间，应充分利用起来。支部商量决定：利用冬季农闲季节对土地进行改造。后来，人民有了土地权，由互助组、低级社、到人民公社，老百姓当家作主，但还是守着原有的贫瘠薄地，年年种地不打粮，遇上好年景勉强有收成，遇上旱涝灾害还是吃糠咽菜，甚至是断顿、闹饥荒，有些年份还靠吃国家救济度过春荒。现在我们有了集体的力量，给山岭薄地动个大手术，让贫瘠的岭地、板结的盐碱地翻个身。大家都当诸葛亮，有什么好的建议拿出来，大家的智慧总比一个人多，集思广益。"

支部成员："好主意，支持。"

佟致力："说具体些。"咸明通："常言道，庄稼地里不打粮，万般生意死了行。干什么都要吃饭，什么人都得吃饭，人一睁眼就要吃饭，吃饱了饭才能有力气。想吃饱饭就要地里长庄稼、打粮食，天上不会往下掉，这是明摆着的道理。"

盛永民问："具体怎么个干法？"

69

佟致力说："先拿岭地开战，把地表的火石剔除干净，撬开底下的酥石板，撬不开的用凿子凿，用炮轰，翻到上边风吹日晒进行风化，再加农家肥和水调剂，过不了几年就能改变土质。大块的不能风化的搬到外边，底下填上土，根据地势垒成梯田，利于保水保肥。边干边找经验，而后全面铺开，大大小小的一块都不放过；把碗一块儿瓢一块儿的零散地块儿连接成片，便于管理和耕种。"

丁朴开："好是好，这一动手工程量可就很大。"佟致力："要搞就搞个大的，搞他个天翻地覆。"

术辛风："火石岭真该治理治理，底下全是薄板，连草都不长。"

卓尔干："河北沿那边全是沙，也不长庄稼。治岭治洼也该治沙。"

佟致力："全都治。"

卓尔干："沙更难治。"

载厚生："别光想这难那难，实际干起来能找到路子。"

民兵连长："最好让社员都明白治理的好处。"咸明通："土地是老百姓的命根子，一家一户想治也治不了，现在有了集体力量，说治都欢迎。"

佟致力高兴地说："好，就这么定了，干。明天晚上各生产队开会，支部人员分头到生产队听听社员的反映，先干起来，遇到问题再商量解决。"

甄优丽："开工之前最好开个誓师大会，把形势造出去，把劲头鼓起来。"

佟致力点头："嗯，有必要，这是一条前人没走过的路，我们要走好。明天晚上开了社员会以后，用一天时间进行秋末扫尾，后天早饭后都集合到火石岭搞大会战。大家还有什么意见？""没有意见。"

民兵连长："甄优丽找两个人搭个宣传棚，明天晚上搞出来。"

甄优丽："不但应该搞，还应该搞大些。"

大会战开始了，男女老少齐上阵。工地上红旗飘扬，宣传棚上方贴着"治岭大会战"大字的标语耀眼夺目，棚里贴满了《决心书》《挑战书》。第一、第二队社员站右侧，第三、第四队社员站左侧，基干民兵、共青团员列队站中间，少年儿童站在前，队伍齐整，蓄势待发。佟致力站在宣传棚前大声宣布："从今天开始，我们要进行一场治地大会战，让连草都不长的荒岭薄地翻个身，长出好庄稼。以前我们势单力薄，没有能力改造它，年年种地不打粮。现在我们有了集体的力量，男女老少齐上阵，定叫荒岭变良田。大家有没有信心？"

"有。"社员们齐声回答。民兵连长大声说："我们民兵不怕苦不怕累，会战工地打先锋。"

甄优丽："共青团员一不怕苦二不累，哪里艰苦就到哪里去。"

术辛风："妇女能顶半边天，不怕早出晚归流大汗。"盛永民大声说："苦战一百天，让火石岭把身翻。"

丁朴开："一队社员很能干，敢和二队来挑战。"站在前面的孩子们把手中的筐头抛向空中："噢、噢，挑战喽，挑战。"

一场史无前例的战役打响，未成年人挎着筐头捡地面上的火石子，

71

妇女劳力抬着大筐、推着车子运石块。青壮劳力用钢钎撬，成片顽固的揭不开，只能放炮轰。石块分类处置，把有利用价值的进行筛选，挑出来垒地堰，影响作物生长的障碍物用手抠也要抠干净。地面整理得松软平整，整一块儿成功一块儿，确保土层厚、土质好，利于保墒保苗。

午饭时间集中到宣传棚，各家依次就地而坐，安静地嚼着煎饼、贴饼子，个别人家啃窝窝头，就着大葱和咸菜，大家吃得津津有味。

"我不吃窝窝头，我要吃煎饼。"正吃的当口，突然一声咋呼惊动了吃饭的人，吃饭的一齐把目光扭向寥旺草。就听寥楚林说："窝窝头好吃，多给你一块儿咸菜。""我牙疼，窝窝头啃不动，就不吃。"寥旺草还是没完，寥楚林媳妇："煎饼没了，晚上回家摊，你哥哥和你吃一样的，他们都能吃你就不能吃？"听到这话佟屹跑到寥旺草跟前把自己正吃着的煎饼塞到他手里："吃我的。"柳飞絮把手里的半截煎饼塞过去："我的煎饼给你，你吃吧。"术辛风刚卷起煎饼咬了一口没来得及嚼，走到寥旺草跟前说："幸好我才咬了一口，给你，把窝窝头给我。不能怨孩子不爱吃，在外边风风刮刮的，窝窝头凉了啃不动，最好带煎饼。晚上摊煎饼我去给你烧火。"寥楚林忙说："他正好掉牙。够了，够了，够他吃了。"

佟致力站到中间干咳了一声，听我说："带孩子的妇女劳力下午早些收工，天傍黑回去准备晚饭，连第二天要带的也准备好，其余人接着干上一个时辰再收工。收工后各生产队的雷管、炸药安排专人保管，一定要保管好，确保不出任何问题。晚饭后党团员到这里集合，用挑出的乱石块垒地堰。地整好了地堰也垒成了，两道工序齐步走。修成梯田以后好事就多了。就拿送粪来说吧，不用咬着牙瞪大眼汗珠摔成十八瓣，不用费多大力就能送到地里。庄稼收割后装上车，运输跟驾云一样轻松。所以我们要快修，地整好了，路修好了，等以后有了拖拉机，用拖拉机运粪，用拖拉机耕地、播种，用拖拉机浇水，收割庄稼要多省事就多省事。我们可以直接架上管子，天旱了直接放水浇地，既省时又能让粮食稳产高产。有梯田陪衬庄里的面貌就跟城市一样，到那时大囤满小囤流，老百姓吃饭再不用愁。"卓尔年低声说："书记又吹上了，光想好事。"战三役敞开嗓门大声说："想个星耍耍吧。"卓尔干问："还有那样的鸡？别说它能耕地浇水，多下蛋让我们吃个够就叫人喜欢得不得了。"穿开裆裤的一群齐嚷："我要吃鸡蛋。"发自排小声嘀咕："吹呗，去开会就学着吹，反正吹大气闪不了腰。"身旁的人"哄"的一声笑开了。

待牢骚话停息，佟致力坚定地说："不用吹，我把这句话搁在这里，再过十年你看什么样。现在是刚开头，还看不出个眉目。到底怎么样由我们当家作主，把我们脚下的土地翻个身，让它在我们这一代人手中焕发出新的活力，多打粮食，单种类变成多种类，在只能长地瓜的土地里种小麦，不久窝窝头就会变成大白面馍馍。大米白面顿顿有。村前栽上苹果树，层层梯田连成片，硕果累累把腰弯，日子过得像皇上一样。"掌声哗啦啦响起。

盛永民咧着嘴一声喊："干活了。"他率先向地里走去。卓尔干：

"唉，别忙，我想说个事儿。"佟致力问："什么事儿？""大坑怎么填？"佟致力问："什么大坑？"卓尔干回答："炸药炸出的大坑，搬出石头剩下大坑。"佟致力说："噢，先干活吧，晚上凑一块儿商量商量，大家都出点子，办法总比困难多。"

"佟大伯、佟大伯在这里吗？"夜色中丰德强高声喊。"在。"听到喊声佟致力直起腰。惊喜地发现丰德强和丰书记站在石头坑上边，他急忙向前打招呼："是您，丰书记。"丰书记关切地问："工作进展得怎么样，顺利吧？"

佟致力忙回答："顺利。村民们积极性很高，土地是老百姓赖以生存的命根子，改良土壤就是为自己固本保根，大家都豁出命地加油干。眼下就是遇到一点儿小麻烦，正在和党员、团员商量解决办法。"

丰书记："什么小麻烦，找到办法了吗？"佟致力肯定地说："办法肯定会有的，正在商量。"

丰书记："充分发挥党团员作用是十分必要的，有问题多同群众商量。走，下去看看。"

两人来到坑底，丰书记观察了一番地形说："办法有了。"大家都睁大眼睛看着丰书记，想听下文，想知道这位公社书记到底有啥高见。丰书记说："这点儿困难算不了什么，比起大寨简直不在话下，只要大家有信心，多动脑筋想办法，再大的困难都能克服。大寨在山西省昔阳县的虎头山上，无土无水寸草不长。但大寨的干部广泛发动群众，群策群力，以愚公移山的精神，凭蚂蚁啃骨头的劲头，凿石挖山，创造了改天换地的奇迹。出门办事的人返回时要带回一把土，收工时背着石头下山，进山时每人捧上一捧土。他们坚持了几年时间硬是在青石板上造出粮田，寸草不生的乱石岗上长出了庄稼，他们造出来的农田命名为大寨田，是全国治山造田的样板。我们也要按大寨田的标准进行治理，改造好的农田也要命名为大寨田。全国各地都去取经学习，我是首批到达大寨参观学习的。后面又选派村级主要领导去参观取经，我们要把他们的精神学到手并且发扬光大，在全国各地遍地开花。我们这里的环境要比他好上若干倍，这里的土地结构主要是岭地沙地兼有少量湖地，拿下岭地就能见到曙光，这些有利条件摆在我们面前，只要大家有信心，齐心协力，心往一处想，劲儿向一处使，困难就不在话下。大寨为全国人民树立了榜样，他们能做到的我们一定能做到。"掌声响起。

卓尔干："用手捧能捧多么点儿？用手捧的土还能造出田来？"丰书记："当地的土奇缺，步步踩在石头上，不亲眼所见根本想象不到当地人生活多艰难。所以他们立志要改变，一捧一捧四下淘换，外出走亲访友回来时必定要捎回一把土，凭毅力和精神造出田来，所以说他们的精神值得学习！"

卓尔干："那我们找土就容易多了。"盛永民说："对，我们这点儿困难算不了什么，就是捧也要把它填平。"丰书记微笑着说："人多力量大，东处凑一凑，西处找一找，问题就解决了。"

佟致力："从明天开始，上坡时从家里向这带土，能带一筐带一筐，能带一捧带一捧。共产党员先行动。"共产党员齐呼应："坚决做到。"

罗初兰翻了一会地，过于用力她额头上渗出汗珠，脱掉棉袄放在翻过的松土上，转身时被不远处的术辛风看见。术辛风放下镢头走到罗初兰跟前："看样子你要生了，别抢镐头刨地了，约莫还有时间，快把衣服穿好，别冻着。"

罗初兰："已经到日子了，就这几天的事儿。"

术辛风一惊："早知道你有身孕，具体日子不清楚，怀着孩子干了一冬天，到日子了快停下，就是干也不能再抢大镐，小心孩子。明天别干了，在家待着，我找队长说去。你怕有人说队长媳妇搞特殊是吧？放心吧，没人会说，谁能和孕妇攀比，怀着孩子的女人累谁都明白，再说还要保护孩子不出问题，别抢大镐了。"

罗初兰急忙说："不用去说，又不是他逼着我干的，我是怕生了以后今冬就不能参加搞大寨田了，趁没生能干几天就干几天，工地上有好几个妇女都是怀孕的，我们说好了一直干到孩子临产再停下。凿石放炮推车不能干，翻地抠石头还能行。每人一段，深刨，翻土，挑石头，不窝工，整好了统一验收，这个办法是我建议的，我要拿出个示范，到地头样板就出来了。"

第二天一到工地，术辛风放下工具急忙去找盛永民。没等术辛风开口，盛永民抢先说："还没来得及跟您说，今天凌晨我媳妇生了，是个男孩，长大又是个壮劳力。今天正好是冬至，就给孩子取名冬志。一切正常，放心吧。"话没说完，一镐头下去砸得石渣飞溅。

术辛风看他顾不上说话，只得告辞。扭起小脚向盛永民家跑，她要亲眼看看产妇和孩子的情况。一进家门就喊："冬志娘，听说生了个胖小子，祝贺你。"她坐到罗初兰床前："让我看看孩子。孩子就是瘦，很爽利。不是说你，到时候了就不该再抢着镐头刨地，还好大人孩子平安无事，真要把孩子窝着伤着，我可难受死了。你是觉得自己是队长媳妇，就该抢着干重活儿，轻松利索的多干点儿就多干点儿，怀孕还得为孩子着想。"

罗初兰："干活习惯了，没那么娇气，看着工地上轰轰烈烈的劳动场面，在一起说说笑笑就不感觉累，再说了活动活动生得更顺利，你说我这是什么毛病，干起来就忘了自己是个怀孕的女人。我可不是因为是队长的媳妇逞能出风头，更不是谁逼着，谁强迫。大人孩子好好的，你就放心吧。就轮了几天镢头看把你吓得，红军长征途中，女兵在炮火连天的行军途中冒着生命危险生孩子，连性命都难保，她们也是骨头肉长的，都贪生怕死谁还向前冲？和她们相比，这算得了什么。就说你，虽然没参加长征，也没少挨敌机投下炮弹的恐吓，生头一个的时候正赶上鬼子进村扫荡，家里人把你藏在草垛里，才躲过一劫。"

术辛风说："别提那些事了，一提浑身打哆嗦，那时候的事儿你知道？"罗初兰说："知道，老辈人常说，对鬼子恨得咬牙切齿，这个仇什么时候都忘不了。我们是人，你们也是人，新社会妇女应该带头干。"术辛风放心地说："那好，你安心养着，把身体养得棒棒的，开春再继续干，我去看看那几个孕妇，向书记反映一下他们的情况，尽量安排干轻活儿。"

术辛风看完罗初兰终于一块石头落地，心中不由欣喜：女性是一支强大的生力军，庄户人家的女人善良朴实，吃苦耐劳，男人冲到哪里，妇女们就跟到哪里，男人开山放炮，女人们推车、抬筐、扛石头。肩膀磨破了，手上磨起了血泡，不叫苦不叫累，头疼感冒，腰痛腿疼不放在心上，不说到嘴上。挺着大肚子照样抬大筐，扛石头，抢着镢头刨地，推小车运土，争先恐后，不偷懒耍滑。新时代女性，受老一辈革命精神影响，传承着老一辈的好传统，肩负起抚养子女、照顾家庭、从事劳动的多重责任，不辞辛劳。长征途中一位女战士分娩，部队留下一个连作掩护，后边的敌人猛扑上来，战士死伤惨重，眼看着全连所剩无几，连长焦急地问，到底还需要多长时间才能生，产妇命悬一线，答不上话来。一位战士不解地问连长："为了一个未出生的孩子遭受这么大损失值吗？"连长坚定地回答："我们流血牺牲就是为了下一代，坚持住。"为了革命胜利，长征途中有多少女战士在生产时忍受着常人难以忍受的痛苦煎熬，即使熬过分娩痛苦，还要再经受骨肉分离之痛，继续征战。

为下一代不惜抛头颅洒热血；为了下一代战天斗地；为了下一代甘愿奉献，中华民族的这种优良传统要祖祖辈辈传下去。

新奇事

乡公所的大门上冒出一个木盒子，人们大为吃惊。全村男女老少一起跑到木盒子跟前，想弄明白木盒子是干啥用的。大家议论纷纷，指手画脚。正当大家指指画画的时候，木盒子突然说："海东人民广播电台，现在开始广播。"天哪，这一声简直惊掉人的下巴，太神奇了，不可思议！要不是挂在乡公所门上，大家一定会认为闹鬼了。到底是咋回事？

欢跃之后大人小孩瞪大眼睛问："谁说的话？木盒子说话？"匡小秋问卞召忠："它会说话？"卞召忠："我哪知道。"阚解放："一个平常的木头匣子能说话？真奇怪。"众人："新鲜，真新鲜，没见过这种新鲜事。"民兵连长说："到底奇怪在哪里？"罗初兰："还用问，奇怪得出奇，没有嘴能说话。"众人："对呀，怪就怪在没有嘴能说话。"众人围上前："有嘴才能说话，看看它的嘴在哪里，找出来。"找了半根本没有嘴。众人："怎么回事，奇怪事，新鲜事。"傲寒雪不甘心地说："用手摸摸行吧，或许能摸到嘴。"她大着胆子向前，把木盒子摸了个遍。说："就是个平常的木匣子，木头还是旧的，这样的木匣子跟家里的没什么两样。"失望地转身退到后边。别人看他摸，争先上前去摸："我摸摸，我摸摸……"摸完了一致说："就是个木匣子。可是木头匣子为什么会说话？"摸完了也没找出到底为什么。

崔月林："我们都找，一定会找到的。"欧阳东："我知道，里边装着话。"在场的人都笑了。吉立汉笑着说："小孩子说胡话，话从嘴里说出来就不见了，怎么能装进去？你说是怎么装进去的？"欧阳东唰的脸红了，不好意思地说："我哪知道怎么装上的？"丰德强说："话不能装，话一说完就看不见了，里边没装话。"佟津反驳："不装上哪能说话？一定是把话装里边了。"一个坚持装了，一个坚持没装，丰德强与佟津互不相让，争得面红耳赤，欧阳东一会儿帮着丰德强反驳佟津，一会儿又和佟津一唱一和，自己却说不出个所以然。

盛永民劝道："别争，先听听再说。"仲明全又到木头匣子跟前，仔细地用手摸摸上边，摸摸边框，低下头端详，再转到后边看看，几圈转下来仍然没有新发现，嘴里念念有词："就是个木头匣子。唉，不对，这不是一般的木头匣子，它不但能说话，还说得很好听。"突然惊叫："原来是个会说话的木匣子。"盛永民："对，有道理，是个话匣子，这个名字真好，以后就叫它话匣子。"仇除吏问："话匣子里边到底装话了没有？"仲明全摇摇头说："没看见。"仇扛戈："话又不是东西，拿不着，肯定不能往里装。"争论来争论去就是解不开这个谜。

突然听到话匣子说："今晚就播送到这里，再见。"众人戛然而止，睁大眼睛等待下音。反应快的亓开原接着话茬喊："再说一遍，我还想听。"话匣子果然接着重复说："今晚就播送到这里，再见。"亓开原一蹦三丈高："嗨，听见我说话了，叫他再说一遍真的就再说了一遍，我能跟话匣子说话啦。"在场的人越发吃惊，木匣子会说话就是一个谜，亓开原让再说一遍真的又重复了一遍，到底咋回事，可把人弄糊涂了。

民兵连长转向亓开原："你厉害，话匣子听你的，都还没听够，你让它再说，让它再说……"亓开原大声喊："我们还想听，再说一遍，再说一遍。"喊声再大也无济于事，已经没有任何反应。人们听得不过瘾，对他就是不依不饶。亓开原实在没招儿了，高声说："它的话说完了。"人们这才清醒过来。说完了，会说话的问题没弄明白，又一个话说完的新问题，越发弄不明白。

崔月林突然问："问问他明天还说吗？"这一问把大家提醒了，你看看我，我看看你，谁也回答不上来。林根本突然说："明天来看看。""对，是个好主意，应该来看看。"大家一致赞成。

甄优丽说："崔月林你离得近，你来看。"欧阳东抢先说："我也近我也来看。"丰德强、丰德壮、柳飞岩一齐说："我也要看。"甄优丽说："愿意来的都可以来，听到话匣子说话给大人说一声。"好家伙，简直就像领导特批了一项优待，激动得不知姓什么好，深夜的寒冷已全然不顾了。对于村民来说，一个平常的木头匣子能说话，无疑是一个重大发现，兴奋程度远远超过格伦布发现新大陆。话匣子的话早已说完了，人们却围着话匣子久久舍不得离去。

天刚蒙蒙亮，佟津趴在墙头上喊："欧阳东，话匣子说话了没有？"欧阳东从被窝里探出头："你先过去看吧，等我起床去找你。"脚步声由近及远，一群人跑远了。欧阳东正要开门，柳飞岩与同一个胡同的石板、石块、石材、卞召忠、卞召义一齐嚷道："我们看的时候还没说话，不知这会儿说了没有，我们再一块去看看。"簇拥着跑向乡公所。崔月林与明招新、仲明全等和他们跑到一堆，阚解放、战三役、须一丰在他们前头，干活的大人走到乡公所门前仰头望着话匣子问："说话了没有？"孩子们摇摇头，干活的人等待片刻才恋恋不舍地离开。来了走，走了来，来来回回，川流不息，一天不停脚。

太阳下山后，人们放下饭碗快速来到乡公所门前，生怕错过时机，大人小孩开始戳在那里。不知过了多久，终于说话了："海东人民广播电台，现在开始广播……""说话了，说话了，原来晚上才开始说话。"

小轮子大声质问："为什么白天不说？"小英子说："是没穿衣裳怕人看吗？""哈哈哈哈。"柳飞絮："又不是人，还要穿衣服。"柳飞岩反驳："不是人怎么能说话？"边凡典："人怎么能在话匣子里边？话匣子装不下人。"欧阳方说："白天说话大人没时间听，白天就不能说话。""对，说得对，还是欧阳方说得有道理。"大人都一致称赞。丰德强、欧阳东、崔月林齐反诘："大人没时间我们有时间，说话给我们听，我们哪会都想听。"崔月英："白天说话恐怕你们连饭都顾不上吃，连家门都不进。"丰德壮："我不吃饭也要听，我不怕饿。"发多格："我拿个煎饼吃着听。"正说得起劲，就听到："今晚就播送到这里，再见。再播送一遍，今晚就播送到这里，再见。"话音停了，发自排冲着发多格嚷："让你说，话匣子生气不说了。"发多格辩解："不是生气，是累了。"发自排吼道："你知道什么，又不是干活，说话还能累着？"原来如此，大家终于明白了两个问题：一、不是亓开原有神通，是他抢了个说话间隙。二、要等天黑才开始说话。从此，村民吃完晚饭就来到乡公所门前等候，数九寒天，深冬腊月，刮风下雪，天气恶劣，都要听话匣子，对匣子感兴趣，听话匣子成为不可缺少的一件大事。

话匣子的话好听，说的事新鲜，极具吸引力和影响力，让人听得上瘾，每晚都不舍得缺席。天冷得厉害，露天听的人都冻得浑身颤抖，不住地抹鼻涕，等话匣子一说"再见"一齐搓手跺脚抹鼻涕，双手捂住嘴哈着气向回走。卓尔群腿冻麻了想快跑回家，腿却不听使唤了，仲明礼一边跑一边喊："天太冷别站在外边挨冻，快回家。"卓尔群："我的腿没了。"仲明礼撂下一句话人早已不见。跟在后边的代多邨："你有腿，有两条腿。"第二天卓尔群把说的话已经忘了，晚饭后刚到话匣子那边，人呼啦围上来，七嘴八舌地问："你有腿，你的腿没少，这不好好的吗，怎么说腿没了。"卓尔群被问得瞠目结舌，好像自己说了谎。欧阳东问："你的腿好好的，怎么说腿没了，腿怎么会没？腿又没人偷。"卓尔群解释："是没人偷，昨天晚上听完话匣子一抬腿一点感觉都没有，就好像没了一样，半夜都冰凉，一直暖和不过来。"欧阳东说："可能是冻的，你连棉鞋都没穿。"崔月英肯定地说："就是冻的，我的脚冻的一点感觉也没有，半夜才缓和过来。崔月蓉手冻僵了，连扣子都解不开，喝了一碗热水才好些。"欧阳方说："我的脚冻麻了，鼻子也冻得疼。"小三丫说："我的耳朵冻得疼。"卓尔从说："我的手连扣子也解不开。"欧阳东："女孩都怕冻。"催月英："不是女孩怕冻，是穿的衣裳少，光穿件薄棉袄，里边空荡荡的，没有棉鞋穿，能不冷吗。"卓尔从："天太冷，又站在外边时间长，冻得厉害了就起冻疮，缓和过来痒得钻心，俺娘的脚就长冻疮了，不敢走，卓尔伍脸上都冻起一个水泡，怕冻得厉害了就不让他来。害怕冷你就早回家。"卓尔群："不，我不早回家。"其他的人也跟着说："冻着也不回家，回家听不见话匣子说话。"卓尔从说："冻得手麻脚麻也不想回家，插上耳朵听就挪不开步，要是家里有一个该多好。"崔月英："家里有的话就不用在外边挨冻了，想得倒美，有这个听就不错了。"卓尔群："柳飞扬冻着没有？她在哪儿？怎么没看见？你们看见她没有？"欧阳东："没看见。"卓尔群："难道怕冻不来了，不会吧？"话匣子开始说话了，刹住了议论。

第二天晚饭后卓尔群到柳飞扬家大门口高声喊："柳飞扬去听话匣子吧，再不去就晚了。"术辛风从屋里回答："她在家干活，你先去吧。"卓尔群顾不上多问，扭头就跑，到达目的地人都已经站满了，只得站在最后边，踮起脚向前看。凉风对着后背直吹，她使劲儿裹紧衣服。在外围巡视的民兵连长小声说："我领你到前边，前边有人挡着风吹得轻。"卓尔群被民兵连长领到前边。"咦，前边和后边听起来声音大不一样，在前边声音清晰、柔和。"卓尔群又悄悄挤到后边试试："说来奇怪，声音就是不一样，为什么不一样？"她抬头看看前面一层层的人都比自己高，穿着棉衣戴着帽子，不解地问："难道柔和的声音被一层层的衣服碰掉了？要想听得好，早来站前边。"

"真气人，雪花怎么光打我的脸，怎么得罪你了，去去。"祁有志边抱怨边拍打。郝开流说："正好帮你洗洗脸，把你洗白。"祁有志："好，给你，把你的脸洗白了，漂亮。"祁有志把雪向郝开流身上拍。郝开流说："我不要，还是你留着洗吧。"你一言我一语说得来劲儿。

卓尔干："不就是点儿雪嘛，站在雪里还怕点儿雪？哎，说小麦的事，听听说些啥。小麦过冬保苗？可惜没听清。是不是说小麦过冬保苗能有好收成？多收小麦天天吃白面馍馍那得保。"

祁有志："做梦娶媳妇光想好事，还想天天吃白面馍馍，好好听着，一会儿就说给你送个媳妇来，等着吧。"卓尔干反驳："谁不想好事？有好事还不叫想？给我送个媳妇来我就要，给我送了也给你送一个。"众人都被逗笑了。盛永民："我听好了，话匣子说雪覆盖小麦等于给麦苗盖上被子，保暖、杀虫、保墒有利于小麦过冬。等雪停了把路上、沟里的积雪全都推到麦田里，争取明年小麦丰收，话匣子比我们老百姓懂得多，听的时候别说话。"

傲寒雪："雪已经下了三天，话匣子能知道明天是下还是不下吗？"话音刚落，话匣子果然说："受西伯利亚冷空气影响，最近几天仍然有暴风雪，注意防寒防冻。今天就播送到这里，再见。"傲寒雪："哎，真说了，继续下别出门了。"

甄优丽："最近几天仍然有大风雪，话匣子把天气情况早告诉我们了，青年民兵、共青团员，按原来划分的小组，明天早上先扫路上积雪，扫出路来给五保户担水，共同抗严寒战风雪。"共青团员、青年民兵齐声答："是，服从命令听指挥。"

欧阳东神秘地对卓尔群说："柳飞扬家多出一样好东西，你想不想知道？"卓尔群："当然想知道，告诉我啥好东西。"欧阳东："你猜猜。"卓尔群："别卖关子，我哪能猜出来。"欧阳东："不是卖关子，是想给你一个惊喜。"卓尔群："她家的好东西多着呢，宝书、宝书台我都知道，除了这些还有什么让我惊喜的东西？"欧阳东："当然有，还不是一般的好东西。"卓尔群："你快告诉我。"欧阳东："要想知道自己去看。"卓尔群被说得沉不住气了，"不用你说了，我要亲眼看。"

原来柳飞扬家果然有个意想不到的好东西，房门上方挂上了一个话匣子。卓尔群一进门惊讶地喊："你家里有话匣子了，了不起，太好了！真能坐在炕头上听？"柳飞扬点点头。

术辛风："真坐在炕头上能听。离不开炕头了。"

术辛风浑身哪里都疼，起身时咬紧牙关，想挪动一下身子先皱眉。吃大锅饭时，为了使村民吃上可口的热饭，顶着刺骨的寒风，天不亮把地瓜、萝卜一起放在砸开冰碴的水里洗净上锅煮，让热腾腾的饭菜驱散人身上的寒气。为了能使人们吃上喜欢的煎饼，通宵达旦不畏严寒摊煎饼。她口齿利索，腿脚麻利，笑容可掬，说话柔中带刚，待人和气，走起路来如刮风，干起活儿来手脚麻利，如今却浑身都疼。乡公所门上安装的话匣子不但自己不能听，连柳飞扬都听不成。

柳飞扬看到母亲行动不便不忍心离开，安慰母亲说："娘你病了别急着干活，家里的活儿有我，你就放心好了。"早上术辛风挣扎着坐起身，柳飞扬抢着说："早上冷，你在被窝里多待会儿，我做饭。"术辛风："我待不住，到了饭时饭做不好都急不说，吃晚了耽误上学。"柳飞扬："我先动手，您不放心过一会儿起来烧火，千万别碰凉水。"

柳飞扬迅速动手，洗地瓜冰凉刺骨，心想："怪不得母亲生病，就是刺骨寒冷造成的，折磨着母亲的身体。再不能让母亲受凉了，越受凉越厉害，我把这些活儿全包了。"柳飞扬拾掇好了锅，术辛风支撑着坐到灶前烧火，熄火后柳飞扬说："炕上热乎您先上炕，在炕上吃饭。"术辛风费了很大劲才爬上炕，吃饭时柳飞扬盛好饭端给她，自己坐到炕沿上。柳飞岩和柳飞絮分别坐在锅台边。术辛风刚端起碗，柳飞岩一碗下肚，接着盛上第二碗，嘴里喊着："吃煎饼。"柳飞絮盛第二碗，柳飞岩一张煎饼吃完又要："二姐，给我拿煎饼。"柳飞絮接着说："我吃煎饼。"柳飞扬把煎饼递给柳飞絮，柳飞岩又盛了一碗，术辛风放下碗，柳飞扬把一张煎饼递给过去说："娘给您煎饼。"术辛风："我不费大力就不吃煎饼了，你吃吧。"柳飞扬明白母亲是舍不得吃，自己想吃也舍不得，就把煎饼放回原处。柳飞絮："你们不吃我吃。"伸手把煎饼抓到手里，柳飞扬把锅底仅有的饭盛到自己碗里。吃完饭，柳飞扬对母亲说："您就待在炕上别动，碗筷由我来收拾。"她在脚下垫上两块砖，把餐具收拾到大锅里，借着饭后锅的余温，加上水一个一个洗刷干净，再把锅刷干净备用，清理灶台，刷净锅盖，忙前忙后。

柳飞扬收拾停当，术辛风下了炕来到煎饼盆前，掀开盖在盆上的盖顶，看到煎饼已经见底，慢慢盖上盆，轻叹了一口气："唉，煎饼不多了，再不摊就接不上茬了，这两个人到了装饭的年龄，一顿好几个地吃，还要供给你爸爸和你哥哥。"柳飞扬见母亲满面愁容，已经猜出几分，用坚定的口气说："您不用愁，我来摊。"术辛风上下打量了一眼柳飞扬，摇了摇头。有气无力地说："先做准备，准备好了还是我摊吧。"柳飞扬："嗯，趁着天好先晒草、推磨。"柳飞扬一天忙得团团转。

第二天早饭后柳飞扬支起鏊子，准备好草和面糊等，术辛风来到鏊子跟前，手抚摸着肿胀的膝盖试了几次，为难地说："实在坐不下。"柳飞扬看着母亲为难的样子说："让我来试试吧。"

小得可怜的手一次只能抄起一小把面糊放到跟前的鏊子上，遇到热没挪窝就粘在鏊子上推不动了，成了一块不规则的饼子，拿煎饼匙子一抹，面糊一下滑到鏊子下边。她把火熄灭，又重新抄起一把面糊放到鏊子上，鏊子倒不热了，没有热度又粘不住。烧火就忘了摊，开始摊火就灭了，她抓把草放在火星上，鼓着腮帮子使劲吹，草复燃了，草木灰鼻子眼里都是，刚吹着火又忘记加草，接不上火又灭了。烟熏得她流眼泪、流鼻涕，擦眼泪时手上的煎饼面糊抹得满脸都是，手忙脚乱，盆里的面糊折腾得疙疙瘩瘩，生的掺杂熟的，煎饼匙子烧煳了半截。鏊子下边的灰里拌着草，草里掺着块状糊子疙瘩，全乱套了。术辛风急得掉眼泪，不忍心看下去，说："别摊了，以后不吃煎饼了。"柳飞扬说："娘，不吃煎饼不是长法，我们不吃，我爸爸我哥哥在外边不能不吃。你不是说过，这个活儿早晚得学。"

术辛风点点头："是呀，叔公公家婶婆婆难产，撒手人寰。叔公公跪在婶婆婆灵前大声号啕：孩子他娘，你就这样撒手走了，叫我和孩子怎么过呀！眼瞅着刚到四十的叔公公，一夜之间愁白了头。叔公公扔下自己的木工手艺活不干，在家既当爹又当娘，还是很难吃上一顿可口的饭菜，隔一段时间我就帮着摊一次，叔公公知道摊煎饼不容易，自己舍不得吃，留下给没娘的孩子们吃。待闺女长大些，叔公公就让闺女跟着学，我说孩子还小干不了这样的活儿，叔公公含着眼泪说：这个活儿早晚她得学。叔公公想快些让闺女学会不再让我受累，起初，和孩子一起坐在鏊子跟前向鏊子底下加草，指导孩子鏊子上面的摊法，可是鏊子一热孩子就烫得不敢伸手，缩着手不动，鏊子凉了面糊就滑到鏊子下边，摊煎饼要先会烧火，火候掌握好了才能摊煎饼，孩子哪懂这些，只知道煎饼好吃，哪里知道摊煎饼的难处，把个孩子折腾得鼻青脸肿，生气地说再也不吃煎饼了。叔公公在一边直掉泪，不得已我把孩子推到一边，给他们摊，等叔公公家煎饼吃完再去摊，到最后让孩子学着摊几个，摊不成煎饼就当贴饼子吃，一直把叔公公的闺女教会，解决了叔公公家吃煎饼的难题，眼下竟然轮到你受这份罪。"

柳飞扬："娘，别说受罪，我不觉得是受罪。你看我也摊出煎饼来了，你看这一张像切菜刀，这一张像个盘。不好的我吃。"烫红的手背变成水泡，碰到东西钻心地疼，脸上涂抹得小鬼一般，一抬头正好看到门上反射出灰头土脸的鬼样，术辛风笑了。术辛风抚摸着女儿灰不溜秋的小脸，心疼得眼泪流到脸颊。柳飞扬急忙说："您别难过，明天再试试，我一定能学会。"

第二天早饭后，柳飞扬整理洗涮停当，摊煎饼的用具准备就绪，她有条不紊地支起鏊子，有了昨天的经验，点上火热了一下鏊子，右手在煎饼匙子盆里轻轻蘸湿，在鏊子上面抖落一下，几个水点洒到鏊子上，"吱啦吱啦"冒起水泡，看着火候到了，右手抄起一块面糊放到鏊子上，"吱"的一声，来不及向前推已经粘在鏊子上了，熟了一半，她又慌了。

只得双手一起从鏊子上捧起烫手的煎饼。使劲一甩，煎饼掉到地上，她镇定了片刻，想了想，手抄起面糊放到鏊子上，手里的面糊都摊到鏊子上。她高兴地大声说："好了，像把扇子。"把扇形煎饼从鏊子上揭下来，火已经熄灭，她用烧火棍使劲翻动鏊子底下，草已经燃尽，连个火星都没有，她自己喊着："开始，重新开始。"又摊出一个扇形，喃喃自语："怎么还是这样？这样就这样吧，继续。"接着又摊了个扇形，下一个还是扇形，下一个还是，再一个还是。心想："为什么摊不出和母亲一样的煎饼？噢，还是功夫不到家。母亲走的桥都比自己走的路多，要想达到母亲的水平，还要多下功夫。他们大人手大，伸缩有度，用力均匀，抄起煎饼糊子围着鏊子转一圈，整个鏊子就满了，一张煎饼就摊出来了。自己手小得可怜，手指不能灵活自如，一次仅能抄起一丁点儿面糊，在鏊子上滚动两下，占不到鏊子四分之一，所以只能是个奇特的扇形。"

先不点火，不用面糊，找找门道，使劲伸开胳膊，身子向前探，手要快，说不定能行。她点着火，身子前探，胳膊前伸，手的速度加快，果然摊出个大半圆。她身上立即冒汗，鏊子上的热度扑到脸上，脸火辣辣的。在大半圆的基础上她进一步尝试，身姿坐稳，以胳膊为半径在鏊子上画圆，双手配合，终于摊出个接近鏊子面积的煎饼，大喊："我能摊出圆的煎饼啦。难怪您肩膀疼，摊煎饼要用力伸胳膊。"半年时间，她才找到摊煎饼的窍门，再在火候上下一番功夫，煎饼就会更好了。术辛风欣喜地说："想不到你小小年纪，不但能吃苦，还会动脑筋，可惜耽误你上学。"术辛风抑制不住兴奋："你学会了摊煎饼，比给我吃了好东西还舒坦，挑张好的给我，让左升阳看看你摊的煎饼。"术辛风拿起煎饼走到东墙豁子大声叫："左升阳，你尝尝刚摊的煎饼。"左升阳快步跑到墙豁子跟前说："摊煎饼不容易，你留着自己吃吧，我不要。"术辛风："这是柳飞扬摊的，你尝尝吧？"左升阳吃惊地问："她摊的，那我尝尝。"说着咬了一口，连连说："不错不错。小小年纪还会摊煎饼，不简单。"术辛风白豪地说："不光是煎饼摊得好，饭做得也不错。一次柳飞远吃完了饭问，娘你好了，能做饭了？我说："是柳飞扬做的。"柳飞远说："和你做得一样好吃。那煎饼是谁摊的？难道也是柳飞扬摊的？"我说："是她，你感觉好吃吧？"柳飞远："没想到，她的手艺不比你差。"我说："柳飞扬起早睡晚，不怕吃苦练出了一身做家务的硬功夫，可惜把上学耽误了。"左升阳心疼地说："可不是吗，难为她了，耽误上学太可惜了。"

柳飞扬晚上烧好热水，把瓶子灌满给母亲暖被窝。懂事的孩子，知道心疼母亲，替母亲分忧解难，没时间到学校学习。术辛风因为身体原因耽误柳飞扬上学很自责，时常说："是我拖累了你。"

家里有了话匣子可就解决问题了。

卓尔群打趣地说："以前就说广播匣子上炕头，真让你说准了，果然上炕头了，和乡公所挂的那个一模一样。"术辛风："话匣子可真好，句句话说到咱老百姓的心坎里，不出家门就能听到社会上的声音，以前光说还不知道这个东西这么好。共产党从来就是说到做到，不说空话。"

91

卓尔群："什么时候让柳飞扬上学？"

术辛风："不是不让她上，你看我这手指头关节肿胀得伸都伸不开，连个针都拿不住，纳不了鞋底，搓不了麻线，勉强忍着疼缝缝，洗衣做饭干不了，她去上学了我们连饭都吃不上。"

卓尔群："家里确实离不开她，课堂上老师讲的知识我听懂了，就是心里明白说不出来，我要是会讲的话给讲讲，老不上学也不行，要不然我给你讲讲试试？"

柳飞扬："我都一年多没上学了，落下太多，你从哪里讲，我也跟不上。"

卓尔群："确实是个难事，我真没能力讲明白，那可怎么办？"术辛风："真让人犯愁，你这个小能人再另给想个办法。"卓尔群不好意思地说："我哪里是小能人，要说能还得数柳飞扬，她才算个小能人，婶子大娘都夸她。上岁数的人中还得数你最能，什么门道都有，老的少的都佩服。"

术辛风哀叹道："能耐再大摊上病就没本事了。"卓尔群："听了话匣子以后感觉怎样？"术辛风："听着话匣子舒坦多了，盼着一天比一天好。"

卓尔群："对呀，说不定哪天话匣子能给出个妙方把你的病治好了。就是没有妙方话匣子也能帮你打起精神战胜疾病，你很快就会好的。"

术辛风："好，你小小年纪很会说话，借你的吉言，话匣子快帮我把病治好，让柳飞扬回到学校。"

话匣子能使人身体健康，话匣子能助人成才。

"海东人民广播电台现在开始广播。"柳飞扬重复着。家里安上了话匣子，她就开始跟着话匣子学说话，话匣子为她的学习打开了方便之门，没有时间到校上课，跟着话匣子学既方便又不耽误干家务，她越学越爱学。柳飞絮："二姐，你说什么，跟着上面学？大人还要学说话。"

柳飞扬："嗯，学说话，大人也得学，话匣子里说得好听，说的事多，新鲜，让人懂道理。"柳飞絮："你又不是不会说话还要跟着学。"

柳飞扬："是会说话，只能说很少的话，很简单的话，话匣子说的话比我们多多了，你也一起学吧。"柳飞絮："我听不懂它说的什么，学不了。"

柳飞絮刚说完，柳飞岩又接着："话匣子是听的，不是叫你学的。"

柳飞扬："听的也可以学，一边听一边学不更好吗？话匣子里和我们说的话很多不一样，学些好的，把自己说的改了。就拿开头这句说吧，现在开始广播，要不是听话匣子，我们根本就不知道'开始'是什么意思。我们说这会儿、开头儿，我们说日头出来了，话匣子里说'太阳升起来了'，还有每次结束了都会说'再见'，你懂得再见是什么意思吗？谁会说再见，我可从来没听别人说过，要不是从话匣子里听见，我们永远都不会听到。虽然我不明白啥意思，但听着口气就猜出说完了，下一次再说。需要学的多着呐，一起学吧。"

柳飞岩："听不明白，等不到我听见说啥就说过了，我跟不上。"

柳飞扬："跟不上没关系，听了上句接不上下句也正常，反正听比不听好，学一句是一句的，越学越多，一边听着不耽误干活，越听越熟，一边听一边琢磨着，多听几次就会懂。"

柳飞岩："我喜欢听开头唱的歌，歌倒是很好听，就是不知道唱的什么。我要是唱得这么好听该多好。"柳飞扬："好大的口气，你连话都说不好还想唱好，那是不可能的。你要想听懂就得学说话，话说好了才知道唱的什么。"

柳飞岩："老师肯定知道唱的什么歌，先问问老师，再听就明白了，先学会唱再用二胡拉，我一定要拉得和话匣子里一样好听。"每次话匣子一开始，柳飞岩就抢着唱歌。柳飞扬："你胡乱唱吵得我听不清，你还是别捣乱。"柳飞岩："你先别说，让我先唱，本来我就听不明白，你一掺和我就更听不明白。"两人互不相让。

术辛风："你们可找到好老师了，想学说话的跟着学说话，想学唱歌的跟着学唱歌，天冷坐在炕上头，天热坐在树底下，这样的好事儿到哪里找，还不快学争什么。"

柳飞岩兴奋地说："这就学，拿着二胡跟着学。"他找出二胡，不着边际地拉，一会儿不耐烦地说："一点儿也不像，不好听，怎么回事？真急死人了。唉，放起来吧，别给老师弄坏了。"柳飞扬："现在没唱歌光说话，你在那里乱弹我都没听好。"

术辛风："学什么就得下功夫，不是一时半会就能学好的。常言说：铁棒磨成针，功到自然成。得狠下功夫。"柳飞岩："我想下功夫，就是不知道把功夫下在哪里。"术辛风："想干好一件事首先要用心，仔细琢磨琢磨。"柳飞岩："那好吧，听您的。"

左升阳正专心跟着话匣子低声学。甄优丽："你跟着学？"左升阳："没影响你听吧？我尽量小声。"

甄优丽："没影响，昨天晚上挨着你才听见，学什么？你本来说话就比我们好听，还在学，原来是爱学。"

罗初兰打趣地说："人家想到话匣子里说。"

左升阳："你真逗，这么小的话匣子我怎么到里边？我是想学着和咱说得不一样的话。比方说，我们说日头，话匣子里说太阳，我们说困觉话匣子里说睡觉，我们当地种的秫秫，话匣子里就叫高粱，我们说的秫秸话匣子里叫高粱秸。昨天晚上话匣子里就说高粱抗倒伏才能夺高产，如果不知道高粱是指的秫秫，就和话匣子说的对不上号。你们注意了吗？我们当地说得扁嘴，话匣子里叫鸭子。只要用心听就能听出区别，仔细辨别纠正自己的说法。还有……"没来得及再说就听话匣子说："今天晚上就播送到这里，明天晚上再见。"甄优丽不好意思地说："耽误你学习了。"左升阳："学习的时间长着呢，每天晚上都能学。"甄优丽："你真是个有心人，向你学习，应该号召全体青年跟着话匣子一起学。"

术辛风家挂上话匣子之后，没过多久，全村家家户户都有了和乡公所门上一模一样的话匣子，说话时间一致，说的内容相同，时间一到按时广播。宣传时事新闻、好人好事、指导农业生产，引导人民奋发向上，满足了村民听话匣子的愿望，不用怕寒冷季节冻得手脚麻木，不用怕风吹雨淋，不用怕散工晚了跟不上趟，在家吃着饭照样不耽误听广播。

口齿伶俐、思维敏捷、语言流畅的人，村民会称其为"话匣子"，被冠以"话匣子"美名者会感到无比自豪。

又过了一段时间，对过大树上的大喇叭代替了乡公所门上的话匣子。大喇叭声音高亢嘹亮，被老百姓命名为"高音喇叭"，声音覆盖面大，在离村较远的庄稼地里都能听得清清楚楚，高音喇叭真是名副其实。

神奇发生了，1970年4月24日我国第一颗人造地球卫星东方红一号发射成功，从太空传回《东方红》的优美乐曲，高音喇叭一广播，响彻四方，坡里正在挖菜的、拾草的儿童们把菜篮子抛向高空，蹦着跳着高喊："天上唱歌啦，歌唱到天上啦。"

田野里干活的人们无比振奋，扔下锄头镢头，高呼："天上唱歌了，太神奇啦，中国人了不起！能到天上唱歌。"

良方

术辛风僵硬的身体入冬来只能靠阳光减缓，一天中最佳时机是太阳爬上屋顶，照射到门里。此时她总是习惯地捧起《毛泽东选集》，挨着门槛坐在蒲团上接受阳光照射。在阳光和煦的照耀下目不转睛地翻看一篇又一篇。这天天气特别好，翻看时间久了随意活动了一下身体，感觉全身热乎乎的。合上毛泽东选集，她抬头仰望天空，太阳已接近正午，手把着门槛没费吹灰之力就站起了身，浑身轻松，久违的舒适使她异常兴奋。

她甚为高兴。"可找到解除疼痛的良方啦。浑身疼痛无药可治，折磨得人死去活来，原来学习毛泽东选集就能解决，这个办法好，以后记住就这么办。"她看到希望，在原地转了几圈，捧着《毛泽东选集》爱不释手。"这么好的书要倍加爱惜，必须放在显眼的位置。放哪里最合适？"

琢磨了一会儿自语："这么办。"她到南墙根找了四块砖，把砖擦洗干净，放在太阳地里晒干，搬到方桌上，把《毛泽东选集》放上去，认真端详，觉得还不满意，又把砖块从方桌上搬到地下。然后自信地说："有办法了，这么办。"她翻箱倒柜地找出一张大红纸，用红纸把砖包好，放在正面方桌上，桌子上东西全部清理干净，把《毛泽东选集》端端正正放在正中，放好后端详，自言自语地说："行，这样才合适。"

转念又一想："好像还缺点儿什么，应该有个合适的名字更好。"

左端详右端详，双手一拍："是个台，《毛泽东选集》是宝书，放宝书的台，应该叫'宝书台'。"她为自己的发明感到自豪，抑制不住内心的激动，兴奋得跟孩子似的。

柳飞远晚上刚到家，术辛风就急不可待地告诉他："今天专门为《毛泽东选集》制作了一个摆放的好地方，你看怎样？"柳飞远吃惊地说："您还能设计出一个专门摆放《毛泽东选集》的台？您是怎么想出来的？"

术辛风："《毛泽东选集》能武装头脑，这样的好书应该放在一个显眼的地方，抬头就能看见，所以把这个台叫'宝书台'。"柳飞远说："很好，名字很响亮，就叫宝书台。"术辛风接着说："把这三个字写到台上面更好，就等你回来写。"柳飞远："好，我这就写。"柳飞远立即动手恭恭敬敬在正前方写好"宝书台"三个字。

正面方桌上有了"宝书台"，满屋光辉闪耀，她抑制不住兴奋的心情，脸上绽放出灿烂的笑容。

"我要告诉左升阳。"她来到墙豁子处高喊："左升阳来我家看一样好东西。"

左升阳闻声跑到墙豁子处问："什么好东西？把你高兴成这样？天不早了，明天再去看吧。"

术辛风抑制不住内心的激动，说："别等到明天，现在就来。"

左升阳立即翻过墙，一进门就惊讶地说："咦，真好呀，大姐，你厉害，这是对《毛泽东选集》的热爱，我快回去做。"当晚左升阳就把"宝书台"做好了。

左升阳抑制不住兴奋，激动得几乎一夜合不上眼，天刚亮就到佟致力家："佟书记，告诉你个好消息，术辛风发明了一样好东西，你快去看看。"

佟致力问："你快说啥好东西？"

左升阳："您还是亲自去看看吧。"

佟致力跟随左升阳来到术辛风家，进门就喊："你搞出什么新发明？"

术辛风微笑着说："宝书台，专门放《毛泽东选集》的。"佟致力看后说："好，真好，您这不仅是对《毛泽东选集》的热爱，而是对领袖的尊敬，是带着感情发明的，这个发明搞得好。"

欧阳东第一时间就把好消息告诉卓尔群，卓尔群急不可待地去他家欣赏，俩人又从墙豁子爬到柳飞扬家，卓尔群说："你们两家的一模一样，真让人眼馋。"她忍不住想用手去抚摸。

术辛风忙阻止："只能看不能摸。"卓尔群忙缩回手，一直盯着"宝书台"看不够。

早饭后佟致力与文竹一起来到术辛风家，文竹夸赞说："大姐，你真是好样的，肯动脑爱学习，宝书台的名字叫得响亮，很有意义。"

文竹语气坚定地对佟致力说："精神可贵，这种精神值得学习和发扬，忍着病痛折磨坚持学习，这是人民群众对毛主席发自内心的热爱，应大力提倡和学习。我向丰书记汇报，并建议在全公社推广。"

佟致力高兴地点点头："值得学习，我首先发动全村人来学习。"

没过多久，这项创举全面铺开，"宝书台"走进了千家万户。

表心愿

晌午，术辛风来到墙豁子处喊："左升阳我有事儿跟你说。"左升阳闻声立即到墙豁子跟前，问："大姐，什么事儿？"术辛风："现在有时间吗？有时间的话求你个事儿。"

左升阳问："大姐啥事儿？您是轻易不求人，求人一定是急事儿，我的事儿放后先给你干。"

术辛风："求你给我写封信。"

左升阳一听写信，难为情地说："写信？给谁写信？我认不了几个字，这是你知道的，会写得比认得更少，不是我推辞，我可写不了。你家柳飞远是个有大文化的人，什么信还写不了，让他给你写不更好吗。"

术辛风："让他写是行，可他单位里忙，很长时间没回家了，还不知道他什么时候能回来，可我等不及。"

左升阳："啥事这么急？过年他准能回来，再说了，离过年也没多长时间了。"

术辛风："正是离过年没多长时间，所以我等不得他回来。"

左升阳："到底谁的事儿这么急？"

术辛风："是这么回事儿，托毛主席的福我们过上了好日子。亲戚朋友、左邻右舍到过年都拜个年问声好，毛主席是我们的当家人，咱吃水不能忘了打井人，大家从心眼里感激他。过年了给毛主席写封信说个心里话、问句好、表示个心意。告诉他，老百姓都安居乐业，旧社会那种苦日子熬出头了。让他别累着，身体好好的带领全国人民把国家建设得更加富强，让我们日子越过越好。你看应该不应该？"

左升阳又惊又喜，连连称赞："应该、应该，真有你的，还得说你想得周到，可我真的写不了。要不这样，你等不及柳飞远回来，就请学校老师帮忙行吗？你腿脚不方便，先回屋去，我去学校找郑老师，让他晚上抽空来写。"

晚饭后郑老师带着信纸和笔，如约来到术辛风家。坐到术辛风面前，铺开信纸，手握笔做好了写信的准备。"您要给毛主席写些什么，您说吧，您说我写。"

术辛风胸有成竹地说："毛主席的恩情三天三夜也说不完，说重要的……"她连珠炮似的一二三四罗列着要写的内容。郑老师听她讲得很动情，握着笔只顾静静听，竟忘了动笔写。术辛风说完看着郑老师一动没动，不解地问："老师您怎么不写？难道这些不应该写？"郑老师："您说的这些让我感动，这些都应该写，不过您说的这些要写一大摞，我可以写，关键是毛主席他日理万机，没白没黑操劳国家大事，他要看这么厚厚的一大摞会占用他不少时间，会忙上加忙，这是一。再说，这快过年了，等写好了送到公社邮电局，再从公社邮电局向北京送，春节前能不能送到还说不准，我建议你还是不写信，改用别的方式，同样能表达您的心意，你考虑一下好吗？"

术辛风："你说的有理，不过其他表达心意的方式不如写信直接。"郑老师说："写信好是好，春节前这信不一定能到毛主席手里。春节前他收不到的话，您的春节问候他就看不到了。再想想，你会想出更好的办法。等明年春节早写，让他老人家过春节看到。"

术辛风："过年亲朋好友都要问声好，不问毛主席个好不应该。快过年了，怎么也要在过年之前向领袖毛主席表达个心意，过年心里才坦然。"

郑老师："你想写信是一种感激之情，用感恩之心就能想出好办法。"

术辛风："那就先不写，让我再想想。"郑老师走后，术辛风心想："我要是自己会写，早就给毛主席把信写好了，说说我的心里话，可惜不会写，一天一天过得真快，眼看就要到年底了，真急人。"

术辛风心里一个很大的心事一直搁不下，又想不出其他办法，急得她心急火燎。反复琢磨着郑老师的话，用感恩的心就能想出好办法。夜间她一直盘算怎么办。果然想出一个思路："写信是感恩，不写信也有感恩的办法。"心中一阵喜悦，坦然安睡。

第二天午饭后，她带着两张大红纸到学校找到郑老师，把红纸放在郑老师面前："老师我想好了。麻烦你用毛笔在这红纸上写上几个字，这几个字就代表我的心意，把字高高挂起，看在眼里，说在嘴上，看着就说，毛主席会听到。"郑老师："您真想出来了？"术辛风："想出来了，不写信，千言万语汇成一句话，一句祝福表心愿。"郑老师："说得好、说得好，您代表了我们老百姓说出心里话，我一定认真写好。只是用毛笔写的字需要时间晾干，把纸留下您先回去，等写好了晾干后晚上给您送到。"

郑老师望着她远去的背影，赞叹："一个普普通通的农民，发自内心的真挚感情确实让人感动。"他立即拿起笔恭恭敬敬一笔一画，用黑体字认真写好，晾干后用报纸包好，晚饭后匆匆来到术辛风家，把写好的字展开铺到桌子上，"祝毛主席万寿无疆"几个大字耀眼夺目。

术辛风满意地说："听着广播里说的好事越来越多，日子越过越好，我想让毛主席身体永远健康，千秋万代都过上好日子，就把这个想法写成一句话，写在红纸上，红纸做成匾，挂在头顶上，低头抬头看得见，每天喊他千万遍，毛主席一定能听得见。"

她指着堂屋正面房说："就这样挂，下面墙上贴毛主席像，挨着毛主席像的正面方桌上是宝书台，满屋红光灿烂。"

左升阳早就来到术辛风家等候，看到郑老师写的字拍手称赞："老师写得好。"郑老师："是说的好，是心意好。"左升阳说："说干就干，快做好挂上。"

郑老师连连说："不用你们动手，这事我来干。"

左升阳说："人多力量大，小东你们几个都来动手。"

计算好长与宽的尺寸，用术辛风事先准备好的高粱秸秆扎成一个长方框，中间用芦苇固定结实，用旧报纸打底，把高粱秸秆包裹得严严实实，再用旧报纸铺平，最后小心翼翼地把红纸附上，一块横匾做好了。郑老师爬上桌子把横匾固定在正面屋上，左右两端分别固定在东西间的大梁上，一件旷世珍品问世，红光闪耀，茅屋顿时蓬荜生辉。术辛风脸上洋溢着幸福的微笑。郑老师频频点头称赞："很好，这种形式好，你的用心创造了奇迹。"

左升阳看着横匾，兴奋地对郑老师说："老师，我也要做红匾，请您给我写，明天我就去买红纸。"

郑老师端详着"祝毛主席万寿无疆"的横匾，感慨地说："不能只给你写，应该给每个家庭都写，过年都挂这样的红匾。"

左升阳："对，应该让每一个家庭都挂上红匾。应该把丰书记和文竹大姐请来看匾。"

第二天郑老师会同教美术的陈老师全力以赴泼墨挥毫，一笔一画认真赶写，甄优丽把写好的晾到办公桌上，村支书带领村民准备匾框，民兵连长带领民兵挨家挨户挂匾，"祝毛主席万寿无疆"的大红匾过年前进到每个家庭，春节全村一片红。拜年的老少爷们每到一家，进门就喊："祝毛主席万寿无疆。"祝福声此起彼伏，一浪高过一浪。人们过上好日子，从心底迸发出感恩的呼声。

别开生面的演唱会

学校操场上用课桌围成了一个长方形临时舞台，在这个舞台上要举办大规模的演唱会。孩子们兴奋得不等天黑就聚集在舞台上蹦蹦跳跳，晚饭后村民早早到齐，有序地坐在临时舞台前。

嘶嘶作响的汽灯下，佟致力首先作开场白："社员同志们，从今天晚上开始，我们村要在这里举行大型的演唱会，规模之大是从未有过的。为什么说从未有过呢？是因为改变了以往多数人搭台，少数人唱戏的老做法，人人参与，户户登台，所有村民都有演唱的机会。坐在台下是观众，登上台来是演员，放开喉咙纵情唱，歌唱敬爱的领袖毛主席，歌唱共产党，歌唱新中国，把心中的感激之情用歌声表达出来。为了这场演唱会，人人都铆足了劲，田间地头，饭前饭后，晚上不睡觉，利用一切时间排练，争取拿出高水平到舞台上展示。下面演出正式开始。"

坐在台下的老少爷们满脸笑容，兴奋异常。

素有铁娘子之称的甄优丽带领青年团员拉开了序幕。甄优丽清脆的一声口令："请看，女民兵的歌唱表演。"话音刚落，一队女青年齐刷刷地跑步上台，齐声背诵毛主席为女民兵题写的诗词："飒爽英姿五尺枪，曙光初照演兵场。中华儿女多奇志，不爱红装爱武装。"随着洪亮的嗓音她们展开表演。动作整齐优美，台下一片寂静。女民兵动作整齐利索，高亢有力的表演使人们大开眼界。甄优丽样样都出色，没有舞蹈基本功，不占用劳动时间带领女民兵下功夫苦练，村民惊叹之余为他们报以热烈的掌声。

人们还在兴奋地鼓掌，民兵连长带领青年民兵出场，连长报："请听合唱《打靶归来》。""日落西山红霞飞，战士打靶把营归把营归，胸前红花映彩霞，愉快的歌声满天飞……"唱完高喊：一、二、三——四的口号退场，激情高昂，掀起演唱高潮，雷鸣般的掌声再次响起，火爆热烈的气氛让人按捺不住。

盛永民率全家登台。盛永民打头，其母排二，妹妹弟弟依次排列，其妻排尾。盛永民铿锵有力地朗诵道："中国古代有个寓言，叫愚公移山，说的是古代有一位老人，住在华北，名叫北山愚公。他的家门南面有两座大山挡住了他家的出路，一座叫太行山，一座叫王屋山。愚公下决心率领他的儿子们要用锄头挖掉这两座大山……"其母接："有个老头名叫智叟的看了发笑……"其妻在队尾口气轻蔑地说："你们这样干未免太愚蠢了，你们父子数人要挖掉这样两座大山是完全不可能的。"盛永民以愚公的身份回答："这两座山虽然很高，却是不会再增高了，挖一点就会少一点，为什么挖不平呢？"全家齐声高唱："下定决心，不怕牺牲，排除万难，争取胜利。"右转身之后齐背诵："下定决心，不怕牺牲，排除万难，争取胜利。"掌声骤雨般响起，久久不能平息。

台下的傲寒雪突然喊："不能下去，再演一遍。"观众齐喊："再演一遍。"盛永民回到台上深深一鞠躬："演到这里算一段，下面还有好戏看。"场下观众哈哈大笑，盛永民也笑了。他有创意，背诵的文章改为分角色表演，有说有唱，很受村民喜爱，演出再掀高潮。

术辛风全家上台，术辛风领："白求恩同志是加拿大共产党员，五十多岁了。"合："为了帮助中国的抗日战争，受加拿大共产党和美国共产党派遣，不远万里，来到中国……"术辛风加重语气："这是什么精神？"合："这是国际主义的精神，这是共产主义的精神，每一个共产党员都要学习这种精神。"说得有声有色，人们受白求恩国际共产主义精神的鼓舞，为白求恩的国际共产主义精神鼓掌。载厚声："好，说得好。"台下观众高声喊："好，好。"为她们家的精彩表演叫好。柳飞岩下台时不忘对着众人吐了一下舌头。

左升阳发挥唱的特长，一家上台唱道："我们共产党人好比种子，人民好比土地，我们到了一个地方就要同那里的人民结合起来……"左升阳引用柳琴调演唱一首歌曲，别有一番韵味，听得新鲜，人们正听得入神，歌声戛然而止，全家退下。人们如梦方醒，报以热烈的掌声。

仲明礼一家上台又有新花样：仲明礼、仲明全快板敲得叮当响，齐声唱："人民，只有人民才是历史的真正动力。"嗓门高亢洪亮，说得人心情激荡。仲明礼奶奶一边走一边摆手说："活了七十多年，第一次上台唱歌，让我孙子硬拽上来的。"

大石头手里抱着鼓，二石头敲着铜锣，三石头手捧大钹，小石头敲着咣咣镲，父母手里敲着鼓棒跟随其后。兄弟四人未上台先把锣鼓家什儿敲，在座的每一位听到锣鼓声精神振奋，圆睁双眼等着看台上好戏。兄弟四人上台开了腔："春风杨柳万千条，六亿神州尽舜尧。红雨随心翻作浪，青山着意化为桥……"欧阳东喊："好。"台下的人拍手叫："好。"

刚走下台，仲明全抢过咣咣镲："我会敲，下次我家也演这样的。"钟明礼："这样的奶奶不能演。"

掌声未停，等候多时的卓尔群母亲率领家人上场，站稳便是开场白："今天晚上真热闹，老少爷们齐欢笑，上台不把别的说，我家唱的是语录歌。"家人齐刷刷地亮开嗓子，放声歌唱："红军不怕远征难，万水千山只等闲。五岭逶迤腾细浪，乌蒙磅礴走泥丸……"最后加重语气："三军过后尽开颜，三军过后尽开颜。"洪亮的声音萦绕舞台上空，

107

飘到每个人耳畔，台下拍着巴掌高喊："好，唱得好。"喝彩声一片。卓尔干来了一句："不好哪敢台上站。"笑声更大了。

村支书站到台中间挥挥手喊：全场立即安静。他微笑着说："演唱很成功，演出水平超出我的预料，情绪饱满，兴致很高，虽然都没有上过台演过戏，但大家对这次演出很重视，做了充分准备，开了一个好头。今天晚上到此结束，明天晚上、后天晚上继续，大家把高涨的热情发挥出来。最后齐唱《没有共产党就没有新中国》。"

齐唱刚结束，欧阳东急不可待地对卓尔群说："你的声音真大。"

卓尔群："让歌声飞到北京去，让毛主席听见心欢喜，就要放开嗓门大声唱。"

欧阳东："你上台没忘了老师说的话？"

"没忘，没忘。这么重要的话怎么能忘。"

欧阳东："我用最大力气也唱不出大声，我就感觉唱得不顺劲。柳飞扬唱得好，可惜在台上没唱。"

柳飞扬："俺娘说她气力不足，上台容易接不上气，唱不出气势来反而不好，只好说了。"

柳飞岩接上说："俺娘说忘了词不准下台，就在台上站着，站着多不好意思，吓得我使劲背，总算没忘。"说着吐了一下舌头。

柳飞絮："我也好好背，娘还夸我背得好。"柳飞岩不服气："就你好。"柳飞扬："别争了，天不早了，回家睡觉。"

崔月蓉胆怯地说："明天该轮到我们家上台了，我害怕忘了。"

欧阳红："我上台之前也怕，上了台就不怕了，我在台下给你提，你注意听着。"卓尔群："提着不行，明天你们在一起多背几遍，跟着哥哥姐姐们一块儿说，不会忘的。"他俩异口同声地说："好。"欧阳东："按卓尔群说的办法准没错。"

柳飞扬："别看台下的人，心里想着毛主席就不会忘。"崔月蓉："哦，我总是改不了胆小的毛病，想着上台不往下看。"

演唱会持续了三个晚上，演出结束，村支书做最后总结，他深情地说："演唱会圆满结束，上至七十多岁的老人，仲明全小脚的奶奶，下至几岁的娃娃，每个家庭都登台。虽是农民出身，祖祖辈辈和锄镰镢锨铁耙抓钩打交道，登台却都拿出了高水平。虽然台子是学校操场，象征性的左右两边各放了几张课桌临时圈定，但乡亲们展现出了自己的最高水平，精神可嘉。大家带着感激之情，感恩之心歌颂领袖毛主席，歌唱中国共产党，歌唱社会主义祖国。这次演唱会的圆满成功是与大家的共同努力分不开的，学校的老师也有一份功劳，教唱歌曲，指导排练，不分分内分外。弘扬红色文化的活动提高了学习积极性，提高了生产热情，锻炼了人才，是群众自我教育、自我提高的好形式，这样的形式应长久搞下去。"

演唱会的头一天晚上，卓尔年一而再再而三地说："穿这样的衣裳上不得体，不上。"

陈老师皱起眉头说："大青年要面子。"左升阳安慰说："人光看演唱不看衣裳。"

卓尔年："谁说不看，坐在下边的人都瞪着眼往上看，台上人的一举一动都看得清清楚楚。"卓尔从也跟着叨叨："我穿的衣裳也不好，这样的衣裳不好意思上台穿，我也不上。"陈老师的眉头皱了又皱。

卓尔群见陈老师为难便大胆说："别说些事儿了，大演大唱是歌唱毛主席歌唱共产党，又不是比衣裳。"

卓尔年："就你知道得多，要不是歌颂毛主席我能唱吗？我哪有心情唱歌，什么时候唱过歌？根本就没张嘴唱过，更别说到台上唱了。"

陈老师只好说："这样吧，上台时穿我的衣裳。"老师这样一说卓尔年才安心排练。

左升阳接着说："卓尔从你穿我的，我演完了脱下来给你换上。"

陈老师这件上衣，不光卓尔年穿着上台，还有仲明全的父亲和咸明通，另有郝朴开好几个人都穿着上台，解决了好几个人穿衣难的问题，简直成了演出服。

更难的是让仲明全奶奶上台，为了奶奶能登台，仲明全"奶奶、奶奶、好奶奶"叫成串，做说服动员工作。可是奶奶却说："这把年纪的人上台是丢人现眼。"仲明全说："不是丢人现眼，是到上边把感谢的话说出来，您上了台都会夸您的。"奶奶坚持说："别，还是留着我这把老骨头吧。"仲明全实在没招儿了，决不能让奶奶放弃。一天晚上奶奶在炕上刚脱下衣服想睡，仲明全突然大喊："奶奶，不好了，鬼子进村了，快跑。"奶奶一骨碌爬起身，嘴里骂道："这些该死的，怎么又来了，怎么跑法？"仲明全："奶奶，穿上衣裳我背着你跑。"奶奶：

"衣裳在哪里，我眼前乌黑找不着，气也喘不上。他们到哪里了，进村了吗？刚过了几年安稳日子，怎么又要进村。进村就不干好事，杀人、放火……家里那些人呢快跑吧，让那些坏种逮着就没命了。"仲明全背起奶奶跑出门外，说："跑到哪里都没有在炕上舒服，奶奶上炕睡吧。"奶奶："还没进村？"仲明全："奶奶，不用怕，鬼子再也不来了。"奶奶："那就好，吓死人了，你是没赶上，你不知道有多可怕，他们有多坏。早就说毛主席领着人把他们赶跑了，不用再东跑西躲了，老百姓才过上安稳日子。"仲明全："总算过上个安稳日子，这是您常说的话吧？到台上就是换个地方说话，不丢人现眼。"奶奶生气地说："你说什么不行，非得说鬼子来了，吓得我眼前乌黑，两腿哆嗦，上不来气。"仲明全："奶奶吓着您了，是我不好，您打我解解气。"仲明全把头伸到奶奶怀里。这招真灵，奶奶终于同意了，在仲明全、仲明礼两兄弟陪护下登上演出台。

满脑袋高粱花子的农民怀着感恩之情走到台上，成为时代风景。

执行政策不走样

欧阳和甫严肃地对左升阳说："遵照先党内后党外的组织原则，现在传达组织决定。听好了，有一件重要的事情要执行。"左升阳不解地问："啥事这么严肃？在家里还要讲组织原则。"

欧阳和甫："任何时候、任何地方都要讲党性、讲原则。"

左升阳举起右手："我向党宣誓，保证服从组织决定。"欧阳和甫抓住左升阳的手，一本正经地说："这可不是开玩笑，事关重大。"

左胜阳："别绕弯子了，快告诉我啥事，一切听从党指挥，服从党的决定。"

欧阳和甫："我知道你能接受，事关重大也得事先给你提个醒，做好心理准备。孩子们的工作还要我们共同来做，晚上开家庭会议。"

晚饭后，家庭会如期进行。欧阳和甫清了清嗓子，扫了一眼端坐在跟前的左升阳和三个孩子，严肃而认真地宣布："根据上级指示，国家干部要根据'精兵简政'的精神，返回老家干革命。我在返回老家的行列中，我坚决服从组织决定，不讲任何条件，高兴地回老家去。老家条件艰苦，都要做好吃苦的准备，不怕艰难困苦是我们共产党员应有的本色，你们是新中国少年，是革命的后代，也应具有吃苦精神，组织决定你们都要跟随我回老家。上级指示就是命令，执行命令要雷厉风行。从今天晚上开始，都行动起来，我把这里的工作和组织迅速办理交接，等工作安排妥当后就动身。"欧阳和甫说完了，家里立即炸了锅，一齐向欧阳和甫提问。

欧阳东第一个开腔："爸爸，老家是啥意思？什么是老家？"欧阳和甫说："不懂什么是老家？老家就是生我养我，抚养我长大的地方。"欧阳东："怎么，你不是在这里长大的？你另外还有个家？怎么从来没听你说过。"

欧阳和甫："是啊，我们共产党人四海为家，哪里需要就到哪里去，哪里艰苦就在哪里安家，没有必要把这些说到嘴上。"

欧阳东："一直在这里，突然说这里不是我们的家？你不是在这里长大的你回老家吧，我是在这里长大的我就在这里，谁愿意跟着你走谁就走，反正我不走。"欧阳和甫说："以前没有必要说，现在猛然说起是难接受，已经说了要回老家的意义，愿意也得接受不愿意也得接受，不能讲条件。"

这一消息犹如晴天霹雳，欧阳东无论如何都想不到在这里待得好好的突然说要走，简直不可思议。

欧阳红嘟念着："爸爸，你的老家在哪？你老家比这里条件差？我不想去你老家，我就和哥哥留在这里。"

欧阳方噘着嘴："我也想留下，凭什么就你们留下？爸爸能不能不回老家，难道您在这里不是干革命？"左升阳使劲在她胳膊上拧了一把，欧阳方未说出嘴的半截话又咽了回去。欧阳和甫料到孩子们会感到突然，难以接受。便语重心长地讲起了道理："静一静，听我说，在这里也是干革命，也是党的事业，这是落实党中央毛主席的指示，落实毛主席的指示不能走样。对人民有好处的事我们就要遵照执行。党外人士以对党的事业负责的态度提出中肯的建议，我们共产党人在执行中一定要不打折扣，不讲条件，照章办事不走样，等有时间会让你们明白爸爸为什么有家还要在这里干革命。从现在开始抓紧时间做准备，小方帮着你妈多摊一些煎饼，带着路上吃，回去还要吃一阵子，我们走时可不能搬着鳌子哦！我相信小东会支持爸爸，不会闹情绪。"欧阳和甫虽说不让别人激动，自己说话时声音却有些颤抖。

左升阳激动地说："党的决定代表着大多数人民的利益，共产党员必须无条件执行，可是太突然了思想转不过弯来也难免。孩子们，这可是板上钉钉的事，要尽快调整情绪，配合你爸爸的工作。"

兄妹几人叽叽喳喳，你一言我一语继续发问，类似于新闻发布会的记者要刨根问底。

欧阳方："我想知道爸爸的老家在啥地方？房子大不大？离学校近不近？学校的老师多不多？住的地方离话匣子远不远？"

欧阳红："我们不认识老家的人怎么办？老家的人好不好？喜欢不喜欢我们？我们回去找谁玩？"一连串的问题有问无答，左升阳觉得她也有同样的疑问。看着正在忙着整理文件的欧阳和甫，催促说："早些睡吧，明天都早起，这些问题你爸爸会告诉我们。"

兄妹几人没有丝毫睡意，从小就在这里，突然说这里不是自己的家，要多奇怪有多奇怪，欧阳东使劲儿捧了一下门走出屋外，在院子里转来转去，绕着院子转了几圈，一跺脚，斩钉截铁地蹦出一句话："坚决不走，爸爸要服从党的决定回到老家干革命，我又不是共产党员，我就在这里待着。"欧阳方纠缠着左升阳："柳飞扬她爸爸老家在哪？他们要不要回老家？"左升阳不知如何回答。欧阳方念叨着："让柳飞扬跟我们一块儿去吧，要不然让崔月蓉跟我们一块儿去。"左升阳被欧阳方念叨烦了，没好气地说："别问人家的事，快睡，明天早起摊煎饼。"

虽说欧阳方的念叨让她心烦，可也给她提了个醒，让她心中豁然一亮。

欧阳红悄悄钻出门摸到崔月蓉家的后墙，从地下捡起一块石头在后墙上敲打，轻声叫道："崔月蓉，出来躲猫猫。"崔月蓉母亲回答："睡下了，明天再玩吧。"可不一会儿听见门"吱"一响，崔月蓉跑出门："我们一大群人玩了一晚上，你怎么不出来玩？这么晚了才出来。"

欧阳红哭诉说："我爸爸给我们开会，要我们跟他回老家，以后我们就不能在一起玩了。"

"啥？你说啥？"这一爆炸性新闻使崔月蓉大吃一惊。"回老家？你们老家在哪里？"

欧阳红："不知道。"崔月蓉："不知道在哪里怎么回？"欧阳红："我爸爸说了，不知道在哪儿也得回去。崔月蓉，你跟着我去吧，我们好在一起躲猫猫，还能一起上学。"

崔月蓉用手指抠着墙上的小土疙瘩问："你老家远不远？"欧阳红学着崔月蓉的样子，墙上的土块被指甲一块一块抠掉，半天才回答："不知道。"

崔月蓉反问："你能不走吗？"崔月英急匆匆从屋里出来，一把拉住崔月蓉："快回家睡觉，都很晚了，玩起来就不知道回家。"不由分说抓住崔月蓉的胳膊，老鹰抓小鸡般拉走。进了大门崔月蓉才抽出胳膊，回头对欧阳红说："今天不玩了，回家睡觉吧。"欧阳红跟没听见一样，继续抠着土墙上的小沙粒。

　　左升阳摁了一下盖帘上摊出的煎饼，估算一下吃的天数，仰头看东方的启明星已经升起。左升阳上下打量了一番正在忙着的欧阳方，沉思良久，对欧阳方说："你把剩余的摊了，我到你大妈家去一趟。"说着她便解下围裙，简单梳洗整理一番，换上一件干净衣服，爬过墙豁子，来到术辛风家。

　　左升阳对着窗户小声喊："大姐，早起一会儿吧，我有事儿跟您说。"

　　术辛风闻声起床，快速下地开门："外边凉，快到屋里。是急事儿吧，天还没大亮，就早早起来，什么事儿你说，要什么东西我给你拿。"术辛风做出要找东西的架势。

　　"大姐，我不是来要东西，您不用去找，是求您个事儿。"术辛风把左升阳让到床沿上："有事儿不用求，直说吧。"左升阳："昨天晚上欧阳告诉我们要回老家。"

　　术辛风惊讶地说："听说要落实'精兵简政'的政策，这项政策是针对党政干部的，党员要带头执行，来得这么快，你家在这个范围，多年我们在一起，跟亲姊妹一样，没觉得你们是外人。"说着拉起左升阳的手。左升阳用力攥紧术辛风的手："是啊，我们不是亲姊妹胜似亲姊妹，你对我的帮助可大了，有你这位大姐在，心里就有了主心骨。我们家三个孩子都是您看着长大的。生哪个孩子您都在跟前照顾，跑前跑后，忙里忙外，洗衣做饭，端汤端水，我终生不会忘记您对我的恩情。"

　　左升阳舒了一口气，话锋一转："大姐，你已经娶了儿媳妇，儿媳妇也是把干家务的好手，煎饼摊得也好。你家柳飞扬不摊煎饼照样不耽误吃，我们到一个新地方，人生地不熟，生活习惯也不一样，怕孩子们不适应，就让柳飞扬跟着我去，跟欧阳方做个伴儿，你看行吧？"

术辛风抽回左升阳攥着的手，心里"咯噔"一下，已经明白了左升阳大清早到访的缘由，心想：那哪儿能成，这事儿非同寻常，看在她心急的份上，说重了难免伤了她的心，这该如何是好？试探地问："你说要带柳飞扬去？那我问你，你们老家在哪？"一句话把左升阳噎得接不上气来。

老家在哪儿？左升阳对欧阳和甫的家一概不了解，对自己的家也是一无所知。妈妈在生自己时难产大流血，还没等听到自己第一声啼哭就撒手人寰。爸爸撕心裂肺地号叫："快醒醒，睁开眼看看稚嫩的孩子。"拼尽全力都无济于事，妈妈已经命归西天。爸爸的哭声震惊了刚降生的小生命，她拼尽全力发出惊世啼哭，爸爸悲伤地抱起嗷嗷待哺的小生命："孩子，我苦命的孩子，爸爸说什么也要保住你的命。"孩子哭爸爸就陪着哭，孩子饿了，爸爸东一家求："好心人，给孩子喂一口吧。"西一家讨："大嫂，发发善心吧，看在没娘的孩子的份上喂一口奶吧。"白天还能讨口吃的，夜里再饿都无处讨，抱着颠着满屋转："宝宝睡吧，天亮爸爸再去给你找吃的。"眼看着弱小的生命奄奄一息，不忍心幼小的生命惨死在自己怀里，为了给孩子找条活路，一咬牙把孩子送给孩子姑姑抚养，自己投奔革命队伍，从此杳无音信。姑姑家境贫寒，多了一张吃饭的嘴更加困难，时常断粮断顿，吃了上顿没下顿。姑姑心疼没娘的孩子，下决心克服困难把孩子拉扯大，自己不吃先给孩子吃。待八九岁时，一场天灾降临，地里颗粒无收，实在揭不开锅，一个个饿得面黄肌瘦，无奈，只得送给一富户人家当丫头。姑姑哀求："可怜可怜苦命的孩子吧，给口饭吃就行。""嘿嘿，要想吃饭就要干活，烧火做饭，看孩子，喂猪洗衣裳，都得干，干得了就留下，干不了就走人。"姑姑哀求："孩子太小，干不了连大人都干不了的活儿，少一些吧。""那就领回吧，这里没有闲饭养闲人。"为了糊口，陷身狼窝。小小年纪承担繁重的劳动，烧火、做饭、洗衣服、抱孩子、擦屎、擦尿，稍不顺心非打即骂，不给饭吃，饿得不行就偷吃猪食，被主人发现就是一顿毒打，边打边威胁："哭就打死你。"有几次打得实在受不了了，挣扎着跑到大门外，追回家后又是一顿毒打，吼叫着："再跑就打断你的腿。"被打得遍体鳞伤，鼻青脸肿不敢出声。叫天天不应，叫地地不灵，天天熬着苦日子，出的牛马力，吃的猪狗食。不明白为什么要挨打，又没不干活，又没做错事，到底该怎么做才不挨打，苦苦挣扎着，不知啥时候是个头。

一天家里来了很多陌生人，出出进进，主人吆五喝六，准是打的坏主意。下午，主人哭丧着脸，我就猜出坏主意没得逞。丢给一个篮子，吼道："到南边山上去砍柴，砍不满篮子就别回来。"这是主人拿我出气，往死里逼。南边的山离家有十来里路，望着远处的山边跑边哭，跑到山前已是傍黑，嗓子哭哑了。晚风从山涧刮过，吹得我站立不稳，几片松针被风刮落，立即捡起装到篮子里。搬不动树枝，用手使劲抠着地上的草根，抠得指头生疼，抠出的草根放进篮子里还没盖住篮子底，天完全黑了，看着空篮子犯愁，"嗖嗖"的冷风越刮越紧，狼的号叫声不绝于耳，吓得浑身哆嗦，抹着眼泪寻找被风吹落的残叶。

突然听到有脚步声："不好，有人。什么人？天哪，这可怎么办？"我转身钻到树背后，小心翼翼地张望，见七八个扛枪的人走过来，大气不敢出。等人走远，我长舒了一口气。队尾一声惊呼："有人。"七八个人立即卧倒。等了一会儿不见动静，排头说："给我搜。"七八个人端着枪四处搜，排尾发现了树后的秘密："哦，班长，发现一个小孩儿。"人一齐围拢向前，七嘴八舌地问："你是什么人？谁让你来的？在这里干什么？天黑了怎么不回家？是哪个村的？叫什么名字？"从来没有人叫我名字，也没有人告诉叫什么名，哪里知道叫啥名。我吓得缩成一团。没发现其他可疑的人，问话的人改用和缓的口气说："天黑了你怎么不回家？找不到路了？你是哪个村的，我们送你回去。"本来看到陌生人我就吓得蜷缩成一团，头也不敢抬，听说要送回家，我声嘶力竭地放声大哭，双手不停地抹眼泪："我不知道家在哪儿，我不回家。"扛枪的人犯了难，队尾说："班长，她可能是迷路了，又不知道她是哪个村的，倒不如先把她带回去交给队长，让队长想办法。"班长犹豫了片刻说："只好如此了，背上她走，别在这里耽误时间。"我觉得他们不是坏人，便消除了戒备。从小没有享受过背上的温暖，在背上坦然地进入梦乡。

"队长，我们在山里捡到一个小女孩，问啥她都不说，没办法把她背回来了。"

队长是一位女兵，听完简单汇报后说："把她放下来我看看。"队长上前抹去脸上的泪痕，说："好可爱的孩子，别害怕，能告诉你叫什么名字吗？"

队长说："她认生，时间长了会好的，先领她去吃饭。"盛上饭递给筷子，队长说："这是给你的，我们一块儿吃。"没有呵斥，没有白眼，都是微笑，这是我降生到人间第一次看到的笑脸，吃着从未吃过的饭。众人的爱抚逐渐减轻了胆怯，饭后队长再试探着问话，可不论怎么问我只会摇头。

队长叹道："可怜的孩子，真拿你没办法，这么着吧，既然你不知道家在哪里，就在这里住下，从今天起你就是我的孩子，我就是你妈，我姓左你也姓左，记住了你姓左，再有人问你就说姓左。光有了姓还不行，还得有个名字，叫啥好呢，大家帮着参考参考。"众人沉默，队长略加思索说："这样吧，全国将要解放，新中国将会迎来灿烂朝阳，就叫左升阳。记住了？"我只是点点头，众人拍手称赞，有了响亮的名字还意外收获了一位妈妈。岂不知这位妈妈还待字闺中。从此我踏上了光明之路再也不会流离失所，挨打受气，非人的日子到头了。

队长对我体贴入微，洗脸梳头，剪指甲，换洗衣服。给我讲做人的道理，教说话，要坚强不哭鼻子，挺直腰杆做人；学会跟人打招呼，做个有用之人。在队长多方鼓励照料下我终于打起精神昂起头主动跟队上的人打招呼。

这是一支野战部队的战地卫生队，队长决定让左升阳暂时留在队里，有机会明白了身世再做安排。从此不离队长左右，队长走到哪就跟到哪，队长安排我做一些力所能及的事，耐心地指导我洗纱布、晒纱布，纱布晒干后收整，耐心地给我示范。折叠平整，摆放整齐，我很快就掌握了这些本领。队长给伤病员送水、送饭、换药，帮着伤病员翻身，给行动不便的伤病员端水洗脚，这些都深深影响着我。我学着队长的样子，给伤员递拐杖、端水、送药，抢着为队长背药箱，基本熟悉了医疗队的环境，看见重伤员不再害怕，看见血不再干呕。当医疗队成员忙得不可开交时，队长让我独立承担一些力所能及的活儿，每当队长分派任务我都会很高兴地说："我能帮妈妈干活了，我要把妈妈给的活儿干好。"每当伤员下来之后不等队长吩咐我就会快速跑上前送温水、给队长递药箱，同队员一起抢救，抢救完毕清理污物、护理照顾伤员。

平津战役打响，全国即将看到胜利的曙光。中国人民解放军向国民党反动派发起猛烈进攻，严厉教训国民党反动政府妄想夺取抗日战争胜利果实。战役一打响就进入了白热化状态，伤员陆续被送到卫生队，队员们争分夺秒抢救伤病员，队长带领全队昼夜紧张抢救，饭顾不上吃，水顾不上喝，累得嗓子冒烟说不出话来，看到这些左升阳就把水端到队长面前，再为队员们端水。

一天夜里，担架队从战场上抬下一位血肉模糊昏迷不醒的重伤员，队长带领全队迅速展开全力抢救。伤员伤势严重昏迷不醒，几天几夜滴水未进。队长号召全体队员："同志们，每一位战士在战场上浴血奋战，为了夺取战斗胜利，不惜流尽最后一滴血，伤员到了医疗队，要尽一切力量抢救，要把伤员从死亡线上夺回来，让他们看到胜利的红旗在祖国大地上飘扬。担架队冒着生命危险从战火纷飞、硝烟弥漫的战场上奋力抢救有生还可能的每一位伤员，我们医疗队要尽最大努力抢救他们的生命，让他们重获新生。"队长凭着抢救经验，除了精心用药常规性治疗，还采用多种方法配合治疗，用药、温水擦身，翻身，开展谈心聊天等精神抚慰治疗，亲情加温情，唤醒伤员神经，药物治疗和精神抚慰双管齐下。呼喊伤员姓名，不知姓名的就呼喊伤员最想听到的口号。战场上战士们为了取得胜利不惜流尽最后一滴血，医疗队对昏迷的伤员轻声呼喊"胜利了，我们胜利了"的口号，千遍万遍地呼喊，期待奇迹出现，新来的这位伤势过重，三天三夜过去了，仍然没有苏醒的征兆，队员们心急如焚。

队长肯定地说："总有一天他会醒过来的，只要还有一口气，我们就要做百分之百的努力，大家一定要有信心。"队员们不厌其烦地喊，盼望奇迹出现。在长时间的精心治疗下，伤员终于出现了微弱的生命气息，队员们欣喜若狂，继续努力呼喊。有一天发现伤员的眼皮微微动了一下，这一个微小的变化给队员们很大鼓舞。我继续用温水擦拭伤员的眼睛和嘴唇，向伤员嘴里滴水，观察他的微小变化。有一天，注入伤员嘴里的温水没有外流，医护人员看到了希望。

一天下午，左队长把左升阳叫到跟前："我带领队友抢救伤员，你陪护伤员。"左升阳坐在伤员床前，轻声地喊着："胜利了，胜利了，胜利了，可以回家。"突然听到伤员发出一丝微弱呻吟，左升阳不敢相信自己的耳朵，又重复了一遍刚才说的话，清楚地听见微弱的"嗳"了一声。左升阳欣喜若狂，一步跨出门外，高声大喊："妈妈……"正在抢救伤员的队长急忙问："发生什么事了？"左胜阳抑制不住兴奋高声说："他答应了。"队友们控制不住激动，齐声高喊："胜利了！"队长摆手示意大家安静。等手术做完队长走近伤员，附在耳边轻声喊："胜利了，回来吧，妈妈在家等着你。"就见伤员的嘴唇微微颤动了一下。大家相互击掌庆贺。队长蛮有信心地说："能听到声音说明大脑有反应，大家继续努力。"

又是几天过去了，伤员眼皮颤动了一下，双唇微微张开了一条缝。伤员嗓子断断续续发出"呼噜呼噜"的响声，大家都期待伤员快些神志清醒，恢复语言能力。经过多方面努力，伤员渐渐地能说出些简单的字，从说出字到说出"吃、吃饭，喝、喝水"，接下来逐渐能说简单句子，队长与队友们为伤员的好转欢欣鼓舞。

大家惊奇地发现，伤员说话的口音跟左升阳很相近。经过长时间治疗，伤员渐渐恢复了语言能力，断断续续回忆说："我是山东人，村名叫山梁坳，家乡人说话叫拉呱，院子叫天井，玉米粥、大米粥都叫粘粥，板凳叫机扎子，马扎叫交叉子……"

队长说："你和左升阳的口音很相同，她就是说这样的话，刚来到这里的时候我们都不明白她说的什么，可把我们急死了。这下好了，终于知道说了些啥。"听队长刚这么一说，左升阳禁不住咧嘴笑着说："我更听不懂你们说的话，急得我光想哭。除了他说的这些，还有很多，我们把麻雀叫家雀子，脑门叫眼睑盖……"队友们笑得前仰后合。

队长对伤员说："听说话的口音，我这位女儿很可能和你是同一个地区的人，一个地区有一个地区的发音区别，这叫方言。"大家都赞同。一队友高兴地说："找到老乡了，祝贺你，等他好了就可以领你回老家，快到一块儿说说话吧。"

伤员自我介绍说："我叫欧阳和甫，十六岁那年秘密加入地方游击队，傍晚离家时，母亲把包着煎饼的包袱背在我肩上，父亲带着弟弟和妹妹送到村口反复叮咛，别忘了打了胜仗要给家里写信。后来从游击队加入正规部队，转战南方，战斗一个接着一个，不久晋升为营长。打了胜仗利用休整时间给家里写信，不等信发出战斗又打响了，信无法寄出。兵荒马乱的年代，家里也无法写信，从此断绝了联系。村里的人家分散住在几处山坳里，出门就是山，整天围着山转，除了到山里砍柴，就是到山里挖菜。冬天吃地瓜和用地瓜摊的煎饼，其余季节吃用地瓜晒的地瓜干和用地瓜干摊的煎饼。"

"到年底，村里个别胆大的上岁数人结伴走出大山，一直奔向日出的方向，终于见到大海，在大海边找到盐，把盐带到山里，东家一瓢，西家一碗分着吃，家乡人把盐看得很珍贵，除了娶媳妇、生孩子等大事，平时都舍不得吃。因为一年才去一次，路远不说，还会遇上拦路抢劫的。"他简单讲述了身世。

左队长对欧阳和甫说："你遭到敌人的重炮袭击，身体多处受伤，大脑严重震荡，其中一块弹片卡在胸椎骨里，取出胸椎骨里的弹片是个大手术，卫生队现有条件做不了这样的手术，等伤势好转些到有条件的医院再进行彻底治疗。"欧阳和甫爽快地答应："一定服从治疗，争取早日康复，重返战场。"

经过将近一年的治疗，左队长把欧阳和甫叫到跟前，高兴地告诉他："根据你的康复状况，经上级批准，可以转院，到具备治疗条件的医院进行治疗。"欧阳和甫高兴地说："治疗后我可以重返战场了。"

看着高兴的欧阳和甫，左队长把队友们叫到跟前商量："他们两个有共同语言、习俗相近，我们以娘家人的身份为这对年轻人牵线搭桥，为左胜阳找个依靠。"大家一致赞成："支持左队长的决定。"

在欧阳和甫即将转院之前左队长把二人叫到跟前，语重心长地说："你们两个是一根藤上的苦瓜，因为战争离开家乡，又因为战争让你们相遇。二人语言相通，生活习俗相近，地区差异不大，我以娘家人的身份成全你们成为革命伴侣。转院时左升阳跟从服侍。"欧阳和甫欣然答应："坚决服从决定。"左升阳无比激动说了一声："谢谢妈妈。"

经过高一级医院检查，欧阳和甫卡在胸椎骨内的弹片取出可能有致命危险。欧阳和甫从此不能再赴战场拼杀，只得转到地方工作。

欧阳和甫服从决定，转到地方，在不同的战场上为祖国建设贡献自己的力量。到地方工作后多方打听父母弟弟妹妹的下落。自己参军后，弟弟长大成人，父亲又把弟弟送上部队，弟弟走后不久，由于当地恶霸出卖，父亲被日寇抓去后杀害了。为避免母亲和妹妹遭受不测，地方政府把母亲和妹妹秘密转移，弟弟生死不明。

左升阳把欧阳和甫当成主心骨，欧阳和甫走到哪里她就跟到哪里。

到地方后两人正式结为夫妻。左升阳精心照料欧阳和甫的饮食起居，支持欧阳和甫的工作。她跟欧阳和甫讲："从小没得到父母指教，做饭不入门，缝衣做鞋不通窍，以后吃煎饼还是个难题。"欧阳和甫鼓励说："从头学，只要肯吃苦，什么都能学会。路是人走出来的，世上本来没有路，走的人多了便成了路。一次生两次也不熟，三次四次还迷糊，五次六次下功夫，多下功夫准能熟，没有走不通的路。"

摊煎饼没有捷径可走，初学者都有相同经历，她信心十足做好准备，欧阳和甫既是指挥又兼做后勤。初次尝试，她的手被烫得青一块紫一块，手上伤痕斑斑，手心手背都是水泡，欧阳和甫既心疼又着急，第一次以失败告终，没摊出煎饼，手背倒增加不少水泡。吃饭迫在眉睫，不等伤好，第二次练习开始，基本功仍然不达标。欧阳和甫看着她满手都是烫伤，心疼地说："辛苦你了，我们不吃煎饼了，就吃窝窝头，填饱肚子就行。"左升阳："贴饼子、蒸窝头，这些食物是能填饱肚子，可是刚做的当顿吃还行，到下一顿再吃就不行了，硬邦邦伸长脖颈往下吞，每每噎得流眼泪。这种食物和煎饼比差远了。煎饼摊好了不干不散，放的时间长，遇到时间匆忙来不及开火动灶，抱出煎饼，大葱蘸酱就把吃饭问题解决了，省事还吃得舒服。"明摆着欧阳和甫是心疼自己，但从长远打算，必须攻克这道难关，左升阳对欧阳和甫说："再摊煎饼不用你帮，我自己慢慢摸索着，你在跟前我倒觉得心里紧张，手足无措，别嫌我笨。"欧阳和甫爽快地答应："你就大胆地干吧！"得到欧阳和甫的鼓励她增强了信心，日常即使在锅里贴饼子，也要演练一番在鏊子上的动作，加强手的运用技巧。她再一次鼓起勇气盘下鏊子摊煎饼，右手在热鏊子上推着面料前行，左手在鏊子底下烧火，双手配合，坚持反复练习，有一次终于摊出所谓的煎饼。欧阳和甫看到她认真执着的样子，会心地笑着说：“让你受苦了，请受我一拜。”说着深深鞠了一躬：“你的努力终于没有白费。从此后我们可以吃上煎饼了。”看到欧阳和甫一本正经的样子左升阳笑了：“折煞我也，能摊出煎饼还得多谢你的鼓励，是你的鼓励给了我摊煎饼的勇气。”

“佟大伯求求你把我留下。”大清早，欧阳东迫不及待地跑到佟致力跟前央求。佟致力看到愁眉苦脸的欧阳东，丈二和尚摸不着头脑。“怎么了？啥事这么不高兴，有事好好说。”

“我爸要带我们回老家，从来没听说过他还有老家，还要我们必须都跟着回去，在我心里这儿就是我们的家，突然说要走，不知道老家在哪，我十分不情愿回他那个老家。你就让我留下来，求求您了。”欧阳东哀求道。佟致力听了欧阳东的叙述明白了，沉思片刻说：“回老家是上级的决定，怎么能不执行规定留下来？再说了，你小孩子自己能留下来？你先回去问问你妈，她同意了再来找我。”欧阳东执拗地说：“不，不问她，就找你。”佟致力说：“不能不听你妈的，难道你是她从山沟里捡的，不把你当自己的孩子对待？快回去，臭小子。”

欧阳东听到佟致力说捡来的，犹如五雷轰顶，万万没有想到自己是从山沟里捡来的，那更不能跟他们一起走。他跌跌撞撞回到家，趴到炕上便放声大哭。

左升阳手忙脚乱顾不上他，心想：平时很听话的孩子，说要离开这里伤心成这样子，不怪孩子，人恋人，难免。左胜阳见欧阳东一直不停地抽泣，就问："怎么了，有事好好说用不着哭鼻子。"

欧阳东哇地放开哭声："你不是我亲妈，我是你从山沟里捡来的，还一直瞒着我。"

左升阳不耐烦地说："不要闹了，你听谁说的，没有这回事儿。"

"佟大伯告诉我的肯定不会错。"

"这是佟大伯跟你闹着玩的。"

欧阳东："佟大伯不会这时候跟我闹着玩，不走不走，就是不走，你们走你们的，我就留在这里。"

欧阳红随声附和："我也不走，这里就是家。"左升阳劝解道："小红是个好孩子，不跟你哥学。"

欧阳和甫急匆匆从单位回家，人未进门就听见哭声，已经明白了几分，招手让左升阳到跟前，互相交换了一下眼色，左升阳把欧阳东哭的原因说了一遍，欧阳和甫轻声说："别着急，接受不了很正常，做好细致的工作。"两人轻声嘀咕了几句，左升阳点点头。

"佟书记，你跟小东开玩笑吧，说他是我从山沟里捡来的？这不，闹起来了。"左升阳找到佟致力说明来意。佟致力笑了："我说的是气话，他还当真了，臭小子。"左升阳恳求道："解铃还须系铃人，这个疙瘩还得你来解，麻烦你走一趟。""好，你先前边走，我随后就到。这是闹情绪，不想离开，醉翁之意不在酒，这明摆着是借题发挥，故意找碴，不过也应该理解孩子的心情。"

佟致力三步并作两步来到大门上，不等推开大门就听见悲伤的哭泣声。佟致力来到屋内坐定喊："小东，起来跟大伯说话，算大伯说错了，那是大伯说的一句气话你就当真了？你都快成大青年了，因为大伯的一句话哭闹就不对了。你从小在这里长大，这个我可以理解，我们也不舍得让你走，我家佟津就嚷嚷着说不让你走。你不想走不可以哭，你问问你妈她想离开这里吗？她跟着你爸爸来这里多少年了，比你的年龄都长，还没土改就来到这个村，和贫下中农一起打土豪、斗地主，从互助组、低级社到人民公社，一直到现在。至于老家，她和你一样，丝毫没印象，老家在哪里，老家是啥样她完全不知道。"

欧阳东听到这句话，擦擦眼泪坐起身，走到佟致力对面，搬个凳子坐下，带着怀疑的态度拿眼瞪着左升阳。

左升阳肯定地点点头："你大伯说的都是实话。"

佟致力接着说："你从初中毕业后到生产队参加劳动，听从分派，肯吃苦，别看年龄不大，却当一个整劳力使用。农忙时推着小车送粪，小车推到地里半个车轮都埋到土里，咬着牙用力才能拱到地当中。别的推车的要几个人套上袢拉，你都是自己向前拱。向南岭送粪，一溜上坡，弓着腰使劲，汗都把衣裳湿透了，从来不说累的，谁看不见？都夸你。在这事上你应该理解你爸爸妈妈的心情，不闹情绪，给弟弟妹妹做个榜样，我看小东肯定能做到，你觉得怎样？如果同意大伯的话，就给大伯笑一个。"欧阳东不好意思地抿了抿嘴，算是回敬了大伯一个笑。

佟致力站起身拍拍欧阳东的肩膀："臭小子，别哭了。"左升阳急忙站起身："佟大哥吃了饭再回去。"

"不了，很多事都赶着。住在前街供销社的陈主任家属和你们一样，她们前天回老家去了。村里在临沂矿上班的老高家属还有老亓家属最近就回来，回来我们欢迎，就是住房是个问题，要抓紧解决，趁吃饭时间和村委们碰个头，合计一下解决办法。"说着话人已经到了大门，左升阳加快脚步送到大门口。

"你回去忙吧，抓紧时间收拾，走的时候安排人送你们。"佟致力的脚步快，人还在门里，声音已经飞出大门外。

欧阳东本想搬出村支书这张王牌能达到目的，没承想这一招被佟大伯识破，不但不支持反被教训了一顿。该怎么办才好呢？挖空心思想啊想，眉头聚成疙瘩也想不出办法，双手使劲拍头，忽然一激灵："有啦，这一招准成。"

欧阳东初中毕业后，一头扎到生产队，脏活累活抢着干，推车送粪，运送高粱玉米，扛玉米秸、高粱秸。搬运高秸秆这种活儿很不好干，身小个矮的人承受不住不说，车上摞满了成捆的秸秆，人如同被埋在秸秆里。一是看不见车前的路况，二是不能保持平衡。车把不稳，但凡遇上坑坑洼洼就翻车。个高的就能发挥优势，只要有这类的活儿欧阳东准被队长点兵。欧阳东干起活儿来爽快麻利，推起车来稳中求快，浑身有使不完的劲儿。

村里没有矿业、没有渔业、没有商业，更别说木业了。为方便村民，根据当地资源搞了一个榨油小作坊，精心操作，生意红红火火，村民有限的花生米送进作坊榨油，精打细算从长计议，限量提回家，吃完再提。质量好、存取方便，很受老百姓欢迎，秋后四邻八村都来榨油，以物易物多多少少数量不等，张家李家根据自己需要随时提取，这些出出进进的账目需要分门别类整理，稍有粗心大意就容易出错。表现好的欧阳东被油坊当头地看中了，秋收结束，经过协调欧阳东从生产队调到小作坊，荣升为记账员。记完账就筛料整理油桶，忙里忙外一人当两人用。白天干活，晚上住宿在作坊看门护院，当头的得了这员猛将如获至宝，赞不绝口。

欧阳东满脸的不爽来到作坊，对当头的说："祁大叔，这活儿我不能再干了，你另安排人吧。"领头的一听火冒三丈，吼道："干得好好的为啥不干？"欧阳东："我爸爸调走了，我要跟着走。"当头的："你不能走，好不容易把账目理顺了，干得好好的就想走？说什么都不能让你走。"欧阳东："我也不想走，不走不行啊，佟大伯都同意了。"祁有志一听急眼了，吼道："他同意了也不行，我去找他。"祁有志扔下手里的活儿跑到佟致力跟前，火药味十足地嚷道："怎么，你想让欧阳东走？"佟致力一听就明白了。

祁有志连珠炮一个劲儿地发："没门！好不容易找了个责任心强的，刚把账目熟悉了。他走了账目谁管，谁管都没他管得好，你就不能放他走，让他老老实实继续待在这里。"

佟致力耐着性子听完，解释说："欧阳东要走要留不是村里说了算的事儿。"

祁有志："哪里说了算我不管，只要把欧阳东留下继续管账目就行。"

佟致力说："这个事儿咱不能决定。"

祁有志："不就让他待在这里不走吗，有什么难的？退后一步说，又不是白养他，人家自己能干活。再说了他要是干活不顶个人的话，我还想趁此把他当包袱甩掉，巴不得他快走。"

佟致力："话不能这么说，这是国家大政策，全国一盘棋，咱不能在这时候犯糊涂影响大局。就应该态度坚决，别让他抱有幻想。不但我不能挽留，你也不能挽留，他正在为这事闹情绪，你还要帮着做好思想工作，你不来我都想找你，尽快把账目清理好，让他高兴地跟随他父母回去。"祁有志没想到自己火气十足的一番轰炸竟没起半点作用。

佟致力催促道："快回去吧，没准他还抱有侥幸等你回话。"祁有志像泄了气的皮球没精打采地向作坊走。刚到大门口，欧阳东就迎上去："大叔，怎么样？"祁有志话也不说头也不抬，径直向里走，欧阳东期盼地跟在后边等他的回话。

祁有志到屋里站稳，甩出一句："这事儿就这么定了。"

欧阳东大喜过望，双脚蹦起："真的定了？"

"定了。"祁有志语气坚定地说。

"谢谢大叔！"欧阳东一阵欢喜。惊喜过后再看祁有志的表情，觉得不妙。

"祁大叔，到底怎么定的？"

"大叔也帮不了你，只能按国家政策办。你留下就扯了你爸爸的后腿，就是政策落实走了样。"欧阳东像当头挨了一棒，立马蔫了。

傍晚，卓尔干在牛棚里全神贯注地侍奉着队里的几头牛，牛棚打扫干净，给每头牛添足草料，抓起竹扫帚从牛的头部到尾部进行梳理，嘴里念叨着："老伙计，一年的活儿干完了，到了清闲的时候养养膘，明年开春好好干。"老牛习惯了听卓尔干说话，好像听懂了几分，仰头"哞哞"叫了几声。突然有人从背后抓住扫帚把，卓尔干猛回头，见是欧阳东。卓尔干吃惊地："你怎么到这里来了，这里牛草伴着牛粪，臭烘烘的，坐没个地方坐，站没个地方站，你是干部子女，这不是你待的地方，快出去。"说着抽回扫把。欧阳东没有解释也不置可否，表情严肃地站着未动。卓尔干拉着扫帚，推着欧阳东："走，到牛棚外边。"到牛棚外把扫帚横在地上说："不嫌脏坐一会儿，我坐扫帚头，你坐把上还干净些。"欧阳东顺从地坐到扫帚把上。卓尔干从牛的饲料中翻出一片黄豆叶，用手理了理，放在腿上擀成卷，摸出腰间拇指般大小的火石和火镰打火抽烟。欧阳东见状，学着卓尔干的样子，翻出几片能打卷的黄豆叶擀成细卷递给卓尔干，卓尔干把点着的一卷放到欧阳东手上说："这种烟你没见过吧？只有我能造，来几口尝尝。"

欧阳东没有推辞，接过特制的烟卷捏在手里，开口道："哥，我问你个事儿。"

卓尔干吐了一口烟，吃惊地吧唧着嘴："你问我个事儿？我整天就在牛棚里跟牛打交道，也就知道给牛添料饮水，叫牛别饿着别渴着，还能知道啥事儿。"

欧阳东："你家大娘跟柳飞扬家大妈相处很好，最能聊得来，她们经常在一起拉家常，无话不谈，你没听大娘说过我是我妈从山沟里捡来的？她不是我亲妈。"

卓尔干把豆叶烟卷从嘴里抽出来，咧着满嘴黄牙睁大眼睛反问："怎么，你是从山沟里捡的？你不说我还真不知道。"欧阳东加重语气："这事儿你就没听大娘闲拉呱的时候说过？"

卓尔干肯定地说："没有，没听说过。你这是从哪里听来的？倒是在忆苦思甜大会上你妈说她小时候被逼着上山拾草，天黑了还不敢回家在山沟里哭，正好有一部分野战军从那里路过，看她可怜就把她背到部队上捡了个妈，从此有了出头之日，过上好日子。真有人把你扔到山沟里的话早就被野兽吃了，还等你妈去捡？你也是个有脑子的人，你想想是不是这个理？快把这个想法打消了，该干什么干什么。"说完把自制的半截豆叶烟卷放到地上用脚搓灭，抓住扫把站起身："我该给牛添料了。"欧阳东半信半疑地起身站到一边，仍然没有走的意思，点上捏在手里的豆叶烟卷品尝起来。卓尔干自顾自地回到牛棚，牛槽里的料已经被牛吃光，按照顺序把槽里牛嚼不动的残料拣出来，分别给每头牛的槽里添上新料，走出牛棚对发呆的欧阳东说："牛我已经喂好了，它们吃饱了我也该吃饭了，走吧。"欧阳东踌躇着原地转了几个圈儿，不得已才开始挪动脚步。

卓尔群母亲坐到术辛风家炕沿边："听说左升阳他们一家要走，这事儿定准了？在这里待得好好的，怎么说走就走。听说他们要走我这心里咯噔一下，还真舍不得他们走。"

术辛风："定准了，我也是舍不得他们走，在一起住着互相帮助，开会学习说说笑笑的。"

卓尔群母亲："那我快回去给他们摊些煎饼，带上吃方便。趁太阳好的时候光挑大的地瓜干洗了，上磨推了，面准备好了，光等着晒草。供销社陈主任家走的时候给她摊了一些，她说啥都不要，再三说只是一点心意，推让了好大一阵子才留下二十张，收下后我心里才觉得坦然，人家是帮助咱村干事的，说走就走，真让人不过意。"

术辛风："陈主任家那里我也送了，送去她就给送回来，我又送过去，她又送回来，来来回回折腾了好几趟，最后我动了态度，板着脸说再不收下就等于没有我这个老姐姐。说到这份上她才勉强同意。不准收礼，共产党的干部到哪里不能要老百姓的东西。我也正准备给左升阳家摊一些，也没有稀罕的东西可送，就只能摊些煎饼，再说了，左升阳忙着收拾东西也顾不上摊煎饼，刚摊的煎饼柔软好吃，来不及做饭抱出煎饼，就能凑合一顿。要摊还要快动手，不然的话就来不及了，人家走了就是想送也送不上。"

卓尔群母亲："是这个理儿，快回去准备。"从术辛风家出来未到家门口，就见仲明礼母亲被一堆人围在中间，见到卓尔群母亲一齐搭讪："听说左升阳家要走定准了？"

卓尔群母亲："定准了，我也是怕不准，专门去问术辛风，真是要走。想快些摊煎饼让她带上，走了还不知啥时候再见，不送点儿东西哪行。"

几位妇女齐说："是呀是呀，也没稀罕东西。"

卓尔群母亲："回去准备吧，宜早不宜迟，别不赶趟儿。"说完急匆匆进屋。

欧阳东几个计策连遭挫败，已经黔驴技穷，心里特别扭，一千个不情愿也无法改变，跟干活的伙伴们说了。同伴们听说后十分不舍，一个个急得想不出办法，只能陪着欧阳东唉声叹气。

亓开原说："别难过，难过也挡不了事儿。再说了，树挪死人挪活，说不准你到了老家还有好事等着你。临走之前你看有什么需要我们帮忙的，一定尽力帮你。你走后随时都可以回来，这里才是你的老家，我们不会忘记你。"伙计们附和着："说得对，这里是你的老家，我们都是好伙计，你随时都可以来。"

亓开原提高嗓门说："你们先干着活儿，我出去一趟马上回来。"一会儿工夫亓开原从外边回来，手里捧着一捧糖块，喊道："大家都过来，我到供销社买了几块糖，每人吃一块儿，吃完了再干。"众人围拢到亓开原跟前，亓开原把捧在手里的糖送到每个人手上一块儿，剩余的几块儿放到欧阳东手里："这几块儿全归你，算我请客。"转身对欧阳东说："吃完了别继续干了，说不定一会儿领头的找你清理账目，你先做个准备把账目整理好。"

　　欧阳东："都说急中能生智，我急到跳墙的程度怎么就生不出智来，真够笨的。"跺着脚用力敲脑门儿，可别说，敲了半天果然生出一个念头："试试这一招，既然留不下最好领个人。领谁？当然是柳飞扬最合适，从小在一起长大，跟自己的亲妹妹一样。"欧阳东坦诚地向妈妈讲了自己的想法。左升阳怒气大发："你这是想的哪门子主意，平时是顺从听话的孩子，怎么越是遇到事的时候越出难题，这不是故意拧巴人吗。你别胡思乱想了，你能把谁领着走？我恳求你大妈领着柳飞扬和欧阳方做伴儿，惹得你大妈很不高兴。你还想领人，趁早打消这个念头。"左升阳没好气儿地数落一顿，欧阳东算是撞到枪口上了，静下心来细想：妈妈批评的不是没有道理，是呀，如何领？妈妈不支持，大妈不同意。

　　欧阳东叹了口气，舒缓了一下压抑的心情："我就不信不成。"从墙豁子到柳飞扬家，开门见山地对柳飞扬说："二妹，你跟我们去吧，看看我爸爸老家到底是啥样，还能和欧阳方做伴，帮我妈摊煎饼，免得我们想你。"

　　未等柳飞扬开口，术辛风抢先说："那哪行，让她跟着你们走了我向哪找她，也不知道你们家在哪里，你倒不想了，还不把我想坏了。你妈说要带着她给你们家摊煎饼，我都没答应，是你妈叫你来说的？我告诉你，谁说都不行！"

　　欧阳东吃了闭门羹，连忙解释："大妈，不是我妈叫我来说的，你就叫二妹跟我们一块儿去吧，二妹说话好听，我们也好在一起说说话，二妹，行吧？"

术辛风急了："欧阳东快打消这个念头，再提这茬大妈可要急眼了。"

欧阳东打开天窗说亮话："大妈，为搬家的事弄得我坐立不安，老觉得心里憋得慌，找不到可诉说的地方，没有人能理解我的心情，到了新地方连个说话的熟人都没有，还不得憋死。"

柳飞扬劝道："我们理解你的心情，你把心放开，高高兴兴跟着父母走，你高兴我们也放心。"

欧阳东点头："还是二妹会说话，二妹说得有理，二妹的话我喜欢听，就听二妹的，可不准把二哥忘了。"

术辛风语气坚定地说："该说的都说好了，别想领着她走，我这闺女谁都领不走。"

术辛风很坚决地表白了态度，舍不得让闺女离开是在情理之中，她这个里里外外一把手的能闺女被领走对她来说如同失掉左膀右臂。柳飞扬摊的一手好煎饼，客人来了端茶递烟做饭招待，上上下下照应得客人高高兴兴，术辛风只陪伴着客人说话聊天，一切不用动手就解决了。照顾术辛风体贴入微，名副其实的贴身小棉袄，这样的好闺女怎舍得让她离开自己身边远走他乡？听欧阳东一说，立时急眼，马上封口，丝毫不给欧阳东留有争取的余地。欧阳东怎么也没有想到平日性情温和的大妈今天怎么态度这么强硬，今天的态度和以往简直判若两人。黄嘴雀子哪能斗得过老家贼，前面左升阳说要柳飞扬跟着她去，欧阳东又说，这不明摆着是打自己闺女的主意，干脆把门关死，让他们死了这个心。欧阳东一看这阵势，想找个由头下台："二妹，我要走了，去西头儿家打个招呼，你跟我一块儿去行吧？"

术辛风抢先说："你自己去就行，她要在家干活。"柳飞扬一直很被动，没得到批准不能随便走。术辛风就是不给柳飞扬说话的机会，这一招真高！欧阳东没想到自己的一句话惹得大妈不高兴。从术辛风的态度似乎悟到了什么，难道这个想法真不可行？欧阳东碰了钉子。柳飞扬明显感觉到母亲少有的态度使欧阳东招架不住，便用缓和的口气说："你找卓尔群吧，要不然干脆把卓尔群领上。"

术辛风随和着说："应该领上卓尔群，她娘身体好，她还有个姐姐也能帮她娘，不用她摊煎饼。"

"哎，好主意。"欧阳东心情松缓了许多，没走几步转念一想："不行，从小在柳飞扬家长大，大妈看着自己长大的，要领柳飞扬大妈都变了脸。突然说领卓尔群根本不可能。"不能去讨个没趣。

欧阳东到供销社买了半斤糖块来到作坊，把糖块塞到亓开原手里说："麻烦你把这几块糖分给干活的，是我的一点心意，也没别的。"亓开原爽快地答应："好，我替他们谢谢你。"欧阳东说："不耽误你时间了，我回去了。"亓开原："你就不能多待会儿？跟他们都见个面。"欧阳东欲言又止。亓开原便问："你有事儿？有事儿直说，在我面前不用不好意思，能帮你一定尽力帮。"

欧阳东见亓开原态度诚恳，便说："我想晚饭后去卓尔干家，麻烦你和我一起去行吗？"亓开原爽快地答应："没问题，不就是去卓尔干家嘛，这有什么难的，我把几个干活的都叫上，白天多干些晚上不干了，我跟卓尔干先打个招呼让他在家等着。"

晚饭后，亓开原一行来到卓尔干家。卓尔群母亲见到一帮青年人到自己家来，有几个还从未登过自己的家门，喜不自禁。为了给他们腾地方自己爬到炕里边，客气地把初次来的让到炕沿边，挨个儿问候。坐定，亓开原开门见山地说："欧阳东就要离开这个村了，过来坐会儿说说话。"

卓尔群母亲转向欧阳东："你家又不是供不起你，怎么不上学了？喜欢干活吗？年龄不大个儿早长起来了，你妈真是个好人，又能干又肯帮助人，不小看老百姓。我正准备摊些好的煎饼，地瓜干专挑大的，洗后晒干了，等草晒干了就摊，摊好了给你们带着路上吃。"

欧阳东说："大娘不用了，我妈已经摊好了，我是来跟您道别的。"

卓尔群母亲："走了什么时候再来？"欧阳东摇摇头。卓尔干抢着说："人家走了就不想这个地方了，还来干啥？"

同行的边凡典说："老家还不知在什么地方，上沟爬崖的想来也来不了。"

须一丰接着说："再见面就难了，等太阳从西边出来。"

卓尔群母亲："走了别不来，都想你，多好的孩子，从来没觉得你们是外人。"

亓开原见相谈甚欢，看架势一时半会儿说不够，起身招呼道："我们回去吧。"卓尔群母亲忙说："来一趟不容易再多坐一会儿。"见人都准备走，急忙下炕，等穿好鞋亓开原他们已经走到院子里，快步赶上前说："有时间再来。"欧阳东在人群尾，卓尔群尾随在后，从口袋掏出一块正用着的手绢塞到欧阳东手里："没有东西送给你，就带上这个我正用着的手绢做纪念吧，没来得及洗，别嫌脏。"欧阳东接手绢的瞬间抓住了卓尔群的手，卓尔群触电般立即把手抽回："今天在家，明天早上回学校，你走时不能送你，你什么时候再来？"

亓开原回头向卓尔群母亲告别："大娘外边冷，回屋吧。"这一小举动正好被他看得清清楚楚。出门后亓开原跟同去的人说："各自回去吧，今天晚上不加班了。"亓开原放慢脚步拉了一把欧阳东的衣角，等其他人走远，小声问："你喜欢她？"欧阳东支支吾吾："嗯，喜欢。不，不是喜欢。"亓开原："你都想拉她的手还不承认。"欧阳东觉得亓开原已经看透了自己的心思，便点了点头。

亓开原："你走的时候正好把她领上。"欧阳东脸唰的红了，亓开原的一句话，一潭静水掀起波澜，问："怎么领，我想领人家还不一定同意。"

亓开原："你若是真想领着她，我助你一臂之力，这事就这么办……"亓开原如此这般地讲述了一番："回去吧，回去等消息。"

欧阳东暗喜："或许能成。"

亓开原觉得事不宜迟，回到家就对爱人要开欣一五一十地讲述了一番，最后加重语气说："平白无故带上一个人肯定不好办，就说给他找媳妇一起带走或许行。"

要开欣听后嘲讽地说："小毛孩子胆子不小，孩子皮没蜕就要找媳妇。"

亓开原命令般地说："时间来不及，先别加评论，这个事儿还得你办，宜早不宜迟，明天趁早饭时间快去。"

要开欣表白："这事我可办不了，我没办过这种事儿，既不会说又和他们不熟，我不插嘴便吧，插嘴反而把事儿搅黄了，帮了倒忙。"

"行了行了，先别顾虑这顾虑那，抓紧办正事儿，就大胆地去说，说不定真能成，这是成人之美。"亓开原鼓励道。

第二天早饭时，亓开原回到家，见要开欣满脸阴云，问："你去了没有？"

这一问勾出要开欣满腹牢骚："去了，你说咱这不是没事儿找事儿嘛，自己家的事儿都够我忙的，还要找个事儿管。这不，特地起早把饭做好，匆匆忙忙地跑去连个人影没见。"

"你去见谁？没见哪个人影？"

"卓尔群家大门紧锁，向邻居打听才知道卓尔群上学去了，她娘上菜园了。我哪有时间等，我前脚进门你后脚就到。"

亓开原说："真笨，你应该先找欧阳东他妈，关键是欧阳东他妈，她点头了事儿才能办，你再跑一趟。"

"噢，她点了头女方那边怎么样，你肯定女方会同意？可别是剃头挑子一头热。"亓开原："热不热就看你的了。"吃罢早饭顾不上收拾，要开欣急忙去找左升阳，见到左升阳把亓开原交代的事儿重复了一遍。左升阳听了很惊讶，火烧眉毛还要添乱。不过左升阳到底有几分涵养，耐着性子听完要开欣的话，为了不在要开欣面前失态，她硬压着心中怒火，要开欣趁上工之前挤时间过来完全是一片好意，想到这便说："麻烦你了，你先回去忙吧，这事儿要和他爸爸商量才能决定。"送走要开欣，她一股无名怒火向上蹿，恨不得朝欧阳东扇上几巴掌解解气。

欧阳东正从外边进大门，左升阳在院子当中怒不可遏地大喊："小东你过来。"欧阳东见状已经猜出几分，乖乖走到左升阳跟前，等候发落。

左升阳见到欧阳东垂头丧气的样子心想：现在动硬不合适。嗓门立即降了八度，声调缓和地问："你是喜欢卓尔群？除了喜欢还有别的事吗？"欧阳东不解地问："有别的什么事？""没什么事就好。全村有多少女孩子，你怎么就偏偏喜欢她，她哪一点儿值得你喜欢？整天光上学连个煎饼都不会摊，你领上她不但帮不了我，还得我摊煎饼给她吃。要领就领柳飞扬，能说会道，会摊煎饼会做饭，不过好是好，就是领不了，说啥她母亲都舍不得让我们领。"

欧阳东见事已至此，便打开天窗说亮话："妈，你不是也喜欢卓尔群吗，夸卓尔群这好那好，就是摊煎饼没有柳飞扬摊的好，想要领了怎么什么都不好了。"左升阳被欧阳东反驳得说不出话来。

在这关键当口欧阳和甫脚已迈进门槛，手指了一下屋里："到里边说话。"进屋后欧阳和甫郑重地宣布："单位的工作我已经交接好了，接替的新领导已经到位，事不宜迟，我们明天就启程。今天在家整理东西，把东西收拾妥当。我们要长途跋涉，趁乡亲们还未起床就动身，不要惊动周围邻居，不要给乡亲们添麻烦，不要接受乡亲们的礼物。你们各自的东西包括学习用具整理好，用包袱裹得结结实实的，松了走到路上掉了东西，急用了还找不到地方买，快开始行动。"

术辛风从墙豁子爬过来，见全家人正在忙碌，欧阳和甫忙打招呼，客气地说："大姐，我们自己动手就不麻烦你了。"术辛风："我就不帮忙了，我插手整理还怕你们以后不好找。"拉左升阳到院子里，低声说："你要走我心里真不是个滋味儿，说要领柳飞扬我有点儿不冷静，你别往心里去。你应该领卓尔群，你还不知道吧，你家小东最喜欢卓尔群，我看得一清二楚，把她领上。"

左升阳一听就急了，忙说："早上我把来提这事的要开欣支走，刚才又把小东训了一顿，让他死了这条心，卓尔群连个煎饼不会摊。大姐，打住。"

术辛风："你别光看她不会摊煎饼，那是有她姐姐顶着，这个丫头知情达理，聪明伶俐，各方面都不差，在这里知根知底，到了新地方你了解谁？"

左升阳忙说："你说得有理，不过，来不及了，明天我们就要动身。"

术辛风忙说："事不宜迟。快把他爸爸叫到外边来，我们一起想办法。"左升阳把欧阳和甫拽到术辛风跟前，术辛风胸有成竹地在他面前如此这般地说得条条是道，欧阳和甫点点头说："那就麻烦大姐跑一趟。"

从左升阳家出来，术辛风直接来到卓尔群家，卓尔群母亲正在摊煎饼，术辛风用命令的口气说："你先把鏊子停了，我有事跟你说。"

卓尔群母亲："这是给左升阳家摊的煎饼，怕人家要走，我得快摊好，不能停下。"

术辛风焦急地说："就是因为要走才叫你停下。"

卓尔群母亲："怎么还要停下，有事儿你说就是。"

"那我就说了，把你家卓尔群说给欧阳东当媳妇，你看这事儿合适吧？"术辛风又搬出她一贯雷厉风行的作风。

卓尔群母亲口气坚定地说："那哪儿能行，她还在上学，不行。再说了，他老家还不知在哪里。"

术辛风："是呀，就是因为他老家不知在哪里，等人走了见个面都难，所以我快来找你。小东喜欢卓尔群，你还不知道吧？在我家里我可看得明明白白。小东长得又好，又懂事，爱劳动肯吃苦，主要是出身好，这样的人不好找，快去把卓尔群叫回来，晚了就来不及了，剩下的我给你摊。"

术辛风不容分说推开卓尔群母亲，硬坐到鏊子跟前，又催促道："这里有我你就放心去吧，越快越好。"

卓尔群手里拿着煎饼正在吃午饭，同桌的构徛欢端水回来，放下茶缸说："大门外有人找你。"

卓尔群立即跑出大门，一看是母亲站在大门上，吃惊地叫了一声："娘，您怎么来了，有事儿吗？"

母亲："有事儿，没有事儿不会大老远来。"

145

卓尔群："啥要紧的事儿大老远跑到学校来找？您没吃饭吧，我拿煎饼您吃。"

母亲："不用，来不及吃。娘要当面问问你，把你说给欧阳东，我们对他摸得着，人家出身好。他们明天就要走，得快定下来，同意的话你跟着他们一块走。"

卓尔群万万想不到母亲为这事儿而来，瞪大眼睛看着母亲说："娘，你不是知道我在上学？"

"娘知道你在上学，等人家走了就晚了，我觉得行。别上学了快跟我回家。"

卓尔群涨红着脸不容置疑地说："不行，我不跟你回去，跟他们走了我的学不就白上了。"说完，不管不顾地冲进学校大门。

站在宿舍门的构猗欢问："谁找你？"

"是我娘。"构猗欢："看着就像，才刚来没几天，你不是还有煎饼？你娘来还有别的事儿？"卓尔群心里很乱，不知怎么回答，说："走，我们去教室。"

后排桌的黄绩望问："你站在大门上跟谁说话？"构猗欢："她娘来了，跟她娘说话。你看见了？"黄绩望说："看见了，站的时候不小了，一下课我就看见了。""从家里来多远？"卓尔群说："二十多里。"

黄绩望："幸亏路好走，要不然走个来回够累的。况且还是小脚。"

卓尔群："你怎么知道路好走？"黄绩望："这谁不知道，学校在最西边，从南到东是沿海，从西到北是山区，行走困难，我们家在山区，上学要爬几座山。"

卓尔群问："你到学校要多远？"

黄绩望："三十多里，比你远多了。"构徛欢说："我们家和他是邻村，不过我们村在他村前坡，稍微近些，也要爬山。"

卓尔群："为什么非要跑这么远到这里来上学？"

黄绩望："这还是最近的，除非不上学，上学就要爬山。"卓尔群："爬山怕不怕？"

构徛欢："来回我们俩一起走。"

黄绩望："初中离我们家都十多里，从上初中我们就一路。"预备铃响了，他们终止了交谈。

夜里躺在铺上的卓尔群辗转反侧，无论如何不能入睡，心里反复想着母亲说的一句话："他们明天就走，老家不知在哪里，走了见个面都难。"左升阳耐心指导自己学习，是她教会唱革命歌曲，她指导自己登台演唱。从上小学就和欧阳东一起，初中开始天不亮就要到校早读，天好时看启明星，时不时探出头看窗外，不敢踏实睡，阴天下雨靠听鸡叫掌握时间。欧阳东爸爸有块怀表，如果不外出，欧阳东准时起床后喊上顺路的同学一起上学，不用提心吊胆不敢睡，欧阳东很乐意帮助人，说话也好听。回想起来和欧阳东在一起总是高高兴兴的，有一种说不出来的感觉，反正喜欢和他说话，和他在一起。

应该送行。

天刚拂晓，包裹准备就绪。左升阳摸摸欧阳红的包裹，满意地说：

"绑得很结实，把鞋带系紧，走路还跟趟。爸爸妈妈要背的东西很多，你们就得背着自己的东西。"欧阳红坚定地说："我能跟上。"左升阳又拍拍欧阳方的包裹："路远要坚持住。"捏捏欧阳东的包袱："嗯，捆绑得很结实，那我们就启程吧。"欧阳和甫率先走到大门口，用手拉开门闩，打开大门的那一刻他惊呆了，只见大门外黑压压一片，村民早就等候在大门外。

佟致力抢前一步握着欧阳和甫的手说："生产队正在搞农田大会战，抽不出多人和车送你们，经研究决定就派油坊的祁有志一人当代表，推上一辆手推车把你们送到家。"欧阳和甫忙说："不用，我们步行就行，不能占用村里的人力、物力。"

佟致力："就别客气了。"

祁有志喊："快把东西放到车上我捆绑。"说着抢过左升阳肩上的包袱，又对几个孩子催促说："都拿过来，我快捆绑好，光走路就够你们累的，还要背东西哪能行，可不能一上路就累趴下。"

卓尔干用粗糙的手提着煎饼包袱说："这是我娘摊的煎饼，正好绑车上。"几个男劳力一起动手很快就捆绑结实。亓开原拍了一下欧阳东肩膀，没说一句话，亓开原明白：说再多的话都不能安慰欧阳东此时的心情。作坊的几位同伴还有丰德强、丰德壮等一大帮小伙伴都围住欧阳东，见亓开原不说话都默不作声，能说会道的欧阳东如同鱼刺在喉，噙着眼泪一句话说不出来。

崔月蓉拉着欧阳红的手，我们不能一块躲猫猫了，话没说完眼圈就红了，欧阳红抬起手拎起袖子要擦，崔月蓉的眼泪却涌泉般流到脸颊，崔月英赶紧把崔月蓉拉到自己背后，在她的胳膊上轻轻拧了一把。柳飞岩收起往日嬉皮笑脸的模样，一本正经地拉住欧阳红，整整他的衣服领子，拍拍他的肩头说："躲猫猫时我故意找个隐蔽的地方叫你找不到。"欧阳红："就你点子多，光出怪招。"柳飞岩凑到跟前："晚上没有月亮我们就怕黑影，黑影里有老鼠，看到很瘆人。冬天下雪我们堆雪人，大的雪人一直在院子里站着，整个冬天都不化。"欧阳红说："夏天到小河里洗澡的时候，你把我的衣服藏到树林里，洗完了我从河里出来找不到衣服，急得直哭。"三人同时笑了，边上的人都跟着笑了。柳飞扬等一帮女孩围着欧阳方，柳飞扬说："以后就不能在一起洗衣服玩跳房了。"欧阳方说："你们还能在一起，就我不能和你们玩了，柳飞扬和我们一起去吧，求求你了。"这句话说得女孩子都不出声了。天越来越亮，人越来越多，帮忙的在里边，早到的在前边，妇女们站在外层。

佟致力发话："车捆绑好了趁早启程，别耽搁赶路。"佟致力甩开双手向前走，众人闪开一条路，一家人跟着佟致力缓缓起步，大家不约而同地跟随着，走到村口，欧阳和甫带领全家向村民挥手："谢谢乡亲们。"欧阳东眼巴巴在人群中搜寻，就是没有他要找的人，使劲儿一跺脚，扭过头就走。

佟致力与村民们一起挥动双手致意。见他们走远，佟致力高声喊："散了，散了吧，别再向前走了。"乡亲们停住脚步目送他们走远。

缘
远

思念

　　天还没亮卓尔群一骨碌爬起来，悄悄来到校门口，可大门还锁得紧紧的。随着早操的铃声响起，学校大门打开，卓尔群快步走出校门，消失在晨雾中。"回家已经来不及了，只能朝着他们要去的方向追。"想着加快了脚步，走了一程又一程，翻过一山又一山，不见路在何方，奔着有山的方向向前。太阳当空，面前山岭起伏，远处横亘的群山连绵不断。她叹息："连户人家都没有，这种没有人烟的地方根本不会有人，应该换个方向。"又翻过一座山晚霞收起余晖。山里根本没有路，越发感到不安："可别困在山里，快向回返。"夜幕降临，辨不清东南西北，眼前山石嶙峋，耳边山风呼啸，动物们追逐撕咬的声音不绝于耳，太可怕了，心要跳出胸膛，竭尽全力向山下跑。她慌不择路被山脚下一垛松树枝绊倒，好像抓到了救命稻草："到里面躲躲吧。今晚就躲到这里。咦！里边可别有蛇。"她抽了根松枝抽打了一阵没见到蛇，悬着的心才放下，无力地把几捆松枝摞起来钻到里面。肚子咕咕直叫，口干舌燥，

150

嗓子冒烟。快些睡吧，睡了就不会觉得饿了。冷得瑟瑟发抖，一直睡不着。东方刚见鱼肚白，急忙爬出松枝堆，向着有亮光的方向奔跑，太阳露出地平线，借阳光与动力驱散寒冷，为发抖的身体增添活力。太阳挂在正当中，路边一块地点燃了她一线希望："有地瓜吗？要是能找到地瓜该多好。"在地瓜地里仔细寻找，"还真有地瓜，这下可好了，把它挖出来。"双手用力扒开冻土，地瓜扒出来了，可是挖出后地瓜开始淌水，已经冻坏了。拿着冻坏的地瓜犯了难："冻坏的地瓜很苦，吃了容易中毒。怕苦就没东西吃，好不容易找到这一丁点儿，再苦也要吃下去。"她命令自己："吃。"大口吞到肚里，远远不能压住饥饿，再找找，垛着的地瓜秧根上连着一小片地瓜根，她仰天长叹："天助我也。"地瓜早已经干透，放在嘴里使劲嚼："比饼干还好吃，可惜就这么一小片。"吃完继续向前跑。

卓尔群睁开眼，迷糊地问："这是哪？为什么在这里？"医生严厉地说："这是医院，你可醒了，食物中毒，你吃什么东西了？来晚了可就没命了，可以回去了。"卓尔年埋怨道："你不在学校好好待着，跑哪去了？在路上不省人事，幸亏被一个推脚的好心人送到医院，要不然你就没命了。村里畅大叔来医院认出了你，给家里捎信，账我已经结了，手推车在门外，用车把你送回学校。"卓尔群一句话也说不出。

回到学校，同学们立即围了上来，七嘴八舌一齐问。构徛欢："这一个多星期你干什么去了？老师问了我好几回。"

卓尔群："我娘有病回家了。"

构裿欢："你娘来的时候好好的，怎么回去就病了，是累的吧？你回家也该跟老师说一声，就是不跟老师说，跟我说一声我也能告诉老师，连招呼不打就不辞而别。"

黄绩望："不会是你娘病了，我看好像是你病了，要不然是有别的事儿，我说得对吧？"

呼语川："就是你有病，看你有气无力的样子。"卓尔群张口结舌，不能自圆其说。

老师走到同学中间："你们不要问了，卓尔群跟我来办公室。"

到老师办公室，卓尔群不好意思地低下头："老师，我娘病了，想快回家，走得急没请假。"

老师："卓尔群别编了，你大哥说你娘根本没有病。你父亲去世得早，您娘辛辛苦苦拉扯你们兄妹五人，你哥哥姐姐都在队里挣工分，唯独供你上学，你娘省吃俭用，不要辜负你娘的希望，我就不问你到底干什么去了，要珍惜学习机会，安下心来学习。"老师一番话说得卓尔群无地自容，真想找个窟窿钻进去。

"妈，我想跟崔月蓉玩捉迷藏。"欧阳红央求道。"你就跟欧阳方玩吧。"左升阳劝道。欧阳红："两个人玩没意思，我想有很多人玩。"欧阳方："我想柳飞扬，我想傲寒梅，我想崔月英，我想和我一起在河边洗衣服一起上学的那些人。"左升阳："别念叨想这个想那个，想也没用，你看见这些活儿了吗？快来干活就顾不上想了。你们以为我不想？我和他们待在一起的时间长，友情更深。特别是你们那个术辛风大妈，我们多年在一起共事，她人品好，思想觉悟高，有事都帮着出路子，想办法。乍一离开觉得心里空荡荡的，真想她，这不是服从上级要求才到这里来的嘛，想也想不来，不用老说在嘴上，这些人这一辈子我都不会忘记，牢牢地装在我的心里。收拾出个头绪来好做饭，水还不知向哪里淘换。"左升阳一提水，欧阳红："妈，我要喝水。"

左升阳："水在瓦罐里，自己舀。"

欧阳红舀了半茶缸，咕咚咕咚喝下，又把茶缸伸到瓦罐里。左升阳："先少喝点儿，喝完了就没有了，这些还是村里给准备的，还不知到哪里淘换。"欧阳红把茶缸拿出瓦罐，不高兴地说："我还没喝够。"左升阳："忍着点儿。"欧阳红："我渴得厉害。"左升阳停下手里的活儿，把瓦罐里仅有的水倒在茶缸里，提着空瓦罐对欧阳东说："你提着罐子到下边沟里找找，欧阳红跟着一起去，找到你先喝个够。"

欧阳东提着瓦罐领着欧阳红，从半山腰一直往下，走到山底都是干干的。欧阳东："哪里有水？这以后吃水还是个麻烦事。在原来的地方，村前是沟，村后是河，村东村西都有井，想吃多少有多少，真不该来这地方。"欧阳红："我想喝水。"欧阳东："光你想喝？我也想喝，快找，顺着沟继续找。"走出好远看见从山上渗下的一小溜水，欧阳红眼前一亮，惊叫："水。"跑到跟前趴下就喝，喝足了长舒一口气："总算喝饱了，这几天光吃煎饼我就感觉干得不好受。"欧阳东一点一点向罐里舀，半天才舀满罐。一手提着瓦罐，一手拉着欧阳红，一步一步往回走，爬到半山腰累得气喘吁吁，想换一下手，刚一松手，欧阳红向后一仰就往山下滚。欧阳东喊："快抓住树枝，我放下瓦罐去领你。"等欧阳东找到能放瓦罐的地方，人已经滚到山底。欧阳东深一脚浅一脚到达山底，拉起欧阳红埋怨地说："十来岁的人了，连个路都不会走。"欧阳红不服气："我怎么不会走路？我不是走得好好的。"欧阳东："走得好好的为什么摔倒？想跟孙悟空学翻跟头？"欧阳红："这哪是路？你看我脸上磕出血，腿也磕破了你还嫌我走得不好。"欧阳东催促："快走吧。刚走了大老远的路脚上磨出的血泡还疼，你又让我来回爬山。原来担着两大梢还比这轻快。用脚跐着石头向上爬，再摔倒就不拉你了。"

晚上欧阳和甫进门就说："刚到一个新单位，工作千头万绪，没有时间帮你整理东西，你多受累。"

左升阳："受累倒不怕，就是没头绪。饭很简单，凑合吃吧。"

欧阳和甫："万事开头难，一切从头开始。"饭后欧阳和甫语重心长地对家人们说："这里条件很差，没有水没有路，你们都要不怕苦才行。虽然艰苦，和张思德住窑洞相比好得多，要向张思德、雷锋学习，不能向困难低头，自己动手克服困难，不等不靠，不向组织伸手。小东这个年龄在战争年代应该上战场了，现在虽是和平时期不上战场和敌人厮杀格斗，也要树立和困难做斗争的信心。从明天开始给你个任务：修路。从住的地方到山下，每隔半米刨出一个平台，刨好垫上块石头，预防夏天下雨、冬天下了雪出不了门。趁着没封冻，在山下用石头垒一段石坝，下雪时多积些雪，明年雨季存些雨水。遇到可垒墙的石块扛回来，等明年麦季分了麦秸在西头接上两间简易平房，睡觉就不用打地铺了。

党员不能脱离组织，快去村里联系，小东要参加生产队劳动。"

欧阳东累得浑身跟散了架一样，还没缓口气来欧阳和甫就给下达了任务，便说："我感觉好像到了另一个世界，屋在半空中，走路就像腾云驾雾，走不好就要摔跟头。"

欧阳红委屈地说："刚来第一天我就摔了一个大跟头，看把我摔成这样，腿上脸上都是血。"

欧阳和甫说："摔一下也好，摔了这一次下次你就小心了。"欧阳红满肚子委屈，听欧阳和甫说"摔一下也好"咧开嘴放声大哭："好什么好，我疼得不行您倒跟没事一样。"

欧阳东嘟哝："这些活儿啥时候能干完？要是在原来的地方叫上几个伙伴帮忙很快就干好了，现在倒好，能找谁去？"

欧阳红在哭，欧阳东嘟哝，欧阳和甫有些不耐烦，抬高嗓门说："谁都别指望，就自己干。"

欧阳东感到很憋屈，攥紧拳头伸到口袋里，一下触到了卓尔群的手绢，一阵惊喜，好像抓到了卓尔群的手，差点叫出声来。"卓尔群你知道我在哪里？能听见我说话吗？快叫上柳飞扬来帮帮我。求求你了。"立即转身躲到墙旮旯里，把手绢捂在脸上。脑海中翻腾出手绢的往事：卓尔群在打麦场上大汗淋淋，汗水湿透了衣裳，脸上汗珠滚滚，用手绢擦去汗水，使眼睛免受汗水侵蚀。手绢不停地在脸上擦，很快饱和了，不再吸汗，使劲儿拧一把，把手绢拧干再擦。收工时在沟里洗几把，洗掉汗液，顶在头上。

铛铛铛，挂在操场边沉重的大铁钟敲响，随着钟声同学们走出教室，呼啸的西北风夹着雪霜子，打在脸上像刀刮一样疼。同学们裹紧单薄的棉袄朝着学校大门奔去，狂风扑面，站立不稳就要被风刮倒，轻的也会打个跟跄，肆虐的寒风把人的脸庞摧残得像板栗，紧绷僵硬青紫，最有反应的是鼻子，敏感的鼻子青涕从鼻孔中骨碌骨碌滚出来，抄在袖口里取暖的双手快速掏出，在未到达嘴边之际快速擦掉，否则青涕毫不客气顺溜而下，涌到嘴里。卓尔群的衣服单薄，身子骨更比衣服单，禁不住严寒风蚀，青涕不住地流下来，为了把鼻涕挡在嘴外，揩鼻涕的手绢不敢离手，握在手中随时应对。

一场冷空气袭来，走在上学的路上腿冻得几乎没有知觉，手也变得僵硬，她使劲儿放进露出破棉絮的袖口里，嘴更是不顶冻，双唇紧闭传递温暖，稍一分离就要结冰，话也不想说，想说也说不利索，上齿碰下齿咯咯响。同学们缩着脖子各奔前程。无意间一歪头看见卓尔群清涕流到嘴边，猛叫："鼻涕，到嘴边了快擦，你想吃鼻涕？鼻涕虫！"同路的同学"轰"的一声笑，一笑身上顿时升起一丝暖意，嘴唇解开了冻。卓尔群却羞得满脸通红，背过身倒退着用手绢揩鼻涕，退到路边故意落下两步，用脊背抵挡着风寒，让鼻子减少风寒刺激少流鼻涕。从此"鼻涕虫"这响亮的名字在同学中传开了，为这事她一直记恨我。欧阳东从脸上拿开手绢，翻看手绢是否留下鼻涕的痕迹。

生产队开忆苦思甜大会，贫下中农回忆过去苦牢记血泪仇，旧社会的苦难伤透了老一辈人的心，一说开申诉大会未到会场就先伤悲，会没开始社员们眼泪一把鼻涕一把地抹。卓尔群手里攥着手绢，把眼泪擦了又擦。"我心软，遇到伤心事眼泪就止不住。"旧社会老百姓挣扎在死亡线上，头上压着三座大山，反动派横行霸道，地主恶霸剥削压榨，每个贫下中农都有一段血泪史，提起万恶的旧社会就悲痛欲绝，伤心至极。新社会人民当家作主，不能好了疮疤忘了疼。出生的新一代虽没有亲身经受苦难，但都深透了解父母所受苦难，与父辈同仇敌忾，控诉万恶的旧社会，控诉一开始卓尔群振臂高呼："不忘阶级苦，牢记血泪仇！"全场人员一齐高呼："不忘阶级苦，牢记血泪仇！"悲愤的心情久久不能平复。会议结束抽泣声哽咽声还不绝于耳，人们紧握拳头高喊："砸碎万恶的旧世界，不让苦难重演！"眼睛被袖口擦得通红，卓尔群的手绢被泪水湿透了，眼睛又红又肿。

"欧阳东给你吃花生。"卓尔群解开手绢，把包在手绢里的花生塞到我手里："快吃吧，就这几个。"

"队里还没分，哪来的花生？"

卓尔群："你不知道，从闲茬地里翻出来的。我哥哥把牛早喂好，天刚放亮就到坡里找块闲茬地，安下摊子翻一大块地才翻到这些。要不是我哥哥姐姐他们能翻地，我们连这些也吃不到。"秋收结束后放坡，人们涌向留作来年播种早春作物的闲茬地，有经验的人们耐着性子，不用力气，梳头发似的深翻细刨，翻上大片地，在空茬子地瓜地里翻着几块漏网的小地瓜，在花生空地里能翻到几粒花生，不论翻到地瓜或是花生都会喜之不禁，最吸引人的还数花生，偶尔翻出一粒接着进口打牙祭。家中参与的人多自然收获就多，凑集起来就有一瓢子半碗，没经过秤杆的碗外之物，各家都很慷慨，立马上锅煮，先吃为快。秋后放坡人们格外卖力，很想大捞一把。

手绢的用处可真不少，是女生不可缺的宝贵之物，心爱的东西只能给心爱的人，她早就爱我了？可惜我不懂，可得把它好好保留在身边。

"吃完饭快回家，路上快走，到家不耽误下午干活。带上这俩馒头，晚上小方小红一人一个。"欧阳和甫嘱咐正在吃饭的欧阳东。欧阳东根据爸爸的要求，放下饭碗离开食堂出门向北，再由北向西九十度转弯，翻过小山丘再过两道山梁就到家，丘陵和山梁加起来大约十里路，这些羊肠小道走惯了，一个时辰就能到。来之前先干了半头晌活，趁午饭前赶到正好食堂开饭，在食堂美餐一顿，这个时间是爸爸计算好的。自爸爸到新单位以来，这项差事就落在自己头上，隔一段时间就要给爸爸送换洗衣服，妈妈刚摊了煎饼就让我送过来。天气渐凉，妈妈担心爸爸晚上开会受凉，赶做了个棉马甲让我今天送过来。

村口一户人家紧挨着山岭，山岭比住户的房顶还要高出半截，能工巧匠的住户凿平山岭依势而建，凸显向阳、避风之优势。没有院墙，前后两处房，后边老房又旧又矮，坐落在前面的新房比后边旧房高出一大截。院子前有一条小路，拇指粗不规则的树枝挨着小路围成篱笆，圈出院子的归属权。此处原本没有路，上山岗或下山岗来回抄近路走的人多了，硬生生踩出一条不规则的羊肠小路。走完院前的小路要逐阶而上，一步一步向上攀。

欧阳东仰视前方，山峦层层叠叠起伏连绵，顺着小山包向下看，几户人家的柿子树探出墙头，叶子稀疏，橙黄色的柿子灯笼似的挂满枝头，给家庭增添了不少暖意，这是山区特有的景色，在原来的地方是看不到的。村口住户房前的一棵柿子树，柿子密密麻麻压弯了枝头，几条树枝架在房檐上，橙黄的柿子高悬枝头，使人垂涎欲滴。欧阳东静心注目，从树的上方扫视到下方，眼睛突然一亮，发现屋内一个女孩对着镜子梳头，浓密的头发乌云般披散在肩上，从前额至后脑勺，梳子在后脑勺收起头发，双肩后纵，头向后仰，双手向背拢起头发，发梢刷子般擦到肩上。他揉了揉眼睛仔细看，这不是卓尔群吗？就是她，她就这样梳头。一年前，她的小辫还只有齐肩长，头发浓密黑亮，扎得结结实实，走起路来小辫一摆一摆的，跑步时发梢在耳垂边来回摆动，敲打着脸颊，是她、就是她。她到这里来了？是找我的吧。欧阳东急速来到院前，佯装咳嗽了一声，希望梳头的能听见，咳嗽完等在小路上。梳头的毫无反应，欧阳东上前一步，近距离看更像，确定无疑就是她，就见她从左边梳到右边，又从右边梳到左边。欧阳东快速走近树枝篱笆，扒开一条缝隙抬腿向里迈，脚没落地听见一声喊："小伙子，那里不是路，不能过，门在这边，你想过去就从这边走。"欧阳东听见喊声立即把抬起的脚缩了回来，盗贼般快速逃离现场，一口气蹿到小山岗上，长舒一口气，回头向过来的方向望去，一位剪着短发的中年妇女正在整理被他搬开的树枝篱笆。欧阳东紧盯着低矮的平房自问："不会看错！我就在这里盯着，看你什么时候出来。"影子已经转向东边，并且越拉越长，太阳慢

159

慢转移，带着几分倦意躲到山底，收起余晖，天色变暗。低矮的平房烟囱冒出缕缕白烟，压根儿没见有女孩走出来。他照着头猛击一拳："我这不是缘木求鱼吗？自作多情，自讨没趣。"他一脚踢向包着馒头的包袱，包袱挂在树枝上打转，馒头顺着山坡一直滚到山底。他生气地自语："以后再也不想她，连她的手绢也扔掉。"

欧阳方、欧阳红迎出大门，见欧阳东回来高声喊："哥哥你可回来了，馒头。"欧阳东旁若无人地奔向屋里，掀起床上的席翻找藏在下面的手绢，气愤地说："非把它撕烂不可。"

左升阳感到莫名其妙，便问："你要把谁撕烂？你爸爸让你干什么了，到这时候才回来？我们等着你回来吃饭，时候不早了，快拾掇吃饭。"欧阳东才把床席放下，心事重重地站在床前发愣，既不说话也不上前吃饭。

左升阳催促："别愣着，快吃饭，我们等你有时候了，饭都要凉了。"欧阳东来到灶前应付地拿起碗筷。

左升阳不解地问："你爸爸没让你给小方和小红带馒头？"欧阳东不知如何回答，见欧阳方和欧阳红眼巴巴地看着自己，在嗓子眼里支吾了一声："嗯。"

"你每次去都给他们俩带回俩馒头，吃饭前他们还嚷嚷着今天晚上能吃上馒头。今天你爸爸没让带？"左升阳重复说了两遍都没问出欧阳东到底怎么回事。

晚饭后心情平静些，他避开欧阳方、欧阳红独自坐到床上，情不自禁地掀开席，藏在席底下的手绢纹丝未动，立即拿到手上："好险啊，幸亏藏得严实没有抓到，差点儿撕了，撕了可就再也找不到了，你到底咋回事儿，揪得我心疼！"

一阵微风把一片树叶吹到窗棂上，拍打着窗棂发出刷啦啦的响声，树叶打了几个旋留在窗台上。欧阳东手把着窗棂向外看，四处静悄悄的，没有以往大家凑在一起的热闹。

"晚上接着到南岭拾地瓜干，吃完饭快走。"队长在街上喊道。

听到喊声他推开碗筷跑出门问："队长，我干什么？"

"下午运地瓜干的晚上接着推车运，除了你还有佟津石山两个。下午把干透的地瓜干拾完收工，南岭上晒的这片地瓜干还未干透，若天好再晒一天明天下午拾就干透了。看见西半天大片乌云，可别夜里上来雨，到嘴的东西被雨淋了损失可就大了，晚饭后摸黑拾起来保险。"因为乌云遮天，天空乌黑，大伙只能蹲在地上摸索，有利条件是地瓜干白面反光，看见白色的就摸起来，速度可比白天慢多了。我们三人把车推到地头，装满了就往场里送。干了大半夜，南岭一带才拾完。

队长发话："今天晚上抢起来这些地瓜干下雨就不怕了。欧阳东你们三个去推来夜餐，吃完再拾最后一块。"夜餐是加油的粘粥，很稠、粥里还加了葱花和菜叶，香味扑鼻，在家很少吃到。不分大人小孩，队长把每个人的碗都盛得满满的。扑鼻的油香诱人，干活地接过碗边吹边吸溜，狼吞虎咽地向嘴里扒，掀起了一阵喝粥风暴。喝完粥卓尔群掏出手绢擦嘴上沾的粥渣，没等她擦完，我伸手拿过手绢想擦一下，刚靠近嘴边，柳飞岩一把夺过去按在自己嘴上。卓尔群忙说："一个擦完一个擦。"

佟津说："我不用手绢，用手抹抹就行了。"

柳飞岩说："黏东西抹在手上特别爱黏土。"

石山说："土怕什么，有个土办法就能治，用土搓搓就干净了。"

佟津："对，土不光能把油搓干净，地瓜奶很黏，弄手上和衣服上洗不掉，用土搓搓就好了。割地瓜秧、刨地瓜、拾地瓜、切地瓜干、手上粘满黏糊的地瓜奶，用肥皂洗绝对洗不掉，用土搓搓就不黏了，抓一把泥一搓就能洗掉。干活的都是散了工走到沟边，抓起一把泥用力搓，实在搓不干净就从沟里薅棵水草连泥带水一块搓，保准把手洗干净。"

柳飞岩笑着说："你们从哪学的，知道的还不少。以后手上再黏上地瓜奶就不怕了，我也用泥搓。"趁他们说话冷不防从柳飞岩手中抢过手绢，柳飞岩眼疾手快一把夺回手绢，放在手心用力猛搓。一直旁观的柳飞扬实在看不下去了。说："好了，快把手绢还给卓尔群，又没叫你来干活，就是叫粥馋的。"

"你是说我专门来蹭吃的？我又不知道今天晚上吃油粘粥，我这不是拾了很多地瓜干嘛。"柳飞岩不服气地争辩。

队长宣布："吃完饭学生就不再接着干了，每人把篮子拾满挎到场里倒下回家，剩下的活儿大人接着干。"今年秋天一直没下雨，晚上也不用搞夜战，搞夜战共同吃粥该多好，可惜不能和他们一起吃了。

欧阳红："哥，咱还要到别人家拜年吗？"欧阳方："都不认识给谁拜年，哪里也不去，就在家待着。"问话勾起欧阳东的情绪，便说："按理说是应该拜年，过年哪有不拜年的道理。原来不等吃完饺子佟津、山根强、崔月林就来咱家，一起去拜年，今年可不是往年，没处拜。"欧阳方："还有傲寒梅。"欧阳红："还有崔月蓉，这些人早就来了，吃完饺子一块到街上就有很多人，组成一个拜年队，从西到东挨家挨户拜年，一圈下来手里糖块花生瓜子塞得满满的，多热闹。现在倒好，他们早就开始拜年了，我们还待在家里，我要去找他们。"欧阳红嚷着。欧阳东安慰说："只能待在家里，我们家在高处，别人放鞭炮我们正好看，你看有一家放钻天猴了。"欧阳红："不看不看，有什么好看的。"跑到屋里趴到欧阳和甫怀里撒娇："我要找他们去，在这里过年没意思。"欧阳和甫与左升阳理解孩子的心情，哄劝说："等过完年领你回去找他们，快到院子里去玩吧。""真的？要说话算数，我们拉钩。"欧阳和甫与左升阳爽快地说："拉钩就拉钩。"这才使欧阳红的脸由阴转晴。

佟津、佟屹带领村东若干人向村中央聚集，仲明全、仲明礼、明找新等一大群由西向东聚拢，在丰德强、丰德壮大门前开展节日游戏大赛。众人围成一个大圆，二踢脚放中间，投掷决定胜负，丰德强捡起一块瓦片在地上画了一条起跑线，然后站到线的一边向前方抛石块，抛得距离最远为胜，得胜者有权点燃二踢脚，执行点火的既得意又胆怯，点着了转身向回跑，就听身后发出"叮咚"一声响，观战的鼓掌呐喊，一轮结束接着第二轮，第三轮，依此类推，玩得热火朝天，一个个满头大汗。

丰德强宣布："休息一会儿再接着，可惜缺少欧阳东，有他在别人休想得第一。"卞召忠："我们过去看看他来了没有。"齐刷刷涌到他房东大门上。卞召义喊："欧阳东在家吗？出来我们一起玩。"一个跟着一个学，扯着嗓子齐喊，声音穿过墙壁，透过大门，把耳朵不好使的房东喊出来了，对小伙伴们说："他不在这里，他们回老家啦。"

小伙伴们明知故问，重复着："他不在这里，回老家了。你知道他老家在哪？"房东："我不知道，你们玩去吧。"丰德强："爷爷过年好，给你拜年。"崔月林："我也给爷爷磕头。"跪在地上就磕了一个。其余的孩子们呼啦全都跪在地上磕头。房东："好孩子，玩去吧。"崔月林："去我家吃饺子。"丰德强："去我家吃饺子吧。"房东："往年小东家在的时候，早就把饺子给我端过去了，今年他们家不在，没人给我端饺子。"崔月林："爷爷，我们吃饭的时候我爹给您端过来，没叫开门。您回屋等着，我去给您端。"孩子们簇拥着房东回到屋。不一会儿崔月林就把饺子端来了，大家有说有笑陪着爷爷高兴地吃饺子。

傍晚，花棍队来到大街上，男女老少一窝蜂地涌向街头，指指画画，蹒跚学步的孩童拉着大人直往花棍队伍里钻，花棍队伍前头带路，跑旱船的紧随其后，街上热闹非常。孩子们学着艄公的样子围着旱船转，艄公把桨在原地点了一下，船娘子驾船做了一个 360 度大旋转，船尾从明找新脚边擦过，明找新急忙后退，这是驱赶靠得太近的观者一种手段，留出余地任他们发挥。

丰德强喊道："狗撵鸭子呱呱叫。"

众人笑了。艄公得意地开怀大笑，用上浑身解数导引旱船继续前行，船娘子驾船技术纯熟，与艄公配合默契，保持与花棍队的距离。

女孩子们凑成一堆，穿衣戴帽炫耀不停，过年前母亲都精心准备，给每个孩子量身制作新衣，让孩子新年高兴。

崔月蓉指着她邻居的门说："过年大门开着财神好进来，欧阳方家的门关得严严实实，财神都没法进了。噢，想起来了，她不在这里了，不知到哪里去了。"

女孩们七嘴八舌地议论开了："不知他们那里过年什么样？街上也有打花棍的吗？跑旱船的也向那里去？可能从这里一直跑到他们那里，谁胆大跟着跑去吧。"崔月英说："祁大叔说他们离咱这个地方很远，路又不好走，没有一点儿平路，上沟下崖，荆棘遍地，没个插脚的地方，他们家住在山沟旮旯里，祁大叔送他们一趟来回用了三四天，回来累得路都走不动。"这句话犹如蒸腾的地面砸下一阵冰雹，女孩们话语戛然而止，面面相觑。

年初二的农村习俗是走亲访友，迎接出嫁的闺女回娘家。吃罢午饭送走客人收拾停当，术辛风盘腿坐在炕上，抄起旱烟袋装满一锅旱烟沫，点上火吧唧吧唧开始抽，这是她休息的最好方式。抽过半烟锅，烟雾从嘴里吐出，疲劳减半，开始念叨："今年不知道左升阳他们在哪里过年，要是知道地方的话也该去看看他们，你看这信不来信不去的，真把个人憋死，唉，有什么法子，没让小二丫去算是对了。"

柳深青从炕上侧起身来说："刚闲下来就唠叨，你又想他们了。"

术辛风说："想，哪能不想，相处多年，一起开会学习，一起参加各项活动；要好的邻居，急事招呼一声马上到，互帮互助，没有不想的道理。"

柳深青："想有什么办法？这不是有政策嘛。"

卓尔群带几个女伴到柳飞扬家，进门就问："柳飞扬你家亲戚走了没有？我家的亲戚刚走我就出来了，我们一起玩吧？"

柳飞扬来到院子里，对着卓尔群一行人说："走了，都走了，我娘和我爹两人刚闲下来就开始想欧阳东家，他们没在这里过年，念叨个没完，让他们说个够吧。我们不跟他们掺和，去丰德强家怎样？"

卓尔群说："好啊，正好还没给他家大姨拜年，就一起去吧，走，都一起去。"

到丰德强家，只有文竹在，几人一齐问："大姨新年好。"

文竹热情地招呼："快坐下，我拿糖给你们吃。"文竹每人给了一块糖说："吃吧，平时吃不到糖，过年有供应，可以吃到糖，吃完再拿。"

柳飞扬："大姨就你自己在家？"文竹："对，就我自己在家，丰书记节日在单位值班。我们走不开，就让兄弟俩代表我们回老家看望爷爷奶奶。今天去了爷爷家，明天再去姥姥家。"仰头看看天说："这时候兄弟俩也该回来了。"不大一会儿就听见门"吱"的一声，两兄弟一前一后进门，坐着的人立即起身打招呼："回来啦？"文竹问："你爷爷奶奶都好吧？"丰德强："爷爷奶奶都好着呐。身体壮实。"文竹：

"那就好。"柳飞扬:"累了吧?还背着东西。"丰德强背着两筐白菜,丰德壮手里挎着一个竹篮子,文竹接过丰德强背上的白菜和丰德壮手里的篮子,两人腾出手来热情打招呼:"大家好,快坐下。正好爷爷还给带上一些炒花生,我们一起吃。"丰德强从篮子里捧出一些炒花生放到大家面前:"快吃,这花生是山岭地种的,我爷爷用沙炒的,又香又脆,很好吃,都不许客气。"丰德强边吃边称赞:"柳飞扬你摊的煎饼真好,比我爷爷家的煎饼好吃多了,我奶奶摊的煎饼光窟窿,一卷就掉渣,我喜欢吃你摊的煎饼。"

文竹:"柳飞扬摊的煎饼是好,她每次都是挑最好的给我们,当然好吃。"

丰德强:"你们来了,我们就一起多玩一会儿。"话题一转:"咱这一大帮人就差欧阳东,欧阳东家走的时候全村男女老少都在送,就是没看见卓尔群,那天你干什么去了?"

卓尔群不语,柳飞扬:"卓尔群上学去了,他们走的那天她不在家。"

卓尔群接过话茬:"是的,他们走的时候不是星期天,我在学校。大姨,他们什么时候回来?"

文竹笑着说:"傻孩子,他们是回老家,不回来了。"听了这话一行人"啊"的一声不再说话,都低下头剥花生。

一小会儿卓尔群拍拍手站起身:"吃得不少了,该回家了,你们几个和我一起走吧。"几个女伴齐声说:"好,我们一起走。"丰德强说:

"我刚来不多一会儿，还没说上几句话你们就想走，明天我俩还要去姥姥家，还没有时间在家，就不能再多待一会儿？馋家里的好饭了？"在座的都笑了。卓尔群："应该回家了，帮着干些活儿，走吧。"丰德强再三挽留，卓尔群坚持要走。柳飞扬："你们先走吧，我再待一会儿。"卓尔群："好吧，你们高兴地玩吧。"

事与愿违

三树花开，三度叶黄，欧阳东念旧之心丝毫不减，时常闷闷不乐，不言不语。欧阳东的情绪成为左升阳的一块心病，时不时地哀叹："该如何是好？唉！"回家的路上左升阳一声长叹，同路的盘队长很是奇怪。问："主任，很少见您发愁，还有让您犯难的事？会上您情绪高涨，激情昂扬，讲得头头是道，怎么现在倒犯起愁来了。"

左升阳开门见山地说："出了门就光想着工作，到家就愁着几个孩子。你哪里知道，孩子们来到这里后就是打不起精神来，特别是大孩子，整天无精打采，连带两个小的也情绪不好，真拿他没办法。"

盘队长："还是没不熟悉，等过段时间熟悉了就会好的。"盘队的劝说没有解除左升阳的愁绪。左升阳自言自语道："没有亲身经历永远体会不到人生地不熟的滋味，俗话说人恋人，马恋群，马离开群都孤单得无精打采，别说是人。"说完不再搭讪，径直向前走。盘队长可是个精明人，立即意识到自己不疼不痒的话没有点中要害，马上改变了态度，笑着说："主任好办，找个能说会道的在一起说说话解解闷就好了。"左升阳："好倒是好，到哪里能找到说上话的？我们来这里时间短又人生地不熟的。"

盘队长信心十足："主任若信得过我，这事包在我身上，保准把事解决了，还让您满意。"左升阳瞅了她一眼，说："我即便信得过你，你保证让我满意？"盘队长："能，您听我说，早就看上了一个好闺女，说话先带笑，知情达理，手脚勤快，和你家大小子很般配，给大小子找这么个人正合适，您如果同意的话我这就去找她，一说准成。"左升阳："如果真像你说的，麻烦你费心问问姓啥？"

盘队长忙答："姓苗，叫苗佳蕙。"

"噢，东山头苗家二闺女，有点儿印象，那闺女还可以？"

盘队长一听顺着杆往上爬，便说："那是个好闺女，我看上眼的就差不多，就是她了。"

左升阳提醒："还不知道她们什么情况，先了解一下再说。"

盘队长满口应承："好的好的，我这就去。"左升阳在原来地方干了多年妇女队长，到欧阳和甫老家第二年，就被推选为村妇女主任，官升一级，她立志献身山区大干一番事业，工作积极热情。村民居住分散，东一家西一户，她爬山梁过山涧，进东家串西家熟悉当地风俗人情、地情地貌、联系群众，农忙时带领妇女搞生产，农闲组织妇女学文化，抓扫盲，搞宣传。尤其是计划生育这项棘手的工作，根据上级指示精神把工作进行得井井有条。凭她多年的阅历和眼光，在村中挑选个得意儿媳还是蛮有把握的，不过她到此地时间短，精力全在工作上，没顾上。

盘队长接到任务后很高兴，第二天跑到东山头苗家，来到门前推开柴门，开口高喊："嫂子在家吗？好事送上门来了，先给你道喜。"

苗家女人听见说话声立即迎出门，吃惊地说："你这个大忙人今天怎么有空来？太阳从西边出来？快进屋炕上坐。"

盘队长："就你一个人在家？"

"就我一个，其他人都上坡了。"

盘队长："我是来给你道喜的。"

苗家女人丈二和尚摸不着头脑。"大妹子你这是哪一出，别拿我开心。没事不登我家门槛，今天一来就说得我稀里糊涂的，我整天围着锅台炕沿转，嘴笨没你会说话，别跟我玩些里格楞。"盘队长："我呀无事不登三宝殿，不是跟你瞎胡扯。我先问你二闺女有没有找主？要是没找的话你可等好吧。"

盘队长加重语气："长话短说，是这么回事儿。"接着一五一十把来意细说分明。苗家女人听完盘队长的话喜不自禁，故作镇静地追问："你说的可是真的？这事可不能随便说瞎话。"

盘队长一脸严肃地说："是真的，没有一句假话，这事可不能信口开河乱说，我又不是那种说瞎话的人，这你是知道的。"苗家女人忙接口："是呀是呀，我知道，一个村多年谁不知道谁。我可跟你说明白，我家闺女是个庄户丫头，没见过世面，出了门不知道东西南北，没进过学校门，大字不识一箩筐，人家能看上咱这样的？以后过了门可别拿着不当人。"盘队长步步紧逼："先别说以后，你说行不行吧？"苗家女人："这又不是选你当妇女队长，举个手就行了，总得让我考量一下。"

盘队长："那你就考量吧，我走了。"迈出门槛，回头补充了一句："你可想好了，可别让别人抢走了。"送走盘队长，苗家女人再也坐不住了，这事来得太突然，还真得仔细想想，琢磨来琢磨去越想越觉得是桩好事，被妇女主任看上真是求之不得，女儿也该找主了，盘队长出面更是一桩好媒。倒见过妇女主任的面，就是没见过青年长啥样，处事为人待人接物如何？从他妈言谈举止来看，估计不会差。盘队长说了，过了这个村就没这个店，也并不是拿大话唬人，这门婚事求之不得，应该答应。机不可失，能和妇女主任联亲脸上有光，得说服闺女同意。

盘队长做了女方的工作，欧阳东的工作如何做？对这个地方不认可，更不可能接纳人，该如何是好，从开始到这来就上拧劲，至今没顺过气来。

"你看这事咋办？"左升阳向欧阳和甫求教。"人是黑的白的都不知道，硬生生拉到一起谁都不舒服，人是感情动物。说句公道话这小子闹情绪也是情有可原的，原来的地方才是他的根据地，从小在那里长大，在一个锅里摸勺子，一块开会学习一块劳动，尤其是和他那些同龄人，形影不离有说有笑，到这里人生地不熟。"

左升阳："正是看他孤单才快给他找个做伴的，长期这样下去，恐

171

怕要憋出病来，快拿个主意。"

"这个主意还得你拿，我无计可施。但有一点儿你可注意，不能包办婚姻。"欧阳和甫提醒。

左升阳："你可不能临阵脱逃，这么艰巨的任务我们共同努力还不一定完成好。"

欧阳和甫："好吧，服从命令听指挥，听你调遣，你冲锋在前打头阵，我紧跟在后不掉队。"左升阳："工作上的事没犯过愁，再艰难的任务都能克服。孩子的事怎么一点儿谱也没有，但也不能不办，具体该怎么办心里没个底。"

欧阳和甫劝道："快收拾睡吧，不能操之过急，人是感情动物，强扭的瓜不甜，慢慢来。"

半夜左升阳突然叫道："有了，有办法了，你快醒醒，听我说。"

欧阳和甫被惊醒，问："你还没睡？啥办法？看你一惊一乍的，让人睡不安稳。"

左升阳叹口气："唉，我睡不着，想找个解决办法。这办法好倒好，还得要你出面，为了促成这事你得跟上级张一回口。"

欧阳和甫："张口要什么？违反原则的事不办，违反政策的事坚决不行。"左升阳："没那么严重，不会违反原则，也不会违反政策，跟领导商量商量，把公社里的自行车借用一天，就说叫小东见识见识自行车，推着车到县城走走，开开眼界，我想这样他能很高兴地接受，到时候叫上女孩跟着去，一箭双雕，事就成了。"

欧阳和甫："你用的心思不少，还一箭双雕。幸亏你想得出来，自行车倒是有一辆，那是公社送通知、送文件专用的，整天在路上跑，从不得闲，个人谁都别指望，这是其一。其二：行不通，上沟下崖算下来得有二十里路才出山，出了山到平路还有四十里路才能到县城，当天拿个来回你算算有多少路？"

刚才左升阳还眉飞色舞，为找到一个好计策沾沾自喜，一听此话眉宇间立即拧成了一个大疙瘩："那可怎么办？"

欧阳和甫劝道："别愁，办法总会有的，你再动动脑筋，想个更好的主意。俗话说眉头一皱计上心来，你眉头紧锁，妙计就拿出来了，先睡觉，睡醒了就会有办法。"

左升阳："好好，睡觉睡觉，睡觉能睡出办法来？"欧阳和甫："睡醒了头脑灵活，再开动脑筋想办法。"

左升阳："心里有事睡不着。"

欧阳和甫："别着急，找媳妇又不是买东西，一手付钱一手交货，总得有个过程。"

左升阳白了欧阳和甫一眼："光说办法会有的，你倒拿出个办法来。"

欧阳和甫心悦诚服地说："你再让我想想，能不能开这个头，先睡觉。"欧阳和甫嘴上说不急，见左升阳睡不着觉还是认真想办法。

"你要的铁驴来了。"欧阳和甫离家老远就扯开嗓门大声喊，完成了左升阳交给的任务心中有了底气，说话嗓门提高了八度。左升阳跑出门问："你是怎么弄到的？我说了又后悔，估计你不可能按我的想法办。"欧阳和甫："不按你的意思办恐怕你就要急出病来。"左升阳："真让你说对了，我都要急疯了。"欧阳和甫："怕你急疯，破例为个人私事求回人。偏偏求得不顺利。"左胜阳不解地问："不顺利？"欧阳和甫："是啊，不顺利。"

欧阳和甫找到邮电局的领导，开门见山地说："方便的话把自行车借我用一天。"

领导哭诉道："不好意思，车出问题了。"欧阳和甫莫名其妙："出啥问题，偏偏在我想用的时候出问题？"

领导把邮递员叫到跟前说："问他吧。"

欧阳和甫见到邮递员问："自行车怎么啦？"

邮递员一听说自行车，气不打一处来："可别提啦，前天去县里送电报，返回时太阳已经压山，就加快了速度，迎面来了一个推车的，为了躲他我向右一使劲，连人带车翻到沟里。忍着疼爬起来，用尽力气把车扶起来，车较上劲了，就是推不动。忍着疼瘸着腿扛着车爬上沟，折腾到半夜才回来。"

欧阳和甫忙问："啥问题？"

邮递员："谁知道啥问题。"

欧阳和甫："找个明白人看看。"

邮递员苦笑着说："谁明白？单位的人都找了，找谁谁摇头。正好，你们这些老革命在战场上动过枪用过刀，见多识广，对付突发问题有高招，说不准这玩意儿到你们手里定叫它听指挥，要不麻烦您给看看？"说着把欧阳和甫领到自行车跟前。

欧阳和甫坦白地说："虽然用过枪炮拼过刀，还没见过这玩意儿，你骑个样子看看一块找找问题。"邮递员咬着牙忍痛爬上自行车。

欧阳和甫不解地问："怎么才能让轮子转起来？"

邮递员吼道："转不起来，能转起来就没毛病了，毛病就出在这里。"

欧阳和甫蹲下身搬起脚踏子摇动，鼓捣半天似乎找出症结。用手指给邮递员看："问题是不是出在这里，看见没有？这条是直的，这一条弯了所以转不动，把弯的扳直就行了，快拿工具来。"

邮递员："啥工具？"欧阳和甫："修理的工具。"邮递员："真稀罕，老革命，没有修理工具。"

欧阳和甫皱了皱眉："没工具那怎么办？土法上马试试？战场上土枪土炮不听使唤就自己想办法鼓捣，今天对这个现代化也鼓捣鼓捣试试。"

邮递员脸上露出悦色："麻烦您给鼓捣鼓捣，鼓捣好了你先用。"欧阳和甫："拿锄头来试试。"邮递员一瘸一拐找来锄头，欧阳和甫用锄头别住自行车拐腿使劲搬，果然见效，磕弯的拐腿一点儿见直，费了好大劲儿拉直了一些，无论如何就是不能全拉直。邮递员高兴地惊呼："到底老革命有办法，快恢复了。"

欧阳和甫说："如果有铁锤，塞上块木头使劲儿夯它几锤就差不多了，就这样凑合着吧。年轻人，没有现成的路可走，路是人走出来的，遇事要多动脑筋想办法。"邮递员频频点头："是，您说得对。"

左升阳听完兴奋地称赞："你真行。"欧阳和甫："你叫它什么？"左升阳："铁驴。"欧阳和甫："对，就是用铁制造的驴，给我什么奖励？"

"有了这个铁驴准能制服那头犟驴。"左升阳有把握地说。

天已破晓，欧阳和甫叫醒欧阳东："到这里已经三年多没出过山，今天你推着这个东西到城里新鲜新鲜吧。这车有毛病不能骑，只能推着走，再说了就是好车你没学过也不会骑。"欧阳东满心欢喜地接过自行车，掂了掂："这有啥难的，去的时候推着，推着推着就能推出门道来，回来的路上就骑上它。"左升阳："说不能骑就别骑，别逞能，万一摔着碰着就麻烦了。"

在路旁等候多时的盘队长看着欧阳东迎面走来。微笑着急忙迎上去说："这是个啥东西，你推着真神气，有这么个东西进城里可提精神了。这是我闺女，从未出过远门，今天就让她跟着你去长长见识。她自己带着煎饼，不用麻烦你照顾。快上路，早去早回。"

欧阳东像被当头挨了一棒，心一下凉了半截："刚得到一样好东西，想自己痛痛快快玩一把，半路上杀出这么个人来，准是我妈出的好主意，不理这个茬儿。"推起自行车悻悻地向前走。妇女队长只向欧阳东介绍是自己的闺女，没有介绍闺女姓名，陌路同途各走各的。女孩自觉没趣，并不主动搭讪，不远不近地跟在后边。一个女孩尾随欧阳东只觉芒刺在背。

走出好长一段路，东方渐渐露出鱼肚白，启明星即将宣告隐退，欧阳东不由自主地把头转向后方，女孩的脸庞得晨曦照耀充满生机，皮肤白里透红，浓眉大眼，高挺的鼻梁，不胖不瘦中等身材，不卑不亢昂首挺胸健步前行，穿着朴素得体，齐肩的两条小辫从耳根垂下，随着身体节奏不停地摆动，土生土长的庄户孩子，显露出几分不俗。

"啊？这个女孩好眼熟，有这样的巧合，世上还有如此相似之人？"欧阳东摇摇头："明明是盘队长的闺女不会是别人。"油然对女孩产生了几分好感，欧阳东对颜值欣赏处在低级水平，正合了谋划者的意图。左升阳明修栈道暗度陈仓，环环相扣的连环计拉开序幕。

和女孩保持一定距离，欧阳东觉得没有自己随便，又不能舍其不管，受盘队长之托，还得以带领人身份硬着头皮壮起胆前头带路。经过漫长路途奔波，终于到达县城，肚子饿得咕咕叫。

县城有东西两家国营饭店，西饭店坐落在城中心街道西段，便于从西部进城人进餐，欧阳东自小没进过饭店，今天可要尝一尝。把自行车倚在墙上，对女孩说："到饭店了，到里边吃饭。"女孩没表示，两人小心地一前一后挪着步子，好不容易找个空闲位子坐下。欧阳东嘱咐："你在这里等着，我去买饭。"欧阳东掏出妈妈给的一斤粮票，每碗一两粮票一角钱的面条要了两碗。进饭店吃面条的人基本吃这种普通的，两角钱一碗的吃不起，即便是普通的，吃到饭店的面条已经够奢侈了。国营饭店计划供应，没有粮票别想套购。

　　欧阳东是第一次踏饭店门，对饭店很不熟悉，看那女孩局促不安，端着面放到桌上，把其中一碗推到女孩面前轻声说："每人一碗，这碗你吃，这碗我吃。"女孩把碗推到欧阳东面前："你吃吧，俺吃自己带的煎饼。"欧阳东再次把碗推给她："先吃完了面再吃煎饼。"女孩使劲低下头，用眼角的余光扫视店里顾客，见各自都在吃自己的饭，没人注意她，轻轻解开包袱，在包袱里把煎饼卷上大葱，拿起煎饼慢慢咬了一口，一只手拿煎饼一只手半遮着嘴，嚼碎慢慢咽下，标准的细嚼慢咽，笑不露齿的淑女形象。环视了一周又咬一口，一张煎饼吃了半个时辰。

　　欧阳东顿生怜悯之心，出来干什么，找不自在。劝道："快吃面吧，面放时间长了容易坨，饭店的面比我们家里的好吃，在家里天天吃煎饼，出来才吃一次面，吃吧。"女孩更害羞了，一动没动头也不抬，连筷子都没拿，碗也没碰一下。邻桌人投来奇异眼光，欧阳东不再说了，只好低下头自己吃，本想痛痛快快地吃口面，这倒好自己吃她看着。吃完端起空碗到盛汤的桶里盛了一碗端给她："这汤是免费的，很好喝，有盐味还有面香味，平时喝不到，喝吧，喝完了可以再盛。"女孩没再推辞，把汤喝下。欧阳东问："再盛一碗？"女孩嘴都没张摇摇头又立即把头低下。吃完一张煎饼把包袱包好，话也不敢大声说。欧阳东特别为难："热情多了会被周围人误认为是恋人，不热情吧回去告诉她娘，盘队长那样的嘴指不定要怎么说。"欧阳东站起身服务员快速来到饭桌前动手整理碗筷，女孩快速起身避让，服务员见状停手站到一旁，就在服务员停手之际，欧阳东发现了一个秘密：穿着白罩衣戴着白帽子的服务员竟然是一位女性。女的还能在这种地方上班？那好，各处逛逛，看看上班的人群中有没有他们。拿定主意后说："盘队长说让你见识见识，我也是第一次到这地方来，到处看看长长见识，先去百货商店。"女孩点点头。

商店顾客盈门，齐胸高的柜台横在面前，非工作人员不得入内，顾客只能隔着柜台观赏各种样品，要想看仔细只得趴在柜台上，想买货物时让售货员拿到柜台上挑选，挑选完毕售货员再把货物拿回柜台里。欧阳东惊讶地说："这里边的东西真多，真够看的。你想看什么？"女孩睁大眼睛看着柜台内的货物："可以随便看？什么都想看。"欧阳东："想看什么？"女孩想了想回答："先看布吧。"

灰白黑三色时代，大街小巷男男女女老老少少春夏秋冬都是黑白灰三种颜色，年轻人头脑中压根儿就不知道还有其他颜色。柜台内成卷的黑白灰布匹放在货架上，三色占了绝对优势。移开三色区向里有了新发现，女孩指着一卷大红布情不自禁地赞叹："真好，还有这么漂亮的布！拿过来看看行吗？"售货员高兴地拿下她指的一卷放到柜台上，热情介绍："这叫凤凰串牡丹，象征富贵吉祥，结婚做被子用的，结婚的都买这种，你们结婚也可以买这种。"女孩立即涨红了脸，用手抚摸着大花布，感觉和身上穿的"再生布"有很大区别，绵软软的质地细密，身上穿的衣服是"再生布"做成的，"再生布"的质量差多了，跟筛子底一样松垮，质量差却有一个漂亮的名字，老百姓称其为麻袋包。"再生布"不用布票，价格低廉，在布票紧缺、经济拮据的年代只能选择"再生布”。这种布疙疙瘩瘩，接线头清晰可见。端详着牡丹凤凰图案的被面自语："盖这样被子的大概都是有钱人，没有钱的人绝对盖不起这种被子。"售货员说："你看好了，这种花布要用布票，做一床被面要一丈三尺。"欧阳东重复说："看好了就买，你娘叫你买的？"女孩不好意思地说："看看就行了，拿回去吧。"售货员没必要做促销，在这种地方，皇帝的女儿不愁嫁，抱起布匹放回原处。

女孩低声："知道买布要用布票，俺娘把布票夹在一个发黄的书本子里，用一块旧布包着书本子，放在炕下脚席底下，上边盖些草，趁没人时翻出书本子看看再放回原地。每年一口人三尺三，发到布票时总是高高兴兴地码整齐放进书本子里积攒着，轻易不用。家里还有棉花票、油票、肉票等票，就是没粮票。"

女孩指着柜台里边的东西对售货员说："麻烦你把这两样拿过来看看。"售货员把洗脸盆和暖水壶拿到柜台上，女孩毫不犹豫地抱起一把暖水壶，极用心地看上看下看左看右，还高举起看底部，看花色比图案，看了外部看内部，很内行地拿下木塞贴在耳朵上听声音，听着声音自言自语："保温，一定保温。"一手拎起暖水壶一手提起洗脸盆掂一掂，像要带走的架势，而后把两样物品轻轻放回柜台。

欧阳东说："喜欢吗？喜欢就买。"女孩摇摇头："看看就行了，不买。"欧阳东又说："还想看啥好好看，来一趟不容易看够。"两双眼睛紧盯物品缓缓移动脚步，看完全部商品，两手空空走到门上。欧阳东问："白看了一圈啥都没买，没有你可买的？"女孩摇摇头。欧阳东说："手绢不用布票，花钱也不多，买上两块。"重又返回店里，欧阳东指着柜台说："把手绢拿过来挑一块。"售货员拿出几个花色的手绢，挑了两块结了账。付完钱后说："这两块公平分配，你我各一块，你先挑，挑剩下的归我，算我请客。"女孩嘴角露出少有的微笑，毫不推辞地挑了一块。

走进邻门的果品公司，欧阳东提议："进去看看都是些什么。"进门看到水果排列整齐，晶莹剔透散发出诱人的果香，不禁咽下口水。干果种类繁多籽粒饱满，按类别排列在货架上，迎接挑选。售货员各司其职，静候在货架旁，精心看护着货物，随时准备为顾客服务。售货员介绍说："这是本地产的苹果，这是省内有名的苹果品种，清脆可口，营养丰富；这是有名的巨峰葡萄，粒大饱满，肉厚汁多；这是南方水果……"罕见的水果、干果他们第一次见面，女孩说："山坡上沟崖边桃子杏子李子栗子梨见了不少，从来没见过苹果，更别说南方水果，没白看。"果品公司水果新鲜清香，让人垂涎，却掏不起钱。

农资公司，专为农业生产服务的部门，庄稼地里不同季节需要的，山区、丘陵、湖区、海上所需的用具一应俱全，生铁制品为主，木质竹器兼备，顾客排队等候购货。售货员身穿深蓝色罩衣，见到他们热情询问："需要什么？"欧阳东忙打马虎眼："我们是想看看我们要用的东西有没有，有的话，改天来买。"售货员搬运着沉重的货物，小到烧火钩子炝锅铲，大到犁耙铁锚缆绳和桅杆让他们看了个全。不论货物多重都是肩扛人搬，工人脸上汗渍斑斑，身上污垢成片，手上锈迹沾满，店内阴灰黑暗。

走向医院，女孩问："不看病去医院干什么？"欧阳东："不看病看人，看看医生什么样。"医院里医生白大褂、白帽子、白口罩，只露出双眼。

电影院门紧锁，售票员满脸严肃地缩在窗口前。欧阳东对女孩说："这样的地方没有票别想进到门里边。"

欧阳东："我们去戏院。"女孩："不看戏去那里干什么？"欧阳东："戏院从来没见，好不容易来一趟千万别错过，不看戏看人。"欧阳东语气坚定不容分辩。到大戏院戏已经开演，该进场的进了场，戏场的门管得很严。只能在场外转，感觉场外比戏更好看。买票不赶趟进不了场的猴急打窜，痴迷听戏没钱买票的干瞪眼，看热闹的东溜西转，门卫防守口中无言左右顾盼。只顾看热闹竟忘记自己还要爬山。抬头看天，山顶已经吻到太阳的脸，撒腿急速向回转。欧阳东一上路悔恨自己在城里太过贪婪，回头对女孩说："玩的时间太长了，累了吧？别有意见，上车我推着你。"

女孩说："不用，俺自己能走，你还不是一样累。"欧阳东："那好，我们快走。"天完全黑了，欧阳东心情有些急，又说："推着走得快，车可以推着人。"女孩口气坚定地说："不用推，你走多快我就走多快。"欧阳东没有说服对方，加快速度向前赶，平路走完了。累得上气不接下气，翻过一道岭，前面就是一座小山，欧阳东感觉双腿跟灌了铅一样沉。对女孩说："坐一会儿喘口气再走。"女孩离他很远坐下。

稍做喘息不敢逗留就开始登山。"用车推着你走一会儿歇歇，不累了再下来自己走。"女孩实在累了，见欧阳东诚心诚意，便不再推辞，女孩啥话没说就往车上爬，抓住车座用力抬腿，腿还没来得及迈上去自行车一摇晃，马上退下来，第一次宣告失败。欧阳东鼓励："再试一次。"女孩顺从地又试，车又一晃，吓得退到一边说："说啥不也坐了，自己走。"欧阳东看得清清楚楚她就是怕。

欧阳东："不用怕。"女孩："我笨，上不去，我们还是走吧。"欧阳东把车停下放好，说："这样就好上了，上来坐好再推着走。"女孩费了九牛二虎之力才爬上车座，使出全身的力气双手搬着车座，不知自行车推着是啥滋味，心里七上八下。

欧阳东扶住车把，想保持自行车平稳，但用力过度车失去平衡，后重前轻，又是下坡，车头失重，车身后仰，欧阳东大叫一声："不好。"连车带人一个后滚翻，车从人的身上窜过。借着惯性向前直冲，奔着一棵弯腰的松树冲去，卡在弯腰松树腰间。

女孩一个倒栽葱，摔一个嘴啃泥，在地上翻了几个滚。欧阳东被车带着摔出老远，衣服撕破了，手胳膊全是血。吓出一身冷汗，顾不上疼，快速爬起身一瘸一拐扑到女孩面前："好险，吓死我了，你没事吧？"

女孩鼻子流血，整个额头都是血渍，腮上划出一道血口子，嘴里啃着泥巴，胳膊肘血肉模糊，手掌翘起巴掌大的一块皮，袖子裤腿撕破了，坐在地上揉搓着，好大一个时辰才缓上气来，说话的力气都没有。

欧阳东看到这般模样，担心地问："摔得厉害吧？不知能不能站起来？试试你的腿，没摔断吧？"

女孩："可吓死我了，腿摔断了可就麻烦了。"

欧阳东撕了一把树叶递给她："用树叶擦擦脸上的泥。"女孩头向后一仰："鼻子里的血滴到嘴里。"在地上抠出一把土塞到鼻孔里。

欧阳东掏出新买的手绢："别用土擦，用手绢擦，给你。我扶着你试试还能站起来吧？"用手搀扶着胳膊费了好大劲才站起来，一瘸一拐地向前挪了几步，女孩："还能走，可能没摔断，就是疼得要命。"

欧阳东松了一口气："谢天谢地！千万别把腿摔断了，摔断了我可没法向盘队长交代。你先坐在这里等着，我去找车。"自行车牢牢地卡在树杈上，用上吃奶的力气才从树上拖下来。自行车翻了几个跟头面目全非，整个车就拧成了麻花，两个车轮子成了多边形，链子断了从齿轮上掉下来，那惨状就别提了，成为一堆废铁。欧阳东哀叹道："本来还能凑合着推，这一摔连推都推不成了，麻烦大了。半夜扛着残废的自行车，还要领着伤号，这个狼狈相够数了。"

送走欧阳东，欧阳和甫如释重负。到单位后找到邮递员："车出了问题为什么不想办法解决？"邮递员："不是不想办法，想了许多办法，但还是解决不了。"欧阳和甫："人家都能造出来我们还能让它难住不成。从战场上缴获的美式武器，我们连见都没见过，战士们开动脑筋想办法为我所用。为什么让你骑车送文件？一是省时间，二是减轻你的体力消耗。这是一种新事物，应该好好研究研究。"邮递员圆睁双眼连声说："我遇到意外慌了手脚，根本就没想到要研究研究。"

欧阳和甫："中国是自行车王国，自行车在中国的使用历史悠久，以前的暂且不说。建国两年后的 1951 年国家就纳入建设项目，一上马就有十辆样品车亮相，速度快得跟飞一样，所以当时制造的自行车命名为'飞鸽牌'；相继上海又研发出更加先进坚固耐用的自行车，命名为'永久牌'；同时凤凰牌自行车不甘落后接着投放市场。开始投放市场数量极少，因为是新生事物，大多数人感到陌生，根据外形称为不吃草的驴，甚至直接叫铁驴，对于普通百姓而言简直就是一个传说。自从人类诞生以来，上帝赋予人两条腿用来走路，只有特殊人群、达官贵人采用特殊出行工具。这么说吧，没有比人更高的山，没有比心更美的风景，没有比双腿更远的路。中国工农红军双腿走完二万五千里路，抗日战争、解放战争和敌人抢时间抢占制高点，为夺取胜利争分夺秒，两条腿赛过敌人的四个汽车轮子，屡战屡胜，打得敌人闻风丧胆。南征北战直至解放全中国用的就是两条腿，老百姓称赞人民军队是'飞毛腿'。抗战胜利后很多'飞毛腿'从前方转移到后方，成为祖国建设的主力军，遍布到国家建设的各个行业，走向领导岗位的大批人员，肩负起各行各业的重任，靠的仍然是两条腿。晴天一身汗，雨天一身泥，鞋都穿不起，下基层光着脚板，卷着裤腿，只讲奉献不讲报酬，没有私心杂念，没有一点干部架子。地地道道的庄户干部，老百姓看在眼里喜在心头，称颂这些干部为'泥腿子'。共产党的干部时刻牢记为人民服务的宗旨，不搞特殊，吃苦在前，享受在后。随着国家建设的快速发展，公社一级配备一辆公用自行车，崎岖的小路上偶尔出现自行车的身影。我同样是初次接触这东西，推着回去的路上我悟出：自行车的规律是前进中求平衡，平衡中求速度。静止不动就失掉平衡，骑车之前要多做练习，掌握要领，手脚并用，全身协调，熟练之后才能上路。拿来就用断不可行，不按规律办事就会受到惩罚，违背规律就要吃苦头。"邮递员感慨地说："老一辈的革命精神永远值得发扬，您给我上了一堂生动的政治课，感谢您的教诲。"

看着躺在床上的欧阳东，欧阳和甫对左升阳说："你想利用自行车提起欧阳东的情绪，通过到城里走走转转，达到相互了解接纳对方的目的。我们都不懂自行车的性能，藐视自行车的技术要领，只凭兴趣，不懂方法，拿来就使，你们二人犯了一个共同的错误：不讲实际，违背规律吃了大亏，不光是自己的孩子，还关系到别人家的孩子。对新生事物不是不能碰，要有个过程，但愿通过这次能吸取教训。"

左升阳："你说得有道理，我心里七上八下的，担心女孩被摔坏了。这也是不得已，利用自行车设个圈套，结果人被摔伤车被摔坏。"

欧阳东直觉上了盘队长的圈套，又找不出根源所在，躺在床上闹情绪。

欧阳方走到床前："哥，你给那个姐姐买啥好东西，给我看看呗。"欧阳东装听不见，把头缩到被窝里。欧阳方："我光看不要。"欧阳东还是不吭声，欧阳方憋不住了："小气鬼，看看都不行。"欧阳东实在忍受不了欧阳方的盘问，只得如实招来："买了两块手绢，给了她一块。本来想给你一块，她摔得嘴里出血就用手绢擦，擦脏了，不信你看。"

说着把带血的手绢递给欧阳方。

欧阳红："哥，你是抱着那个姐姐上车的吧？你光顾抱着姐姐，忘了扶车就翻了对吗？你是把她背回来的？"欧阳东："去去去，瞎胡说。"欧阳红抢白道："谁胡说了，要不然车怎么会翻？哈哈……"欧阳东噌地跳下床想教训欧阳红，欧阳红见状赶忙窜出院外。欧阳东对着窗户喊："亏你想得出来，要是让盘队长听见，我可得吃不了兜着走。她那张嘴小事说大了，长的能说扁了，方的能说圆了，我可吃罪不起。"

左升阳不动声色："本想创造条件把他们凑到一起，多一个接触的机会，多一份相互了解，通过沟通启动心扉，在交谈中展现各自性格、兴趣爱好、达到心灵默契，没想到第一次碰撞就碰得头破血流，心里七上八下没个底，不知女孩摔得轻重。"

"主任。"盘队长面带微笑冲进门。

左升阳忙说："你来得正好，麻烦你到苗石埂家走一趟，看看苗佳蕙摔得怎么样，回来再说。"

"看了，我就是从她那里来的，想去问问逛城逛得怎么样，去了一看才知道摔着了。她让我告诉你，放心吧。"左升阳："你看她伤得怎么样？"

"摔得不轻，鼻青脸肿，腿上青一块紫一块，不能下地，在床上躺着。幸亏没摔断胳膊摔断腿，过几天就会好了，你不用担心。苗佳蕙说，这事不怨你家小东，小东是好意，看她走累了，想叫她坐到车上推着歇一会儿，车晃晃悠悠地她不会上，上去后脚悬空着更害怕，双手死死地抓着车后座，把车掀翻了。我虽然才见了一面那东西，一看就觉得不稳当，这不明摆着个理，不会骑的再来个不会坐的，生手凑一块儿，还不明摆着吃亏。她夸你家小东心眼好，会关心人。"

左升阳："这是她说的？"

盘队长："是她说的，她原话就这么说的。"左升阳："听了你这句话我悬着的心才放下，小东还在床上起不来，没想到人家还不埋怨。"左升阳起身用瓢端出几个鸡蛋说："就攒了这几个，你回去时带上顺路给她送过去，叫她好好养养伤。你看这事怎么办？"

"好办，只要你相信我，这事就交给我来办。咱俩来个二重唱？你定准调，我随着你的节拍走，包您满意。"盘队长信心十足地说。

左升阳："经历过事的人和普通人就是不一样，步调拿得准，节奏跟得上。"左升阳对盘队长的办事风格很满意。盘队长得到好评，加快办事速度，提高办事效率。她大踏步地向前进，超常规显本能。

待欧阳东伤势好转，盘队长加大力度催促："欧阳东，该把媳妇娶回家了，到城里逛了，也一起吃了饭，到时候了。"

欧阳东白了她一眼："啥媳妇？谁领着媳妇逛了？"

盘队长："别领着媳妇逛了城还装不懂。"

欧阳东："我什么时候领着逛了城？你不是亲口告诉我是你闺女吗，是你闺女我都不高兴。看了你的面子才勉强硬着头皮领着一起去，怎么又变成媳妇啦，你是把我当小孩子耍，想牵着我的鼻子走，别耍手段好吧。"欧阳东正憋着满肚子火没处撒，既然说到这个茬，他就声色俱厉开了腔。

欧阳和甫闻出火药味，立即提醒："有话好好说，犯不上横眉竖眼态度。"

盘队长早有思想准备，对欧阳东的态度不急不躁，不争不怒："我要不说是我闺女你能领她吗？这是策略，懂吧？你请教一下带过兵打过仗的哪一个不是讲战略战术，靠战略战术才能取得胜利，不懂战略战术就打不赢。别耍小孩子脾气了，现在说正事，你对她哪一点不满意？"

欧阳东："不是满意不满意的事，关键是扯不到领着媳妇逛城一说，我从心里就没把她当媳妇看待。"左升阳见欧阳东对盘队长不客气，瞪了欧阳东一眼，欧阳东低下头。明摆着盘队长是说客，局势三比一，自己处于劣势。三十六计走为上计。刚站起身，欧阳和甫说："别走，你大姨也是个忙人，没有时间说闲话，今天能抽时间过来就听听她说。"

妇女队长接着欧阳和甫的话茬："你们两个见面少，不熟悉，这是事实，可以先结婚后恋爱。"妇女队长说了一通，欧阳东实在听不下去了，"噌"地站起身，拿出驱逐的架势，对盘队长说："你都说的什么？还会说人话吗？"左升阳使劲瞪了他一眼说："先坐下，别激动。以前没人跟你说过这些话，的确，人的生理功能尚未成熟，虽然知道男大当婚女大当嫁，这只是说在口头上，没接触到具体事不可能向深处多说，所以男女之间的事你闻所未闻。至于婚后生活，基本是一言以蔽之，难以启齿，不能在光天化日下说三道四，正经人不启齿说这些。床上的事拿到公众场合说笑就成为下流话。刚娶过门的新媳妇第二天一定要早早起床，再累也不敢待在被窝里，比男人起床稍微晚些，就臊得出不了门，紧张得出门不敢抬头见人，认为所有人窥见了她床上的事，过些日子才能放松。盘队长的话，只能在这个特定的地方说，这叫分场合，审时度势，把握分寸。"欧阳东满肚子的怒火，经左升阳打圆场解释才熄灭了。盘队长少挨了一顿炮轰，见火候差不多了，甩下一句话："我先走了，快做结婚准备。"快步溜出门。

盘队长走后左升阳抓住机会再给欧阳东加紧上弦："到哪山砍哪柴，入乡随俗，不像原来的地方集体活动多，开会多，人员集中有机会沟通交流，这里居住分散，行走不便，一个生产队干活不能凑在一起，你就得接受这个事实，在这里成家立业，娶媳妇找个相守相伴的安下心来过日子。"左升阳入情入理，柔中带刚的说辞，欧阳东只得偃旗息鼓。

欧阳和甫看时机已到说："别犹豫了，这事就这么定了。"欧阳东仍然处在心灵挣扎之中，反复琢磨："自己的想法到底要不要继续坚持，难道真要前功尽弃，断绝前交？坚持下去势必造成孤立。接受他们的意见就等于接受这个素不相识的女孩，和一个素不相识的人如何能同床共枕？一生和一个陌生人如何生活。就怪到这个地方来，不来就好了，偏遇上个阴阳怪气的盘队长。"

容不得欧阳东思前想后，实质性运作已经起步。

得亦惜

腊月二十八是欧阳东晋升新郎官的大喜日子。大清早锣鼓喧天接新媳妇到家。拜父母、拜亲友，送往迎来，一天忙忙碌碌热闹非常，天至二更闹洞房的人才散去。

左升阳铺排："到新房喝合婚酒，喝了合婚酒才能成为正式夫妻。快到新房里坐好等着，马上送过去，一定要喝。"此程序关系到对新媳妇的尊重，向新媳妇表示关爱，更是创造一种氛围，左升阳不会疏忽，早已安排妥当。高声喊："小方，你来干这个活儿，把酒菜送到新房。"欧阳方义不容辞，欢喜地端起酒菜进新房里摆好。

欧阳东看着摆在面前特别的酒菜，再看坐在面前的人，心里反复盘问："这就是我的媳妇？这就是我要陪伴终生的人？做梦都不会想到在身边会是这么个人。盘队长为达目的多种方法并用，这头哄那头骗，反复叨叨千里姻缘一线牵，就是想让我相信是缘分成就了这段婚姻，我们有缘分，素不相识能成为夫妻，是上天早已安排好的，命运的红线把两人拴到一起，她帮忙把这根线牵了一下，两个人就顺理成章地走到一起，是上天作美。不得不承认她确实会借用力量，运用了这个美丽的传说让人无懈可击，看她动起嘴皮子来跟打机关枪一样，想插嘴都难，骗了自己再骗他人。看身边这位，绝对听从父母之命，盘队长的天作之合

191

在她那里大讲特讲，讲得天花乱坠，云里雾里，其父母对盘队长百依百顺，被这个论调鼓吹得晕头转向。说什么两人早就被拴在了一起，要不然哪能大老远来到这里，这是送上门来的。盘队长还说，就是上天有意，人不来到这里，再用力牵动红线都白搭。盘队长振振有词宣讲得到她全家人一致赞成，还对盘队长十分感激，把盘队长看作大恩人。所以自始至终听从盘队长调遣。"新媳妇慈祥的面容被烛光照耀得精神焕发，略施粉妆的脸蛋更加娇艳。他端起酒杯对满怀期待的新媳妇说："为庆祝这个大喜的日子，我们共同举杯。"

第二天一早欧阳东对正在穿衣起床的媳妇说："还真怕起晚了不好意思，这么早就起床？再睡一会儿不会说你懒。"

新媳妇："不是怕说懒，明天就是新年，今天是年除夕，过年的东西都要在除夕这天准备好，不早起干不完。"欧阳东听此话立即起床。

媳妇说："我初来乍到不知该干啥，你多给指点，干得不合适别生气。"两人走出卧室。

左升阳刚起床，看着面前的新媳妇连忙说："今天不用干活，这些活儿我干就行了。"

新媳妇："您昨天都累了，不能光你干，需要干什么您告诉我，想不到的您直接给我说，做什么饭我做。"

左升阳："不能让你做饭，弄脏了衣服。"

新媳妇："别拿我当客人。"说着开始动手。问："你看这样行吧？"

左升阳忙回答："行，就这样。"新媳妇不等这样干完就申请："还有什么要干的活儿，我去干。"手脚麻利，一天忙上忙下，名副其实忙过年，不离欧阳东左右，不时请教左升阳，话不多说不失礼节。邻居到家，面带微笑热情招呼，递板凳让座位，敬上烟，点上火，走时热情相送。客人到访，大方有度，嘘寒问暖，提水倒茶，邻居交口称赞，众人一致：成熟老练。左升阳高兴得合不拢嘴，看见小两口形影不离，出双入对，有说有笑，悄悄对欧阳和甫说："没想到一娶媳妇跟变了个人似的，没娶媳妇之前的态度完全不见了，看来是对媳妇满意。这是这几年过得最高兴的春节。"欧阳和甫："你这步棋走对了，旗开得胜。"

"新年好！"新年伊始，盘队长到妇女主任家拜年啦。左升阳拉着盘队长的手："过年好啊？大过年的你就不用往这跑了。你费心成全了这门婚事，过了门你就放心吧。"话没说完，盘队长抢先说："祝贺你娶了个好儿媳，过年加娶媳妇双喜临门，喜上加喜，人逢喜事精神爽，你乐得嘴都合不上。今年忙着娶媳妇，明年忙着抱孙子，好事一桩接着一桩。"

新媳妇剥好糖块奉上："吃喜糖。"

盘队长："好，喜糖得吃。"

欧阳东："请抽烟。"

盘队长忙摆手："不会抽烟，就不抽了。"媳妇斟满茶："请喝茶。"

盘队长接过茶杯："喝茶行。"

左升阳："过年忙多喝茶。"新媳妇忙把一杯茶端给左升阳："您也多喝几杯。"

盘队长咽下一口茶问道："苗佳蕙，高兴吧？看把你美的。"苗佳蕙笑而不语。

盘队长："不用说，偷偷地高兴吧。"苗佳蕙被说得不好意思。

左升阳："明天叫小东领着媳妇去给你送猪肉粉条，成人之美牵线的红娘，操心费力应该酬谢，我都准备好了。"

盘队长忙不迭地说："不用不用，不用给我送肉，猪肉稀罕，不好买，你事多留着用吧，不吃猪肉粉条我照样高兴。"苗佳蕙问："大姨，线拴在我哪里？你牵的时候我怎么没有感觉。"

盘队长听到苗佳蕙问这茬，"咯咯咯"笑得前仰后合，急忙放下茶杯，抬腿就向外跑。苗佳蕙莫名其妙，不知是何故使她发笑，众人都跟着笑了。左升阳追出门外，盘队长在门外笑得更加起劲，擦着笑出的眼泪向左升阳招手。得意地想："这个弥天大谎不知欺骗了多少人，年轻时自己就是受骗的，用同样的方法又骗成了一对。"

一天忙于应酬的小两口吃过晚饭才得以闲暇，快速跑进婚房，关上门。苗佳慧拉起欧阳东的手问："线是拴在这里吧？你看这里还有一道印。"欧阳东看她一本正经的样子，"扑哧"一下笑了："你还信以为真了，哪有什么线，你没看见盘队长笑成那样，明摆着是骗人的。"

"我觉得不是骗人，她说得有道理，你看她说得多么认真还能是骗人？她又不是骗人的那种人。"

"信不信由你，谁能把线拴上，说缘分还差不多，你我结合是一种缘分，懂吗？"欧阳东解释道。

"缘分也好牵线也罢，我能嫁给你，这是天意，你是上天赐给我的。从此以后你是我的依靠，我把一生交给你。"苗佳蕙语言能力即使对欧阳东爱得死去活来，也不会花言巧语挑好听的说，真诚袒露胸怀的几句话比撒娇献媚更肉麻，欧阳东被真情打动。

"那天上城里推的那辆自行车在哪？我怎么一直没有看见？"苗佳蕙问。

欧阳东："还给人家了，那车是借的，要不我都不会骑。"

苗佳蕙："那天你没摔着吧？你真善良，光顾照顾我。"

欧阳东："摔着了，车带着我翻了好几个滚，怕你摔断了腿，顾不上疼快爬起来管你。"

"你是为我摔的，我心里一直过意不去，老是放心不下，可惦记你了。"

欧阳东："你惦记我？"

苗佳慧："惦记，从心里惦记。你喜欢自行车就买上辆，想什么时候骑就什么时候骑，再不用跟人家借了。"

欧阳东："你好大的口气，你知道买辆自行车要多少钱？不光要钱还要自行车票，上哪去弄这些东西，就是有钱票也不好弄。借也不好借，要不是车坏了不能用根本就借不到。"

苗佳慧满怀信心地说："好，先攒钱，等钱攒够了再想办法弄票。过完年养头小猪，两年就大了，卖了把钱攒起来接着再养上一头，过几年不就攒够了，攒够了钱还愁买不上。"

欧阳东略带几分惊讶地说："你谱够大的，不怕费力？"

"不怕费力，过庄户日子就得有底气。"苗佳蕙肯定地回答。

欧阳东用力抱紧苗佳蕙："我是怕你受累，养猪可不是件容易的事，起早睡晚，掏灰抓土，挖野菜拌饲料，手脚不得闲，累得粗皮糙肉，连件干净衣服都穿不成，你定准了？"

"定准了。"苗佳蕙肯定地回答。

欧阳东兴奋地说："妈妈听了一定会高兴，明天就告诉她。"

左升阳听后表示："好主意，没想到你还有这么大谱气。不过我们家没养过猪，既没猪圈又没有饲料，要想养猪首先要建猪圈，院子小建不了。"

苗佳慧："能建，在大门外右侧向下挖两米，在上面搭上石板，冬暖夏凉，臭味还跑不到院子里，苍蝇蚊子飞不到屋里。至于饲料不用愁，天一暖和青草野菜长出来了，漫山遍野一动手就够吃的了，喂一头猪不成问题。您忙您的，上学的不耽误上学，这些事我来管。正月不能动土，二月把猪圈建好，把猪养上，一年下来就长成半大肥猪了。"左升阳听完，惊得目瞪口呆，对苗佳慧刮目相看。连忙说："好，就按你说的办。"

欧阳东："这么大的事你敢管？你要当管家？"欧阳方、欧阳红齐声说："我们家有了大管家。以后不喊嫂子叫你大管家，大管家。""哈哈哈"家里处处是笑声。

苗佳慧包揽了所有家务，生产队里不缺勤，小猪崽眼看着一天天

196

见长。晚饭后收拾停当，来到两人的小天地，欧阳东关切地问："累不累？"

苗佳慧："不累。"欧阳东："真不明白，你为什么有使不完的劲儿。"

苗佳慧："我心里高兴就不感觉累。"

欧阳东："等猪养大了卖了钱先给你买新衣服。结婚没给你买新衣服，很对不起你，早知道去县城的时候买就好了。"

苗佳慧："早都知道，就是你不知道。"欧阳东惊讶地问："去的时候你就知道？"

苗佳慧笑了："知道。"

欧阳东："你是和盘队长唱双簧，合着伙骗我？"

苗佳慧："骗你了怎么着？就是要骗你给我当新郎。"欧阳东："还跟我斗心眼，看我怎么收拾你。"

相识

苗佳慧抱着不满周岁的欧阳彪与欧阳东同送到家访问的黄老师。送到门上还热情地叮嘱黄老师："老师走好，有时间再来。"黄老师礼貌地："不要送了，你们回屋吧。"欧阳东："白天就够忙的，晚上还要跑出来，路又不好走，回去就不早了。"苗佳蕙对欧阳东说："路不好走，再送送黄老师。"黄老师忙阻止："不用麻烦喽，我走山路习惯。"

欧阳东："走吧，把你送到沟底路，你自己走我也放心。"欧阳东前边带路，黄老师后边跟。欧阳东："小心脚下，别让石头绊倒。"

黄老师："听口音你好像不是当地人。"

欧阳东："小时候不是在这里长大的，你能听出与当地口音有区别？老师就是厉害。"

黄老师："为什么到这地方来了？"

欧阳东："跟随父亲回老家。"

黄老师："噢。在原来的地方上什么学？"

欧阳东："初中毕业就没再上，回生产队挣工分。"

黄老师："初中在这里算是高学历，怪不得听你谈吐不凡。你媳妇也是一起来的吧，能说会道。有这样的家长，欧阳悆不会差，这个年龄的孩子就是贪玩，不知道学习，我们配合一起抓，让孩子打好基础，将来有出息。回去吧，别送了。"与黄老师初次接触很谈得来，黄老师给予欧阳东夫妇很高的评价。

黄老师对欧阳东有了初步了解，在母亲住院时不得已想请欧阳东帮忙。晚上在欧阳东家恳求："我母亲病重住在公社医院，我得去医院看望，已经跟领导请了假，就是没人管学生，不忍心让学生无人管慌着，你到学校替我看几天。村里那边我已经请示好了，就征求你的意见，你最好别推辞。"

欧阳东为难地说："黄老师，不是我不帮忙，我实在教不了，你最好再找别人。"

黄老师面露难色："其他人一时找不到，通过这几年家访我感觉你能胜任，就算帮我几天。"和孩子坐在炕上的苗佳蕙看见黄老师期待的眼神说："黄老师确实有难处，能帮就帮几天，谁都有难的时候。"欧阳东不便再推辞，第二天一早赶到学校。

黄老师说："你来了我心里才踏实，撂下学生不管良心上受谴责。村里的小学教师，除了给学生上课，还要巩固学生，要学生进得来留得住，不能因为经济困难交不起学费书本费辍学，不能因为家里需要看孩子退学，要坚持读完小学。眼下家长对知识的重要性认识不足，只看眼前利益，不让孩子上学。到了入学年龄老师要上门动员，三番五次上门说不通，为动员一个学生跑细腿。还要带领学生搞勤工俭学，给连书本都买不起的困难学生买书本。给村里出黑板报，宣传国家大事、时事政治、好人好事。白天给学生上课，晚上给青壮年扫盲，编写扫盲教材。春节期间搞文艺活动，准备演唱材料，兼当导演。村民家里来的信到学校找老师念，回信请老师帮忙写。老百姓家里娶媳妇求老师写喜联，不分分内分外都要有求必应，老师必须是个多面手，哪一手都得硬，像陀螺一样哪里需要就到哪里去，从早忙到晚没有得闲的时候。你先别管其他事，光给学生上课就行了，我这是和你投缘说几句。"

欧阳东接过课本为难地说："我不知怎么教，先看着学生别出事，你快去吧。"黄老师交代好匆匆离开学校。欧阳东走进课堂，他大声说学生小声说，他不说了学生也停下，看着他，急得他头上直冒汗，手忙脚乱。

一学生举手："老师，你应该先给五年级上课，上完了五年级再给三年级上课，上完了三年级的课再给五年级看作业。"其余学生说："他是班长，老师经常让他领着读课文。"欧阳东顺坡下驴："你就领着读课文吧。"学生问："领着哪个年级读？"欧阳东不知如何回答。随口说："先领五年级读吧。"

学生问："三年级的干什么？"欧阳东急了："想干什么干什么。"

"哈哈哈哈"学生笑了。

班长说："不能想干什么干什么，写生字，老师一会儿检查。"按照班长的指令，一会儿给五年级检查作业，一会儿给三年级检查作业，忙得焦头烂额，一天下来嗓子冒烟，他很晚等学生离开学校后才回到家中。

看见趴在地上的欧阳飚连抱也不抱，话也懒得说。正在忙着做饭的苗佳蕙停下手不解地问："怎么，累了？还是遇到不顺心的事了？满指望你到家欢天喜地的，看着欧阳飚我轻快一会儿。"不得已抱起欧阳飚说："还不如在队里干活轻松。中午饭都没吃，水也没喝。"

苗佳蕙："为什么不吃饭？怎么会连水都不喝？"

欧阳东："学生都在教室里啃煎饼，把水匀给学生喝了，我不敢离开教室，担心学生磕着碰着不好向黄老师交代。"苗佳慧抿嘴笑着说："今天刚开始，明天就好了。"欧阳东："一天我都发愁。"黄老师说学生不能没人管，虽然发愁，还是坚持着干。

黄老师没等母亲出院就返回学校。欧阳东见到黄老师如释重负："你可回来了，我可尝到当老师的滋味了。这才几天，我嘴上起了泡，你再不来我就要撂挑子。"

黄老师："让你受累了，主要是不习惯，习惯了就好了。"欧阳东问："你母亲的病怎样了？好了没有？"黄老师摇摇头："不怎样，不但没好反而加重了。"欧阳东关心地问："怎么？医院里治不了？"黄老师无可奈何地说："不到厉害的时候忍着，忍不了才住院，一时不会见效。治了治不了是另一回事，根本就治不起，住院七天花了五百多块钱，还要人陪着，家里没人能陪，我更离不开，和我父亲合计了一下，出院回家了，在家用偏方治治试试。"

仨月过后，欧阳东吃过早饭扛起镢头正准备下地。欧阳念急匆匆从学校跑回家，上气不接下气地喊："爸爸，老师叫你快去。"欧阳东忙问："什么事这么急？你打破学生的头了？"

欧阳念慌忙解释："没有，没打破学生头，我没跟学生打架，老师叫你快去。"欧阳东扛着镢头快速来到学校。刚进门，黄老师迎上前。红着眼圈对欧阳东说："我母亲病故了，我得快回去料理后事，来叫我的人还在村口等着，这里就交给你吧。"

欧阳东看着黄老师悲伤的样子说："你快回去料理后事吧，这里交给我。"

欧阳东："班长你领着五年级读课文，三年级先写字。"三年级学生等班长读完课文拿着本子到欧阳东面前："老师写好了。"欧阳东："写好了在位上坐好，不用给我。"

学生："黄老师都是让我们写好了拿给他，他当着面给批改。"欧阳东被学生将了一军，只得拿过作业本应付地看了一眼。五年级的学生读完课文后在座位上等老师上课。欧阳东不但不能指挥学生还要听学生指挥。第二节数学课，五年级四则混合运算，欧阳东不懂运算顺序，一会儿就被学生的提问弄得晕头转向，三年级学生举手说："老师算完了您看吧？"

欧阳东："你们互相交换着看吧。"

"老师，他和我的不一样，我们俩谁的对？"

欧阳东只好说："你俩商量商量。"欧阳东心想："麻烦了，黄老师料理母亲后事要几天时间，要教就把学生教糊涂了，不教又浪费了学生时间，真难为人。"

黄老师带着忧伤返回学校，没等张口，欧阳东就说："谢天谢地，你可回来了。"看见黄老师仍然处在悲痛中，忙安慰："你累了，人死不能复活，你已经为她老人家尽孝尽忠了，别再伤心难过了。"

黄老师难过地说："我悲痛的是在母亲离世时没能见她最后一面，她一直叫着我的名字，久久不能闭眼，感觉很对不起我那苦命的母亲。从回家到办完丧事几天都没合眼，确实很累，要不是怕你吃不消，真想在家多待几天。就是我来了你也得接着教几天，让我缓口气。我还处在悲痛中，实在打不起精神给学生讲课，你无论如何再坚持几天。"欧阳东着实心疼黄老师，犹豫了一会儿说："我不会一推了事，再坚持两天，可说好了多了不行。"黄老师感激地说："多待两天我就知足了，让我缓缓气，调整一下情绪。"

欧阳东："不是不心疼你，不能糊弄学生，教坏了还得你重教。"黄老师："说得对，当老师是个良心活儿，无论如何不能糊弄学生。"

说完躺到床上，一天一夜都没睁眼。第二天下午放了学，欧阳东使劲儿才把他摇晃醒。黄老师揉揉眼睛问："什么时候了？"欧阳东："起来就知道了都过去一天一夜了。"黄老师客气地说："在我最困难的时候是你给了我帮助，让我感激不尽。"欧阳东："有困难能帮就帮，不用放在心上。"黄老师："有件事想跟你商量商量。"欧阳东："先吃饭，你一天一夜都没吃没喝，有事慢慢说。"黄老师："听你的，先吃饭，以前回家带煎饼，吃饭方便，自从我娘得病以后没人给摊煎饼，靠自己鼓捣着吃。"说着就抹起眼泪。欧阳东："去我家吃吧。"黄老师忙说："不行，身上戴孝不能去别人家，这是大忌。自己想办法吧。"欧阳东："明天给你带些煎饼来。"第二天欧阳东把煎饼放到黄老师手上："先凑合几顿。"黄老师："可解决燃眉之急。心里一直压着块石头，跟你说说帮我打打谱。麦后要招收新生，我们这里是隔一年招一次新生，今年的适龄儿童比较多，加上去年的适龄儿童应该扩一个班，扩班需要老师，打算申请一个代课的，这附近找个有文化的人都困难，扳着指头数数你是初中毕业，想请你到学校当代课老师，我们一起干，有事也可以有个商量，你看怎样？"

没等黄老师说完，欧阳东忙说："黄老师，你就饶了我吧，顾不上家里的事不说，这两次我可出够了丑，说不定学生还会拿我当笑话，想想在课堂上的表情以后都不好意思见学生。说心里话，要不是你摊上母亲住院、病故这些大事，说啥我都不会走上课堂，简直是赶着鸭子上架。我虽然有个初中学历，但实在不能胜任教学这个事，知道你教学辛苦，你还是另做打算吧。最好向上级反映，争取上边派个人来。"

黄老师感慨地说："反映多次了，能派下来那当然好，这不是派不下来嘛。第一次见你，你给我的印象是心地善良，重情义，对人坦诚，值得信赖。什么事都不是天生就会的，慢慢学。咱俩共同改变山区文化落后的面貌，你最好接受。你不同意的话，新学年只能搞多部复式，你也看到了，多部复式教学任务繁重，一人承担几个班既累又忙，关键是教学质量受影响。"

欧阳东："不是我不肯帮忙，确实不能胜任，总不能让学生指脊梁骨。"黄老师："满心希望我们同干一番事业。你再考虑考虑。"欧阳东顺坡下驴："容我再想想。"

黄老师整理好教案，心想：他是怕误人子弟才不敢担任，就应该用这样负责的人，无论如何要把他留下。欧阳东走出教室，拍拍身上的粉笔沫子，淡淡一笑："我的任务完成了。"黄老师："你考虑得怎么样了？"欧阳东："我问你，你打算长久在这待下去？"黄老师："是的，这里需要，要长久待下去。"欧阳东："长久待下去的话，我看你的生活就困难，你别光一门心思搞教学，也得考虑考虑个人问题，该成个家。"黄老师："万万不可，你不知我家里穷到什么程度，可不能让人家跟着我受穷。"欧阳东："你人品好，懂孝道，干事认真。我就喜欢你这样的。我妹妹在收购站上班，还没找人家。她会心疼人，也能摊煎饼。结婚后两人齐心合力过几年就好了，你觉得怎样？"黄老师："千万别提这个事，我这一屁股债还不知什么时候能还完，连带人家受苦，我于心不忍。"欧阳东："用你的话说，再考虑考虑。"黄老师斩钉截铁地说："不用考虑，我意已定。你先回答我，代课的事考虑好了吗？"欧阳东："考虑好了，坚决不行。"

相扶

天刚蒙蒙亮黄老师就赶到县医院，病床前的苗佳蕙吃惊得瞪大双眼没等开口，黄老师忙说："今天是星期天，公社召开全体老师会，请了个假来看看，替你照顾一天，你回去照料一下家里的事务和孩子，早回来，不能耽误我明天上课。"

口齿伶俐的苗佳蕙感动得语无伦次，不知说啥好："劳烦你惦记着，天明就跑来了，一定饿了，我拿煎饼你吃。"找出煎饼包袱放到黄老师手里。黄老师："先放下，等会儿再吃。"苗佳蕙："天上雨一直下，山上水直往下冲，他硬向外跑，拦都拦不住，看吧，这就摊上事儿了，不知能不能治好，以后可怎么过！"说着开始抽泣。黄老师忙安慰："你要挺住，啥话别说了，快回去。"

欧阳东见到黄老师身子欠了欠想往上爬，疼得"哎呀"一声额头渗出汗珠，两行热泪不由自主地流出。黄老师立即上前按住："躺着别动，伤得不轻。听说你出事了，急得我跟热锅上的蚂蚁一样，不知如何是好，怎么也合不上眼，想快看看你的伤势，鸡不叫就往这赶，怎么伤得这么厉害？"

欧阳东："唉！别提了，谁能料到会出这档子事。倾盆大雨一夜未停，山洪哗哗从山上往下直倒，震得人心颤抖。山沟里水满则溢，一道闪电划过，明晃晃的，很耀眼。想起小时候柳大伯说过的话，暴雨天水势猛涨，最容易损坏水库大坝，越是暴雨到来时越要对大坝做好保护，防止堤坝发生意外。1974 年特大暴雨，洪水泛滥，房屋倒塌，平地成为一片汪洋，县领导在公路上开着船指挥抢险救灾，幸亏水库拦截了上游洪水，减轻了下游灾情。刚过两个年头，灾情还正在恢复，人们对暴雨余悸未消，刚进入夏季，天气就出现反常，麦收季节小麦将要成熟，就开始阴雨连绵人进不了地，不给人收割的机会，小麦站在地里生芽发霉，麦秆腐烂，到嘴边的好东西绝产。"

"接着天灾又降，一黑夜天好似被捅了个窟窿，我想水库那边情况不会好。抓起铁锨拉开门向外冲，苗佳蕙猛地窜到跟前拦住我说：'外边雨大，有危险，不能出去。'我一把把她推开，冒雨向水库跑。跑到水库，看到水库里水位与堤坝持平，水势持续猛涨，救援人员紧绷着脸，堤坝上已经垒砌起很厚的沙袋，人们还继续叠加沙袋。就毫不迟疑地加入启动水闸泄洪抢险人群中。杠子上的钢丝绳牢牢拴住启动闸门，闸门受水的压力就是打不开。十六个人分两端，咬紧牙关，脸憋得青筋暴突，一齐用力，水闸被提起一条缝，水'哗'地从下边蹿出老高，打着滚向下游奔去。抢险人员感到一丝轻松。还未来得及松口气、直直腰，就听闸门'呱嗒'一声落下。人们加快启动，任凭再怎么努力，闸门就是纹丝不动，眼看着水位上涨，人都心急火燎，第一批人员已经累得筋疲力尽，实在支撑不住了，第二批接替了第一批人员。杠子被别人接去后我退到一边直喘气，看见第二批人员咬紧牙关脸憋得青紫，杠子压到肩胛骨里，闸门还是纹丝不动。我突然冒出一个想法，应该下去看看，或许被石头卡着了，没等别人反应过来就走向水中。指挥员大声喊：'危险，快抓住他。'几个眼疾手快地迅速拉住我的手，指挥员命令快把绳子拴在我的腰上。我快速下到深水，水没过腰，没过胸，试探着继续往下，果然一块石头横在闸门一侧，屏住呼吸，用尽全身力气使劲一端，闸门瞬间打开，水'哗'的一声泄下，一块被卷起的石头狠狠地砸在我腿上，疼得我'啊'的一声发出惨叫。人们快速救我上坝，疼得我说不出话来。救灾人员找来一扇门，冒雨送来县医院。经检查左腿膝盖以下粉碎性骨折，右腿膝盖断裂，伤势很重。"

黄老师带着几分埋怨地说："不是说你，家又不是库区，根本就不受益，何必要冒这么大风险？"

欧阳东："确实冒了个大风险，这两条腿说不定啥时候能好，弄不好可就能成了残废。"黄老师脸上布满了愁云。

欧阳东停顿了一会儿:"不过我不后悔,大灾当前尽一份力是应该的。你也知道缺水会给生活造成多大困难,没水连饭都吃不上,水对老百姓是多么重要。海东县这个大水库,库容量很大,据我初步了解,水渠流经大半个县,连接到邻省的灌云县,凡是水渠流经的公社都能受益,旱田改成水田,大面积种植水稻,产量大幅度提高。水库的水还可以发展工业。水库的安全关系到人们生命与生活的问题,从这方面说,牺牲点个人利益值得!"

黄老师端详了欧阳东半天,由衷地赞叹:"没想到你的思想境界这么高。"

欧阳东:"哪有你说得那么高,就拿你当老师来说吧,整天为学生操心费力,只觉得是应尽的责任。学生出了事你不会看着不管,一定会不顾一切去抢救。我和你一样,遇到事都想向前帮一把,尽自己一份力,不想在一旁看热闹。"黄老师:"对,是这么个理,你是怎么了解水库情况的?"

欧阳东:"不瞒你说,我并不了解水库情况,但我断定,下这么大的雨,水库一定告急。小时候借宿在柳大伯家,柳大伯对水库的管理特别重视。他经常说,他领导建的是公社小水库,在建公社小水库之前,还参加过建设县里的大水库,经常讲水库的重要性,从他那里得知了一些水库知识,不知他那地方的水库遇上这次暴雨怎么样了,可惜太远,不能去帮他。"

黄老师安慰说:"安心治疗,先别考虑其他事情,等你好了再说。

不过你要有思想准备，做个长远打算。"

欧阳东拆除石膏以后，拄着双拐由苗佳蕙搀扶着在地下活动。苗佳蕙愁眉不展，欧阳东闷闷不乐，不用说就知道苗佳蕙是为钱发愁。欧阳东看出苗佳蕙的心思。说："长期在这里住不起，家撇了，孩子顾不上，回家吧。"苗佳蕙："这样回去不行，还是多住些日子再好好。"欧阳东："不住了，一时半会儿好不了，回去。"

回家没过几天他开始烦躁："不干活光在家待着岂不成了废人。"

苗佳蕙安慰："慢慢养着，伤筋动骨一百天，养好了有你干的。要不扶你到学校找黄老师？"

刚走了几步就嚷："站着说话不腰疼，不敢走怎么去？又不是平路。"

苗佳蕙偷偷对欧阳念说："告诉黄老师你爸爸想他，让他抽时间过来趟。"欧阳念找到黄老师："老师，我爸爸想您。"黄老师叹息："我没有什么办法！"欧阳念："我娘说我爸爸就是想老师，老师不用犯愁。"黄老师："没有办法我也去，我知道他想我。"

晚上，黄老师摸黑来到欧阳东家，欧阳东正躺在炕上无精打采，跟以往判若两人，黄老师心中很不是滋味。欧阳东见到黄老师高兴得跟孩子似的，紧紧拉着黄老师的手："快坐下，好想你，能动的时候觉得时间过得很快，不知不觉一天就过去了，不能动了，闲着躺在家了感觉度日如年。知道你没时间，还是天天想着你盼着你，指望你来说会话，解解闷儿。"

209

黄老师："不用说我就明白，正干着活的人，在家里是躺不住。不过还是要静下心来养着，争取快好。我比钻到你心里都明白，两个孩子大的不人小的还小，要吃要用，长期不干活日子怎么过。要不要向上级反映申请救济？"

欧阳东："申请救济就等于向国家伸手，不能反映。"

黄老师："是向国家伸手，该伸的时候就得伸，我们有困难，就得依靠国家。"

欧阳东："困难是有，还要靠自己解决，能不伸就不伸。"他俩谁也说服不了谁，各持己见。盼着黄老师来，到一起又说不到心里去。黄老师郁闷地说："天不早了，我该回去了。"苗佳蕙把黄老师送出门外，小声说："现在性子可急了，听不进别人的话，动不动就发脾气。"

黄老师："他是心烦，你多忍耐些。"苗佳慧："只有见到你才见个笑脸，平时总是长吁短叹。"

黄老师始终惦记着欧阳东，心里总是搁不下，过了一段时间再次来到欧阳东家，把一张救济申请放在欧阳东面前："我给写了个救济申请，你在上面签个名。"

欧阳东坚定地说："谢谢你的好意，这个名我不签。"黄老师："就是签了名还不一定批不批，你就签个名报上去试试。"欧阳东："连试不试，直接不报。"

黄老师拗不过，叹了口气："唉，算你有骨气。孩子上学的费用我承担，你先安心治疗，养好身体要紧。"

欧阳东忙阻止："不行不行，你的工资本来就少，还要还你母亲住院欠的钱，哪能让你承担。"欧阳东拒绝黄老师资助。

黄老师皱着眉头："这不行那不行，困难就摆在面前了，总得想个办法才行。可有啥法子可想？别看对老师要求高，社会地位却很低，到哪里都说不上话，况且我还仅仅是个小学代课教师。就凭这点儿本事，能办啥事？退一步说，就是有能力时间也不允许，长期这样下去怎么办？"不欢而散，黄老师看了一眼动不得的欧阳东狠心弃门而去。

在家躺着不是长法，黄老师决定拿出勇气试一把。寒假期间全县教师集中培训，趁报道时他绕道水库，请求库方："欧阳东腿受伤行走困难，家住在半山腰，治疗拿药就要上沟下崖，活动了伤就会加重，贵方能否照顾？"答复是："等着吧，向上级请示。"培训结束黄老师再去，得到的答复是："请示没了下文。"

黄老师横下一条心："一不做二不休，不过年也要问个结果。"哪里知道，年末无人过问。直到年后将近开学，借去书店领教材之际又去。水库方问："他是你什么人？"

黄老师："他并不是我什么人，是一个学生家长，我替他着急。"

水库方："向上级请示，不用再向这跑了，等着吧。"黄老师："我来一趟不容易，别一句话就把我打发了，你们可要当回事儿。等着等着，等到什么时候？"

黄老师再领教材又去请求，库方才有了答复。黄老师喜出望外，告诉欧阳东结果："可以到水库那边待一段时间。"欧阳东感激地说："让你操心啦。"黄老师："趁没开学我把你送去。"

黄老师把欧阳东送到水库,嘱咐道:"离开家烦心事少,这里虽然条件差,有个地方待着就行,在家媳妇伺候惯了,要学会自己动手,自己照顾自己,争取快康复。你媳妇家里一头外边一头不容易,两个孩子要上学,吃饭穿衣花钱全靠她,地里的活儿要干,家里事要管,一个人当几个人用。"欧阳东连声说:"是的是的,多亏有你照顾,不然的话更犯难。"黄老师说:"你安心休息我抽时间再来看你。"

黄老师走后,欧阳东白天看太阳,晚上数星星,白天盼着太阳落,黑夜盼着快天明,天明盼着太阳升。每到夜深人静,听着涛声对愁眠。

黄老师摸黑赶到水库,正在发呆的欧阳东竟没发觉。黄老师:"闲得发呆是吧?到你跟前都没看见。"欧阳东高兴地说:"我哪能想到你黑夜跑过来,让你受累了。"黄老师:"不黑夜跑白天没有时间,这是你媳妇给你的换洗衣服,这是煎饼和咸菜,这是大娘给你煮的几个鸡蛋,这是借来的几张旧报纸,这是几本小人书,这是一本《红岩》,这是一本《青春之歌》,看完了小的看大的,多读几本书,有书陪伴精神就不空虚,不感觉孤单。家里的事你不用惦记,照顾好自己就行了。看你身体有好转,以后我就不往这跑了,照顾好自己。"黄老师放下东西交代完就要走。

欧阳东:"盼着你来,刚来就要走,我憋着满肚子的话想等见了面跟你说。来了就急着走,就不能多待一会儿?"

黄老师:"我理解你的心情,常言道:每逢佳节倍思亲,孤单时候念亲人，我懂，但明天学生的课不能耽误。别忘了我返回学校要摸黑走三十多里山路。"

欧阳东："辛苦你了。你开会的时候有没有听说有个叫卓尔群的？"黄老师诧异地问："男的女的，多大年龄？没听说有这么个人，学校工作千头万绪，哪有心思想别的，回去啦。"

欧阳东："你也该关心关心自己了，别光一个劲儿忙。听我的，找个媳妇帮帮你。"黄老师："其他事就够多的了，没有心思考虑这个。"

欧阳东到学校找到黄老师，见面后黄老师异常惊喜："你回来了？想家了吧？恢复得怎么样？"

欧阳东："确实想家了，一去就是几个月，谢谢你帮忙。麦收到了，我帮不上手心里急得火烧火燎。"

黄老师问："你回来能干活吗？"

欧阳东："干活不行，扔掉双拐在平地上试探着走还行，走山路不能打弯，膝盖钻心地疼。人家不让待了，不行也得回来。"

黄老师听完皱起眉头吃惊地问："不让待了？"

欧阳东："嗯，不让待了，说实话让待我也不想待了。"

黄老师："你想回来干活？是的，从去年受伤到现在时间不短了，可是你的身体不允许你干活，如果干活累了，前功尽弃，折腾得动不了，可就麻烦了，还是应该先养好了，再打干活的谱。走，我送你回家。"欧阳东拿起身边的棍子。

黄老师："你没带拐杖？"

欧阳东："走山路拐杖没棍子好使。"

黄老师搀扶起欧阳东："真难为你了。"

欧阳东："你看咱这里旱得麦秆拃多高，麦穗像个烟袋头，水库里清汪汪一大片这里一点儿使不上，我看着干着急。"

黄老师："先不想那些，先管好自己。"

欧阳东见到黄老师兴奋地说："我想好了，在我们这里建个小水库，有了水庄稼就能长好，你看建在哪里合适？"

黄老师禁不住笑了："想不到你有这么大的雄心壮志。建在哪里我不关心，学生我都管不过来，我最关心的是你的腿，腿好了你再考虑建水库吧。咱说点儿实际的，你这么长时间不挣工分麦季分口粮都成问题，你考虑怎么办？"两人沉默。

沉默过后黄老师说："把你的宏伟计划先保留着，在家待段时间，抽个时间我和你一起再去趟水库，要求在那里看大门，你看着水心里舒服，向人家取取经，问问水库怎么建，你看行吧？等你好了回来建。"欧阳东无奈地点点头。

黄老师和欧阳东来到水库，黄老师说："他在家里看着活儿就急，光抢着干活，干活腿就受不了，不为别的，让他离家远点儿，安下心来休息，给个看大门的差事也行。"水库方："水库不是工厂，没有大门可看。"

黄老师："说看大门就是起个瞭望作用，你们就照顾照顾。"水库方："那先留下，我们向上级请示，批不批还是另一回事。"黄老师走

214

时又重复："我只能做这些，以后的事就靠你自己解决。"

水库方对欧阳东说："同志，你这个临时工上头不批，水库没有资金支付你的工资，退后一步说，水也没人偷，没有必要设个瞭望哨，请回去吧。"

欧阳东一听急了："为什么不批？我都等了三个月了。"水库方："你们那个村不是我们海东县管辖区。"欧阳东 听急了："那你说清楚，我到底归哪里管？"

"归哪里管我们问不着，反正不归我们管。"

欧阳东急眼了："我倒要弄明白到底归哪里管，在原来的地方待了十几年说不是自己的村，我热爱这片土地，热爱这座水库又说不是自己的县，我怎么就找不准自己的位置。"一气之下扭头就走。

他回家后越想越觉得憋，反复斟酌后找村委会反映。村支部书记听完欧阳东反映的情况，立时就火了："明明是在海东县辖区，凭什么说不归海东县管辖，纯粹是推辞。"

退休的老书记在一旁说："不用生气，这个地区是有些特殊，西南部是草屋县的北部山麓，西北边是方子县山区，深山老林，荒无人烟，越向深处越荒凉，当年人们为了保命从四面八方来躲到深山老林里，越隐蔽越好，不关心哪区哪县。人们看到太阳以为是从水里冒出来的，渴望得到水，有些胆大豁上命奔向有水的地方，发现东边是海，太阳从海里冒起来。见到无边的大海，海里大量的水，喜不自禁，认为找到解渴的水了。扑上去想喝个够，喝了之后装满皮囊带回。不知道海水是咸的，

215

结果喝过海水的人在返回的路上越走越渴，有的甚至渴死。带回的海水结成晶，无意间沾进饭菜里饭菜特别好吃。等再去后向当地人打听，才知道海水里有大量的盐。"

欧阳东："早年间的人被水所逼冒险跑到遥远的地方找，得到意外收获。时至今日，缺水仍困扰着人们，就只能在这里等着，怎么就不想个解决的办法。"

村支部书记说："不光你急，从上到下都很急，办法想了不计其数，就是没解决。你干临时工一个月多少钱？"

欧阳东："根本就没见过钱。我连一分钱都没拿到。"村支书："也就因为你腿上有伤，要不然的话，撇着老婆孩子不管去干临时工，划不来。"

欧阳东："就是想找个清静的地方快恢复，没想划得来划不来。"

村支部书记："不去了，给你申请救济。"

欧阳东："家里生活确实困难，不过我还年轻，还是要自食其力，救济先不申请。"

村支部书记："你先别着急，等县里开会我去问问你临时工的报酬。"

欧阳东："不是着急我的报酬问题，我着急的用不上水，去开会先反映水的问题。"

村书记对欧阳东说："去年冬县里召开农村工作会议时我到有关部门反映过你的情况，今年又专门去了一趟，争取给予你照顾。春节后又去了一趟，总算有结果了，让你临时到水库看大门。"欧阳东："看多长时间？没准很快又撵回来。"支书："至于多长时间没定，先去吧。明天我推车送你。"

欧阳东："嗯，为了腿还得厚着脸皮去。"

村支部书记："我看你为腿更是为水。"

老书记："一见面就感觉你像你祖辈上的人，有骨气。养着伤也可能鼓捣出个门道，让咱山区老百姓不缺水。"欧阳东："我一定记着您的话。"

倾诉心声

黄老师来到水库，对着办公室故意把自行车铃按得"丁零丁零"响。欧阳东闻声立即走出办公室。不由得惊呼："黄老师，是你？你好啊，多年不见你到哪里去了？让我好找。鸟枪换炮了，有自行车，快把自行车放下，到屋里坐。"

黄老师上下打量着欧阳东："看上去很有精神，说明恢复得不错，我一直担心你的身体。"欧阳东感激地说："老让你惦记着，好得不彻底，天好还行，下雨阴天还疼，走快了腿不听使唤，庆幸没残废。"

黄老师放好自行车来到办公室："我猜你会想我，我何尝不想你，今天到这里来先找你，在这里找不到就去你家里，非把你找到不可，要亲眼看看你受伤的腿，把腿抬起来让我看看。"欧阳东乖乖地跷起腿放到板凳上，黄老师仔细地抚摸着腿上的肌肉："受苦了，还好，肌肉没萎缩，没残废真不错。"

欧阳东幽默地说："我还得要它发挥作用残废了哪能行。你这是从哪里来？这些年到哪里去了？一个大活人消失了，可把人急死了。"

黄老师说："说来话长，今天就竹筒倒豆，一下子全倒干净。一九七七年也就是你受伤的第二年，国家恢复高考，因为我们那地方闭塞，当我知道这个消息时已经开考了，没赶上首班车，我急得坐立不安，决心第二年到考场试一把。搁置了多年的文化课已经淡忘，为了应考没日没夜地硬啃，还好，当了几年孩子王也算受益，能教学相长。我一边教学一边复习功课，拼命准备了整一年，再考不上就超龄了，即便坐到考场里心里还没底。只能凭借高中所学记忆和临场发挥，最终被山东师范大学录取，分到数学系，圆了我的大学梦。踏入大学门槛，再捧起课本感觉机会太难得了，时间太珍贵了，这几年我苦读圆满完成大学课程，拿到了大学毕业文凭。"

欧阳东高兴地叫道："真了不起，一个小学代课老师能考上大学，祝贺你大学生！上大学期间肯定能谈个大学生对象。"黄老师摇摇头。

欧阳东怀疑地问："没谈成？不能骗我。"

黄老师认真地回答："没骗你，不是没谈成，压根就没谈。"

欧阳东惋惜地说："你怎么这么死心眼，这么好的机会不抓紧时间谈一个，再说了，你年龄也不小了，应该找媳妇啦。"

黄老师："不说这个了，我想告诉你，现在我已经是高中教师了，毕业后分配到县重点高中任教。"

欧阳东很是惊讶："你进了县城高等学府？不简单，从此就离开了山村小学，不用再上山爬崖了，前途辉煌。"

黄老师信心百倍地说："我立志投身教育，决心把毕生精力奉献给教育事业，用所学知识报效祖国，用知识启迪更多孩子的心智。在实际工作中感受到自己虽然有学历，但与多年奋斗在一线的老教师比还有很大差距，仅凭着一纸文凭和一股热情是远远不够的。恢复高考，学校就要为学生实现梦想铺路架桥，为了能当学生成才的铺路石，我虚心向有经验的老教师学习，成为教学内行，驾驭高中学科，取得了较好的教学成绩，得到上级、家长、社会一致好评。为了能发挥更大作用，学校把我提到领导岗位，现在我已经升为副校长，重点抓教学工作。恢复高考后，老百姓已经明白，要想让孩子有前途，上学是最好的出路，学校是实现梦想的摇篮，教师是攀登高峰的阶梯。向国家输送合格人才，上对国家负责，下对学生负责，这就是历史赋予教师的责任。"

欧阳东连连称赞："到底是老师，有水平，听你一番话胜读十年书。我到水库里捞几条鱼炖上，咱们好好喝几盅，为你庆贺。"欧阳东兴奋地说。

黄老师畅快地答应，环视着办公室问："这是你的办公室？已经不是临时工了？"欧阳东："说起临时工真是一言难尽，你送我来了三个月就被撵回去，说我不归海东县管辖。我气愤难平找到村里，村领导也是无能为力，他们多番向上反映，到七八年春节后才安排来当临时工，这个临时工来得相当不易，说什么我得好好珍惜，不分分内分外加倍干，才能对住为我操心的人，包括你。我时常忘记自己是临时工身份，尽心尽力，兢兢业业，保安全，植树种花，改变环境，提合理化建议，拼了几年后，上边任命我负责水库全面工作，但仍然是临时工。"

黄老师说："祝贺你，任何事情都不是一帆风顺的。挫折能磨炼意志，现在的你和以前简直判若两人。"

欧阳东抄起一个简易渔网，站在堤岸伸手就把一条鱼捞进网里，喊道："你看多肥，足够咱俩美美吃一顿。在水库里养鱼，真是得天独厚的有利条件，这是利用资源的一个项目，光这一项一年就能给国家增加不少收入。"

黄老师由衷地赞叹："听你说话很内行，还记得你想在家乡建水库的宏伟计划吗？现在该实施了吧。"

欧阳东不好意思地说："当时纯属急话，我哪有那能力。建水库哪能那么简单，这座水库经专家论证勘察测量才建成。县里有规划，逐步解决山区与丘陵地区的用水问题，经过科学研究，利用扬水站抬高水位，把水引向高处。这个项目很快启动，是一项投资少见效快的项目。酒来了，连干三杯，共同祝贺，今天我们要一醉方休。"不容分说三杯酒下肚。

欧阳东斟满酒杯："喝醉之前你先说明白，个人问题怎么解决的？"

黄老师端起酒杯一口吞下，感叹地说："这事是我个疼，不想提。"

欧阳东不解地问："怎么回事？"

黄老师慢吞吞地说："我从小和邻村一女孩一起上学。初中离家十来里路，高中更远，周末回家拿煎饼都是走黑路，互相照应，拿上煎饼再一同返回学校。我多次因为交不起学费想退学，是她伸出援助之手接济我渡过难关，准备共同考大学，实现我们的大学梦。正在努力备考的时刻，正赶上停止高考，毕业生全部回村接受贫下中农再教育。回村没多久我们都走向了教育战线，我到你村小学当代课教师，她在自己村小学当民办教师。教育上的会多学习多，给我们创造了心灵沟通的机会，我们无话不谈。勤工俭学时各自带领学生上山挖药材或是摘松球，我在这个山头，她在另一处山上，虽然相处很远，但到达山顶后我们遥相呐喊致意，心中充满甜蜜。高考恢复后，为实现大学梦，我们白天抽不出时间学习就利用晚上，共同制定复习方案，查找复习资料，搬出学过的课本复习重点，互相鼓励，双双过了录取分数线。我们欣喜若狂，终于如愿以偿。达到录取分数线后不等于就能一步踏进高等学校，还要经过严格政审，她被查出有台属关系，一个八竿子打不着的同祖叔辈在国民党溃退时去了台湾，她被取消入学资格。我拿着《录取通知书》向父亲报喜，父亲高兴得找不着北，说我们黄家门上出了个秀才。趁父亲高兴我把跟女孩的关系挑明，她虽然不能上大学，但可以继续干民办教师，我可以趁上大学之前把她娶过来，我们家可就双喜临门。父亲听后火冒三丈，对我劈头盖脸一顿训斥：'你是被胜利冲昏了头脑，你还不知道有台属关系的厉害吗？全家跟着丢人现眼，头都抬不起来，有了孩子政治上不清白，孩子在学校受歧视，连个兵当不成，你趁早死了这个心，我坚决不同意。'我好说歹说，父亲那犹如冰霜的脸丝毫不解冻。我跟父亲哭诉：'我们是海誓山盟互许终身的，不娶她会落下背信弃义的骂名。'父亲严厉地说：'许什么都不行。'看到父亲那张抽搐的脸，实在不忍心再辇，只得退却。父亲哪里知道，高中宣布停课时，我对前途感到一片迷茫，只有她给了我信心。我们在山坡的一棵松树下，插上两根树枝当蜡烛，跪在'蜡烛'前发誓，我非她不娶，她非我不嫁，确定了终身。我多次去找过她，想让她亲眼看到梦寐以求的大学通知书，她躲着不见，这事对她打击太大。我大学毕业后又去找她，她人走楼空，辞掉民办教师，不知去了何方，尽管我望穿秋水，哪有她的身影？假如我能见到她，宁愿犯错误也决不让她离开我。"

欧阳东哀叹："可惜。你虽然没娶到她但还能上大学，可她失掉你还失去了上大学的机会，对她打击太大。"黄老师："是啊，双重打击。"

欧阳东："怪不得，给你提了几次你都一口拒绝，原来心里早就有人了。你的心都被她占领了，大学期间也没找对象，那你打算怎么办。"

黄老师："我决心永不再娶。上班后父亲再三催促说：'你这是和我怄气，我还能活几年？'听了这句话我心都碎了。为了却父亲的心愿，姐姐帮着撮合了一个，这种有名无实的婚姻实在没有意义。既然进了我的家门，就要对她负责，已经伤害了一个人的心，不能再伤害另一个，尽到做丈夫的责任，人要讲道德。说到底她也是无辜的，平心而论她心地善良，见到她我心里就感到无比酸楚，把她置换成我的同学，才能和她同床共枕，从不主动向她求爱。父辈们把婚姻当成传宗接代的必要，听从父母之命，对拉郎配的婚姻方式被动接受，这种婚姻形式已经习以为常，久而久之成为定势，在人们的头脑中根深蒂固，不可逆转。到了我们这代虽说出生在 50 年代，接受了许多新事物、新思想，受到不同程度的教育，在婚姻问题上仍然摆脱不了老传统的羁绊。我们目睹了父辈面朝黄土背朝天的经历，节衣缩食供养我们的艰辛，待我们长大成人，懂得回报养育之恩，讲求孝敬为先，体谅父母辛苦，对父母唯命是从，听从父母安排，即使有能力自由恋爱，父命难违也不能硬拧，没办法就只能默默忍受。"

两人陷入沉默。许久欧阳东叹了口气，打破沉默："没想到你工作春风得意，情感失意！"

黄老师："失意也得服从，上学期间，父亲起早贪黑偷着上山砍柴卖点零花钱供我，我不能为了自己让他老人家不高兴。就是怕我的那位同学受不了，实在对她不公，担心她钻牛角，走向绝路。"

欧阳东："你的担心不是没有道理，失掉心上人比失去梦想更难熬，难免走绝路。"

黄老师赞同地点点头，忽然若有所悟："你又没有经受过感情挫折，领会倒很深刻，难道……"

欧阳东点点头："听你一番话才知道我们有通病，只觉得我饱尝了感情之苦，没想到你的感情忧伤也不轻。在原来的地方有个女孩，一直使我难以忘怀。年龄尚小时，不懂爱情的含义。随着年龄的增长正憧憬着美好时，我爸爸接到回老家的命令，我想留留不下，想带带不成，硬生生被拆散。"

黄老师点头："哦，就是上次你问的那个？"

欧阳东点点头："就是她。"

黄老师："我们再努力，或许能找到。"黄老师马上又摇头："你现在还有必要找吗？你媳妇也娶了，孩子有了好几个，媳妇能干又贤惠，善良又大度，对你真心实意。"

欧阳东坚定地说："平心而论，苗佳蕙是过日子的一把好手，对我没有二心二意，从哪个方面都挑不出毛病。可就是感觉达不到倾心相爱，当时也是被逼接纳的，相处的时间越长越感觉明显。要找，一定要找到她。"

黄老师："那就努力吧。"

无功而返

黄老师车未停稳，气喘吁吁对着欧阳东办公室喊："好消息，告诉你好消息。"

欧阳东闻声出门，拉住黄老师的手问："什么好消息把你高兴成这样，涨工资了？看样子涨了不少，到屋里喝茶告诉我涨了多少。"

黄老师对着欧阳东的耳朵低语："不是我涨工资，是你要找的人找到了。"欧阳东问："真的？在哪找到的？快告诉我。离这里远不远？"

黄老师沉思了一会："不近。你想去见她？"

欧阳东："去见她，一定去。"

黄老师："我陪你同去。我合计一下时间，下周吧，下周三早饭后，我到百货商店门前等你，你到哪里找我，不见不散。"

欧阳东："行，听你的，到屋里坐下详细说说。"

黄老师："时间不允许就不到屋里坐了，一言难尽，等见面后再跟你细说，准备请我喝酒吧。"说完掉转车头蹬车而去。欧阳东又惊又喜："终于可以见面了。"

星期三起个大早，欧阳东把自己整理得像模像样，骑上自行车，按约定的地点找到黄老师。一见面黄老师催促："咱得抓紧时间去，要不然人家放学就扑空了。还有二十多里路，你接着再骑车就累了，我带着你，你在车上休息一会。"

快到中午黄老师停下车，对后座上的欧阳东说："到了，下车吧，她就是这里的老师。"

两人来到传达室，门卫客气地问："你们有事吗？"

黄老师礼貌地说："请问你们学校有位姓卓的女老师？我和她是同行，有事想找她，麻烦你叫她出来。"

门卫："对不起，学校有规定，上课时间不能接待客人，你们先在这等着，有事放学再说。"

黄老师恳求："我们是从六十里远的地方找到这里，麻烦你给传个话，我们见个面就走，不耽误工作。"欧阳东又上前请求："麻烦你叫她出来，见个面就走，我们还要赶六十多里路。"

门卫不耐烦地说："什么要紧的事就等不到放学？还说是干教育的，学校的规定都不懂？"

两人连忙赔着笑脸说："懂，我们懂，就是没时间等。"黄老师心急如焚，不时抬头看太阳，向前挪了一步："老师，请问你们几点放学？"

门卫看了黄老师一眼："到底多要紧的事这么急？再急也不能违反规定，你不懂？"过了一会儿，门卫有些不耐烦，便起身向教学楼走去。不大一会儿从教学楼下来，身后跟着一位女老师，到传达室门前对女教师说："就是这两位找你。"欧阳东摇了摇头。

女老师："你们找我有事？请问两位什么事？"黄老师客气地说："请问您是卓老师？""是，我是卓老师。"

欧阳东皱了皱眉头，背转身。黄老师已经觉察到欧阳东的表情，断定眼前的卓老师不是他要找的人。

黄老师："请问学校里还有其他姓卓的老师吗？"

卓老师："就我一个，没有其他姓卓的老师。"黄老师客气地说："老师请回吧，我们找的不是您，打扰了请原谅。"

卓老师刚转身下课铃声响了，学生蜂拥而出，黄老师对着传达室高喊："谢谢！"两人急忙登上车，直奔百货商店。

到达百货店停下车，黄老师累得直喘气，等缓过气来问："什么情况，你脸色怎么很难看，这不是你要找的人？"

欧阳东："不是，根本就不是，老远我就看见根本没有卓尔群的影子。卓尔群身材苗条，水灵灵的大眼睛，目光炯炯有神，头发乌黑油亮，两条短辫齐肩，走起路来带风……"

黄老师："停，夸起来没完，你是说她少女时的样子，你我都这般模样，时间过去几十年了，她能没有变化？就是站在你面前，恐怕你也认不出来。"

欧阳东："再过多少年，不论变成什么样我都能认出来。"黄老师略有所思地说："听你这么说我倒好像在哪里见过这么个人。"欧阳东一阵惊喜："是吗？你再仔细想想。"

黄老师失望地摇摇头："想不起来了，也许是往届毕业的学生。我费了九牛二虎之力，落得个劳而无功，我到县里开会就打听，我的一个同事调到县教育局教研室，到各学校检查指导工作，才得到这个线索，说这个学校有个姓卓的女老师，其他学校都没有姓卓的，看来她不在教育行。我是黔驴技穷了，你自己想办法吧。"

欧阳东恳求："别，你接触的人多，抛头露面的机会也多，还得你想办法。"黄老师追问："你还有必要找她吗？我看你是自作多情。今天庆幸找错了人，倘若真的是她，其结果会怎样？现在回想起来我还有些后怕。"

欧阳东："怕什么？"黄老师："怕你情绪失控……"

欧阳东："担心多余，有生之年我一定要找到她。"看欧阳东坚决的态度，黄老师无可奈何地说："好吧，那就再想办法，唉！知音难觅。"

遵从

左升阳不容置疑地发出号令："欧阳红，个人问题该解决了，老大不小了不能再等，年龄不饶人，该找媳妇的年龄就得找媳妇。"

欧阳红心想：怕是躲不过了。于是搪塞说："妈，你把我哥我姐的事完成就行了，我的事你最好别操心，我总算还没到馊的不敢闻，烂的没人捡的程度吧？没有必要着急，孬好不济斗大的字还能识几箩筐，别说找一个，找十个八个的都不成问题，就是想等个识货的自己送上门来。"

"得，想得倒美，还想等个识货的自己送上门，别耍贫嘴，快抓紧行动。上班几年了一直没催你，你倒纹丝不动，看来还得我操心，求媒人给你介绍一个。"左升阳不依不饶。

欧阳红据理力争："别，求求你宽限些时日。""别耍滑头，跟你说正经事儿，好，再给你一些时间。"左升阳做了让步。

欧阳红意识到："只要妈妈把话说出口就已经拿定主意，她要下定决心办的事，不达目的是誓不罢休。前车之鉴，哥哥姐姐就是最好的例子，事不宜迟拿出可行的办法争取主动。扪心自问，谈对象自己还真是外行，上学的时候学校规定不准谈恋爱，谈恋爱有被开除的危险。学校里女生比例很小，能进入学校接受高等教育的都是在课堂上摸爬滚打，过五关斩六将，优中选优，经受了班主任灼人的眼光、任课教师犀利的目光、同学向往的余光、家长紧逼的寒光爬上小宝塔，能爬上来的只想出人头地，铆足劲儿啃书本、屯知识，个顶个的清高，普通人的眼神不易触动她们。话又说回来了，不清高又能怎样？不能把责任全推向女生一方。男生也是用功学习，还有那时年龄尚小，童心未泯，加上学校的清规戒律，男女同学保持距离，就是同桌也不能暗送秋波，各自正襟危坐，抓住时机专心学习。课下大多时间钻进图书室，从图书室里翻上几本书，看不完就抱到宿舍陪夜。上班后单位里的女同事如凤毛麟角，少之又少，能到单位上班的女性，各有各的背景，有在照顾行列的军烈属子女，有老职工退休子女顶替接班的，还有从学校分过来的。凡是女性大多占据重要岗位，下班后挺胸抬头，气势高昂，哪个能看得着我等之辈。说心里话，他们最好别把我看上，这样的派头送给我，我都不敢要。上班统一着装，头套口罩工作服，全副武装男女不分，到点一头扎在工作上，一待就是八小时。还有古铜色脸上镶着一对铜铃大眼的班长，眼神瞄着就让人感觉毛骨悚然，我可不敢拿正眼看他，盼着他离开神经放松些，他不知哪来的精神，从不打个盹，整天盯在班上，别说思想开小差，脑子里的弦还得绷得紧紧的。八小时以外才是个人的自由，自由时间内还包括开会学习等，等班长大嘴--张宣布：'不集体学习了，休息。'赶紧脱掉工作服，一头钻进宿舍里，盖上被子睡个天昏地黑，饭都顾不上吃。除了学习开会，就是三点一线，车间、宿舍、食堂，在食堂有碰面的机会，实在过不去就点个头，更多时候不打招呼擦肩而过，和女同事打招呼很不自然，有交流障碍还是恐惧症，说不清楚，这也是到陌生地方造成的。看来和女性交流还是一门学问，这门学问自己是缺项。"

欧阳红心想："小时候和崔月蓉在一起，过家家，捉迷藏丢手绢，追逐戏耍，一起上学，一起挖野菜，两小无猜，欢呼雀跃，凑在一起没有玩够的时候。回想起当年的情景有说不出的愉快，为什么不能一直在一起，一直在一起大概我就不会对女生畏惧。不知她现在长成什么样啦，很想见到她，向哪里找她去？我们走的时候路很远，过了一道岭就到一条小河，蹚过小河就开始翻山，开始翻山妈妈就把我抱到祁大叔的车上，上车很快就睡着了。她也该长成大姑娘了，辫子大概会长得很长，辫子上的蝴蝶结随风飘动，她会用眼睛说话，两颗水灵灵的大眼睛如同镶上两颗珍珠。小时候总爱拿她眼睛说事，用谜语逗她：'上边毛，下边毛，当中有颗黑葡萄。'她忽闪着双眼反击：'你总爱说我的眼，中间的黑葡萄是看事的，你不能嘴馋。'我越发说得来劲，想起来心里就美滋滋的。有了，就是她，人选确定。"

左胜阳不见动静又发令："别再拖延了，一个家庭中，男孩娶不上，女孩嫁不出是大忌，外界要么会说家长不通情理，要么会说父母没能耐。"

欧阳红："妈，山里的孩子上了学都想向外跑，你怎么非拉着我回

230

老家围着山沟旮旯转，别向回拽我，求求您。"

左胜阳："没说你必须在家里找，能在单位找一个更好。"

欧阳红："单位里找不到。"左升阳："单位里找不到就只能从家里找。"

欧阳红："不能从家里找，家里没有我熟悉的。我已经考虑好合适的人选，等你拍板决定。"左升阳："合适就拍板决定，你有目标了？"欧阳红："有了，崔月蓉就很好。"

左升阳："谁是崔月蓉？"

欧阳红："您不记得了，我们房东前院那家的小女孩，长着一双大眼睛。"

左升阳陷入深思："噢，想起来了，是有个浓眉大眼的小女孩。小红，不是妈说你，婚姻大事可不是小孩过家家。我问你，这么多年过去了，你和她有联系吗？小时候就是在一起玩，她能想到你还惦记着她。她也老大不小了，不会等你，这是一。假如她心里有你至今未嫁，同意嫁给你，麻烦就更大了，你想过没有，翻山越岭，沟沟坎坎，爬上爬下，走一趟要多长时间，累得胳膊腿都疼，几天缓不过劲来，别找不自在，这是二。还有，假设真让她过来，她路都不会走，从小走平路长大的人不会走山路。你想想，刚来的时候你是不是光摔跤，膝盖摔破过多次，你姐姐也没少挨摔，也为对方想想，咱是响应国家号召非回老家不可，不能拽她到这个偏远的地方来。"

欧阳红语气坚定地说："妈，跟你说实话她可是我的初恋，我非她不娶。"

左升阳"扑哧"一下笑出声来:"喝过墨水的人说话就是逗,你那时刚十岁出头,就是小孩子在一起过家家,知道什么?"

欧阳红:"别看我们年龄小,不懂得你亲我爱,回想起来我们好得跟一个人似的。只有她配做我的媳妇,和她结婚才会幸福。"

向来不发表意见的欧阳和甫沉不住气了,坚定地说:"不就找个媳妇吗,能过日子就行,别挑三拣四的。"

欧阳红嘟哝着:"为了把日子过好所以要找个情投意合的,找不到称心的就别找。"

欧阳和甫一瞪眼:"简单的事想复杂了。"一句话把欧阳红噎得倒不上气来,若要再理论看架势就会动怒。就说:"崔月蓉你们都不同意是吧?找一个素不相识的往后日子可怎么过!不找了。"

左升阳:"耍小孩子脾气不行,这事由不得你。"左升阳步步紧逼,欧阳红束手无策,弄成僵局。

欧阳和甫:"光生闷气不解决问题,要么撒手不管,要么主动出击。"

左升阳:"不能撒手不管,你我都一把年纪,得把孩子的任务完成,这是当父母的责任。"

欧阳和甫:"你的心意孩子未必理解。"

左升阳:"理解不理解都无所谓,尽到父母的责任就行。就照你说的办,主动出击。"

左升阳主动扭转僵局："态度温和地对欧阳红说，村里的耿悦青我观察好长时间了，各方面还算不错。"

欧阳红："您这是包办婚姻，说啥我都不会同意。"几番较量欧阳红败下阵来，最终还是接受父母之命，同耿悦青组成家庭。

左升阳对欧阳红说："你们没有恋爱基础是真的，但感情是可以培养的，对媳妇温柔些，多回家陪伴媳妇，经过磨合感情就有了。"欧阳红不懂磨合，更不想培养感情。回到家话也懒得说上床呼呼大睡，耿悦青很是恼火。

欧阳红天不亮起床包上几卷煎饼向回赶，到单位累得疲惫不堪。遇上雨雪天走不成，就窝在宿舍睡闷觉。单位利用礼拜天加班或学习，诸如此类的情况就留在单位。耿悦青不了解这些，见不到人找左升阳告状："家里没有单位好，单位里有馒头吃，家里顶多吃个煎饼，谁放着好吃好喝的回来啃地瓜面煎饼。"左升阳也不了解行业规定，只希望欧阳红多回家陪媳妇，让媳妇开心。媳妇一抱怨，等欧阳红回家准得训他一顿，会来事的婆婆都会为儿媳妇争理，再说了儿媳妇是婆婆挑选的，护个短也正常。

左升阳为儿媳妇帮腔："欧阳红，结了婚腿别懒，有时间多回来。回到家勤快些，打发媳妇满意，不能把家当饭店，高兴才回来。"

欧阳红一听气不打一处来，眼一瞪，生气地说："谁把家当饭店了，你光听有人打小报告，也不问实际情况怎样，一有时间我就快向家跑，累得跟王八蛋一样。"

左升阳接着说:"你别跟我讲理,有本事把媳妇哄得好好的,两个人和和气气地把日子过好。"

欧阳红大声嚷嚷:"哄着她还不满意还要怎样?想让我低声下气觍着脸去取悦她不可能。"

耿悦青噘着嘴:"我再费力也白搭。"

欧阳红板着脸:"我再劳累奔波也得不到谅解。"话不投机,张嘴就是火药味。

左升阳趁欧阳红不在跟前劝耿悦青:"说话和气些,一句好话千秋暖,一句恶语伤人心,多包涵少埋怨,用好话暖着他的心,动态度瞪眼睛不是好办法。"儿媳妇把压在心底的话和盘托出:"好办,各过各的。打开天窗说亮话,他就是觉得自己是工人,高人一等,看不起我这个下庄户地的,事事我应该让着他。下庄户地的怎么了,下庄户地的也是人,我没觉得低人一等,要我让着他,不可能,哄着他喜欢办不到。"

左升阳觉得问题严重,劝道:"你别有怨气,觉得低人一等就不会娶你,也得体谅他来回跑不容易。"儿媳妇:"哼,来回跑不容易,当初就不该找个下农地的。"

左升阳心里一颤:"难道这步棋走错啦?事已至此,已经无法挽回了。"这是刚开头,严重的还在后头。

土地实行承包责任制,给了农民土地自主权,激发了农民种地积极性,自主安排春播夏锄、秋收冬管,有忙有闲日子过得轻松自在,而他们这种半工半农则不同。欧阳红家分了几亩口粮田和几亩山林,春播季节多是干旱缺雨，赶上偶降喜雨，别人家两口子天不亮就下地抢种，太阳露面也就种得差不多了，种完到家悠闲自在，看着电视喝大茶。

欧阳红回家抢墒，耿悦青早早等在地头，指着邻居家的地说："看人家的地都种好了，等咱种地都干了。"欧阳红："干了怎么不早种？"耿悦青："我能早种还用等你？"欧阳红："我就只能这时候回来，别嫌晚。"扛起镢头就刨沟，耿悦青在刨出的沟里点种，刨好沟放下镢头去担水，从沟里担着水爬上崖累得上气不接下气："地种到半拉子就出现水荒。"种完地已经累得够呛，不敢耽误打点行装快回单位。耿悦青看着欧阳红单薄的身体，既累又急的样子着实心疼，说："该买辆自行车，有辆自行车节省时间还不累。"

欧阳红没好气地说："站着说话不腰疼，我还不知道骑自行车不累，从哪里弄钱买？"耿悦青再不敢多言。欧阳红马不停蹄启程赶路，黄昏时分终于赶到单位，在大门外深深吸了一口气。叹息："累死了，缓口气再进门。"用袖口擦去脸上汗渍，抬腿拍拍裤脚，整理一下上衣，打起精神，做好了进大门的准备。

帮扶

老李晚饭后和门卫王老头在下棋。抬头看见欧阳红在大门外，手捏棋子盯着大门，欧阳红刚进门他就开始调侃："欧阳红，和媳妇亲热够

235

了急着跑回来。"欧阳红一愣神：这话从班长嘴里说出让人听了格外刺耳，想不到日常威严的班长还说出此言。

面带愁容的欧阳红回答："班长，别拿我开心好不好，不急着向回跑，耽误上班你能饶我？"

班长接着说："骑自行车快，活儿干完了，晚上在家休息好，明天起个早回来上班，两不耽误。"

"我说班长，你是哪把壶不开你不提哪把，我为媳妇说买车的事气没生完您又说这茬，您倒很会为人着想。您知道买一辆自行车得多少钱，我买不起。"欧阳红回敬了他一句。

班长倒没生气，又说："买不起别愁，只是暂时的，以后会好的，你们有文化的、有学历的都会得到重用。发挥的作用越来越大，越来越吃香，还愁没钱？贡献大的还可能奖励辆自行车。不同于我们这些大老粗，只能靠下力气，搞技术搞科研都是门外汉。"

王老头问欧阳红："还没吃饭吧？这会儿食堂早就关门了。从家里来路不近，有四十多里吧？"王老头言外之意是想堵住班长的嘴，停下让欧阳红离开。

欧阳红指了指背上的包说："带着煎饼凑合一顿就行。"班长清了一下嗓子接着茬又待继续，王老头乘其不备高喊："将军！"

班长大喊："不行不行，我精力不集中，这步棋得回。"

欧阳红笑出声来，幸灾乐祸地小声说："想不到你这个老阴天也有精力不集中的时候。"没等班长反应过来鞋底抹油，溜之大吉。

第二个周末照旧，晚饭后班长来到传达室，王老头已经摆好棋子，对正在东张西望的班长说："摆好了，开始杀。"

"杀就杀。"老李果断应答。

王老头严肃地说："可有言在先，你就厉害地顶着天也不准悔棋。"

"见笑见笑，别提那茬，年轻人明摆着是讽刺我，轮到咱伙计们说，我的脸可就挂不住。"

王老头："我听叫的人不少，怎么混来这么个美名？"

老李不好意思地说："在班上我是老职工，没喝过墨水，土包子一个，从被踩到脚底下成为工人阶级老大哥，成了国家主人咱得感恩。抗美援朝回国后安排到厂里上班，指定我当班长又不多拿钱，就是领头干活，想想自己肩上的重任，想想在朝鲜战场上牺牲的战友，能活着就要为国家多出一把力，多做一份贡献。把自己负责的事情做好，不出差错，稍一出错就给国家造成不可估量的损失，上班就板着个脸瞪圆双眼盯着，本来脸就乌黑青紫够难看的，一严肃就上了乌云。"

王老头："别看脸长得难看，你是建厂元老，连厂长都得敬你三分，摆好了，走棋。"

班长像没听见王老头的话继续说："欧阳红是个好青年，有文化有能力，人品好，工作态度端正。能够考上学的都是拔尖的，在班里得是数一数二的好学生，等有几年实践经验，准能成大器。别看不善于交流，肚子里有东西，眼下确实有实际困难。"

王老头提醒："你光顾说话输了不准再悔棋，你要是有闺女准把他收为姑爷。"

"我哪里有那福气，倒是有俩丫头，大的是在我赴朝前生的，小的是我抗美援朝回国后生的，两个只上完小学就在家里下农地，早已结婚生子。两个小的都是男孩。"班长流露出惋惜的表情。

欧阳红加快速度向单位奔，接近大门，拿眼扫视一下周围，望见班长又在传达室与王老头下棋，心中不悦。想：假装看不见溜过去，不与老李叨叨。想着放低声音加快脚步。谁知班长早就盯上了他，并先发制人："欧阳红，别急着走，到这边来，我有话跟你说。"回头嘱咐王老头："我跟欧阳红说几句话你先等着。"

欧阳红心里嘀咕：你能有什么好话说，你的声音我都不想听，真是怕什么来什么。头也不回搪塞一句："班长您忘了今天是休息日，你还是安心下棋吧，有事明天再说。"

"不，就今天说，不能等到明天。"欧阳红一听就知道班长的倔劲又上来了，他定了的事别想更改，只得悻悻走到班长跟前木桩似的杵在那里等候。

班长温和地问："累了吧，四十多里路两条腿走下来，再快也得三个多小时，如果骑自行车能省下一半的时间，还不累，你还是买辆自行车吧。"说着从贴身内衣口袋掏出两张一百元的人民币塞到欧阳红手里说："这是我给儿子结婚准备的，你先拿去用，买辆大金鹿牌自行车满够，啥时候有了钱再给我。"

欧阳红无论如何没有想到黑煞神般的班长对自己这般体贴，欧阳红握着手里的钱感到无比沉重，这些钱都是班长从牙缝里挤出来的，就凭班长的收入，一年都攒不出来这两张。感激地说："班长你把钱收起来吧，谢谢你的好意。"说着把钱塞到班长手里。班长站起身把钱硬塞到欧阳红手里，欧阳红把钱塞到班长手里，班长把钱塞到欧阳红的口袋里，欧阳红从口袋里掏出钱还给班长，拉锯战进行了好大一会儿。

班长瞪大眼睛说："我是真心实意的，你就不要推辞了。"

"班长您攒出这些钱不容易，我哪能用您的钱。放心，有您的这份心意就够了，我一定凭自己的能力买上一辆能爬山路的大金鹿牌自行车。"说着眼泪夺眶而出。

新形势带来了新机遇，欧阳红工作认真负责，充分发挥知识和技术技能，推动了厂里的生产力，成为技术骨干，不久单位实行绩效挂钩，工资加奖金，个人收入成倍增长。欧阳红攒足了钱，精心挑选了一辆大金鹿牌自行车，把新车推到班长面前说："自行车买回来啦，班长您看好吧？您试试架子很结实，后座很牢靠。"班长笑笑："以后就省事了。"刚买的自行车赶路特别有劲，周末骑着新自行车经过大门微笑着对班长说："班长，你们玩好，我回去了。"和王老头对弈的班长微笑着摆摆手："路上小心。"欧阳红深情地看着班长，班长古铜色的面孔透着深沉的微笑，乌云已经散去，再也见不到那黑风模样。

一来二去，班长的鬓角渐渐改变了颜色，青丝变成银灰。"欧阳红，厂长让我通知你到厂部去一趟。"

欧阳红："班长，今天是周六，下班后想早些回家向地里送趟粪，不急的话等周一行吗？"

班长一声吼："我哪知道急不急，不急哪能让你办，现在就去。"欧阳红快步向厂长办公室跑去。

没过多长时间面带微笑从厂部回到班长面前，激动地喊了一声"班长。"班长急忙摆手："不用说了，你快回家和媳妇收拾东西，明天带上媳妇早来，我和王老头给你整理宿舍。"

欧阳红由衷地说了一声："谢谢班长。"

欧阳红驮着行李带着耿悦青来到单位，班长和王老头还继续忙着，欧阳红向耿悦青介绍："这是李班长、这是老王大伯。"耿悦青客气地说："让二老受累了。"

班长停下手："先把钥匙交给你，你看床是用两块单人床板拼凑的，床腿是用砖垒的，砖垒的好处大着呐，结实耐用，床底下可以放东西。我和老王在门前左侧用两块石棉瓦给你搭好简易厨房，蜂窝煤块靠里边放，蜂窝煤炉放外边做饭、烧水方便，蜂窝煤炉不能放在屋里，煤气有味不说，还要预防万一发生煤气中毒。你们在家用大锅做饭烧柴草，从今后就要和煤球打交道，要学会烧煤球，刚开始不习惯可能吃不上饭，时间长了就找出门道儿了。"

王老头说："困难再多到你手上也有办法解决。"

欧阳红急忙说："让你们受累了，快歇会儿，剩下的活儿我干。"王老头巡视一下连把热水壶都没有，回传达室提来一壶水，倒在几个茶缸里，王老头的水如同雪中送炭，谁都没推辞各自端起茶缸，班长看来渴急了，急不可耐地想喝一口，嘴碰到茶缸停住，吹着冒热气的水说："一间宿舍是不多，这一间也是费了很大的事才调整出来的，就这个条件，连厂长也只住一间，他家也是用两片石棉瓦在门右边搭的简易厨房，里边放着煤球、煤球炉子、锅碗瓢勺必需的家什。老王，我们接着干完，让他们今天正式开火做饭。"说完脖子一仰把茶缸的水一饮而尽。"呵，差点忘了，下午厂长过来查看准备情况，让我告诉你，有什么要求尽管说，特地给你配一张三抽桌，木器厂明天就给送过来，晚上他开会不能过来。还让我告诉你，晚饭后要你参加党课学习。快收拾，早吃饭别耽误学习。"

欧阳红节省出跑马拉松的时间集中精力参加政治学习、研究技术、钻研业务，业余时间辅导职工业务进修，提高职工文化水平与技术水平。入党后积极向厂长献计献策，建议大搞技术革新，生产效率迅猛提高，他们厂成为海东县的骨干企业，被省表彰为工业学大庆先进企业，欧阳红提拔为副厂长，走上领导岗位。

班长的鬓角由银灰色变成纯白色，接替王老头的岗位。欧阳红晚饭后抱着欧阳昺到门卫室，指着褡褓中的欧阳昺说："快叫爷爷。"

班长接过孩子："不急，到时候就会叫啦。小子，行动晚喽，落户口了吗？"欧阳红点点头："落了，孩子的户口随妈妈，落在老家。"班长点点头："长大了考大学，一切问题都解决了。"

班长戴上"卫生帽"后，稀疏的白发贴在头皮上，再也见不到他发怒，即使发怒已无力冲冠。每次欧阳昺从家里出来老远望见班长就大声喊爷爷，班长开心地夸奖："好孩子，好好学习，长大了考大学。"

周末，欧阳红尽量挤出时间和班长杀一盘。每当摆好棋子，班长抚摸着稀疏的白发，精神焕发，好像找回当年和王老头对杀的威风。

欧阳红明显感觉班长视力大减，纵览棋局力不从心，为了不让班长惨败，他时不时地提醒："出车、攻卒、小心别马腿。"班长每每获胜，便微笑着露出透风的牙齿，长出一口气，粗糙的双手搓着双眼："眼神不够使啦，不是你一直提醒定输无疑，有心无力。"

欧阳红温和地说："班长，你棋艺不减当年，下棋嘛主要是为了消遣，友谊第一，比赛第二。"

班长答应："嗯嗯，消遣消遣。"

几天不见欧阳红，老李坐立不安。看见下午放学回来的欧阳曷拦住问："你爸爸在家吗？"欧阳曷："爷爷，我爸爸不在家。"接着问："他干啥去了？"欧阳曷："爷爷，我不知道，您找他有事？"班长："没事，爷爷就是问问，快回家学习吧。"

几天后欧阳红从外边回来，班长快速迎上去，握住欧阳红的手："小子你干啥去了，见不到你面啦。"

欧阳红歉意地说："到局里开了几天会，去时以为当天就回来，结果一连开了好几天，会上宣布我调任电业局技术科科长。"

班长激动地说："小子，成为大干部了，有出息，我高兴，好好干，早就看你是块好材料。"

欧阳红："多谢您栽培，成为多大干部我都不会忘记您，咱厂从一个几千千瓦小柴油机发电厂，发展到总装机容量 16000 千瓦的火力发电厂，渗透着您的汗水和辛劳，您才是有功之臣！"

班长不好意思地揉揉眼睛："哪里，大家的功劳。"

不期而遇

欧阳昮："爸爸，你这几天到哪里去了？李爷爷问了我好几次。"

欧阳红："爸爸到局里开会去了，原计划一天开完接着就回来，哪里知道开了这么长时间。"

欧阳昮："以后还要开会吗？开会就不回家？不管我啦？"

欧阳红："管，哪能不管你，你年级高了，还要比原来管得更厉害，要知道你在课堂上有没有认真听讲，有没有不听老师的话，有没有刻苦学习，要检查你的作业。今天的作业做完了没有？拿来我看看。"欧阳昮："早就做完了，放学后先写完作业才出去玩，给你。"欧阳红："对，要先写完作业再出去玩，做作业要细心，别出错，做完以后仔细检查。嗯，全做对了，写得也认真。做完了就吃饭，早吃饭早睡觉，今天晚上爸爸哪里也不去，陪你睡觉。"欧阳昮："噢，有爸爸陪着我就早睡。"

欧阳昮睡熟后，欧阳红心想："调到局里，不能说明自己工作有成绩，只是工作环境变了，肩上的担子重了。局里的工作与基层单位工作不同，如何顺利开展工作，关键要开好头，起好步，当然是先听领导意见，争取领导支持。还要多听同行的建议，做到稳打稳抓，一步一个脚印，一步一个台阶。"

基本理清了思路，我拿起文件包翻阅会上发的文件，入会时的情景立即浮现在眼前，不由心中激荡。签到处就在会场门旁，到签到处恭恭敬敬写上"欧阳红"三个字。名字刚写完，负责签到的女同志猛地抬起头，忽闪着一双水灵灵的大眼睛开始扫视，那具有穿透力的眼光一下穿进我的心，使我顿时心潮起伏，无限感慨涌向心头。我停住脚步看着对方，嘴巴张了又张，后面签到的排起了长队，对方低下头继续履行她的职责，我只得迅速离开签到处闪到一旁。这眼神我太熟悉了，是小时候逗笑的那双眼睛，没想到能在这里见到。我希望她再次抬起头让我看到她的眼，希望她再用忽闪的眼神扫视我，哪怕一下也行。遗憾的是听到会场内喊："参加会议的请入场。"不得已快速进入会场找到我的座席，会议开始了，议程紧张有序，不容人思想开小差。会议安排第二天下午分组讨论，我讨论时精力不集中，时不时地左顾右盼，希望能搜索到那双闪光的眼睛，可是无论如何就是没见那双会说话的眼。

晚上继续讨论，我几乎有些坐不住，讨论结束后快速离开会场，在会场前徘徊，东张西望，期盼着那双眼睛，却怎么也没能见到。带着失望很晚才回宿舍，躺在床上辗转反侧控制不住思绪："你在这里出现了，很出乎我的意料，那好吧，既然你出现在我的面前，不论你什么情况我都要抓住你，时时刻刻看着你的眼睛，让你的目光扫射我全身，穿透我的心。"不知什么时候睡着了，睡梦中只见她微笑着款款而来，欧阳红

244

急忙张开双手迎上去，大声喊："我来了，我要抓住你，快把手给我。"她没有任何反应，继续向前。欧阳红在后面紧追，可是要快走她就快走，他慢走她就放慢脚步，情急之下欧阳红大喊："你别走，你等等我。"张开双臂扑上去。她身轻如燕，一跃跳过了一条河。就是小时候我们在一起嬉戏玩耍时番高村北的河，我在河这边，她在河对岸，我不顾一切跳下河，河水没过膝盖，脚就是抬不起来，我使出全身力气拼命挣扎，一下惊醒，浑身是汗，被子踢到床下。

崔月蓉，抓到你的手怎么这么难，现实中抓不到你的手，在梦里抓你的手也是如此不容易，难道你就不能满足我实现一个梦想吗？我跟爸爸离开的时候还小，虽然年龄小，但朦胧中爱意满满，长大后学校和单位没有一个使我动心的女孩。我向父母申请娶你为妻，没得到批准。一是因为我家居住偏远，怕难为你，二是我们多年失掉联系，不知你在何方。没想到踏破铁鞋无觅处，得来全不费功夫，你就在我眼前，真让我高兴。告诉你从今后我们在一个单位，我决心已定：一定要抓住你的手，我有充足的耐心和勇气，非牵到你的手不可。

欧阳曷一骨碌翻身坐起，大声喊："我尿尿。"欧阳红不耐烦地说："哎呀，你怎么偏偏在这个时候尿尿。尿完快睡。"欧阳曷尿完马上进入梦乡，看着孩子稚嫩的小脸泛起一阵心酸："我的孩子，你是多么来之不易。李爷爷曾批评'晚了'，你不会知道晚了的原因。"想到李班长，眼前闪出他那古铜色的面孔，耳畔响起："你小子有出息，我就看你是块好材料，是干大事的料。"李班长一声吼使欧阳红头脑清醒："李班长你为我操碎了心，为了解决我分居问题，在厂里住房困难的情况下，努力为我争取宿舍。老前辈，我不能辜负于您，为了您我不能有非分之想。请放心我不再为感情挣扎，不在感情方面翻车。"欧阳红揉了揉眼睛，把湿润的眼眶擦干，拍拍脑门儿，开始阅读文件。

善之因

笃实白微笑着向代多邨走来："你好，我看得没错，果然是你。"代多邨笑容满面："我在这里等你多时了，这是我们的老地方，不是我还有谁大冷天在这里。告诉你个好消息，我要参军了，体检合格、政审合格、可以光荣入伍。海军，是海军中的特种兵，我自豪，到南海保卫神圣边疆，高兴吧？"笃实白忙不迭地说："高兴、高兴，为你高兴，没想到你还能当上特种兵，厉害。"代多邨："应该说为我们高兴！你等着我，我要到部队这所大学校学习过硬的军事本领，为保卫祖国奉献青春，服役期满回来娶你。"

笃实白："我还担心你身体不合格，没想到你身体这么棒，一炮打响，还成为一名特种兵，你终于实现了自己的梦想。"代多邨无比喜悦："说心里话虽然三个暑假我都在这里管理棉田，棉花栽培技术没长进，却收获了一个心上人。我下定决心，一定让你幸福。我郑重向你求婚，我一定要娶你，让你过上好日子。"

笃实白："别看现在说得好听，说不定到了部队就变卦了。"

"怎么会变卦？我说话算话，绝不变卦，你放心好了。"

"你提了干也不变心？"

"不会，这个你放心，提了多大的官我都不会变心。我发现你长能耐了，有心机了，这是对我不信任还是自己不自信？请你一定相信我。"

笃实白："可惜我不能去送你，亲眼看着你戴上大红花。"代多邺："不用去送，不去送我也会觉得你在送行的人群里。天冷别待在这里时间长了，你可以回家了，你先走我目送你，记住你的背后是一个伟大的军人。"代多邺抑制不住内心的激动。

代多邺走进军营，部队为入伍的新战士召开声势浩大的欢迎会，迎新会结束，盛大的军营新年联欢晚会开始，晚会为春节拉开序幕，一浪高过一浪的欢声笑语使人心潮激荡。穿上崭新军装的战士们精神抖擞，斗志昂扬。这个春节是代多邺有生以来最风光最高兴的一年，兴奋的心情无以言表。他想把幸福心情分享给他的心上人："告诉笃实白，若不是时间不允许，要当面告诉她我是世界上最幸福的人，让她为我高兴。都说鸿雁能传书，请你快速来到我身旁，带上我的心声到远方，看她会高兴成啥模样，做我的新娘理应当。"

春节过后陆地残酷的训练正式开始，训练期间他全力以赴，全身心投入。严格的训练持续半年有余，地面体能枪械训练项目圆满结束，他考核及格。虽然艰苦，但他学习了军事理论，懂得了当兵的意义，掌握了武器操作规程，极大增强了体质。紧接着是船上训练项目，代多邨是旱鸭子，从小没见过船是啥样子，面对大军舰异常兴奋，决心在军舰上大显身手。代多邨雄心勃勃踏着玄梯登上船，听着海浪有节奏地拍击着船舷，眺望着无垠的大海，聆听着盘旋在头顶上海鸥在歌唱，心潮起伏，激情荡漾，面对大海想抒发豪情壮志，想放开嗓门纵情欢唱：祖国的海疆无限宽广，我要乘着海浪驶向那辽阔的海洋……船起锚冲向大海，海浪"哗哗"地拍击船舷，代多邨"哇"的一声开始吐。他立即告诫自己要坚持住：这是考验的关键时刻。"哇"地又吐了。战舰划破海浪，浪花飞溅到船上，他翻肠倒肚喷出的胃液跟浪花相撞。光一闪人就翻江倒海，广袤的海域，湛蓝的天空，盘旋的海鸥，少见的海上风光都失去了吸引力，他瘫软成烂泥，一动不能动。白面馒头，松软的大米饭，散发着浓香的菜肴，浓香扑鼻的肉罐头更使他作呕，吐得昏天黑地，水不思，饭不想，体力严重消耗，瘦一把骨头。

当他熬过晕眩关，挺直身子站在甲板上，新鲜的梅子是他开胃消食的首选，品味着酸中带甜的新鲜梅子他突然惊醒：吃到新鲜梅子说明梅雨季节到了，南方梅雨季节正是家乡暑假期间，此时笃实白一定希望有自己的消息。他写信告诉她自己已经训练过关，训练项目完成良好，体内也被海水清刷干净，正以崭新的姿态投入新的战斗，自己决心把战舰当战场，做一个名副其实的海上雄鹰。但这是在舰艇上，行驶在海洋中，根本不具备发信的条件，折叠好放到背包里。拍拍背包："由你替我保管吧。"

舰艇上一般作业项目训练完毕，他经过严格考核，各项达标，又进入特殊的训练阶段。舰上、水下一关接一关顺利达标，着陆时新年的钟声已经敲响，进入军营的第二个春节到了。一年来的训练增强了战士们无限斗志，战士们怀着无比喜悦的心情，纷纷写信向家人报喜、问候和祝福。代多邨刻不容缓拿起笔和纸，把自己的锻炼成果向家人汇报，让家人分享自己的快乐，一坐下写完家信写情书，半天没停笔。同宿舍的战友："代多邨，又给未婚妻写信了，怎么一直不停地写，这可是新的一年，别把年份写错啦。"代多邨："哪能写错，记得清清楚楚。你写了几封？"战友："我又没有未婚妻就给家里写一封，向父母和家人问好。写好后快送出去，让父母早看到高兴。走，我们一起去发吧。"代多邨："你先去吧，我随后就去。"战友："邮递员几天才来开一次邮筒，可别错过，错过了这次下次就得过了年才来开，我等你一起去。"代多邨拿着写好的信不知如何是好，笃实白的地址使他犯了难，邮递员都是把信放在大队部，春节期间大队部写春联的、搞春节联欢的，还有慰问的人特别乱，见到部队的来信可能要胡乱猜甚至还乱传，笃实白不但收不到，还会惹出麻烦。他拿着写给父母的信对战友说："走，我们去投邮筒。"战友："怎么就寄一封，看你写了不少，那些不寄了？"代多邨："暂时不寄了，就寄一封。"战友："怎么不寄了，一起寄了多好。"代多邨："一起寄当然好，就怕……"战友："怕啥？"代多邨："走吧。"

笃实白站在院子中向棉田望去，粉红姜黄色的花朵相间开放，树上的知了竞相歌唱，美好的景色越发压抑不住思念："代多邨你训练得怎么样了？好想你啊！你说到部队就给我写信，这么长时间过去了，怎么就是见不到你的信，你把我忘了？我知道你肯定不会，那为什么不给我写信？"

几年前的夏天，几场透雨，两村交界处的地段跟发酵了的面团一样，一天笃实白从供销社买盐回来，提着盐小心翼翼地走在田埂上，当走到代多邨管理棉花地东头的路上，哧溜滑倒，一只凉鞋甩出很远，幸好盐没有撒，还在手里攥着，样子很难堪，想爬起来去拿鞋，一只脚刚抬起另一只又陷到泥里，不知如何是好。在棉田里给棉花整枝的代多邨直起腰，看到左右为难的笃实白立即跑到跟前，先把鞋给捡回来。又用尽力气迈出一步，自己的一只凉鞋陷到泥里，使劲往上一抬，用力过猛鞋袢断了，一只脚插到泥里，一手抓住笃实白的一只凉鞋，用力拽出自己的一只，对笃实白说："拿好盐，到那边石头桥上去冲干净再穿。"笃实白哭诉："我不光脚上鞋上是泥，满身都沾满了泥。"代多邨安慰："用水冲冲。这一地块的泥特别黏，是高黏性土壤，一下雨就拔不出脚，再向东一块就不是这种土性了，向西你们村东头又不是黏性的，这些黏性的土大有用处，屋里的墙壁一年被烟熏得黑不溜秋，春节前家家户户挖些黏土打成泥浆刷在墙上，墙就整旧如新。黏土还能保住水分不流失，所以这条沟里常年有水。沟边井里的水常年清澈，没有沉沙泛起。小时候没有钱买玩具，挖块黏土捏成小鸡小狗、小篮子、小罐子小盆等小玩具，你们村东半截的也来挖。"笃实白："我穿的衣服很破，都是几个姐姐穿过打了补丁的，不好意思让别人看见，见了人就想躲，你别笑话。"代多邨："都是老百姓，都没有好衣服穿，不用不好意思。"鞋冲洗干净后又说："绕过滑的地方。别再摔倒。"笃实白感激地说："你心眼真好。"

又一次下午笃实白去买盐，走到地头说："代多邨，我去供销社买盐，你等我买盐回来了再走。"代多邨直起腰问："记得上次买盐没几天就吃完了？既然吃得多就应该多买些，免得光去买，来回跑趟。"笃实白："上次买了一角钱的，这次还是买一角钱的，买不多，只能买一角钱的，一角钱还是拿鸡蛋换的，几天才能攒出几个鸡蛋，卖了鸡蛋优先保证买盐，买了盐余下的钱再买火柴，点灯的煤油等别的。每隔几天就要买一次盐，不断在买盐的路上来回跑趟。"代多邨："那好，你就来回跑吧，正好让我们多几次说话的机会。"每当笃实白走过地头，代多邨总会盯着背影看很远，到傍晚就安不下心，时不时地抬头，想看笃实白有没有从家里走出来。

树上的蝉为买盐的故事歌唱，两颗心在棉田交融。代多邨讲述校园见闻，同学中的逸闻趣事。笃实白听着趣事时不时地发笑，听到知识要点，作文命题就紧锁眉头，不住地插话："高中知识好难啊，幸亏我没上，只有脑子聪明的人才配上高中，学校就是为有出息的人准备的。我虽然没踏进校门却能从你嘴里得知学校里有趣的故事。"

蝉又唱起了奏鸣曲，一年时间如飞，相盼又重逢。丰富的知识积累，能力的提高，看事物的眼界提升，不仅仅是核算鸡蛋的个数，买盐的次数。心灵在棉花红了又白的变化中凝聚，两人已经心心相印。

代多邨当兵，上查三辈历史清白，祖祖辈辈都是受苦人。内查外调社会关系无任何问题。老贫农是响当当的，根红苗正，文化又数头筹，身体各项指标符合要求，选拔为特种兵当之无愧。这一"特"可不得了，相当于封建时期中了状元，庄里庄乡、亲友邻居都为之自豪。

严查发现，其兄代多奋是一个好苗子，立即提拔到村里任职，一门俩兄弟有了轰动效应，为门庭增光添彩，代多奋担任了村里重要职务，他表示："既然兄弟爷们信得过我，我一定不负众望。扎扎实实办事，勤俭节约为本，节省开支，少花钱多办事，好钢用在刀刃上，把有限的资金管好用好。"

计划经济时期物资紧缺，非用不可的农药化肥农机具有计划却不能保证按时到位，为不误农时，代多奋开动脑筋想办法，广开门路，找到本村在县农资公司上班的畅昌仰："大叔，马上就要春耕，村里急需犁、耙这些农具，分配给村里的计划您费心过问一下，争取尽快到位，保证不误农时。"

畅昌仰："没问题，这些物资到货后马上批发到公社农资站，村里直接到农资站领取便可，我能等货到了，及时通知你，回去等通知。"

"好，谢谢您。"代多奋得到确切消息，办理顺利，增添几分欢喜。"大叔，棉花正是棉铃虫钻心虫兴盛时期，急需要农药，再不打药虫灾泛滥造成减产。"代多奋急切地说。

"上级了解农业情况，所需农药已经下拨，现在正在装上地排车向下边各公社配送，天傍黑就可到达卸货，明天就能发货，你拿好领货单，明天一早到公社生产资料站领就行。"畅昌仰明确地告知。消息确凿，第二天一大早就把农药领回，当天上午农药就喷到棉株上，抢抓了一个灭除害虫的好时机，为棉花增产多了一份保障。代多奋不走后门不祈求多要，目的是把计划内的足数领回，畅昌仰不批条子，不开口子不讲私情，不违背原则秉公办事。一趟两趟跑路子，路子越走越畅通。畅昌仰秉公办事使代多奋多了些榜样的力量，代多奋积极为公的精神使畅昌仰感到满意，为村里选拔了一位聪明能干的好干部而感到欣慰。

接触中总算把两兄弟对上号。两人有了一番对话："代多邮是你弟弟？"

"是我弟弟。"

"是当海军？"

"是海军特种兵。"

"服役期几年？"

"四年。"

"在部队已经几年了？"

"三年多了。"

"经常来信吗？"

"来信不多，执行任务都在军舰上，还要水下任务，写了信也不方便寄回来。"

"噢，海上训练艰苦，要有个好身体，上完高中当的兵？"

"嗯，夏季高中毕业，年底就当兵了，在生产队没干多长时间。"

"嗯，有文化能吃苦，好好干有前途。"

代多奋急于想完成自己的本职工作，话题一转："大叔，冬季储存稻种、花生种之类需要的'六六六'到了吧？"

"到了，按计划分派下去了，这些有毒的药物使用时可要注意安全。"

代多奋应声答道："是，安排有经验的专人负责。"

畅昌仰立马转了话题："我家大丫头你认识吧？"

代多奋回想了一下，摇摇头："没印象，也许见了能认识。"

畅昌仰："很正常，和你们不是一个年龄段的人，接触得少，还有这丫头常年不在家，上完初中没再接着上。你知道，职工家属要向生产队交口粮钱，交不上钱就分不上口粮，光靠我的工资不吃不喝都交上也不够，给丫头找了个临时工，试用期阶段，一天八毛钱，一月下来能开24块钱，一年后试用期满工资就高了，一月三十七块五，跟我的差不多，爷俩开的钱除了花销交到生产队吃口粮就不成问题了。给你弟弟提提你觉得怎样？"

代多奋一听大吃一惊，急忙说："大叔，这事我不能做主，这么大的事儿我得和父母商量，关键是得我弟弟自己拿主意，你看这样行吗，等他回来再做决定？"

畅昌仰满口答应："行，先和你父母通个气，让他们知道这回事。"

代多奋回到家立即向父母汇报："今天去了县农资公司，大叔跟我提出把他家在城里上班的女儿介绍给我弟弟，这事关系重大我不能做主。回来的路上反复考虑，人家条件好，主动找上门来，又在城里上班，我弟弟就应该找这样的。"

父亲问："你认识她？脾气怎么样？"

代多奋："不认识，她从小上学，上完初中就到城里上班。估计不会差，家庭出身好，父亲还是吃国库粮的，在城里接触的人多见识广。"

母亲："都知道再有一年你弟弟服役期满该回家探亲，乡里乡亲的都巴望着，这半年提媒的挤破门，我一个都没答应。要说懂道理数着西头老卓家小闺女，那丫头识文解字，知书达理，村里老少爷们都夸好，你弟弟找这么个媳妇最合适，我已经让你媳妇去问了，人家答复等到你弟弟回来再说。"

代多奋："她还在上学，上了学能不能找到事干还不一定，畅大叔家女儿都上班了，眼下就挣钱。"

父亲感觉不顺耳，反驳："年轻人的想法就是多，我们这些老骨头跟不上趟啦。"

代多奋急忙用缓和的口气说："您别生气，大主意还得您拿。"

父亲问："他爸爸能帮你弟弟？"

代多奋："明显能帮上，人家见多识广，路子总比窝在家里的多。"

母亲打圆场："你说得有理，不过这事还得你弟弟回来说。"

父亲一锤定音："人没回来这事先搁着，等他回到家跟他商量商量，谁说了都不算，还得听听他的意见。"这事暂且搁下。

常言道：初一饺子初二面，后边跟的是汤圆，吃了汤圆年走远。正品味着香甜汤圆之际，一个特别人物的还乡，使村里的欢庆气氛浓重了。

代多邺身着军装健步踏进大门，高声喊："娘，我回来了。爹，我回来了。"坐在炕头上的母亲听到喊声揉了揉眼睛，从窗子里探头向外张望："这是谁，我们家没这么个人，走错门了。"没等母亲看清是谁，代多邺已经进了屋，拉着母亲的手："娘，我是多邺啊，爹，你身子还硬实？哥哥嫂子你们可好？"母亲这才回过神来，忙不迭地回答："好好，都好。快到炕上坐，让我看看。"上下不停地打量，端详半天说："看你这身打扮我哪能敢认，连个棉袄也没穿，穿得很单薄，快上炕里边暖和暖和，别冻着。"代多邺："不冷，在海上不能穿棉袄，海军就穿呢子军装，呢子短衣、呢子大衣，防潮防水，轻便暖和。"母亲："村里当兵的穿的是草绿军装，大家都见过的，海军穿的海蓝色军装，唯独没见过穿呢子军装的。"代多邺："普通海军和我们有区别。"就见他一颗红星头上戴，大红领章闪着光，目光炯炯有神，笔挺的呢子军装十分气派。

代多邺回家的消息迅速传遍全村大街小巷，孩子们争先恐后跑来看热闹，乡亲们纷纷登门祝贺，一睹英俊的军人风采。父亲端出旱烟沫给抽烟的卷上烟卷，人们用手抚摸衣服，别说穿见都没见过，长见识开眼界，上岁数的人嘴里不住地夸奖："都说一人当兵全家光荣，有代多邺这个特种兵全村光荣，老少爷们都跟着光荣。"人是一拨一拨登门，门庭若市，热闹非常，一直到了很晚人们才陆续离开。第二天一大早，父亲的故交老友就开始拜访，想早一些目睹代多邮的英姿，见到代多邮不知说啥好，竖起大拇指："好样的，为村里老少爷们增光了。"村支书从坡里风风火火走进代多邮的家，手里的铁锨倚在大门旁，笑得两嘴角咧到腮帮子，边向里走边喊："代多邮回来了，恭喜老哥老嫂子。"听到声音代多邮急忙迎出门。父母都起身相迎："快上炕。"支书："坐下边就行。"代多邮搬过板凳，支书坐定，代多邮喊了一声："敬礼！"恭恭敬敬给支书行了个军礼。村支书无比激动地拉过代多邮的手："好青年，有出息，部队就是锻炼人，几年时间变化很大，争取提干。一走就是四年多，回来在家多住几天。到饭时了，别耽误你们吃饭，我也该回去了，家里等着，抽时间再来看你。"站起身到门旁扛起铁锨，代多邮送出大门。

午饭后，母亲再也按捺不住激动，趁空急不可耐地问："你这次回来在家待多长时间？"

代多邮："领导批了，两个星期。"

母亲："两个星期是多少日子？"代多邮爽朗地回答："两个星期接近半个月。半个月不光在家，还包括来回路程在内。"

母亲掐指算来："那在家没有几天。"代多邮肯定地回答："对，就这些时间。"

母亲："时间不多，一转眼就到了，让人亲不够。那些当兵的回家都娶上媳妇才走，这么短的时间哪能来得及？"

257

代多邺兴致勃勃地说："娘，虽然时间短我也想娶媳妇。"

母亲高兴地说："这是正办，来一趟不容易，娶了媳妇再走也好。抓紧找个合适的。倒是你嫂子跟卓尔群说过，让你嫂子快去找她。"

代多邺："不用了，我在当兵以前就把对象找好了，明天我去告诉她，把她娶过来很快。"听了代多邺发布的重要新闻，全家人是又惊又喜，都想知道她要娶的是哪家闺女，你一言我一语地向他提问。

母亲抢先："跟你一起上学的？"

代多邺急忙纠正："不是，不是一起上学的。""那是谁？哪村的，姓什么，叫啥名字，干什么的，家里几口人，姊妹几个？"家人连珠炮似的提出了一系列问题。

代多邺："请原谅我事先没跟你们说，今天当着全家人的面说清楚，我没了解她的家庭情况，但有一点可以肯定，她家人口多，生活贫穷，靠卖鸡蛋才能吃上盐。她长得不漂亮，个子也不高，穿的衣服补丁摞补丁，土里土气，只有一颗善良的心，人品好，我要的就是她温柔善良，其他的方面不重要，我会改变她。"

嫂嫂："天哪，这都是什么时候的事，我们都蒙在鼓里，娘再三催我去找卓尔群。人家答应不找婆家等着你，这不让人家说咱说话不算话嘛。"

代多邺理直气壮地说："满以为你们听了这个消息会高兴，不用你们操心我自己能解决大事，没承想你们还是这个态度。"全家人面面相觑，原本祥和的气氛犹如袭来冷空气。

代多奋："这么大的事也该听听父母的意见。"

代多邺："父母的意见我理所当然应该听，不过这件事你们还是听我的吧，这是我自己的事。"

母亲语重心长地说："女人有福照满屋，一代好妻，三代有福，一代无好妻，辈辈无好子，找媳妇可不能说是你一个人的事。"

父亲语气坚定地说："这是关系一个家庭的大事，先要弄明白她的家庭出身、社会关系，说出名字叫你哥去问问。"这句话说到根儿上，代多邺表示："爹说得对，我绝对服从您的意见。"

下午提媒的人络绎不绝，代多邺对上门说媒地说："谢谢你们，我是新时代青年，不喜欢那种拉郎配的方式，媳妇我已经找好了，你们请回吧。"媒人想问个底细，代多邺直截了当地说："我能找到我满意的人，等娶进门来你们就知道了。"介绍人一个个悻悻离去。

傍晚，一个学生伴着一女青年翩翩而至，进门有礼貌地问候："大伯大娘好，哥哥好。"转向代多邺嫂子清脆地问："嫂子好。"接着自我介绍："我叫畅相炬，这是我姐畅相媛，佟大伯叫我们来向哥哥学习。"代多邺忙说："不客气。"拉住畅相炬的手："快坐。"他略有所思地点了点头，脑海中浮现出一个扎小辫的小丫头，自己初中毕业的时候畅相媛还是低年级的小不点儿，现在长成大姑娘了。问："你上什么学？"畅相炬礼貌地回答："初中二年级，长大了我也要当解放军，站岗放哨守边防，保家卫国。"在座的人都被畅相炬逗乐了。

嫂子热情地拉着畅相媛的手硬推到炕沿边："上班几年了，每月挣多少钱？看你细皮嫩肉的和抬大筐的就是不一样，穿的衣裳也好看，这件衣服在家里有钱都买不到。"嫂子羡慕地看着畅相媛，欣赏着面前的时髦女郎。

畅相媛说："我挣的钱都交生产队，两个弟弟还有妹妹上学都要花钱，我爸爸的工资除自己开销外，供应好几个上学的就剩下不多了，我娘挣的工分又少，交不上钱分不到口粮。"一番热闹交谈过后姐弟两人离去。

晚饭后关门谢客，全家把研究决定代多邨的婚事提上议程，代多邨坚持自己的意见不动摇。母亲问："你娶了她能把她带到部队去？你到哪把她领到哪里，整天待在你身边，不和我们这些人掺和，那就啥话不用说了。"

代多邨反驳："一家人不会不掺和，至于能不能带我还不能说，娶媳妇就光说娶媳妇的事，别掺杂着别的意思，人还没过门就说生分的话，把我向外推。"

嫂子开口："说几句供你参考，凭你这个条件要找个漂亮的，能说会道的领着走到哪里都有面子，原来说卓尔群就奔着她有知识，懂道理，会来事。今天见到畅相媛觉得这个条件不错，当工人的，是村里唯一一个上班的，长得又好，见的世面多，依我看她就合适，你看呐？"

代多邨打断话茬说："我不认得她，不知她的性格脾气，趁早别提这个茬。"

母亲："捃的这一些数她条件最好，这才听说还是个当工人的，能挣钱，这方圆几里还没听说有当工人的，她爸爸也吃国库粮。再说了乡里乡亲的知根知底，上三辈下三辈的都是忠厚人。"

代多奋猛地从凳子上站起身，压倒一切的口气宣布："我问过，笃实白的爷爷干过伪军。"这一爆炸性新闻全家人都吓了一跳，顿时一片哗然。

父亲："这样的连边都不能沾，八辈子都洗不清。艾析村是有个干伪军的，东西两村上了岁数的人都知道，一提起来恨得牙根疼，原来还是他的后代，绝对不行。"代多邮如五雷轰顶："有这回事？"全家人陷入沉默。

代多邮吓傻了，简直出乎意料。有这样的重大问题让我如何是好？心情平静些后说："我相信这事属实，哥哥问得不会有假。这样吧，明天正好逢大集，我到大集上跟她见一面，当面跟她说清原因，好说好散，也好有个了断。"

代多邮吃过早饭来到大集上，站在一处艾析村进入集市必经的显眼路口，目不转睛地看着笃实白买盐必经之路，手扶着背包里未发出的信，仔细辨认经过的每一个女性，盼只盼她即刻出现，等来等去就是不见那熟悉的面孔。从赶集的人熙熙攘攘到集上的人逐渐稀少，大集快散了，还是没见他要找的人出现，急得直跺脚，搓搓手，打着转。突然肩头被拍了一下，回头一看是哥哥。

代多奋："别再等了，回去吧，四年的时间过去了，你又没给她写信联系，早就嫁人了。"

代多邶肯定地说："不会嫁人，说好了在家等我。"他心里明白多站一会儿就多一分希望，可为什么就是等不来。

代多奋抓住代多邶的胳膊："娘在家把饭做好了，等着你回去吃饭，都什么时候了，走吧。"

代多邶身不由己地被代多奋拽着胳膊向家走，心想："这一撒自己的心愿便化为泡影！笃实白你到底在哪里？你可知道我多么想见到你。"到村中间拐弯处，代多奋指着一处院子说："这就是畅相媛的家，畅相媛的政治条件非同一般，无人能比，她爸爸是县里生资公司的负责人，她姑姑从小跟随红军干革命出生入死，随大军南下战功赫赫，现在已经是国家高级干部，在北京上班。这套四合院是土改时她家分的胜利果实，他们家又让出一部分作为公用。"

代多邶："人家这么好的条件能看上我？"

代多奋："就看你的了，只要你同意这事准成。"到家看着满桌的饭菜没提起半点儿胃口，父亲端起碗："饭都不热了。"母亲递上筷子催促："吃饭吧，吃完饭有什么事再说。"

哥哥夹菜放到碗里："快吃吧，别等了。"

嫂子："今天集上买的鲜鱼，海沙子面条，很鲜美，你多年没吃家里的这种面了，快尝尝鲜。"

美味佳肴都不能提起他的食欲，只好说："你们吃吧，我要自己待一会儿。"转身退到里间。代多奋见状倒吸了一口凉气，说："太急促，接受不了，可别把事办砸了，好事变成坏事。爹、娘，你们看这样行吧？

今天先搁下不说，让他的心先稳定下来。"爹和娘也没了主意，点头应允。儿女哪解爹娘意，可怜天下父母心，愁眉不展饭食不进，揪得母亲心疼。

已是傍晚，还不见出屋，母亲心疼地走到里间床前："起来喝水吧，也该饿了，想吃什么跟娘说，我这就去做，做好了你先吃。"

代多邨坐起身拉母亲坐在自己身边问："娘，你喜欢畅相媛这个女孩？"

母亲点点头："喜欢，人家各方面都好，人也长得好看。"代多邨接着说："只要娘喜欢她就行。"

母亲惊讶地问："你想通了？你同意了？"代多邨违心地说："只要娘喜欢就行，依娘的意思办。求你别再为我的事操心了。"他心想"笃实白对不起，我对你是真心实意的，我用人格担保没有半点儿欺骗你的意思。当听到你爷爷的身世时我像当头挨了一棒，这一棒对我而言是致命的，但丝毫没有打掉我对你的思念，想到大集上对你倾诉衷肠，谁知等你半天，你就是不露面，失掉了最后一次见面的机会。今生若能见到你，一定向你说清楚，我当时的处境很为难，如果拧着娶你势必要和全家人闹翻，撇开兄嫂不考虑，父母的养育之恩怎忍心割舍，他老人家辛辛苦苦把我拉扯大，刚长大成人就和他们对着干，天理难容！我只能委曲求全。这一别成为终生遗憾，对你的承诺终生都无法兑现。"

母亲撩起围裙擦擦眼睛："懂事的孩子，就知道你会叫娘省心。"代多邨轻声一语，如同晴天一个炸雷。

晚饭时，代多奋夺下代多邨的碗："先把碗放下，我有话问你。"

母亲："有什么话就不能等到吃完饭再说，中午没吃饭一直饿到现在。"

代多奋："不行，必须说好了再吃。我问你，你真想通了，当着全家人的面说清楚，结婚是一个人终身大事不能儿戏，你能做到心里只想着畅相媛，真心实意地待她好？"

代多邨接过话茬说："别逼我好吧，我以军人的资格担保，说话算话，既然答应娶她，就对她好，尽到我应尽的责任，这样可以了吧？"

代多奋："那就好，吃饭吧。"母亲把碗递到代多邨手里，代多邨接过饭碗扒了一口，如鲠在喉，无论如何都咽不下。

心想："真够厉害的，这几年的官场锻炼你大有长进，连思想深处的东西都要挖出让家人监督，不给人留丝毫退路。"

畅昌仰惊喜不已："我的愿望终于实现了，只有代多邨配做我的女婿，中状元的朝代没有赶上，代多邨不比历朝历代的状元差，能得到这样一位乘龙快婿大可光宗耀祖，畅相媛的姑姑和姑父都是战斗英雄，担任国家要职，我选中的这位女婿定能使他们满意。快把这位准女婿收于怀中，尽最大努力把女儿嫁得体面些。媛她娘，把家中储备的票证找齐，抓紧时间置办结婚用品：印花大红包袱一对、枕头两个、枕巾两条、鸳鸯戏水大红搪瓷脸盆成双、牡丹花盛开的暖水壶两把、罩子灯成对、红纸两张。"

媛她娘张罗："来不及做嫁妆，来不及做新被褥，连压箱的干粮都来不及做，总得有个喜庆样，就多做红双喜、红窗花，成双成对，吉庆红火。"

深明大义的嫂子："我负责布置新房子，炕沿的砖头用红纸包紧，把我床上的床单拿过来铺上，床单搭到炕下边，我结婚时没舍得盖的花被子拿过来，窗子上贴上喜鹊登梅的红窗花。"经过一番布置土炕变成婚床，狭窄的房间变为洞房。没有婚纱、没有首饰、没有红地毯、没有花烛、没有大红盖头，没有锣鼓喧天，没有鸣响的鞭炮开路，一切从简，身着军装的代多邨和畅相媛步入了简陋的婚房。

短暂的假期很快到了，代多邨对全家宣布："归队时间到了，准备明天启程。"

母亲："媳妇娶进门没几天，还没热闹够，怎么就走，真舍不得，不能在家多待几天？"代多邨："不能，必须按时归队。"

畅相媛："多待几天不行？"代多邨："不行，这是纪律。"

嫂子说："带着媳妇一起去吧。"

母亲说："应该带着一起去。"

代多邨坚定地说："那是不可能的，不能带着一起去，我不够资格。"

天不亮收拾好行装。

代多邨："早动身上路，迎着朝霞启程。"全家人依依不舍地送到村口。

代多邨："不要送了，你们请回吧。畅相媛，你也留下。"畅相媛坚定地说："不，我要送你上车，一直把你送到车上。"

代多邨："不是不让你送，路太远你会累的。再说了，送走我你一个人孤孤单单地往家走，还是不要去吧。"

"别拦我，我一定要把你送到车上。"

刚到候车室就听见播音员的声音："开往省会方向的客车马上就要发车了，去往省会方向的乘客请上车，去往省会方向的乘客请上车。"代多邨闻听一个箭步登上车，还未坐稳车已经启动。畅相媛被甩了一个跟跄，不顾一切追赶着，汽车扬起的尘土扑面而来，把她的喊声噎在喉咙里，遥遥可见车窗上代多邨张大的嘴巴和敲打玻璃的手。

回家后独坐婚房的畅相媛想起车开走的那一刻泪如雨下："代多邨，你只怕我返回时身单影孤，却没想到漫漫长夜如何打发？你知道我返回时打了多少个跟跄吗？"眼泪夺眶而出，如断了线的珠子扑簌簌滚落。

"代多邨你回部队了，我自己蜷缩在这里，空旷寂寞。婚房没了往日的热闹。"

"代多邨，天黑了该点灯了，把灯点上，灯芯拧到最大，照出我们两人的身影。"

代多邨曾告诫："你听好了，别光顾高兴，当一位军人的妻子，首先要有吃苦精神，面对孤独，你准备好了吗？"

我毫不犹豫地回答："和你在一起我什么都不怕。现在只剩下我，孤独急了，如同鞭子抽身。"下屋的婆婆听到说话声，蹑手蹑脚走进窗外，对着窗子小声说："睡吧，今天累了。你嫂嫂们都要管孩子不能陪你，明天叫上你妹妹晚上来陪你，晚上身边有个人壮胆。"

畅相媛隔着窗子对婆婆说："您去睡吧，别管我。"支开婆婆，拿出结婚证，对着结婚证说："代多邮你说过，结婚证是婚姻的见证，有了结婚证我们两人的命运就绑在一起了。感谢你对我的选择，给你一个微笑。你到哪里了？路上顺利吗？到了部队记住给我写信，别忘了。就让结婚证陪伴我度过难熬的夜晚吧。"

朝霞没有照亮孤独，太阳没有驱散孤单，失魂落魄的畅相媛走出家门站在村口发呆，又从大门回到房间，真正体会到度日如年的感觉。

代多邮说了到部队就写信，畅相媛掐着指头一天一天盼。从代多邮走后，畅相媛每天都到成衣铺里看，盼了半月代多邮的信落到手上，她捧着来信，豆大的泪珠如雨落下，读了又读，减轻了许多相思之苦，把信带在身上如同代多邮陪伴在身边。

她对婆婆说："该上班了，明天我去上班。"婆婆说："还没一个月，新房没待满一个月空着不吉利。"

畅相媛："别用那些老规矩束缚人。"

婆婆说："觉得孤单，你就去吧。"

畅相媛："代多邮回部队已经两个月了，只写回来一封信，我要到部队去找他。"婆婆一听大吃一惊："你找他我没意见，你知道他在哪里？你能找到他？"

畅相媛："有他的来信，按信上写的地址去找。"

婆婆："你一个人去我可不放心，等都来家合计合计。"

晚上家人到齐，婆婆当着大伙的面说出了畅相媛的想法。

嫂子："应该去，我支持。就是路太远，怕路上不好走。"

代多奋："去之前先做好准备，一、先发电报告诉代多邮；二、立即到村里开证明信，村开了证明信再到公社盖章。三、要解决行途中食宿问题，跨省路途遥远，途中吃饭要用粮票，农民的口粮从生产队里分，根本没有粮票。准备煎饼带上。"

畅昌仰："我倒是有粮票，只可惜是地方粮票，只能在本省流通，出省要用全国通用粮票，全国粮票弄不到。带些鸡蛋、花生、煎饼土特产。你从没出过远门让我一百个不放心，但也不能阻拦你去。"

打点停当启程，畅昌仰亲自送到车站，反复嘱咐："记住，在家千般好，出门事事难，难以预料的事也许会发生。江南江北生活习俗有区别，说话口音不同，对物体名称叫法也不一样，当年我们支前遇到江南人，沟通很吃力。你两眼一抹黑，困难少不了，遇到困难就得靠问，常言道，鼻子下面是大路。"

畅相媛想人迫切，义无反顾地登上载着希望的客车向江南出发。第一天客车到达省会进站，天色已晚，国家有规定，当日内汽车行驶不准跨省，跟随乘客住进车站招待所。她自语："第一天还算顺利，不知接下来怎样。"天刚拂晓，招待所服务人员轻声敲门："乘车的客人该起床了。"畅相媛闻声立即起床到站内排队购票上车。

又是一天长途奔波，傍晚汽车驶进江苏省会南京，入住车站招待所叹了口气："唉，又拉近了一段距离。"

根据要去的方向再次登上早班车，时已黄昏，广播响起："江南车站到了，到达江南车站的乘客请下车。"长舒一口气："嗨，终于到达终点站，很快就要见面了，赶紧下车找人。"

提起装煎饼的纸盒走下车环视四周："人在哪里？我要找的人在哪？"走出车站举目无亲，两眼一抹黑，东西南北辨不清，路上的行人越走越稀："代多邮你到底要给我设下多少道坎？你要考验我的能力还是要考验我的真心？急死人了。"眼泪不由自主地流下。

转而自我安慰："哭有啥用，鼓起勇气向前！住进招待所再熬一夜。"提着煎饼盒子一步一挪，逢人就问，走出大街过小巷，不知走过多少门，总算找到招待所，办理入住手续。口干舌燥，四肢无力，嗓子冒烟，喉咙沙哑，看见墙根下有一把竹皮暖水壶，用手摸了一下暖壶塞有温度，提起暖壶倒了一杯白开水喝下。

心里嘀咕："代多邮你的部队在哪？朝哪个方向找？出门的时候爸爸反复叮嘱，世上无难事，万事开头难，敢于迈出第一步就能到达目的地，遇到困难多动脑筋多动嘴。自己把事情想得太简单，实际行动起来比想象的要难上加难。"

走进值班室掏出介绍信问值班员："请问这个地方在哪？"值班人员接过信封看了又看，无奈地说："部队用的是番号，地方部门不能随便打听，具体位置不清楚。"畅相媛脸上立即布满愁云。值班人员见状："这样吧，我跟领导反映一下，让领导想想办法，现在已经晚了，该熄灯了。"畅相媛如同跌进深渊，本想下车就会见到人，哪知道要想见人还是重重困难。

第二天早上，值班人员对畅相媛说："你把信封给领导看看。"领导接过信封看了又看，头摇得跟拨浪鼓似的就是不张嘴说话。

站在一旁的畅相媛默祷："你可别说不知道，你嘴里冒出个'不'字来我可就受不了啦。"半天终于说："当地确实有海军驻守，关系到军事秘密，不能详细打听，大体方位在东南沿海，至于是不是这支部队那就难说了。"畅相媛的心一下提到嗓子眼上。领导看着面前为难的畅相媛，踌躇着说："你人生地不熟，这样吧，采购员正好要外出采购，让他送你一程，到了地方以后你自己打听。"

畅相媛无限感激，连忙说："谢谢。"采购员带上畅相媛直奔领导指的方向出发，很远就看到警戒线，警示牌清晰写着："军事重地，严禁靠近。"采购员抱歉地说："我就只能到此，要不是领导批准，从来不敢到这些地方来。"话音未落转身就走。

畅相媛被警卫人员拦住，忙递上介绍信，警卫人员看过盖着大红戳的介绍信说："这不是你要找的部队，你要找的部队在前沿，临近海岸。"警卫员又补充了一句："离这里不远，最多二十里。"畅相媛一阵欢喜，加快速度向前，距离在脚下缩短。

到达警戒线，站岗的士兵着装跟代多邨穿的颜色相同，畅相媛心中轻松了许多，掏出信封递给士兵："请问是这个部队吗？"士官接过信封仔细查看后问："有介绍信吗？"畅相媛立即递上介绍信，士官看过介绍信后，爽朗地问道："请问你找哪位？"畅相媛响亮地回答："代多邨。"

值班警卫拿起电话向上级报告："代多邨家属来队，请到大门迎接。"畅相媛激动得心要跳出胸腔，恨不得立即牵住代多邨的手。

两位士兵来到跟前站定，很有礼貌地说："请问您是代多邨家属？代多邨正在执勤，我们两个来接你，请跟我们走。"畅相媛失望地说："他在执勤？"士兵回答："是，在执勤。"两位士兵礼貌地在前面带路，畅相媛跟随在后，迈进军营大门，简直不敢相信自己双脚已踏上神圣庄严的军营！优越感油然而生："这么庄严的地方，自己能到这种地方来，这不是做梦吧？要不是代多邨在这里，做梦都不敢想能进这庄严的大门，这是真的吗？在家经受孤独的煎熬、长途跋涉颠簸之苦都值，这是多么值得自豪的地方，嫁给代多邨值了。虽然没有享受蜜月的甜美，虽然没有高档嫁妆，更没有高规格婚礼，再多的聘礼都不可能有进入军营大门的许可证。"两位士兵带到宿舍，杯里倒上热水放在跟前，客气地说："请喝水，一会儿班长就回来。"

代多邨执勤完毕，急匆匆想见到媳妇，站在门旁的士兵高喊："报告班长，圆满完成任务，美丽的小白鸽、你的爱妻接到了。"

代多邨一愣，会心地笑着说："你二位圆满完成任务，谢谢，哪有什么小白鸽，是我农村媳妇。"代多邨一步踏进门，兴奋地喊道："报告，代多邨来迟，小白鸽飞到我身边，有失远迎，请原谅。"一把拉起畅相媛的手："给你一个吻。"

畅相媛不好意思地推开他："终于见到你了。你说什么？谁是小白鸽？"

"没什么，刚学了一句俏皮话。你好厉害呀，仅靠信封上的地址就来了，要转几次车，要买几次票，中途要住宿，到了终点站，到我们单位还有二十多里路，换了其他人自己绝对不敢来。辛苦你了，累了吧？快喝水。"端起水杯送到畅相媛嘴边，兴奋得语无伦次，嘴巴变得不利索，甚至还有些口吃，结结巴巴地不知说啥好。"收到你的电报，我就想这一路上困难重重，难办的是没有粮票出门吃不上饭。路途遥远两眼一抹黑，一个人向那里走，父母不会放心让你单独出行，我虽然很想你又担心你路上受苦。你的到来让我格外激动，好好休息几天。我归队后还没出海执行任务，如果执行出海任务，即使你来我们也见不上面，天助我也！我们就过一个真正的蜜月。在陆地训练抽时间陪你逛逛大城市，看看大军舰，了解一些军营生活。不值勤带你到南京，拜谒中山陵，观看夫子庙，游览杭州西湖开开眼，吃好玩好包你不白来一趟。"代多邮兴奋地说了一大堆，畅相媛开心地抿着嘴，笑着听代多邮讲。

营内来了一位年轻貌美的媳妇，简直是一大新闻，战士们都想先睹为快，不执勤的呼啦拥进一大帮，打断了代多邮的说话。七嘴八舌争先打招呼，叽叽喳喳发评论："新媳妇真漂亮，真像小白鸽，穿着时髦，打扮入时，准是个吃国库粮的。"突然一声喊："班长，亲一个。"齐声说："亲一个、抱一个。"呼啦一下把代多邮拥到畅相媛身上，撞得畅相媛一踉跄。士兵们统一着装精神抖擞，好像都是一个模样，辨不清张三李四，代多邮忙招手稳住场面，逐个介绍，畅相媛礼貌地频频点头。门旁的两位战士高喊："班长开饭了，要不要给您端回来？"

代多邨忙说："不用端回来，我去餐厅就餐。"一声吆喝给战士们下了令，转身向餐厅跑去。

代多邨忙问："在路上怎么吃的饭？不会是一直饿着肚子吧？"

畅相媛乐了。"扑哧"笑出声来："看你说的，我不至于傻到饿肚子吧，你去餐厅吃饭吧，我吃从家里带的煎饼。"

代多邨忙说："你路上吃煎饼，不能再让你吃煎饼，煎饼我吃，让你尝尝军营的饭菜，你等着我去去就来。"出了门回头叮嘱："这里是军事重地，小白鸽不能乱跑噢。不要问我为什么，这是纪律。"

代多邨激动得不知如何好，马上打报告申请带畅相媛外出游览观光，得到批准后。第一站就是富有天堂之称的西湖，两人无比喜悦地踏上苏堤，观赏如诗如画的风景，代多邨心潮起伏，情不自禁地说："古代神话中许仙与白娘子的传说就发生在此地，他们的美好姻缘得到千古称颂，一直流传至今。人们向往真正的爱情，也惋惜他们的美满姻缘遭到破坏。我们是现代爱情的拥有者，美好属于我们。"游客们投来羡慕的目光，目睹新时代许仙与白娘子。

三潭印月是湖中一大风景，两人弃苏堤登上游船直奔三潭印月，夹杂在游客中抢抓时机饱览湖中美景，游客兴致地留影纪念，代多邨兴奋地对畅相媛说："结婚时间仓促，没来得及照结婚照，在这里补一张合影作纪念，权作我们的结婚照，我们永结同心，白头偕老，你我各保存一张，时时刻刻陪伴在身边。""咔嚓"一声，拍下了一双美人的倩影，留下了一对年轻夫妻的美好记忆。畅相媛感动地说："我不奢望游览名胜古迹、名山大川，能跟你在一起就心满意足了。"第二天到南京，直奔南京最繁华的夫子庙古建筑，秦淮河两边别致的亭台楼阁，游人如织，河中的桨声使人心旷神怡，等待登船的游客排起蜿蜒长队，登上游船潇洒自在，夫子庙内文化底蕴深厚，畅相媛："天下还真有如此仙境，不虚此行。"游乌镇感受水乡风情，观钱塘江别有的风景，六和塔、虎跑泉风光无限。

畅相媛更喜欢他着军装的英姿，喜欢他雄赳赳气昂昂地执勤上岗。最爱听清晨的军号声，战士们嘹亮的歌声伴着生龙活虎的晨练。欣赏军营里豪迈气派生机勃勃，远眺战舰，巍峨壮观，汽笛鸣响，显示出强大威力，祖国不可侵犯，自豪代多邺为祖国站岗，为保卫祖国而荣耀。军营的生活别样感觉，在部队感觉心情轻松欢畅。两位先结婚后恋爱，迟到的蜜月甜甜美美。

代多邺接到执行任务命令，舍爱送畅相媛踏上返乡的行程，畅相媛愉快地结束了难忘的军营之旅。车开动之前畅相媛牵着代多邺的手表示："绝不辜负一位军人家属的光荣称号，以实际行动向解放军学习。"

回家后不顾舟车劳顿，畅相媛立即投入工作："我要把一天当作两天用，把耽误的时间补回来。"正铆足劲热火朝天加油干的当口，意想不到的事情发生了，吓得胆战心寒。医生诊断：劳累过度导致流产。

简直是晴天霹雳，大声呼喊："不，不可能。我该如何向代多邺交代，代多邺知道这个噩耗，他的精神要被击垮。我无知。"小生命离她而去，悔恨万分，不能对心上人隐瞒只得如实电告。

代多邨得知这不幸消息，悔恨交加，捶胸顿足："我无知，没有尽到丈夫的责任。"回信时信封上溅着斑斑泪痕。代多邨在思念中执行任务，加倍工作克制情绪，漫长时间忧心积虑。

如南疆油菜花覆盖在大地上随风飘荡，耀眼夺目，畅相媛欣赏着油菜花离开部队，至今快要一年了。代多邨无心观赏南疆美好风光，执行任务结束立即打了探家报告。

到家后见到畅相媛抱头大哭："你受苦了，我犯了一个不可饶恕的错误。"

畅相媛："千错万错都是我的错，后悔已经晚了。"

代多邨："这次回来带你一同去部队。到营区常住，我要给你更多的安慰和补偿。"

代多邨带领畅相媛来到部队，每次执勤到家都给畅相媛一个热烈的拥抱，代多邨值勤畅相媛目送到眼睛发酸，日子过得甜甜美美，舒心惬意，年底收获了一个爱的结晶，一个新生命诞生，给夫妻两人带来了无比欢乐。代多邨激动地说："你立大功了，这是上天对我们的恩赐，从此我们有了一个圆满的家庭，就给孩子取名舰艇吧。"畅相媛："很响亮，我赞成。"

代多邨看着孩子粉嘟嘟的小脸，由衷地赞叹："舰艇太可爱了，长大了一定和你一样漂亮，谢谢你和孩子给我带来的幸福。"畅相媛："你更漂亮，不但漂亮而且英俊，舰艇长大了也要当海军，像你一样穿上军装扛上枪。站到舰艇上，保卫祖国海疆。"代多邨："好，听你的。"

代多邨一进门就围在舰艇跟前，抱起襁褓中的舰艇举过头顶："快快长大、快快长大，我要让你看军舰，我要带你看大海。"

代多邨高兴地告诉畅相媛："元旦部队在营房大礼堂举行联欢晚会，邀请所有家属参加，你和舰艇坐前排。各级首长在联欢晚会上发表新年贺词，联欢会上表演大型文艺节目，我也要上台表演，你就等着看好戏吧。"

畅相媛："能和军人一起庆祝节日真是莫大荣幸。舰艇太幸福了，出生在军营，每天都能听到军号声，还要坐到大礼堂看节目，你的节目是给我的最高奖赏，也是给孩子最好的新年礼物。"

元旦，营区张灯结彩，喜气洋洋。晚饭后代多邨抱着舰艇携畅相媛走进礼堂坐到前排，战友们围拢向前依次与襁褓中的舰艇握手祝贺，排、连、营首长前来问候，送上糖块瓜子花生，畅相媛不停地说："谢谢，我替孩子谢谢。"晚会结束回到家，代多邨兴奋地问："我表演的节目怎样？不错吧。"畅相媛感叹地说："不错，这是我有生以来观看的一场高水平的演出，你的表演让我眼前一亮，没想到你还会表演节目，表演得很好，我禁不住使劲鼓掌，为你喝彩。"代多邨自豪地说："部队是个大学校，在这所大学校里，各种能力都能提升，人也得到锻炼成长。"畅相媛："那好啊，你就在这所大学校里好好成长吧！"

元旦结束，代多邨怀着愉悦的心情对畅相媛说："从我穿上军装就没有和父母一起过春节，今年春节我们回家过，让舰艇陪伴爷爷奶奶过

第一个春节。"畅相媛高兴地说："正合我意，我们就和舰艇一起回家，舰艇在这里过了一个隆重欢快的元旦，再回家过传统的春节。"

代多邨："那好，快做回家的准备。"

春节，舰艇睡到了爷爷的炕头上。爷爷："一夜连双岁，五更分两年，过了农历年，舰艇又长上一岁。"

奶奶："这是过年的饺子，给舰艇盛一大碗。"全家人欢声笑语。

代多邨抱起襁褓中的舰艇："爸爸假期到了，要回到我所热爱的部队去，你在家陪爷爷奶奶，给爸爸笑一个。"舰艇听不懂爸爸的话，骨碌着眼睛看爸爸。

畅相媛："你就安心回去吧，到部队安心工作，孩子有我照看。"

代多邨对父母说："孩子小，劳你们多费心照看。"父亲说："你该干什么干什么，别叫孩子绊住脚。"

母亲说："有我们在身边你就放心吧，不会委屈孩子。"

代多邨回到部队，眨眼就看到孩子，想到孩子可爱的小脸不由得笑出声来。睡梦中梦见舰艇开心地笑，笑出两个小酒窝，自己也笑醒，立即拿起笔把梦中情景写信告诉畅相媛，信上总是问："舰艇笑得可爱吧？会坐了吗……"接着又是一封信："夜里睡得好吧？该翻身了……"跟上又是一封信："该会爬了吧，爬得快不快……"舰艇的身影在他心中挥之不去，他时常告诫自己："海上作业可不能分心，万一走神酿成大祸可要造成不可挽回的损失。"

代多邨回到家放下背包，啥话没说就抱起舰艇："祝你生日快乐，爸爸给你一个吻。收下爸爸给你的礼物，拨浪鼓、手铃铛。"舰艇挣扎着"哇"的一声哭了，全家人都被逗笑了。

代多邨笑着说："一年没见爸爸了，不认识爸爸没关系，从现在起爸爸天天陪在你身边。"

畅相媛笑着说："见到孩子高兴得不知说啥好，你能和孩子天天在一起？"代多邨坚定地说："能，从今后要和孩子天天在一起。"畅相媛问："再说一遍，天天在一起？我没听错吧。"

代多邨爽朗地回答："你没听错，我已经光荣退役了。"

父亲惊讶地问："你犯错误了？干得好好的怎么退役？"

畅相媛："你一封信连一封信往回寄，只字没提退役的事。"

代多邨："不到万不得已真舍不得离开部队。"

代多奋不解地问："来外调的首长说，你们这个兵种培养一个人不容易，一般不退役，除非特殊情况，实指望你留队提干，把你媳妇和孩子带到部队去，爹和娘可以到部队风光一番，难道你犯错误了不成？"

代多邨笑了："我是不会犯错的，怕的是犯错误，真犯错误可就酿成大祸。几次打报告申请，首长一再挽留，我执意要退，才得到批准。"

"到底是咋回事？"代多奋追问。"长话短说，我的工作技术要求高，在水下作业，一待就是几天，注意力要高度集中，不允许有丝毫分心，可孩子在心中放不下，孩子天真的笑脸翻腾在脑海中，万一走神怎么办？我怕这万一酿成大祸，我犯错误事小，给国家造成损失事大。不得已只好离开我钟爱的部队。"

拥军优属活动从上到下各级政府都很重视，年末岁尾村里敲锣打鼓到军烈属家进行慰问，把"光荣牌"挂到军烈属大门上，极大地提高了军烈属光荣感。往年，代多邨父亲早早就把院子打扫干净，炒好花生和瓜子，准备好香烟与糖块，迎接前来慰问的人群。慰问人员到家后，端茶递烟热情款待，瓜子花生使劲地往慰问人员手上塞，大把地分给跟随看热闹的少年儿童。他家儿子是特种兵，他招待的热情也特别高，待慰问程序结束后一直要把慰问人员送出大门外，笑容可掬地站在门外招手致谢，看着他们走远，脸上还挂满笑容。今年听到锣鼓声却点上旱烟袋，叼在嘴里闷不作声地蹲在炕头上。

畅相媛："你快看舰艇爷爷的表情。"

代多邨："表情怎么了？因为我退役了没人来挂光荣牌？"畅相媛："不为这个还能为啥？"蹒跚学步的舰艇听到锣鼓声向外跑，代多邨急忙抱起孩子走出大门，大大小小的孩子围着拥军队伍看热闹，拥军优属队伍每到一家慰问，军烈属都满脸自豪，笑脸相迎，热情款待，高兴地把糖块花生分给前呼后拥看热闹的人，每个人脸上都挂满了笑容，喜不自禁。

代多邨自语："难怪父亲有感觉。舰艇，你长大了去当兵，门上再挂上光荣牌让爷爷高兴。"

"老特，你好，回来过春节？见到你很高兴。"卓尔群向代多邨打招呼。

代多邨一愣神，反问："你跟谁说话，是跟我吗？你是谁？"

卓尔群爽朗地笑了："我说老特，高升了连老邻居都不认得啦？"

代多邨定定神，连忙说："认得，村里独一无二的大学生卓尔群，能不认得吗。没想到是你，回来过春节？"

卓尔群："说法有误，要纠正，是工农兵大学生。"

代多邨认真地问："我倒要请教，大学生和工农兵大学生有什么区别？不都是大学生吗，我没感觉有什么不同。"

卓尔群严肃地回答："区别大多了，工农兵大学生是经过贫下中农推荐上的学，虽然也进行过考试，考试只是走过场，重实践经验轻知识考核，不是经过层层考试考出来的拔尖生，明白吗？明白不明白没关系，工农兵大学生仅仅是特殊时期的产物，以后不会再有了。同龄人中你最有出息，为你感到骄傲。"

代多邨调侃："哪有大学生厉害，还是你厉害。"

卓尔群："大学生你也不稀罕。升到啥级别了？"

"哪里，哪里，普通士兵。"代多邨答。

卓尔群："别蒙我，你具体干什么，跟普通海军有什么不同？"代多邨笑道："怎么，你想刺探军情？"

卓尔群："岂敢，岂敢，既然是特种兵，一定有特别之处，对技术有特殊要求，否则的话你不会还只是普通士兵。我对军人很崇拜，等孩子长大了有出息，也送他到部队。春节回来待多长时间？"

"实不相瞒，我已经告别了军旅生涯，回家抱孩子。"代多邨坦诚而又逗趣地说。

"别逗了，怎么可能？不说实话。"卓尔群显然不相信。

"是真的，不骗你，你看我领章帽徽都没了。"代多邨真诚的态度打消了卓尔群的疑问。

卓尔群忙打哈哈："抱孩子合格吧？能指挥千军万马不一定会抱孩子。"

代多邨反唇相讥："好厉害的嘴，有体会吗？"

卓尔群夸赞："畅相媛很温柔，只有你配得上她，换句话说她是为你而生，你们真是天生一对，地造一双。"

"得了吧，别发感想了。"代多邨说。

卓尔群："能让我抱抱千金吗？"卓尔群接过孩子，亲昵地说："乖乖，多可爱的孩子，跟你妈一样漂亮，怪不得爸爸宁舍弃军旅也要在身边守护着你。"

代多邨忙说："又来了不是。"

卓尔群："我家那个野小子听见外边敲锣打鼓跟着我侄儿跑出来了，我快去把他们找回来，晚了赶不上趟，再见。"把孩子递给代多邨，向有锣鼓声的方向跑。

代多邨对着卓尔群的背影大声喊："春节快乐。"

看着卓尔群远去的背影叹息："本来两小无猜，家人硬往一处扯，就在结婚当天她如约回到家，见此情况啥话没说立即就走，我当机立断追上她说明情况，已冰释前嫌了。"

春节过后代多奋："通知你明天到县政府办公室报到。"

代多邨："我还想在家待上段时间，充分放松一下心情，怎么这么快就要去报到？"

代多奋："休息时间不短了，你刚进腊月就到家，现在已经是正月底，马上就俩月了，也该放松好了。"

代多邨犹豫了一会儿，略有所悟地问："你找人了？"

代多奋："我向哪找人？"

代多邨："不找人怎么会这么快。可不能托关系找人。"

代多奋："快才好，你快报到去吧。"

代多邨感叹地说："又要接受新考验，还要从头学。"

转头问畅相媛："不会是你爸爸托人找关系吧？"畅相媛："不可能，我爸爸托不到关系。"

代多邨："你爸爸托不到关系，你是怎么上的班？"

畅相媛急眼了："我上的那个班根本就不用托关系，没人愿意干，我爸爸就是为了让我挣钱买工分。告诉你，春天坐在木盆里把海带苗拧到海水里的缆绳上，海浪拍打或遇上狂风暴雨，缆绳被海浪搅乱，风浪过后再到海里理顺，分期坐着木盆到海里在缆绳上抹肥料。秋季海带长大了，坐着小木船把海带拖到船上运到岸上加工。头上裹一条围巾戴一副皮手套，戴个大皮围裙，穿双大水靴，整天泡在海水里，累死个人，要不然我怎么会累得流产？真不想说那伤心事，就你觉悟高。"

代多邨忙说："别激动，我宁愿下地也不能托人找关系，从没想过当官。"

畅相媛："想得倒美，叫你去报到，没说叫你去当官，至于干什么还没准。"代多邮感觉对畅相媛说重了，立即改变口气："娘子有理。"给畅相媛飞了个媚眼。

代多邮来到县政府办公室，见到办公室主任"啪"行了一个军礼："退役军人代多邮前来报到。"

办公室主任忙起身："免礼，不用客气，请坐。你从部队转到地方要有一个适应过程，经研究你先在办公室，熟悉一下各方面的情况，有什么要求尽管讲。"

代多邮："我原来是海军潜艇部队，针对台湾岛在海底对大陆的不法行为进行探测，主要是搞深海信号探测技术，行政工作一窍不通，需要从头学起，希望主任多指导，有事您就给我下命令好了。"

主任："呵呵，执行命令习惯了，我们可不许搞行政命令。看过你的档案，立过三等功一次。互相学习，只要肯学习，很快就能变外行为内行。县里正筹备召开农村工作会议，你负责会务，明天布置会场，会议开始，你负责签到发材料等工作，今天到招待所安排食宿问题。小章，你带上这份花名册跟代多邮一块去招待所。"代多邮："是。"

会议结束，主任对代多邮说："你给这次农村工作会议写份总结，篇幅不用过长，写十来页就行。要抓住关键问题，重点要突出，找出整改方向。"

代多邮："主任，请具体谈一下整改方向，整改方向我拿不准，无从下手。"

主任："你在吃透会议精神的基础上大胆写。"

经过几天努力整理好初稿。拿着稿子到主任面前。"主任，根据您的要求总结已经写好了，您请审阅。"

主任接过代多邨递上的总结稿子翻看，边看边点评："嗯，嗯，基本抓住了要点，就是口号写得太多，少喊口号多写实事，开头这部分太长，程式化，应适当删减，你再修改一遍，该补充的补充，该删减的删去。"

代多邨努力写出的第一稿没得主任肯定。敞开思想向主任坦白："主任，实不相瞒，从握枪杆子换成握笔杆子，手很不听使唤，开头写得程式化，喊的口号多，重点修改开头部分，其余部分保留？"主任："你理清思路，抓住关键，从头至尾修改一遍。"

经过一天一夜改出第二稿。"主任，已经改好了，请您再过目，不行的话再重写。"主任拿起总结稿审阅："你动了不少脑子，先放这里吧，我再拿专门时间细看。你明天下基层走走看看。"

第一次发下工资，主任说："代多邨，来的时间不短了，光跑基层就两个多月，回去躺吧，下午提前走，回来时带上换季的衣服。"

代多邨："谢谢主任，回家待多长时间？"主任"明天晚上你值班，回来别耽误吃晚饭。"

代多邨满心欢喜回到家，一把抱起舰艇："想爸爸了吧？看爸爸给你买什么好吃的？这是给你买的青岛钙奶饼干，又香又脆，可好吃了，爸爸帮你打开，吃吧，这是你的，这是给爷爷的，爸爸抱着你去送给爷爷。"到父母跟前，掏出两盒哈德门牌香烟对父亲说："爹，这是好牌子的香烟，平时不舍得买，今天特地买两盒，还有这包青岛钙奶饼干您尝尝。"父亲接过香烟，在鼻子上闻了闻："好东西，老百姓哪能吃得起，我自己在地边上种了几棵旱烟吃就行了，以后别花这个钱。"

又把一张粮票放到母亲手上说："娘，给您五斤粮票，到供销社买饼干、到饭店买大饼、买面条都行，您留着用。"母亲说："家里有各种票，就是没有粮票，我看看粮票什么样？自己有锅在家做饭吃，我在面里打上个鸡蛋烙成饼趁热很好吃，不用跑外头去买，给我你就不够了，我不要，你收起来吧，自己别不舍得吃。"

代多邮忙说"我还有，你留着用吧。不妨从家里带些煎饼。"母亲感叹道："托你的福这把年纪还能看到粮票，哪能想到我们家也有拿粮票的，当年你媳妇去找你为粮票犯了不少难，我们这些吃庄户饭的还不知道粮票是啥东西，知道没有粮票她在路上吃不上饭，借都没个地方借。你拿好了，以后有事别憋着。"

回到自己屋对畅相媛说："这是两包挂面，今天晚上煮一包，让她爷爷奶奶都尝尝。煮挂面锅里要多加水，我来烧火。"畅相媛："人多一包不够吧，两包都煮了？"代多邮："煮一包吧，留一包，我吃煎饼。挂面吃水大，和自己用擀面杖擀的不一样，特别筋道。"畅相媛吃惊地说："除了煮的这一包，还有三包？"代多邮："那两包给舰艇姥姥，吃完饭你给送过去吧。"

畅相媛喊："吃饭吧。"母亲说："你们先吃吧，我盛碗汤吃个煎

285

饼就行。"代多邨："娘，您吃吧，挂面是用机器加工的，和自己用擀面杖擀的面不一样。"母亲不解地问："面条能用机器加工，那就尝尝。盛半碗就行。"代多邨："不用给我盛面，我喝汤吃煎饼。"畅相媛："好几个月不在一起吃饭，好不容易在一起吃顿饭，放的菜多，差不多够吃的，不够再吃煎饼。"代多邨："好，都吃，先让舰艇吃够。"舰艇："我吃饼干。"代多邨："你是不知道挂面好吃，尝着味道好就吃不够了，不吃饼干先吃面。"

爹推开碗，点上旱烟袋吧唧着说："现在的人真能，擀面还要用机器，怎么想出来的。天越来越热了，在屋里做饭热得不能进人。明天不走和我一块在东墙上搭个小棚，在里边支上锅，天热了在里边做饭，屋里还能进得来人。"

代多邨："一上午能干完吧，吃了中饭我就得回去。"父亲："那就起个早，先搭小棚，搭小棚一个人干不了，一个人搅拌泥，搬着石头，一个人垒。搭好了小棚抽时间再垒锅台，今天晚上先把地整平。"

代多邨："好，我吃完了就去平地。您给画个框。"父亲来到东墙根，拿把铁锨画出一个框说："在这个位置，离开窗户透气，借着东墙，南边垒上半截，北边垒半截，比东墙矮，三面墙，斜着下来门朝西，有水淌到自己院里，上面搭上几根棍，盖上草苫子，夏天在里边做饭，冬天放东西。平稳地把大门外的石头抱过来。"

代多邨："噢，我抱，你歇着。"

第二天早起动手干，近天晌基本拿起主体，父亲站在方机子上喊：

"把草苫子抱过来，铺完草苫子四角压上泥，泥上压块石板小棚就算完成了。到吃饭时间，先吃饭别耽误你回去。"

代多邨抹了一把汗，行李放在一边，把风纪扣扣好重新提起行李，抬脚准备进大门。"代多邨！"听见有人喊忙停住脚步，定睛一看原来是高中一位同学。忙打招呼："苫草席，是你？你好。"热情地握住同学的手。苫草席："你好？难得见到你，回来探家？我们那一茬人，高中毕业后不让直接考大学，说实话让考我这样的也考不上。家庭出身好的当兵的不少，大多数是普通兵，也就你是特种兵。"

代多邨："你当的是什么兵？"苫草席："我当的陆军，早就退了，当普通兵的基本三年就退了，原则上从哪里来到哪里去，有生产队接着。"

代多邨："你这要干什么去？"苫草席："我姥好弄了个亦工亦农，在饲料加工厂上班，你呢？还没回答我。"县政府屏风上醒目的大字标语映入眼帘，代多邨："我，为人民服务，到点了，以后再聊。"

苫草席："明白了，县委大院的，你上边有人。"代多邨："别瞎猜了，我上班了，再见。"

主任："向前凑凑听我说，明天是传统的端午节，不算什么大节日，但是从上到下还很重视，我们下去帮助农忙也有些日子了，小章和我留下值班，其余几个下午下班后回家过节。代多邨，换件便装，老穿军装别人会认为你是搞军管的。"

代多邨："好嘞，回家做件白的确良衬衫穿着回来。"

287

代多邨兴冲冲地走出政府大门。等在门外的束劫策大声喊："老同学，可找到你了，找你真难。"代多邨定睛一看忙上前握手。"束劫策，找我有事？快说有什么事？"束劫策哭丧着脸说："多年不见，你们都辉煌了，就我这副穷酸样。实不相瞒，想跟你借点儿钱，我媳妇大流血住院多日了，亲戚朋友都借遍了，我听苦草席说你在这里，来了好几次都没见到你。不到万不得已实在不好张口。"代多邨忙安慰："别急，会治好的，我帮不了多少，把这二十块拿去，不用还了。"代多邨摸出口袋里的二十块钱递给束劫策。束劫策忙说："谢谢，不好意思。"

尽管代多邨加快速度，到家已经过了饭点。畅相媛说："锅里煮上粽子不能做饭。"代多邨："吃煎饼就行。吃完到园里浇地。"端午节吃饭早，吃完到食品店买了肉回来对母亲说："我买了半斤肉，昨天晚上去浇园看见芸豆长得差不多了，干脆摘来今天中午包肉馅饺子吃。"畅相媛问："过端午节你们发肉票？"

代多邨："不发，我们什么都不发，是用家里的肉票买的。"畅相媛："肉票用完来了亲戚怎么办？"

代多邨："用完了没有就不用，平时舍不得吃，过节总不能不吃吧。"父亲说："锅支好了，你们就开火起灶吧，你们住上位三间，我和你娘住下位，麦季粮按人口分开，菜园我种着一块吃，今天队里分麦秧，垛在中间当隔墙，你的垛东边，我挨着垛西边，隔开方便。早上场等着，分了往家担，担回来我垛。"

　　过完节到单位，主任调侃："代多邨，你穿军装特英俊。"代多邨不好意思地说："回家光忙着分麦秸、麦秧、麦糠，晚上脱下来洗了洗，没干透我就穿上了，下次换。"代多邨向主任隐瞒了没钱做的实情。

　　·代多邨浑身湿漉漉钻进屋。畅相媛："吓我一跳，你怎么这样？"

　　代多邨："到乡里察看灾情，顺道回来看看，屋没漏吧？"畅相媛："屋倒是没漏，小棚里全让雨水灌了，没法做饭。""娘屋里怎么样？"畅相媛："也不好。""我过去看看。"到父母这屋里："娘，屋没漏雨吧。看着屋顶上有窟窿我担心漏雨。"父亲："暂时没漏，就怕连阴天，雨接着下非漏不可。"母亲："到伏季连阴天真把个做饭得愁煞，那边小棚泡了水没法做饭，我快坐在这屋吃。"

　　母亲做好饭把着窗棂喊："饭做好了到这屋来吃吧。"母亲把麦秧从垛上扯下来塞到屋里，一做饭烟和热气顶满屋，浓烟争先恐后从门和窗棂子向外挤，屋里热得透不过气来。舰艇闹着："奶奶屋里热，不去奶奶屋里吃饭。"爷爷喊："来吧，烟跑净了，爷爷给你扇扇子，不热。"

　　代多邨逗着说："舰艇听话，爷爷叫了，爸爸抱着去。把头上搭条毛巾很好看。"畅相媛站着不动，代多邨催促："走吧，等着我们啦，我吃完饭还得快回单位。"畅相媛："你们吃去吧，我不吃了，吃了这顿下顿还不是照样不能做。"

　　代多邨："走吧，别让老的等着，吃了饭再想办法。"畅相媛："有啥办法？她奶奶屋里地上都向外渗水，为了下一顿好点火，停下火就得把灶膛里塞上草烘着。"畅相媛埋怨地说。

代多邨温和地说："祖祖辈辈都这样,他们都能过,我们也能过,老的给做出样子,跟着学学解决的办法不就行了。"畅相媛不服气地说："难道只能这样,他们那个年代的这样,我们这个年代的还要这样,啥时候是个头?"

代多邨:"办法会有的,有钱把草苫子换成瓦的包准不漏。"畅相媛很不情愿地走出屋门。嘴里嘟念着:"猴年马月能换上瓦的。"吃完饭急忙回单位。

等在县委大门口的苫草席,见代多邨远远走来,忙迎上去把手里的一个包递给代多邨:"一点小意思,请收下。"代多邨莫名其妙地问:"送东西干啥,快拿回去。"

苫草席忙说:"老同学,实话跟你说这两条咸白鳞鱼不是给你的,我想让你带上这两条咸白鳞鱼找领导帮我说句话,我没有过高要求,把亦工亦农转为正式工就行了。"

代多邨一下明白了,苦笑着说:"苫草席,你高看我了,跟你说实话,这忙我真帮不了,请你谅解,在领导面前我说不上话,和你一样我就是个干活的。快把鱼拿走,要不然我生气啦。"

苫草席:"你这人就是不肯拉拔人,这点儿忙你就不肯帮。你干的什么活儿,我干的什么活儿,能说一样?"

代多邨:"有工作干着就不错了,和那些没有工作的比还是好的,以后不准再这样了,伤了同学的和气别怨我。"

苦草席："好、好、好，官不大官腔倒不小！"

主任找到代多邨："信访办转过来一封匿名信，先在内部调查，确实有问题一定要严肃处理，你先看。"代多邨接过信，铺在办公桌上，醒目的"走门子、托关系、采用不正当手段达到自己目的"几行字赫然纸上。"噢，提得很尖锐，似曾听过？刚接到报到通知时自己也有过猜疑，主任，办公室里除了我其余几位都是工作多年的同志，我来得晚，难道是针对我的？请求针对反映的问题详细查明。"

主任："不论关系到谁都要查，非查清不可。"

代多邨："我回避？"

主任："汇报给领导，让领导拿方案。"

畅昌仰："舰艇爸爸，我没插手你的事，我向来反对拉关系走门子，畅相炬考大学之前我多次跟他讲，靠自己努力，别指望跟老子沾光。你放心，问题不会出在我这里。"

代多邨："那好，我要堂堂正正做人，清清白白做事，不搞歪门邪道。手里有点儿权就谋私利，那让老百姓怎么过。还得感谢写信的那位，及时给提了个醒，警钟长鸣，头脑才能保持清醒。"

畅昌仰抬头注视着代多邨，而后点点头说："你的认识很到位，我支持。"

父亲趁代多邨春节在家说："你大哥准备二月盖两间伙房，把攒的麦秸先给他凑上。"

代多邨："爹，给他我没意见，就是你住的房顶上都有了透窟窿，去年好歹过来，再不修理，来了夏季漏雨了怎么办？"父亲："他的事要急，大孩子四月娶媳妇，只三间屋住不下。"

代多邨："那等明年分了再修。好事接连不断，办每项事都得用大钱，没有经济进项得帮他一把。"

父亲问："他都是大的花销，你能帮多少？"代多邨："尽力帮。"

代多邨跟畅相媛合计："大哥家盖房接着娶儿媳妇，帮他一百块钱，你给送过去。"畅相媛："你最好自己去，实在没时间我就去。"代多邨："这次你代表，娶媳妇的时候我们都要去。"畅相媛："你很慷慨，一拿就是一百，多拿有面子。大哥娶儿媳妇拿钱，二哥孩子明年考学要不要拿钱？"

代多邨："当然要拿，能考上学，最少也得赞助五十。"畅相媛："准备好了，还要向生产队交买口粮的钱。你看这老房子屋顶上的窟窿，再不修到了夏天下大雨就要漏，漏雨还是轻的，会连屋笆也烂了。"

代多邨："你说得有理，确实该修了。"畅相媛："两处一块修确实承受不起，一处一处分开修，先修一处过几年攒够了麦秸再修另一处还轻快。"

代多邨："你说的办法很好，跟父亲合计合计，雨季到来之前先修他们的，我们这处先不修，等着麦秸攒够了再修。"畅相媛白了一眼："为什么先修他们的，不能我们先修把他们放后。"

代多邨："这种想法不合适，两处房一条脊，我们在上位，上位修好了，水就向下压，下边更撑不住了，雨会漏得更厉害，如果钱够了买上一部分两处一块修最好。"到大集上一打听，自己手里的钱买修缮三间屋所用麦秸差得很远。代多邨对自己发出警告："不能嫌畅相媛埋怨，确实应该有些积蓄，否则的话遇到急用还真不成，现在就被困住了。可是每看到别人有困难早就把积蓄的事忘得一干二净，别人吃不上饭饿肚子，自己还在心安理得地吃大肉，能咽得下去吗？还准备资助家庭有困难的战友几十，别人有难帮一把，才是正理。我呀，就是感觉帮助别人解决困难心里舒坦。"

主任："根据内查外调，全面核实，证实代多邨没有托人求情走关系这些方面的问题，当时之所以选用主要看的他退役档案，实际工作表现也很好。实事求是地讲，文字方面差些，抓不起个材料来，审评材料能力也不行。"

分管领导听完汇报，沉思良久后批示："在部队擅长技术，文字方面差也正常，步子迈得太大容易使人眼红。是块好材料放下去锻炼，多接触不同行业多一些生活积累。今年保持稳定，明年初人事任免一起调整。"

主任："代多邨，经过研究安排你到造船厂上班，拿好介绍信，直接到造船厂报到。造船行业刚起步，领导力量薄弱，你技术过硬，又熟悉水性，是发挥特长的好地方。"

代多邨："我无条件服从组织决定。"办完交接打起背包到造船厂报到。造船厂领导歉意地说："我们这里条件很差，宿舍只有一间平房，您先休息几天，熟悉熟悉情况再干不迟。"代多邨："不用休息，我就是普通工人，来这里就是干活的。"换上工作服来到钨台，给船帮刷桐油，油漆味刺鼻，戴上口罩手套，把自己包裹得严严实实，跟着工人一起干。心想："自己对造船一窍不通，不可能发挥技术骨干作用，只能说自己熟悉水性，有下水不晕的优势，原来所见到的是优质钢材制造的高大的舰艇在海洋中乘风破浪，根本不懂造船。现在面对的是木质船，又要学一门新技术，扑下身子从头开始学。"想到此开心地笑了。

一天在窗口买好饭，在餐厅找到一个空位子坐下，对面的职工抬起头，两人异口同声惊呼："怎么是你？"束劼策："你来检查工作还和普通职工同吃一个食堂？哦，明白了，体验生活。"

代多邺："你在这里上班？真没想到会见到你。"束劼策："先吃饭，吃完饭再说，做梦都没有想到能和你坐在一个吃饭桌上。借了你的钱到现在都没还，真不好意思。"

代多邺："还什么，当时就说赞助你，可惜太少了。你媳妇现在怎么样了？身体康复了吧？"束劼策："先吃饭，要不然饭就凉了。"

代多邺："先吃饭别凉了。老乡见老乡两眼泪汪汪。同学见同学家长里短都想说，你想不想说？"束劼策："我当然想说，就是觉得和你肩膀不齐。"代多邺："说哪里话，这种思想要不得，我们都一样。"束劼策："吃完饭到外边去再说。"说完束劼策沉默不语，闷头吃饭。代多邺抓紧时间把饭吃完洗漱完饭盒放好，两人一同走出餐厅。

代多邺："到我宿舍坐会。"到宿舍两人坐定后，束劼策问："你是上头派来协助工作的还是蹲点的？"

代多邺笑了："蹲什么点，别把我看得那么高，我就是在这里上班的，庆幸来这里上班还能见到你，不然的话还找不到你。"束劼策："别蒙我，县大院的会到这里上班？"

代多邺："真的到这里上班，不跟你开玩笑，这就是我的宿舍，你该信了吧？你在这上班几年了？"束劼策叹口气："相信你说的是实话，你就是在这上班很快就会被提拔，和你不一样，我是个临时工。"

代多邺吃惊地反问："临时工？"束劼策点点头："是，临时工。"

代多邺："高中毕业后你没去当兵？你不喜欢当兵？还是什么原因？"束劼策："当兵谁不喜欢，我对当兵羡慕得要死，想也去不成。"

代多邺诧异地说："当兵是每个青年的义务，为什么去不成？""这事有嘴说不清，我家就在沿海一带，沿海一带的村庄大多以渔业为生，日本投降后溃逃部队抢夺海上优势，撤退时掠走了很多渔船、物资和民工。国民党失败后残余部队在沿海登船逃往台湾，又抢夺船只与渔民，虽然渔民以命相抵还是难逃落入魔掌，幻想恶魔们用完船可能放他们回来，可走后杳无音信。他们这一去株连九族，后代前途大受影响。我爷爷和我爹不知啥原因人消船无，后来多方打听才知道是去了台湾，当时我才几个月，我娘哭天喊地的等呀等，从此不见人影，我这样的身份哪能有资格当兵。"

代多邺点点头："噢、噢，原来是这样。你在这里干着媳妇在家干，两人一起挣收入也还行。"束劼策哀叹："不指望她挣，有个人也好。她已经命归西天，生孩子时引起大流血，本想放弃孩子救大人，结果孩子大人都没保住，亲戚朋友都借遍了，人财两空，唉。村里看我实在困难，照顾我农闲时到这里干临时工。"

代多邨忙安慰："别难过，困难是临时的。你还年轻，过些年再成个家不成问题。"束劼策苦笑着说："谈何容易！她这一病家里一贫如洗，我哪能像你，人长得好，家庭条件又好，媳妇挤破了门，想挑什么样的都行。"代多邨看束劼策伤心的样子，改换口气调节气氛："你又没看见，怎么知道挤破了门？挤破了门我也只能娶一个。"束劼策："不用看就能猜出来，优中选优呗。"

代多邨："好厉害，蛮有经验。又不是选美，哪里由我选。到上班点了，我们上班吧，以后再聊。"晚饭时代多邨端着饭盒满餐厅找束劼策，就是不见人，心生同情。买好饭自己坐到餐桌上闷闷不乐地嚼着，束劼策说的话让人感叹："社会真是个大课堂，方方面面都值得学习。笃实白家历史不清白，他家的情况也不会好，不知她现在怎么样了，她的事我得管。"

周末巧逢端午节，代多邨抓起背包上路。心里盘算："抓紧回家搬麦秸，我搬父亲在家垛，攒着修缮屋。不能脏活累活都依靠他老人家，身体大不如从前硬实了。如果不分麦秸，就到园里浇地，如果芸豆长大了摘下来包肉馅水饺，肉已经买好了，新摘的芸豆和肉馅水饺特别鲜美，全家人美美地吃一顿。"心里想着加快了脚步。

天已傍黑，路上的行人越来越多，为了能尽快到家都使出全身力气向前奔。

正在赶路的代多邨突然"哎呀"一声惨叫，后背被撞，手里的猪肉掉在地上。他扭头向右看，手推车上交叉绑着两根木棒，手推车的右侧一头毛驴紧擦着路沿蹿过，撞歪了手推车，车上的木棒狠狠地撞在他的后背上，赶驴地使劲连喊："嘘、嘘"硬是没把犟驴叫停，驴不管不顾地扬长而去。推车的忙解释说："完全没防备，驴猛地撞向我的车，幸亏木棒撑着地，要不然车就翻了。撞得你很厉害，不要紧吧？"

代多邨："看见了，不是你故意撞的我，我帮你把车扶起来，走吧。"推车的说："看看你脊梁上出血没有？"

代多邨："不用看，走吧。"推车的给代多邨捡起地上的肉："不好意思，没事我走了。"推起车赶路。

代多邨到家后天色已晚，母亲正坐在灶前烧火。在母亲跟前放下一份肉、拿出五块钱放在肉上面说："娘，过节用肉包水饺，我去园里看看芸豆能吃就摘回来。"母亲："光把肉留下，钱你拿着使。"

代多邨使劲儿摁了一下："每次给钱您都不要，过节您必须得留下。"母亲："园里的芸豆差不多能吃着，准备过节吃，你爹下种早。"

代多邨："我到园里看看，但许能行就摘回来。"刚转过身想走，母亲忙站起身问："你脊梁上怎么有土？给你拍拍。"抓住代多邨的胳膊。

代多邨挣脱母亲的手："回来的路上让一个推木头地撞了，不就是一点儿土吗，不碍事。"抽回胳膊回到自己屋里。畅相媛正在包粽子，便说："不给你当帮手了，趁吃饭之前我去菜园给芸豆浇水，芸豆开花埫沟里养虾，别让地面干了。"畅相媛继续忙着手上的活儿，头也没抬说了一句："快去快回，回来吃饭。"

代多邨："饭做好你和舰艇先吃吧，不用等，我浇完再回来。"天完全黑了，给芸豆灌足了水，摘好的芸豆放在水桶里，回到家畅相媛和舰艇不在，放下水桶换下被泡湿了的鞋洗刷干净，到饭桌前坐定点点头："看样子她们娘俩已经吃过，放松一下再吃。"坐了一会，拿起筷子又放下："找找抽屉里有吧。"抽屉里翻了个遍，肯定地说："没有，不找了，到炕上躺一会歇歇。"起身来到里间躺在炕上。

端午节的煮鸡蛋在太阳升起之前吃下，一年内不长疖子不长疮，既可解馋又有药用价值，从古至今一直被人们所重视。天已拂晓，代多邨没有起床使畅相媛感到意外。昨天晚上和孩子趁饭后到娘家走了一趟，到家后见人躺在炕上，觉得他累没惊动他，现在该起床了，狠狠推了他一把，嘴里说道："起床吧！天呐！身体冰凉，没盖好？"慌忙搬起他的头，这会是真的吗？尸骨已寒！畅相媛"哇"的一声，手板着炕沿上的砖头摔到地下，不省人事。隔壁父母听到没有人声的这一嗓子，猜不出因啥事发出这么个怪声。给舰艇的煮鸡蛋拿在手里，这是给舰艇的节日礼物，等在那里却迟迟不见人露面。

眼看太阳就要跳出地平线，父亲等不及了，对着窗子大吼一声："天不早了，快起床。"

舰艇被爷爷喊醒，喊着："妈妈、妈妈。"妈妈没答应，接着又喊："爸爸、爸爸。"不见回应。

父亲："情况不对。"抄起一把镢头朝门使劲砸去，舰艇大哭。

父亲用力一脚把门踹开，眼前的情景使父亲倒退了几步，不足六岁的舰艇不知发生了什么，声嘶力竭地哭叫着，爷爷把舰艇推出门外，不顾一切用力掐畅相媛的人中，畅相媛"嗷"的一声苏醒过来，疯一般夺门而出。父亲抱起代多邨："你怎么了，快睁开眼。"再也唤不醒！

畅相媛咆哮着："都怨你、都怨你。"再次昏厥在大门口。畅相媛根本说不明白怨谁，怨他太能吃苦？怨他不珍惜自己？怨他不该离去？正值英年的代多邨再也听不见家人的呼唤，告别所有的一切，消失在尘埃中！

缘

长

唤启

"去北京方向的列车已经开始检票了，去北京方向的旅客请到检票口排队检票。"正在候车的丰德强听到广播一激灵："这声音好熟悉，似乎在哪里听过，这是谁的声音？"提起行李到检票口等候，列车缓缓进站，登上自己乘坐的列车，找到座次坐稳，熟悉的声音萦绕在心头，搜肠刮肚展开回想："是海东县的广播员？不是。是青岛的广播员？她调到这里来了？不过也不像，刚才听到的这个声音比这几位更柔和甜美，她们的声音还有些逊色，那是谁？"指头敲击着脑门，让脑门启动联想开关，脑门没有释放更多信号，手掌又拍打脑袋，脑袋空空。自我解嘲地笑了："神经质，广播员是受过专门训练的，按普通话的标准要求，掌握抑扬顿挫，不快不慢有节奏，吐字清楚，语调柔和，听起来差不多。马上又否定：不，今天听到的广播语音大不相同，清脆甜美，字字珠玑，穿透力强，出差回来一定抽时间再来车站仔细听听。"

丰德强刚从自行车上拔出钥匙，车钥匙攥在手里准备到车站候车厅。就见一个小伙子急匆匆朝自己走来，怕影响他走路急忙躲闪，小伙子目不转睛地上下打量着他，他感到不对劲，难道穿的衣服不合适，下意识地低下头，没发现自己有异常就放心地甩手向前走。小伙子仍然两眼直勾勾地盯着看，丰德强沉不住气了，停下脚步。小伙子抢先："请问您是——"丰德强反问："你是找人的？"小伙子问所非答，试探地："如果没有认错的话——"丰德强催促道："有话请直说。"小伙子犹豫地摇摇头说："让我再想想，我觉得你很面熟，好像小时候在我们村住的一个人，好久不曾谋面拿不准，不敢确定。"丰德强心里好大不爽，自己好不容易歇个班出来，又意外遇上个挡道的，扫兴。但一听说小时候立马转忧为喜，能遇上个小时候的同伴，是一件求之不得的事。转而和蔼地问："听口音你好像不是本地人，你是来旅游的吧？"这句话反倒给小伙子提了个醒。赶紧说："不能再耽搁，再耽搁就掉队了，得赶紧追他们去。"抓紧背包急匆匆就走。

丰德强忙向前拦住："你到哪里去我送你。"抓住小伙往车上推。

小伙坚持说："多不好意思，不能麻烦你，谢谢。"还是径直向前走，跟在后面的丰德强果断地说："别客气，告诉我你要到什么地方，送你一程，把背包拿过来。"

小伙没有正面回答丰德强的问话，转回头打量了一番，试探地说："凭我的记忆，如果没有认错的话，记得你叫丰德强，小时候在我们村住，我们都在一个学校上学。"

丰德强兴奋地回答："对，我是丰德强。你是？"

小伙子马上改变称呼："丰哥，没想到在这里遇见你，今生有缘。我要误事了，着实抱歉，不能跟你多聊，不好意思，到剧院的路我不熟，请问怎么走？"丰德强："我送你，送你到剧院。""不耽误你的事吧？如果不耽误事把我送到大剧院，跟我一起看演出吧，等演出结束后我们再详细聊。"

丰德强一直闷在葫芦里，哪有心思看戏，就说："你不是来旅游，是专门来看戏？我把你送到后马上回单位，没有时间陪你看戏。"

小伙一听乐了："不是你陪我看戏，是我请你看戏，我不是来看戏，我是来执行任务的。"

丰德强丈二的和尚摸不着头脑，弄不明白到底他是干啥的，便问："你是演员？"

"不是，我不是演员。"

"那你到底是干什么的？"

小伙子诡秘地一笑："丰哥，确实时间不允许，没有时间跟你细说，长话短说，看你对我一点印象也没有，不知你对我姐姐还有没有印象，柳飞扬你还记得吧？她是我姐姐。"

丰德强一听说柳飞扬立即睁大双眼忙不迭地说："记得、记得，柳飞扬谁能不记得，口齿流利，思维敏捷，性情温和，当年是学习毛泽东选集积极分子，村民大会上介绍学习经验，大演大唱革命样板戏年代，学校排演革命样板戏《红灯记》她主演李铁梅，在学校演，在公社礼堂演，到下边村里演。因为你母亲身体不好，她小小年纪就摊一手好煎饼，我家吃了不少她摊的煎饼。原来你是柳飞扬的弟弟，柳飞扬有两个弟弟，你是哪一个？叫什么来着？"丰德强一气摆出了很多实例，确实对柳飞扬印象深刻。

小伙子客气地说："我叫柳飞岩。"丰德强："嗯、嗯、柳飞岩，是她大弟弟，还有一个小弟弟。"

柳飞岩笑着说："没错，是有一个小弟弟，叫柳飞絮。你还有印象，一提你就都想起来了。"

丰德强纠正说："不是有印象，是印象深刻。柳飞絮现在干什么？"

柳飞岩："他是干水利的。"

"噢，子承父业。""嗯，他不得不继承，这是我爸爸的要求。"看丰德强想知道更多，柳飞岩心想："怨我多嘴，别再多说了，耽误了正事可负不起责任。"直截了当对丰德强摊牌："要误事，得加快速度。"心里着急，脚下生风，恨不得一下赶上先头部队。丰德强紧随其后，再也顾不上多问，一到剧院大门柳飞岩抓起背包一个箭步冲进门里，长出一口气，回头对丰德强说："谢谢丰哥。"丰德强何尝不急，上班时间就要到了，掉转车头向单位飞奔而去。

丰德强值班时间眼睛睁得大大的，全神贯注，时刻待命。大脑深处对柳飞岩的记忆挥之不去。再三思考："他执行啥任务，神秘分分的，肯定不是军事秘密，总不会到剧院里执行军事秘密吧，本人对军事秘密略知一二，从来就没执行到剧院里。不，也不好说，敲锣卖糖，各管一行，不管的行业不能乱下结论，这叫各负其责。下班抽个时间跑一趟探探虚实，尽地主之谊。"

丰德强执勤结束，经过批准离开单位，骑上自行车向着剧院奔跑。在剧院大门外徘徊，就是不见人，等得不耐烦了，一股无名火燃烧心头："管他是谁，不找了，回去。"迈向自行车正要离开，远远看见一群人簇拥着柳飞岩，柳飞岩喜形于色，又说又比画。"天助我也，来了。"丰德强高声喊："柳飞岩。"柳飞岩猛抬头看见丰德强，出乎意料的兴奋，上去握住丰德强的手久久不放。"没想到你找到这来了，让我感动。"

丰德强："今天晚上我做东，尽地主之谊，宴请你这位远道而来的客人，请你赏光，我们边吃边聊，好好叙叙。"柳飞岩客气地说："丰哥请谅解，不是我不赏光，任务在身，今晚还有任务，着实不能耽搁。"

"你是演主角的？"丰德强追问。柳飞岩放开丰德强说："这里说话不方便，跟我到化妆室详细跟你说。"

丰德强摇摇头："不行，不去了，我同样也是任务在身，为了找你专门请的假，咱简单说，快把我急死了。"

柳飞岩："好吧，你看见刚才那群人了吗，那是我们剧团的伴奏队，我是执二胡伴奏。"

丰德强深吸了一口气："噢，搞文艺，人才。想起来了，你小时候就很喜欢拉二胡，想不到成了高手，刚才看见他们对你好像是众星捧月，很崇拜你。"

柳飞岩谦虚地说："哪里，因为我是二胡首席伴奏，共同切磋技艺。"

丰德强急不可耐地想听到更多，催促道："下文如何？接着说，我很感兴趣。"

柳飞岩："你感兴趣吗？就说给你听听。"丰德强："感兴趣，快快说来。"

柳飞岩："省里划片进行地方戏调演，我们区块划入青岛片，吕剧《李二嫂改嫁》的编剧就是我们家乡人，他写的就是发生在当地农村的真实故事，我们剧团一直把这个剧种作为压轴戏，久演不衰，很受当地群众欢迎，这次我们参赛的剧目就是《李二嫂改嫁》，得到了一致好评。丰哥，请问你在哪里高就？来这里是何贵干？"

丰德强："我妈妈调到青岛干休所，全家都随迁来到青岛，我就在青岛上班。"

柳飞岩惊呼："怪不得见不着你了，原来到青岛来了，告别了农村来到大城市够厉害的。我姐姐也到青岛来了，她在火车站上班。昨天我在车站广场遇见你，你不是去找她的？"

丰德强惊呼："怪不得听着声音这么耳熟，那一定是她啦。你不说我还真不知道她到青岛来了，你准备什么时候到你姐姐那里去？跟你一块去见见她。"

柳飞岩抱歉地说："实在对不起，时间很紧，议程排得满满的，这里演完，明天要到潍坊地区演出，得以工作为重，这次没时间去了。"

丰德强："这次演出结束，下次什么时候再来？"

柳飞岩皱了一下眉头："这很难说，听从组织安排。这个忙我帮不上了，还是你自己跟我姐姐联系吧。"

丰德强得知柳飞扬的消息，很想早些见到这位发小下定决心到车站找。到了车站广场在原地徘徊："贸然去找不合适吧。"转上几圈就掉头转回。回到单位就发狠："心里无闲事不怕鬼叫门，有什么不合适的？下次一定找到她。"他数次鼓足勇气都重复着老步伐，徘徊在车站广场，看着川流不息的乘客从广场上急匆匆穿过，就是不敢放开胆子前去打听。

一天傍晚刚到车站广场，突然眼前一亮，机会来了：人群中一对青年男女并肩走出候车室，走路的形态似曾眼熟，立即向前，一张熟悉的面孔呈现在眼前，大喜过望，挡在两人面前，两人很有经验地避让到旁边继续前行。

丰德强大着胆再次拦住二人："二位请留步。"话一出口，柳飞扬瞪起双眼。惊讶地："啊，丰德强？你怎么到这里来了？你是坐车吧，你要到哪里去？买票了没有？如果没买了的话，我帮你买？"

丰德强猛吸了一口气，如释重负地说："柳飞扬，不需要你帮我买票，我是专门来找你的，找你可真难。"四目相对许久，柳飞扬打破僵局开口说："来，咱们先认识一下，这是我同事薄少义。"又对薄少义介绍说："这位既是我的同学又是同乡丰德强。咱就别外出逛了，我们一块说会话，你不愿意一块的话可以先回去。"

薄少义脸一沉："我们好不容易争取到一起外出的机会，请丰德强同学和我们一起去吧。"

柳飞扬语气坚定地说："同学来一次不容易，我们好多年失去联系，就不去了，要不然你自己去也行。"

薄少义："边走边说不就行了吗，有什么不可说的。"

丰德强一看这阵势赶紧说："不打扰你们了，我这就走，不影响你们。"话音未落扭头就走。

柳飞扬大声喊："等一等，一句话没说你就要走？"丰德强头也不回，骑上自行车消失在人流中。柳飞扬跟在后边追出很远，对着前面大喊："你什么时候再来？"直喊到看不见自行车的影子。

薄少义追上柳飞扬说："人都走远了，你还喊什么喊？我们快去吧，别在这里傻站着。"

柳飞扬一股无名怒火升起："在今天这个事上你表现很不理智，我同学找到这里来肯定费了不少事，你就等不得让人说句话，就催着去，你纯粹是小心眼，心胸狭窄。"

薄少义的火气早就压不住了，对着柳飞扬吼道："你别逮不着兔子杀鹰吃，他来找你不容易，我找你就容易了嘛，前天找你不行，昨天找你还不行，哪一天找你都没有行的时候，好不容易今天行，刚走出门又遇上你同学，谁叫他来得不是时候。他不就是个同学吗，怎么一见面你的魂就被他勾走了。"过路的人探头围拢上前瞧热闹，把他们两个围在中间。柳飞扬觉得很没面子，冲出包围圈，跑回宿舍插上门，一头栽倒在床上。薄少义紧追不舍，使劲推了几次门没有推开，在门外大发脾气："这事也不能光怨我，你何必要发这大脾气。我真是冤大头，浪费了感情还赚了埋怨。"柳飞扬在屋里气不打一处来，下决心再也不理他。

丰德强很不爽，一路猛蹬回到单位，扶车站定："总算见了一面，同时还见到两个，以后别说没时间，就是有时间也不能再去，别干扰他们的正常生活。"

见到丰德强柳飞扬倍感惊喜："想不到你出现了。可惜没问清楚到底来干什么，是出差还是旅游？是路过还是常住？真急死人了，向哪里找去，你还会再来吗？你可要再来呀。"盼望丰德强再次出现，左等也不来，右等也不来，从春等到夏，从夏等到秋，就是不见丰德强。见了一面心中波涛翻滚。

"他笑容满面地来了，立即迎上去，紧紧握住丰德强的双手，你终于来了，你没生气吧，你肯定不会生气，生气就不来了，今天就我们两个，我们畅所欲言，尽情地说够，分开多年你到哪里去了，告诉我你是专程来找我的吗？什么时候到青岛来的？是怎么知道我在这里的？既然知道我在这里为什么不早来找？"丰德强光微笑就是不张嘴，柳飞扬激动得不行："你说话呀。"她用力攥紧丰德强的手，使劲摇晃着，突然间丰德强急转身迈开轻盈的步伐向前。柳飞扬高声大喊："丰德强你不能走，快回来……"丰德强不但没回来，反而步伐越来越快。柳飞扬用力快追，越追却拉开的距离越远，生气地大叫："丰德强你不够朋友。"猛睁双眼，满身是汗："呵，这是做梦？真不该醒来，永远在梦里该多好。可丰德强为什么要跑？是不想认我这个同学了？"

丰德强一躲就是两年，两年过去对柳飞扬思念愈发强烈。过完元旦轮到休息，说什么也要登门拜访。柳飞扬因为节日加班忙碌过度，外加受寒，嗓子沙哑不能说话，在宿舍休息，给了丰德强一个见面的机会，丰德强的到访使柳飞扬无比欣喜。丰德强坐定后巡视了一眼宿舍，开门见山地问："你们另有婚房？这里做临时宿舍用？这里做婚房简陋些，婚房肯定布置得很像样，能否让我欣赏欣赏？"薄少义推门进屋，见到丰德强没有任何表示，丰德强忙起身客气地让座，薄少义含糊地嗯嗯了两声，在屋里打了一个转，招呼不打就走。丰德强问柳飞扬："你上班几年了？"柳飞扬："我……"话没说出口薄少义又回来。丰德强离开座位说："你坐这里，我再另找地方坐。"薄少义跟没听见似的，没有任何表示，在两人跟前转了一圈，不辞而别。丰德强站起身："你爱人这是不放心，盯着我，我得快走。"

柳飞扬费了好大劲才说："他不配做我的爱人。凡是有人到我宿舍来，不论男的女的他都是那样，既不打招呼，也不坐下，刚提起话头他就推门进来，转上一圈招呼不打转身就走，谁都说不成话，也坐不安稳，就是这种德行。"

丰德强问："你们俩没结婚？我想你们早就踏上了红地毯，喜结良缘了，出乎我的意料。既然你们关系还没确定，就换个地方说话，今天这种情况是不能再说了，我告辞了。"柳飞扬点点头。

一直到三八妇女节才轮到休息，丰德强把柳飞扬接到家里。全家人热情款待，端水拿苹果。文竹大姨说："没想到咱们还有见面的机会，你来青岛上班才创造了见面的条件，我们全家都想你，你是那种叫人喜欢的好孩子。你家里父母都好吧？回家时向你爸爸妈妈转达我对他们的问候。我们这些人在一起共事多年，友谊牢不可破，走到哪里都忘不了。我们讲五湖四海，哪里需要就到哪里去，哪里艰苦就在哪里安家。"相谈甚欢，柳飞扬就像到自己家一样高兴，面对着亲人敞开心扉："青岛是我向往的海滨城市，为了能来这座海滨城市，我是刻苦努力，没白没黑地用功学习，练发音，背音阶，音根这一关弄得我晕头转向，查阅了大量资料还是不通窍，只得请教了专业人员才通过。对着镜子练口型，经过几番考试，过五关斩六终于如愿以偿。"丰德壮鼓掌祝贺："好，好样的，向你学习。"文竹说："各行各业都需要人，找到你这个人才不容易。"

丰德强说："你有毅力，不达目的不罢休。笔试能通过，面试准没问题。从小就跟着话匣子学，打下了良好基础。"柳飞扬："青岛接纳了我，成为车站广播员。如果不来青岛，那将永远没有机会见到你们。"在座的热烈鼓掌。文竹说："青岛欢迎你，我们大家都欢迎你。"

丰德强："既然来到这座热爱的海滨城市，让我们为这座美丽的城市奉献出自己的青春。"

柳飞扬："说得好，说到了我的心坎上，踏踏实实干好本职工作，用实际行动做奉献。这天正巧刮大风，谁都知道海上无风三尺浪，沿海风势比内陆刮得更凶。火车川流不息，参加劳动的人都有经验，时刻留心站里信号，一条轨道上火车将要进站，就转移到另一处轨道空隙。火车进站卷起强大的气流，稍有不慎就有被刮倒的危险。一列火车拉着长笛冲破八级大风呼啸进站，卷起的气流漩涡形成一股强大冲击力，捡垃圾的人被吹倒一片，我跌坐到铁轨上，脑海中立即闪过：快起身，铁轨上不能久待。进出站的火车一列接着一列，稍一犹豫都有生命危险，抓住铁轨一使劲，就是爬不起来。薄少义紧挨着我，他也被刮倒，他迅速爬起来，看见我还原地没动伸手就去拉，我疼得不能起身，几个同事围拢过来帮忙。就见信号灯由红变绿，火车正在进站，正在危急时刻，薄少义二话没说蹲下身背起我就向卫生所跑，经过检查，我的腰椎严重脱出，需要住院治疗。住院期间薄少义抽空就往医院跑，主动打水送饭，别人到医院看望，他都会说你们去忙吧，柳飞扬由我照顾，保险照顾好。对于他的热情照顾，我非常感激。出院后需要继续康复治疗，薄少义一如既往地跑前跑后，甚至连发工资都是他代领。刚开始领到工资立即送给我，身体好转后多次表示感谢，并表示自己能照顾自己，不再麻烦他。薄少义到了发工资的时间不等我去就领走了，等我去领工资，会计告诉我你的工资已经领了，拿工资单让我看，是薄少义签的名。我找到薄少义要自己的工资，薄少义却说：'你家里又不缺你的钱，放在我这里攒着吧。'我争辩说：'工资收入该归我，家里缺不缺是另一回事。'薄少义嬉皮笑脸地打哈哈。下个月没等我去他又领走了。我跟会计说我的工资不能让他领。会计理直气壮地说：'薄少义说是你让他领的，我不让他领能行吗？'回头我找他，他却说给你跑个腿不用你酬谢，油腔滑调耍赖皮。"

"薄少义家是沂蒙山区，家中兄弟六个他最大，从小定了娃娃亲，出来后把亲退了。他说家里穷得叮当响，不能再找个穷鬼。找个穷鬼那将永无出头之日，找个家庭条件好的，将来才能有好日子过。他深深懂得家庭收入微薄，家境贫寒，弟兄们又多，要打经济翻身仗很不容易，打墙盖屋的事哪样都需要花钱。一次家里修缮房屋拿不出钱，在我跟前哭穷。我毫不犹豫地给了他三十元。他父亲病重住院，又愁眉不展向我诉苦，我资助了二十元，并且说明这些钱我不要了。用钱解决了困难，他接着展开了猛烈攻势，向我求婚，越是在公众场合，越献殷勤，公开说非我不娶，制造舆论，单位里无人不知。我公开表明态度，就是同事，连朋友都算不上，更不可能再进一步发展，别弄得都不愉快，薄少义根本听不进去，他是剃头挑子一头热。

"薄少义负责调试广播器材管理线路，器械不出故障就不用修理，是个技术活，自己觉得世界上少了他不行，他又拿手，时间比较自由，接触以后才发现人品有问题。讲良心话，不是嫌他穷，不是看不起山区，我与他是两股道上跑的车，思想认识有差异。见到你们把憋在心里的不愉快都倒出来了，光听我说了，还没来得及问你的情况，你的那位呢？"

丰德强幽默地说："我的那位还在丈母娘家。"

柳飞扬："回娘家了，今天不回来？回来的话互相认识认识。"

丰德强："不是回娘家，是丈母娘给养着。"大家都被逗笑了。

丰德强："我爸妈六九年调到青岛干休所，我们随着爸妈来到青岛，人生地不熟。我第二年上了武警学校，毕业后分到边防检查站，为祖国的边防把守大门，现在已经升任指导员。武警学校连一个女生都没有，上班后单位里是清一色的男性，我妈就生我们两个儿子，我们要当儿子还要当女儿，除了上班，回到家买菜做饭拖地洗衣服，谁先到家谁做饭，既没有时间搞社交，又就没有机会接触异性。我爸我妈这样正统的国家干部，在单位一门心思干工作，除了工作心无旁骛，不允许扯东道西拉家常，公私分明，下属们跟上这样的领导，从早到晚拼命工作，同宿舍的下属敬而远之，外单位的都是陌生面孔，没有人提起男孩女孩们的婚事。再说自己的年龄还没被划到剩男行列，还没到猴儿急的程度，真到了猴急的程度也没办法。但我不是独身主义者，我决心找媳妇，说不定时来运转，天上掉下个林妹妹，投到我的怀抱中。我早就拿定主意，不找便罢，要找就找一个有品位的，工作上能互相帮助，共同进步，像我爸我妈那样，两人能相敬如宾，恩爱体贴，遇事能达成默契，开玩笑都开出水平，真能找到那样的如意女孩，我会把她爱得死去活来。单位里正在筹划利用五一劳动节与国棉厂、缲丝厂这几家女职工集中的单位举办联谊会，开个头，给青年男女一个接触异性的机会，哪个少女不怀春，哪个男儿不钟情，碰上对眼的成全几对，岂不是美事。解决个人问题，也使单位减轻包袱。解决大男大女的婚姻大事，同样是单位需要考虑的问题。"

三八节过得轻松愉快，心花怒放，之后丰德强送柳飞扬回车站。到达车站广场后丰德强对坐在车后座的柳飞扬说："就送到这里，请下车。"柳飞扬坐在车后没动，不高兴地说："就愁着回去见那个，见到他心里就不舒服。"丰德强幽默地说："事物都是一分为二的，有不利的一面也有有利的一面，他对你爱得深彻透骨，就会对你百依百顺，从另一个角度想，两人在一个单位，更便于他照顾你，结婚后生活会更有利。"

柳飞扬从车座上跳下来："未必，还是讲讲辩证法，连面都不想见哪有幸福可言。要我投到他的怀抱，那可就等于终生背上精神枷锁，想想都很可怕。关键要选择人品，在婚姻方面不能有附加条件。"

丰德强："说得好，有见地。"

柳飞扬："你给拿个主意吧。"

丰德强坚定地说："你自己就能解决，我还是不插手为好。"

柳飞扬："萝卜白菜各有所爱，我不爱他会有人爱。"

丰德强："好，但愿你们都能找到自己所爱。在一个单位上班，注意搞好关系。"柳飞扬不加掩饰地说："你是想避嫌，怕成为第三者，告诉你，我与他之间还没有进入恋爱关系这一层，你还非插手不可。"

丰德强答："好嘞，我的老同学，我等着。"

国庆节丰德强与柳飞扬正式办理登记手续。丰德强牵着柳飞扬的手：

"这是真的吗？不会是做梦吧！愿望终于实现了。升任指导员第一次进京培训，在候车室听到一个甜美的声音，我知道你小时候喜欢听话匣子，模仿话匣子说话，虽然时间过去了数载，一听就唤起我的记忆，就像你在说话。小时候给我家送煎饼的情景我铭记在心，煎饼的味道总是挥之不去。你妈让你给我家送煎饼是冲着我妈没时间，可是我们全家都受益，吃得津津有味，我和弟弟丰德壮特能吃，你送去的煎饼很快被我们吃光，吃完了就得吃贴饼子，一吃贴饼子我们都皱眉头，贴饼子实在难以下咽，就盼着你快些再给我们送。你每次送煎饼到我家，我都会想，把你留在我家该多好，一辈子都能吃到你摊的煎饼。可笑吧？哈哈哈，年少无知的我呀，只知道吃煎饼。那天一听声音就让我心动。可是地方变了，谁能想到是你。我妈从政多年，阅人无数，时常说柳飞扬那样的女孩稀罕。这么稀罕的人被我得到啦。找得再辛苦我也无怨。哈哈哈……"

柳飞扬："你找过吗？"

丰德强："天地做证，还不只找了一次，找得天翻地覆，挖地三尺，终于找到了。"

柳飞扬："别再抬举了，哪是稀罕的，就是个普通的。"

丰德强："你可不是个普通的，退后一步说最起码是同龄人中的佼佼者。我有两种分析，一种可能早就结婚成家，即便不成家也会早已谈婚论嫁，你这样的才女招人眼馋，想到这就心有若失之感，总之就想找到你，即使名花有主，也要见一面儿时的朋友，在一起说会话也觉开心。假如我爸爸妈妈工作没有变动，不离开你们村，我早就追你了。"

柳飞扬："那敢情好，不至于让我像飘在空中的风筝没有着落。"

丰德强："这都说到哪里了，扯得太远了，一说没个完，见到你几十年的话都涌上心头。"

柳飞扬："接着说吧，再多说一会，我就喜欢听你说，这许多年没听了，补补课。"

丰德强："喜欢听我说话，这很简单，天天说给你听。"两人谈笑风生，甚为欢喜。

丰德强牵着柳飞扬的手："这张证是婚姻的法律凭证，有了这张证我们就能迈向婚姻殿堂，这张证为我们今后的生活打开了幸福之门。新春期间我们就举行婚礼，不用红地毯，不用红盖头，不用金银装饰，用我有力的双手挽着你，用我强壮的双臂托起你，把我一颗赤子之心献给你。良辰美景我们尽情享受……"

丰德强突然刹住欢笑，严肃地说："别光顾高兴，为了以后的工作找薄少义谈谈。"

柳飞扬："还是你考虑周到，有必要坐到一起摊牌。"三人坐到一起，丰德强开诚布公地对薄少义说："我和柳飞扬已经登记领证了……"没等丰德强说完，薄少义却假装高姿态："柳飞扬是个好同志，我没有得到被你抢去，你要好好待她，像保护自己的眼睛一样保护她，祝你们幸福。"丰德强说："我会的，你放心好了。话说当面，同事之间别发生不愉快。"

薄少义："别门缝里瞧人，把人看扁了，本人不是那种小肚鸡肠的料。"此人虽然调子唱得很高，可事实就是那种没肚量的小人，说一套做一套，说做不一。待丰德强离开，就对柳飞扬开始挖苦："咱比不上穿军装的威武，没有干部家庭优越。那就走着瞧，让我不舒服，让你过得不安宁，那谁也别想好。"

柳飞扬警告："别太过分了。"

薄少义："过分的还在后头，等你举行婚礼的那一天，在婚礼上见分晓。闹了婚礼再到单位理论，让你丰德强威风扫地，在单位站不住脚，抬不起头，一定要拼一个鱼死网破。"他每见了柳飞扬的面就讽刺挖苦，怪话连篇。柳飞扬被闹得情绪烦躁，没精打采。丰德强发现后问："怎么回事？感觉你好像有心事。"柳飞扬只好实话实说。

丰德强安慰："人的道德准则是有差异的，原谅他。我们结婚指日可待，婚礼举行过后就是合法夫妻，谁都无权干涉。"

丰德壮骑车跑到车站找到柳飞扬，气喘吁吁地说："我哥受伤了，伤势严重已被送进医院，我带你去医院。"

柳飞扬问："怎么受的伤，伤到哪里？"

丰德壮："先别问了，我说不清楚，快上车去医院。"柳飞扬来到医院，只见手术门上挂着"抢救中"的警示牌，感觉问题严重，急得坐立不安在走廊中等候。半天手术室的门打开，护士把昏迷的丰德强推进重症监护室。柳飞扬看见昏迷的丰德强眼泪簌簌落下，精心陪护在床前，饭不思水不饮。二十四小时过后丰德强勉强睁开眼，脸上绽出一丝笑容。

柳飞扬："你终于醒了，吓死我了。"

丰德强用微弱的声音说："我不会光荣了撇下你。"

柳飞扬破涕为笑："都把人急死了，你还有心开玩笑。"

丰德壮说："她一直不吃不喝，不休息。"

丰德强："我看出来了，眼睛都红了。危险随时都会发生，我早做好了为祖国献出生命的准备。现在我受伤了生活不能自理，不能连累你，我们两个虽然领了结婚证，但还没有举行正式结婚仪式，你可以和我分手，虽然我深深爱着你，但我无怨无悔。"柳飞扬立即捂住丰德强的嘴，两行热泪夺眶而出："你这是说哪里话，说什么我也不会和你分手，我们要共渡难关。"

护士发话："伤员需要静养，请家属离开。"她被护士推出监护室。

丰德壮："把你送回单位。"柳飞扬："不，我就在这里陪着。"

丰德壮："你离开他会安心静养，你还是回单位吧。"不得已柳飞扬只得忍着悲痛回到单位，集中精力工作冲击悲伤心情。

春节到了，柳飞扬利用假期陪护在丰德强身边。丰德强："春节是客流量最大，业务最忙的时候你怎么能离开岗位到这里来？"

柳飞扬："站长特地批了我的假，让我这个春节不上班，春节三天假全休，过完春节再上班。"

丰德强："那好，医生也特批了我三天假回家过春节。我们就在家好好庆祝。"

柳飞扬："我来喂你吃饭。"

丰德强："不，不要你喂，自己来。这伤一时半会儿不能好，不能

318

靠依赖别人生活。右手臂受伤，还有左手，我要让左手发挥两只手的作用。"

文竹说："委屈你了，丰德强受伤，原定春节的婚礼办不成了。"

柳飞扬："不委屈，有他饱满的热情，战胜困难的信心，乐观积极的生活态度就够了。丰德强虽然受了伤，对他的身心都是个致命的打击，假如受伤的不是他而是那个新兵，我想今年这个春节丰德强会过得更不舒服。"掌声打断了柳飞扬的话。

文竹："没想到你有如此高的境界，不简单。"

丰德强："说到我的心里，知我者柳飞扬也。"

文竹："庆祝春节团圆饭开始吧。春节愉快。"几人一齐呼应："春节愉快。"

丰德壮："春节添了新成员，欢迎你。这是我包的饺子，你先吃。"

柳飞扬："以后丰德强不能干的家务活我包了，丰德强不能洗的衣服我来洗。"

丰德壮："衣服我来洗。不能让你受累。"柳飞扬："不能光让你受累。"

丰德壮："我有力气。"说着攥了攥拳头，大家被逗笑了。

柳飞扬："你该发明一款洗衣机，命名强壮牌，洗衣服就省事儿了。"

丰德壮："可惜我不会发明创造，只会用手洗。"大家都微笑着频频举杯。

柳飞扬端起酒杯："加入这个家庭我很高兴，这杯酒祝二老春节愉快，身体健康。"丰亦收文竹端起酒杯一饮而尽，丰德壮使劲鼓掌。

柳飞扬端起杯对丰德强说："这杯酒祝你早日康复。"丰德壮："我有此意一同祝贺。"

丰德强对着酒杯深深点点头："浓浓的酒，深深的情。谢谢。"眼泪夺眶而出。

春节在愉快的气氛中度过。文竹说："虽然没能吃上你们的婚宴，但节日气氛欢快，过了一个团圆祥和的春节。春节过后各自奔赴岗位忙工作。丰德壮先把柳飞扬送回单位，回来送丰德强回医院。"

柳飞扬："我请假去医院陪丰德强，站长批准。"

丰德壮："我已经请了假，我哥还是我来陪，你回单位上班。"

文竹说："就让丰德壮陪，他有力气，进出厕所方便。"

邵辛："柳姐，我爸让我来找你。"

柳飞扬："欢迎，请坐。"柳飞扬正搬椅子，抬头见邵站长微笑着进了广播室，柳飞扬急忙打招呼："站长，您坐"。

邵站长指着邵辛说："根据工作需要，经研究给广播室增加个人，邵辛来广播室上班，她刚毕业，需要你多帮，让她尽快熟悉业务。"

柳飞扬："正规学校毕业的，业务不会差，我还得向她学习。"

邵站长："有学历没能力，缺少实践经验，没有吃苦精神，她是我女儿，我了解她。你就别客气。"柳飞扬："年轻又有学历，正规院校培养出来的人才，只要专心学习很快就能精通业务。"邵辛："我没你想得那么好。"

柳飞扬试探地问："我们三班倒，就让她只上白班不上夜班？"邵站长："行，暂时这样安排。"

邵辛高兴得鼓起掌："谢天谢地，不上夜班晚上就可以安心看电视。"

邵站长严肃地说："半年之内可以不上夜班，满半年就要上夜班，这是站上的规定，半年之内你尽快熟悉业务，提高业务能力，半年之后独立顶班。"

邵辛轻蔑地说："这点儿业务还不简单，一个人对着个麦克风，不用半年就能搞定，电视上的播音员面对观众那才叫厉害。可不知为什么，播音员会变形，脸一会儿变长，一会儿变黑，幸亏我们不面对旅客，在播音室旅客看不见，把音调拿准就行了。"柳飞扬问："啥电视？"

邵站长："春节期间为了改善职工文化生活，给'职工之家'添了一台黑白电视机，刚上市的新牌子，质量不过关。容易受地形、方向、高度等外在环境影响，屏幕上时常出现白一道黑一道的横杠杠，不出影、不出声、影像变形，人的脸一会儿拉长一会儿重叠，一晃一晃的，声音变调等现象，你还不知道吧？"

柳飞扬："不知道。这阶段哪顾上这些事。给职工改善文化生活？这种好事一定得抽空看看。"邵辛："刚出场的新产品，越看越想看，新闻播完后才播文艺节目，看电视比看书有兴趣，书本是死的电视是活的，文艺节目轮换着播出，很有吸引力。"

晚饭后下班的职工、家属、孩子们都争先恐后向职工之家跑，边跑边喊："快着快着，去晚了没地方坐。""这就开演了，我还刚下班，先不吃饭，不能耽误看电视。"人们观看心切。

薄少义打开电视机，大家立即安静下来。不一会电视就开始刺啦刺啦响，屏幕上开始出花，接着出现一道一道白杠，观看者开始情绪焦躁："怎么啦？"薄少义抓紧调试，调试过后电视立即出现正常图像，正常声音。一会又出现同样毛病，看的人嚷开了："正到节骨眼儿上又不见影，急人吧？"满屏雪花。"又开始刺啦了，快看看怎么回事？""薄少义你把它弄好，别到了节骨眼儿上就刺啦。"嚷急了，薄少义不耐烦地说："一直没停下，就是这样，我有什么办法。""这幸亏不热，要是到了夏天，这么多人挤在屋里那可够热的。"薄少义："到时候再跟领导反映想办法。"

五一开始气温转暖，人多室内实在容不下，正常天气薄少义在开播之前就把电视机搬到室外，接收效果比在室内好多了。还是出现刺啦刺啦不出影的现象，遇到下雨天不能向室外搬，室内挤得透不过气来，晚到的挤不进屋，职工："这不让人干着急吗。"

薄少义："怕挤自己买一台，在家里看。"问："自己可以买？得多少钱？买上也不会使？出了问题怎么办？"薄少义："买吧，出了问题我负责。"职工："不吃不喝也得想办法买上。"

邵辛被吵得不耐烦了："不看了，自己玩去。"离开后漫无目地到处溜达，不知走了多远，隐约听见音乐声，随着声音四处张望，鲜艳夺目的"新潮歌舞厅"映现在眼前。"歌舞厅？里边有什么？"好奇的她加快脚步，来到跟前探头向里张望。里边有人上前搭讪："进来看吧。"她赶紧摇头，快速离开。

第二天神秘地跟柳飞扬说："告诉你，我昨天晚上在市里发现一大新闻。"柳飞扬："啥新闻？"邵辛："市里有一家新潮歌舞厅，里边男的女的都有，一块跳舞。"

柳飞扬诧异地问："还有这种地方？随便能进去？"邵辛摇摇头："不清楚。"

邵辛压抑不住好奇心。问薄少义："我有一个重大发现，你想不想知道？"薄少义："啥重大发现？看把你高兴的。"邵辛："歌舞厅，你见过吗？"薄少义摇摇头："没见过。"邵辛："料你没见过，我也是第一次发现，想不想去看看？"

薄少义："晚上开播之前把电视搬出室外，一直看着调试，电视结束再搬回室内，离不开，等以后有机会再说吧。"邵辛："你的服务态度真好，吵得都让人烦，我可待不下去了。"薄少义："你认为我不烦？就是烦也得看着，我也想看电视节目，白天没事干，就等晚上看电视，虽然烦，节目内容很吸引人。快让你爸爸买电视机吧，在家里看没人吵。"

邵辛："电视是好看，质量不好。"

薄少义："出现问题我负责给调，我现在基本找到规律了，等你家买了我教给你。"

邵辛："谢谢，回家问问我爸爸再说，我还惦记着看看舞厅到底是咋回事，你不去我自己去。"歌舞厅的新奇吸引着邵辛，终于弄明白了进出歌舞厅的大多是新潮青年。

消息灵通的职工打听到北京牌电视机的质量优于青岛牌，安装后调好不经常出问题。很快就有人买回来了，经薄少义调试后感觉良好。

邵辛家不甘落后买了一台北京牌14寸黑白电视，薄少义到家帮着安装调好。邵辛大呼："太好了，很清晰，节目内容不再中断，看着舒服。你上的什么大学？还挺专业。"薄少义笑而不答。邵辛："你上的什么大学？"薄少义："我呀，上的'鼓捣大学。'"邵辛："什么是鼓捣大学？没听说过。"薄少义"嘿嘿"笑着："无可奉告。"邵辛："有保密的必要吗？"

薄少义："我跟你说，接收效果就在接收器上，出现问题搬动一下就好了。"

邵新问："带电能随便用手摸吗？"薄少义："我问过有关人员，这里不带电，用手摸没危险。"

邵辛："我家很好，有时间你可以来看。我爸整天不着家，我妈医院三班倒，多在外少在家，不看白闲着。"

第二天薄少义到广播室问："邵辛，昨天晚上电视好看吧？"

邵辛："好看，一次毛病也没出，一直看到说再见，看得真过瘾，谢谢。"

薄少义："在家里看就是好，那两家我也问了，都说看得很得意。"

邵辛："还得说你的技术好。"

第三天上班后薄少义又到广播室："邵辛，你家电视没出问题吧？"

邵辛高兴地回答："没出问题，我一直看到说再见才把电视关了。电视剧《庐山恋》女主角演技绝了，一会儿就演完了，不知啥时候重播，还想再看一遍，不，十遍八遍也看不够。看完了电视你干什么了？"

薄少义："看完电视睡觉。"

邵辛："电视九点就结束，看完电视睡觉太早了，要不然今天晚上看完电视去看看歌舞厅？"

薄少义："他们什么时间关门？看完电视再去不就关门啦。"

邵辛："不知道，去看看。"

薄少义："让我想想，看跳舞的干什么，不一定好看。我到那几家问问。"

薄少义离开后，柳飞扬问："邵辛，你出去你妈知道吗？太晚了不能一个人到处去，尤其是一个女孩子。"

邵辛："你放心，不会有事，再去就叫上薄少义。"柳飞扬："让薄少义陪你去更不合适，你对他了解多少？"邵辛："薄少义很好，很肯帮助人。"邵辛没有听柳飞扬劝说，约着薄少义花着大钱大着胆溜进歌舞厅。

这个门不进则已，一进可不得了，薄少义一看大开眼界："舞台跟戏院大不一样，圆形多彩的灯光旋转耀眼夺目，难道是外国进口的？这是跳的什么舞？两人勾肩搭背？"

邵辛："小点儿声，少见多怪，没白来吧？"两人小心地找地方坐下。绅士风度的男士们有礼貌地邀请舞伴到舞池翩翩起舞，看得他们眼花缭乱。

约莫时间不早了，邵辛拉了拉薄少义："该回去了。"薄少义拽了一把邵辛："再看一会，等散场走。"眼睛盯着舞池没动。邵辛站起身，薄少义不得已才跟在后边离开那迷人的舞厅。薄少义："就不能多待一会散了再走。"

邵辛："这已经够晚了。今晚我妈不上夜班，太晚了回家我妈发火可够人受的。"

薄少义："我拉着你的手快跑。"白天薄少义到广播室，邵辛立即摆手示意，薄少义心领神会地点点头坐下，到下班时间一同走出广播室。

薄少义："今天晚上我们再去舞厅。"

邵辛："今晚不能去，我妈知道了定不会轻饶我。过段时间再说吧。"薄少义心里直痒痒，时不时地忽悠邵辛，忽悠次数多了邵辛半推半就，越玩胆越大。

邵站长问柳飞扬："这段时间邵辛妈说邵辛经常很晚才回家，你知道她干什么了？"

柳飞扬被问得张口结舌，想了一会儿说："她跟我提起过市里有一家新开的舞厅，不会是去舞厅吧。"

邵站长："舞厅是干什么的？"

柳飞扬："我不清楚。"

邵站长："让邵辛独立顶班。"柳飞扬："她实习期还没到半年，就让她独立顶班？"邵站长："嗯，让她独立顶班。"柳飞扬："既然这样那就把她排上班，轮到夜班我继续跟她的班。"邵站长："最多跟到实习期满。"柳飞扬发现但凡邵辛上夜班薄少义就到广播室玩，柳飞扬觉得不正常，义正词严地警告薄少义："你可不能在邵辛身上动歪脑筋，不能把她带坏了。"

薄少义反唇相讥："自己的事没管好还有资格管别人，先把自己管好再说。"柳飞扬跟到邵辛实习期满。邵辛信心满满地说："我自己单干能行，你放心好了。"谢绝了柳飞扬，自己独立上夜班，为薄少义进出广播室大开方便之门。

一次夜班，站长到广播室查岗，发现薄少义坐在邵辛右侧，双手搂着邵辛的腰，站长进门完全没有察觉。站长使劲咳嗽了一声，薄少义才慌忙站起身退到一边。邵站长严肃地批评说："上班时间你干什么？"

薄少义厚着脸皮争辩："站长你别误会，我安分守己，规规矩矩，广播室是我的业务范围可以自由出入。我怕邵辛遇到意外事故不好应付，就在这里陪她。"嘴上这样说，心里不服气："哼，你反对无效，青年男女谈情说爱是正常的，你既然看到就不用偷偷摸摸，我可要直接正大光明地追了，你等着瞧吧。"

忙完五一节出行高峰，柳飞扬才抽出时间到医院，病房没见到丰德强，转身到住院部打听。

护士问："你是他什么人？"

柳飞扬："是他未婚妻。"

护士上下打量了一番："未婚妻？有你这样的未婚妻吗？住院这么长时间不见你露面。"

柳飞扬不好意思地问："他人呢？"

护士："在手术室，你回病房等着吧。"柳飞扬转身向手术室奔去，护士忙上前拦住："你不能进手术室，回病房等着。"被护士拦住的柳飞扬跟着护士回到住院部问："伤势严重吗？大半年过去了怎么还要做手术？"

护士："不做手术就要危及生命，血管一直往上感染，差点儿截了肢，具体情况你问医生吧。"柳飞扬如梦方醒："怪不得不让我来医院，原来怕我知道实情。丰德强呀丰德强，再大的伤痛你自己承受着。今天总算明白了缘由。"丰德强被护士送到病房，柳飞扬再也抑制不住内心的激动，扑到他身上，抽泣着说："你受苦了，为什么要对我隐瞒实情？"

丰德强："控制住情绪再说话，战争年代要流血牺牲，和平环境也要流血牺牲。对你隐瞒是为了不刺痛你的心，让你少流泪，把心用在工作上，你的一句话会影响到上千人，我想这点你是能清楚的。"

柳飞扬："在你最需要的时候我没陪你一起共渡难关，没尽到应尽的责任，我不能原谅自己。"

丰德强："如果眼泪能抚慰伤痛，你是首选。请问眼泪可以抚平伤痛吗？现在不用截肢了，应该高兴才是。擦干眼泪抬起头。"柳飞扬点点头。

丰德强说："这就对了，我们永远要笑对人生。"

柳飞扬："我用一生陪你。"丰德强："不用多久就可以康复出院，胜利在望，曙光就在前头。"柳飞扬笑了。

邵站长："今天在广播室召开一个专门会议，中国的大门将要向世界打开，迎接国际友人到中国来，我们正面临着新的挑战。铁道部要求京广、京沪、京哈铁路大动脉车上必须英汉双语报站，所经过的车站必须用英汉双语广播；另有天津、大连、青岛、烟台口岸城市必须用英汉双语广播，这给我们提出一个新的要求，请问在座的各位谁学过英语？谁能用英语广播？目前不能用英语广播有英语基础也行，事不宜迟，抓紧行动，铁道部委托外语专业学校进行培训，解决燃眉之急，通过培训上岗。有没有？"参会人员听后直瞪眼。邵站长："有的请举手。"一个举手的都没有。邵站长等待片刻："举手的空无一人？薄少义，你怎么样？"

薄少义："我头一次听你说还有英语，不会。"

邵站长："既然大家都不会，就采用先民主后集中的原则，经研究决定派邵辛去进修，她的有利条件是年轻没有负担，所学知识还没有忘，站在工作角度考虑派她去最合适，你们有意见吗？"

职工齐答："没有意见。"

邵站长："既然没有意见，就这样决定了，从明天起，邵辛就不到

329

广播室上班了，立即着手准备，散会。"掌声响起。邵辛随站长离去。薄少义直勾勾地看着站长与邵辛远去的背影，怅然若失。

钟情告白

卓尔群注射完疫苗，背起整理好的药箱，把口罩戴严实，从饲养场走出来。饲养员急忙迎上前，热情地说："坐下休息一会儿。"卓尔群不予理睬，出于礼貌点点头。饲养员热情不减又说："渴了吧？喝杯水再走。"卓尔群还是没有说话，继续向前走。心想："说那么多废话干啥，我干我的，你干你的，把活儿干好得了。饲养场又不是娱乐场，臭气扑鼻，苍蝇遍地，扑头打脸，能喝得下水？不得不来，干完了快走，到个干净的地方喘口气都舒服。"卓尔群最不喜欢有人跟她攀谈，出门戴个大口罩，穿上白大褂，背个药箱，端着架子，拿捏出医护人员的派头。实际工作就是猪圈，打针、喂药，是个地道的摸猪屁股的兽医，称呼兽医还是文明的。兽即为畜，人们通俗则称为畜生，畜生指不通人性的兽类，划归此类，无疑被人蔑视。更让人生气的是连自己的姓名都不受尊重，给猪打针，就被叫作猪医生，给牛看病就尊称为牛先生，让人无可奈何，一想到这，卓尔群就感觉气不顺，越想越端着架子显派头。

高中最后一年，同学们时常利用课余时间谋划未来的前途。春节临近，放假在即，各自打点东西，构倚欢翻着书桌说："村里已经通知我，村里的老师退休了，让我接替他。春节后就不来上学了，把所有东西都带回去。反正考大学也没把握，有个事儿干着也不错，为家里多挣些工分。"

卓尔群："你会教学生？"

黄绩望："教学生谁不会，掰掰手指头，数数脚丫子。"同学们龇牙咧嘴放声大笑。

卓尔群："村里的申老师也跟我说过，王老师到退休年龄，就是没人接她的班，你毕业后正好接替她。他们虽说是老师，还得帮着看孩子。学生坐在砖头上，农忙时大的领着小的，小的摔倒了老师快上前扶起来，哭了老师哄着擦鼻涕，我可不会哄小孩。"

呼语川："不会哄小孩你能干啥？当大学老师不用擦鼻涕，可惜你不够资格。"

卓尔群："大不了种地，当社员。"

呼语川："看你螳臂蜂腰的样能抢镢头抬大筐？"教室里发出"哈哈哈"一阵哄笑，卓尔群脸涨得通红。

构绮欢："别挖苦人，你倒是虎背熊腰够抢镢头的料，你就甘心情愿抢镢头？早就暗暗使劲准备考大学啦。"

卓尔群："你还记得老师说随便旷课不发毕业证，你提前回村就不怕不发毕业证？不发毕业证可亏了。"构绮欢："毕业证有啥用，没有毕业证照样挣工分。"

黄绩望："挣工分忙什么，考不上大学挣工分的机会多着呐，无论如何也得把毕业证拿到手，虽说没用，也能证明自己曾经上过高中，有一段高中经历。"

呼语川："你要是不上，黄绩望路上可欢不起来了，为了黄绩望，你也得欢到底，你们俩能欢到一家里，最起码还能给我们喜糖吃。"黄绩望："你这个乌鸦嘴，今天就让你尝尝我拳头的厉害。"构徛欢不甘示弱，一起加入追打呼语川。呼语川抱头求饶："别打、别打，算我错了。还没到一家就联手对付我？"黄绩望："真拿你没办法，你巧舌如簧该到体育赛场当解说员才对，别拿我们开心。"班长大声喊："别闹了，老师来了。"内战平息。

新学期开学，黄绩望拍打着课桌上的灰尘宣布："我来了，坚持到底就是胜利，最后的胜利是我们的。"构徛欢和卓尔群一同从宿舍走进教室。

卓尔群："你来了真让我高兴，真怕你不来。"构徛欢："还是来吧，以后想再上学可就难了。出这门容易，进这个门可不容易"

呼语川正走进教室："黄绩望有强大的吸引力，黄绩望来她必定来。"构徛欢："过了年你还没长记性，没个正经，谁吸引着你？你还不是照样来。"呼语川："我呀，教室吸引着我，知识吸引着我，我要坚持学到底，学到知识才算真本事，有些人已经不辞而别了，看后边的课桌都空出来了。"几位一齐呼应："坚持到底就是胜利。"雄心勃勃的同学们，在求学的道路上要拼搏到底。

世事难料，毕业前夕，新规定来了：毕业生不能继续升学，一律回农村接受贫下中农再教育，从哪里到哪里去。接到上级规定，学校一片慌乱，学生心里茫然，学校连毕业典礼都没举行，更别说毕业证了，各自怀着不悦的心情离开学校。

走出校门呼语川大声喊："回家修理地球喽，谁跟我一块去？"同学们没有任何呼应，默默无语各奔东西。

卓尔群："我可没有呼语川修理地球的大志，回家挣工分，不小的人了，不能光靠别人养活。不准继续升学正好，别说考不上，就是能考上家里也供不起，死心塌地回家干活。"

为了多挣工分，到家后就开始向队长要活儿。队长："我干什么？"盛永民："你跟崔月英去给棉花打药，你有文化掌握配比浓度，兑药你负责。"队长的话为卓尔群增添了许多自信心，打药需要文化，学没白上。

第二天早饭后社员都围拢在盛永民周围等待任务，盛永民宣布："全部去东湖，男劳力整稻方，妇女劳力都插稻秧，上了岁数的拔稻苗。"卓尔群到达稻田埂上，看见蚂蟥在田里时隐时现，皱着眉头卷起裤腿直盯着稻田，犹豫着不肯往下走，先下去的已经插了有丈多远。盛永民："卓尔群别再犹豫了，一人一方，谁先插完谁先休息。"卓尔群双脚插在泥里，嘴里念着：双脚退直线，双手近水面，左手快分秧，拇指定深浅的要领。在实际过程中两腿就是不能直线后退，插下的秧苗漂秧很多。早动手的已经出了稻方到田埂上，用力拍小腿上的蚂蟥。卓尔群提心吊胆站到稻地里，不一会感觉疼，抬起腿刚好一条蚂蟥粘在腿上，拍

333

了好多下那吸血虫滚才到水里，腿上立时渗出血。所有人都插完了到田埂上，她才插完一半，别人休息时她只得在众目睽睽之下继续插。等她插完队长检查，指着刚插完的秧苗说："卓尔群插的这一方漂秧很多，这样会造成严重减产。"卓尔群低下头，擦着腿上被蚂蟥咬的地方流出的血。

再一天早饭后社员集合在街上等队长分派活儿，盛永民："今天继续去东湖插水稻，卓尔群你去庄前给玉米灌顶。"

卓尔群："还有谁？"盛永民："就你自己，细沙拌的六六六送粪的推到了地头。"卓尔群："怎么就我一个？"盛永民："人多容易落棵，这样的活儿不能安排多人干，你插水稻不掌握要领，干这个活儿行，注意要站在上风头，呛到鼻子眼嘴里容易中毒。"骄阳似火，钻到齐肩高的玉米地里，左手端着细沙拌六六六的瓢，右手抓细药沙灌到玉米顶心，治玉米钻心虫，灌顶是最有效的方法，也是人最受煎熬的活儿，玉米叶把胳膊、脖子划出一道道血口子，全身湿透，头上脸上的汗水直淌，淌到眼里，眼睛睁不开，还不能用手抹，使劲摇头把汗珠摔落。"明摆着队长在对自己进行考验，谁让自己插水稻出错，再难受也不能叫苦。"

用脱粒机脱粒稻子是体力的考验，手要灵活、速度要快，手劲不足稍有不慎，连人带成捆的稻子被甩出很远，甚至还会被摔成残废，"嗒嗒嗒"的声音震耳欲聋，初次上阵让人心惊胆战。再害怕也不行，咬着牙铆足了劲冲上去，汗水拌着稻芒贴在脸上，动作越快芒刺拍打着脸颊越厉害，两只胳膊好似被拽掉了，当农民一个一个要过关。

晚上生产队会上盛永民宣布："队委会研究决定卓尔群当记工员，下午散工时把社员干什么活儿，出勤时间记清楚，每十天在小队会上公布一次。"

卓尔群："社员干活很分散，耕地的在火石岭，割稻子的在东湖，刨地瓜的在南岭，场里还有部分翻晒粮食的，散工不在一个地方怎么个计法？"盛永民："就是干活的分散所以要记。"

卓尔群："人集中可以，分散的地方不好记。"盛永民："在场里干活的人员固定，一块干活的这部分人要记好，人数多，时间不一致，妇女比男劳力收工早；火石岭耕地的看着南岭干活的散工才往家走，虽然牵着牛走得慢，早晚得把牛送到牛棚；东湖割水稻的由副队长带领，副队长到场放用具他就告诉你出勤情况，你散工后要在场里等他们回来。"

卓尔群："就是别人散工后我要再等着。"盛永民："就得等着才能不出错，这点小事难不住你高中生。"

卓尔群："虽然事小，麻烦不少。"

生产队会议上盛永民："农忙季节收、种、场里、地里干活的人分散，有整劳力、半劳力、有妇女劳力，还有放了假的学生，每天考勤，下面让卓尔群公布出勤情况。"卓尔群一五一十地公布每个人出勤情况，公布完后问："没差错吧？如果有差错大家一块想想改过来，这可是关系到个人利益的事。"众社员："没错，我的没错……"盛永民："党支部让我们从社员中选一个积极分子，经过党小组讨论通过，报党支部参加党课学习，大家看选谁合适？"众社员："选卓尔群，选卓尔群，我同意……"盛永民："选卓尔群大家没意见吧？报给党小组。下面安排一下交公粮的事，其他事由副队长安排。趁这几天天气好，晒好的地瓜干先交公粮。"

入冬后，党支部会议上佟致力："卓尔群，你领着学习《中国共产党章程》。"

卓尔群："中国共产党章程，第一章党员。第一条，年满十八岁的中国工人、农民、军人、知识分子和其他社会阶层的先进分子，承认党的纲领和章程，愿意参加党的一个组织并在其中积极工作、执行党的决议和按期交党费的，可以申请加入中国共产党。"佟致力："共产党员要时刻牢记发挥先锋模范作用，吃苦在前享受在后。欢迎进步青年团员加入党组织，积极向党组织靠拢。卓尔群毕业回来在生产队表现不错，甄优丽调任公社青年团书记后，村里团支书一直空缺，出身好的男青年大多想当兵，不想扎根农村一辈子，出身有问题的不能考虑，我提议让卓尔群担任青年书记，今天在党员会上通过，同意的请举手。"

卓尔群："先别表决，先向党组织说明我没有组织协调能力，还是好好当社员吧。"佟致力："就是充分调动青年积极性，号召青年紧紧围绕……"没等佟致力说完，卓尔群就急不可待地说："我没有号召力，甄优丽受青年拥护，能一呼百应，她走到哪里，都跟她到哪里，工作很出色，在全公社都是出了名的，我可不行，还是另选他人吧。"佟致力："就是组织青年发挥……"

党员们纷纷议论："需要你担起这副担子，边学边干。"卓尔群只好作罢，再不能推辞。接受任务感觉压上了千斤重担，她懂得这副担子的分量和责任。自己比甄优丽差远了，思来想去决定撂挑子。

"佟书记，我实在不能胜任，还是另选他人吧。"佟致力："怎么，怕困难了？有党组织给你撑腰怕什么？"卓尔群："书记，怎么没有，仉扛戈不就很好嘛。"佟致力："不是没考虑过他，支部成员反复讨论过，他是个人才，就是心浮着，不能扎扎实实参加生产劳动，还有投机倒把迹象，正在查，这些话不能对外公开讲。"卓尔群："我不知如何抓起，以前村里青年工作很出色，就怕措施不得力，工作落后了，造成不好的影响。"佟致力："大胆地干吧，从抓思想教育方面入手，宣传党的方针政策、民风民俗等，把好人好事先广播再登黑板报，让好人好事、党的方针政策家喻户晓，人人皆知，步步推进。"卓尔群："赶着鸭子上架，学着干吧。"

天刚蒙蒙亮，本来恐高的卓尔群鼓起勇气爬到被称作广播台的树顶，拿起大喇叭。大喇叭传出她清脆的声音："我国第一颗人造卫星命名为东方红号，1970年4月24日21时25分发射，是继苏联、美国、法国、日本之后，世界上第五个发射的国家……"广播完后兴奋异常，挂好喇叭筒子，哼着《东方红》歌曲攀着边木往下，一脚踩空，"吧嗒"一下摔到地上，摔了个仰面朝天，脚腕摔伤，脚和小腿肿得发亮，实在忍不住了才去医院，经检查脚踝脱臼，庆幸没骨折，在家躺着休息。卓尔干埋怨："不能干别逞能。"

消肿后对卓尔干说："把我推到场里倒粪的地方，我去倒粪。"卓尔干用推粪车把她推到粪场。妇女队长罗初兰领着倒粪的人还没开始干，看见卓尔群抿嘴笑着说："卓尔群不简单，坐着推车把活干。"妇女一阵哈哈大笑。笑声刚停，装满粪篓的发自排眼睛一骨碌说："卓尔干你推不着媳妇推妹妹？用妹妹换个媳妇推着更好。"社员们又"嗡"地一阵哄笑。这话明显带刺，只有娶不起媳妇的才用妹妹换媳妇。卓尔干眼一瞪："你狗嘴里吐不出象牙来。"发自排稳中求进："怎么，说得不对？我这是对你好才说，拿妹妹换媳妇的很多，又不是你开头，再说了卓尔群年龄不小了也该嫁人了。"卓尔群母亲听了发自排的这一嘴好像被打了脸，半天都扛着个脸。回到家就对卓尔群发威："我被人说得脸上火辣辣的，和你年龄相仿的该嫁的嫁，该娶的娶，你该知道什么岁数了。前边给你提，你说嫁人就白上了学，你上了学照样下农地，还不是照样白上？现在不上学了，给卓尔干换个媳妇，你也有婆家了他也有媳妇了，省得让人说闲话。"坐下吃饭就说，见上面就说，没完没了地说，说得不解气再吼上几嗓子："你到底听见了没有？拿我的话当耳旁风？"卓尔群只得充耳不闻，装聋作哑。卓尔干听得不耐烦了，亮明态度："别再为这事闹腾，我宁愿一辈子不娶媳妇也不用妹妹换。"这才给卓尔群解了围，平息了风波。

佟致力在支部会上宣布："停止高考已经有几年时间了。新规定来了，学生回农村接受贫下中农教育满三年，表现突出，经贫下中农推荐可以上大学。取消考试升学政策后，把权力给了贫下中农，我们根据国家规定把好这一关，向国家输送合格人才。"支部成员欣喜地议论开了。咸明通："打土豪分田地那会儿解放区一切权力归农会，如今选大学生权利又交给贫下中农，哪个年代都是贫下中农说了算。"民兵连长："有了这样的好政策回村的学生可就有盼头了，一定要把好这一关。"

佟致力："大力宣传党的政策，让回农村的学生都看到希望，有奔头。抓紧时间摸底，符合条件的别落下。"副书记："我建议召开党团员生产队长联席会议，这是一项新事物，吸收所有回村的学生参加，扩大影响面，让政策家喻户晓，也能起到调动学生积极性的作用。"

佟致力："好，这个提议好，就按这个精神办，下通知明天晚上开会，一定要通知到人。"

第二天晚上会议准时召开，会上佟致力高兴地宣布："报告大家一个好消息：停止高考后，学生全部回农村接受贫下中农再教育，社会上曾出现了读书无用的言论，四年之后国家出台了新规定，凡是回村接受贫下中农再教育满三年，表现好的可以由贫下中农推荐上大学。"与会人员热烈鼓掌。

佟致力："我们村回来的都表现不错，一项硬规定，就是要符合满三年这一条。农村是一个广阔天地，每个人的表现贫下中农都看在眼里，以负责任的态度，本着优中选优的原则，选出一个符合条件的上大学。"卓尔群："凡符合条件的都可以推荐。"佟致力："我补充一句，一个村就一个推荐指标。"

宣传委员："谁够条件快报。"仇扛戈："我够条件，我报。"宣传委员："其他没有了，没报的这一个不就稳了。"佟致力巡视了一周眼睛落在卓尔群身上："卓尔群回村几年了？"

卓尔群："我回村三年多了，不知道贫下中农对我的表现满意不满意。"

佟致力："满三年是优先条件，可以报。"宣传委员："这两个定谁？"佟致力："为了慎重起见，举手表决，让贫下中农推荐就是让带着老茧的手发挥作用，同意卓尔群的请举手，举好，全部通过。同意仇扛戈的举手……"

卞召义："哎，还有我。不能只考虑他们俩。"

仇扛戈："我回村三年多。"佟致力："卓尔群你同意吗？"仇扛戈："我同意卓尔群，我也够条件，我想上学。"佟致力："针对这两人进行讨论，够条件的都要选，这是关系到个人前途问题。你给大伙说说。"仇扛戈："我和卓尔群是同一年毕业，队长你记得吧？"队长丁朴开："记得，说得没错。"仇扛戈："不同的是我上的县里重点高中，她上的是普通高中。她回村没多久就当上青年书记，我一直在生产队。"佟致力："符合条件就推荐。讨论讨论这个，都发表意见。"村主任："够条件就不用讨论，该报的报。"佟致力："大家没意见这俩就定了。卞召义说说你的情况。"卞召义："我回村稍晚些，时间上没有他们有优势，但我是烈士子女，应该优先。"佟致力："你今年不够三年，到明年够三年不用优先也保准。"卞召义："当年我爹拼命的时候没有人说你该等下一年，我爹拼命打下江山，我就没资格优先？说什么也不该让我等下一年。"仉扛戈："对，荣残后代应该优先，我既满三年，又是荣残后代。"会场气氛一下子紧张起来。卓尔群心想："他们有绝对优势，自己靠边站吧。"佟致力皱着眉头突然叫了一声："哎，我想起来了。"从口袋里掏出一份文件，递给仉扛戈："你自己看看。"会场气氛跟凝固了一样。一会仉扛戈用手拍着文件："文件上说，回村满三年，未婚。我完全符合条件，回村三年多，虽然订了婚但没结婚。"

丁朴开："你不是正在筹备结婚嘛，结婚日子都给女方送去了。"仉扛戈："送了日子不等于结婚，我退婚。上高中就奔着考大学，毕业时停止高考没办法，总算有了上学的机会，不娶媳妇也得上学，明天就去退，非退不可。"

仉除吏："退婚不行，退婚弄得吵吵闹闹的。"

咸明通："这个村里还没有退婚的先例，你开了头，外村会说咱村风气不好。"

民兵连长："不能被人骂你陈世美，考上状元抛弃糟糠之妻。"仉扛戈照自己额头拍了一巴掌："真是世事难料，上学不让考，已经死了考学的心，谁知道又来了这么一档事。不行，我必须上，不登大学门誓不罢休。"

卞召义："我也必须上。"民兵连长："大学生多村里也光荣。仉扛戈用你的话说，世事难料，说不定还有预料不到的好事等着你，何必闹得满城风雨都不愉快。再说卞召义，你是烈士后代应该优先，村里是考虑到了。你哥刚满十六岁就安排他到武装部上班，你上学学费全免，我看你当兵就比上学好。"仉扛戈："不行，什么事都没有我对上学迫切。"卞召义："我非上学不可。"两人相持不下，一个烈士子女，一个荣残子弟，哪能轮到卓尔群，争来争去互不相让。卓尔群："论条件我处于劣势，就是一个平民百姓，我退出。"仉扛戈："既然卓尔群退出，卞召义年限不够，这个名额非我莫属。"卞召义："不行，不能把我排除。"

佟致力："情况就这样了，时间已经不早了，三个都报，让上边审。"咸明通："明确规定一村报一个，三个都报这是把问题往上推。"佟致力："如果其他村人数报不足或许捡个漏。"

卓尔群情绪懊丧，好长时间才把心情调整好。几个月过去了，突然有一天宣传委员到大门上喊："卓尔群你晚饭后到大队部去一趟。"卓尔群晚饭后来到大队部，支部成员都在。佟致力："你的录取通知书来了，经过贫下中农推荐，上级审核，你被录取。你是我村第一个经过贫下中农推荐的大学生。"卓尔群接过录取通知书，啥话没说跑回家，一进门大声喊："我被录取了。"母亲："你疯了？取了什么？"卓尔群："我能上大学啦。"说着扬起录取通知书。母亲一把夺过通知书："我这就给你撕了，多么大岁数了还上学，再说了哪有钱供你上学？""娘，求求您，让我去上吧。"扑通跪在母亲面前。母亲生气地说："下跪也不行，这回不能依着你。"卓尔干："别撕了，好几个人都争。"母亲："那就送给那些争的。"第二天母亲跑到大队部把录取通知书往办公桌上一扔："这学卓尔群不上，谁爱上谁上。"

卓尔群跟疯了一样追到大队部，把通知书抢到手，向村支部表示："我根本没抱希望录取，既然录取了我，不辜负广大贫下中农的厚爱，上农科类学校，学成后回农村，为贫下中农服务。"

农科类院校主要专业是农林畜牧，从小生长在农村的人对学校的门类一概不知，等进入学校方才明白，为时已晚。几年学校生活简短而且仓促，卓尔群十分珍惜。

郝场长站在食堂入口："我是来选拔优秀人才的，你们马上要毕业了，欢迎你们到我单位来就业。"学生们议论："是来挖人的？"

郝场长："农校在这个偏远的地方乘车不方便，没有风景看，不挖人谁无辜跑到这里来。"学生："找上门来的准不是好地方。"

被嘲笑的郝场长抬头看见远处的卓尔群正向食堂走，眼前一亮，抑制不住兴奋叫道："这类专业的还有女生？这位女生敢于冲破传统观念，一定与众不同，好、好，努力把她争取到。"紧走几步追上卓尔群："请问这位同学，你为什么选择学习这个专业？"卓尔群不屑地看了他一眼，绕过他身旁径直向食堂走去，郝场长自觉无趣站在原地未动，等卓尔群吃完饭从食堂出来，赔了个笑脸："原谅我冒昧，因为你冲击了我头脑中固有观念，出于好奇想了解你，可以谈谈吗？"卓尔群轻蔑地说："你是什么人？我凭什么无缘无故跟你谈？"

郝场长："是这样……"卓尔群根本不想听他的下文，径直向教室走去，郝场长被晾在那里。

郝场长来到学生管理处，客气地问管理处主任："你们这里男生占绝对优势，仅有的女生是凤毛麟角，这位女生没有被众多男生俘获？"管理处主任："您担心她作风有问题？这个您放心，想算计她的男生不是没有，她一概。"郝场长："那好，请助我一臂之力，我把她挖走。把她叫来谈谈。"管理处主任："恐怕你去叫不动，还是我走一趟吧。"卓尔群来到管理处，郝场长自我介绍："我来自石油大企业，继大庆油田后国内第二大油田。职工多且环境差，工作艰苦而干劲充足，为保障职工生活需求，建起一处中等规模的养猪场，急需懂技术有责任心的管理人员，通过与学校洽谈，争取本人同意到养猪场任职。"

卓尔群："我是贫下中农推荐上的学，分配原则是定向，哪里来回哪里去，我应该回去为当地贫下中农服务。"郝场长："正是因为有从哪里来到哪去的用人政策，所以我抢先一步，在哪里都是为人民服务。"

卓尔群："男生很多，应该争取他们？"

管理处主任："哼、哼。"冷笑两声说："别为他人着想，优先考虑自己。"

郝场长："都在争取范围，尽最大努力争取，你得承认男女有别，男同志背个药箱走街串巷人们会投以赞许的眼光，同是为人民服务，女同志站柜台当服务员得到的是羡慕的眼神，进猪圈可能会得到异样的评价。广播上播放的《我为祖国献石油》唱道：我当个石油工人多荣耀，头戴铝盔走天涯……慷慨激昂，就是歌颂石油行业工人豪迈气概，不怕困难摘掉中国贫油的帽子，使中国人在国际上大长志气，这条战线的任何一员都扬眉吐气。"

郝场长言之凿凿的说辞使未涉社会的卓尔群动心："大庆是工业的一面旗帜，国家大力提倡工业学大庆，成为一名石油工人，也许在石油战线能辉煌一把。"

卓尔群跨入石油行业。"谁承想跨进行业才明白，为之大唱赞歌的正是最苦、最累、条件极差行业。泥滩沼泽，风餐露宿，工人革命加拼命，不怕流血流汗，为的是给国家摘掉贫油帽子，歌唱的就是这种精神，目睹劳动场面使人望而却步。还好，实至名归的国有大企业。正像郝场长所说在养殖场上班总比走门串户要好，多见猪少见人，更不可能见熟人，进入单位心情略得宽慰。扑下身子干吧，不能辜负国家对自己的培养。"

课本上的理论和实际操作有很大差别，让活蹦乱跳的猪听从指挥，任其摆布断断不可能。卓尔群初次拿起注射器手直发抖，告诫自己："只许成功，不许失败，要做到万无一失，这是考验自己的关键时刻。"想到此左手抓起猪尾巴，右手迅速把针头扎到猪屁股上，利用从屁股传送至大脑的神经差，不等猪回过神来针就已经拔出，快速取胜，每成功注射一头心情就有一分轻松，注射完毕卓尔群长出一口气。郝场长走向前说："没想到你如此大胆泼辣，不愧为专业学校毕业。"卓尔群长叹一口气："场长，我料定你会暗中盯梢，谢谢您鼓励，虽然是所学专业，初次上阵吓得我发怵。"

郝场长："现在专门召开春节内容会议，春节到了，国家规定春节三天假，一线人员节假日牺牲休息，不分昼夜奋战，我们二线要向一线看齐，以工作为重，尽量坚守岗位。当然不能剥夺大家的休假权利，三天假是可以休的，休与不休自己决定。"散会后卓尔群合计："今年刚上班，家人肯定指望自己回去，回去的话三天时间远远不够，干脆不走吧，坚守单位过春节，给家里写信说明情况，免去家人惦记。"到办公室推了一把办公桌上的报纸，一封信掉到地上，吓了一跳，可别再发生大二下学期那样的情况。

大二下学期刚开学没几天，接到"母亲病重速回"的一封电报，卓尔群吃了一惊："来校时，母亲明明好好的，怎么前脚刚到后脚电报就来了。轻易是不发电报的，一般都是写信，即使写信也都是报喜不报忧，既然发来电报，一定是病得不轻，多年来还没见她病重过，头疼脑热的也不当回事，是什么病这么厉害？母亲向来不会说谎，必须快回家。"

卓尔群立即向学校请假，几天颠簸，到家后看到母亲正在院子里晒被褥，安然无恙。立即怒火中烧，生气地说："娘，您这不好好地怎么发电报说病重？吓得我不轻，来回好几天不能上课，耽误我学习。"母亲："我不说病重你能回来吗？"卓尔群："您向来不说谎，教我们要诚实，怎么您倒撒起谎来了，到底啥事？我刚到学校没多长时间要我回来。"

母亲："从你去上学，代多邨嫂嫂就来提媒，并一再嘱咐等代多邨回家时当面决定，这不，代多邨刚到家，她就让我发电报叫你回来。我给你发电报，谁知去接你时路过他家门口，见他家大门上已经贴上喜字，忙着娶媳妇。这几天就等不及了，你回来了正好去找她，非让她说个明白不可。"说着拽起卓尔群胳膊就向外走，卓尔群挣脱母亲的手，半天说不出话来，甩给母亲一句话："以后我的事你就别管了，我自己的事我自己解决。"说完饭也没吃，水也不喝，扭头走出家门，返回学校后嗓子哑得说不出话来。"娘，你这是何苦，一次次为择婿跌份。"

过年本来是件高兴的事，平平安安长大一岁，可是对于部分人来说长一岁家长反而多一份忧愁。卓尔群捡起掉到地上信，不外乎催婚，看后笑了笑。

郝场长："卓尔群，我家属回娘家今天回来，麻烦你跑趟腿去看看回来了没有。"卓尔群颠颠地向郝场长家跑去。不多一会回来汇报："场长，家里空荡荡的没人。"郝场长："你应该再等一会，急着回来干啥。"

卓尔群："你应该去接，你去接吧。"郝场长："嗯等等吧。"不大一会郝场长又说："麻烦你再跑一趟，估计这会差不多了。"

卓尔群："场长，还是你自己去接吧。"

郝场长："就求你这么个事，快去。"卓尔群只得服从，到了以后还是没见人，悻悻回到场长跟前："还是没有人，没记错？你是想你家属了吧？"

郝场长不耐烦地说："这家伙怎么搞的？"

卓尔群："场长生气了？或许娘家人不让走，留她多住些日子。"

郝场长："嗯，到时候跟他算账。"卓尔群心想："没想到场长这副面孔，对家属还这么不客气。"

第二天郝场长对卓尔群说："我家属今天回来了，带了点儿年味，下班后去我家尝尝。"

卓尔群："不用了，稀罕东西留着你们自己吃吧。"郝场长："客气什么，给你就痛快地要着，难道还要我给你送不成？"

卓尔群："不用不用，我去尝就是。"推辞不过，下班后到郝场长家，哪里有家属的影子，卓尔群一片茫然。

郝场长见状："没看见我家属是吧？家属确实没来，我有一事求你。"

卓尔群不解地问："我帮忙？我能帮什么？就是能帮的话在办公室说就行了。"郝场长口气坚定地说："你能帮，非得你帮不可。"

卓尔群："干什么？既然你看得起我那就动手吧。"郝场长："先不急着动手，跟你打个招呼，做好思想准备。"卓尔群："那好吧，既然不急于动手那我就回去了。"卓尔群转身出门。

郝场长严肃的表情，使得卓尔群丈二和尚摸不着头脑。第二天，郝场长若无其事，仍然不提干什么活儿。几天过去了，郝场长还是只字不提，卓尔群很是纳闷。

周末下班时郝场长对卓尔群说："晚上到我家去，有事跟你说。"卓尔群："有事在单位说，为什么非要到家里说。"

郝场长："嗯，应该在家里说的就不能在单位说，在家里说有在家里说的道理。"

卓尔群到后，郝场长开门见山："我准备在场里搞一个脱单活动，你帮我完成。"卓尔群吃惊地问："什么叫脱单活动？怎么搞？"

郝场长："别急，听我跟你慢慢说。我物色到一位守门员，把你交给他。"

卓尔群恍然大悟："这就是你说的脱单活动？场里有足球队吗？我没听说过。"

郝场长："你来的时间短，当然不会听说，即使没有足球队也照样有守门员。守门员为人正直，出身好，身体健康，对工作认真负责，就是说话嗓门大、冲了些。明天晚上我把他叫来你们见个面。"

卓尔群叹了一口气："哎呀场长，真有你的，设局算计我。"

郝场长："哎，不能说算计，你自己算算年龄多大了，不为你考虑怎么能行，个人问题得尽快解决，你得主动点儿。"卓尔群不解地问："凭什么要我主动？没这个道理。"郝场长："你条件好，不主动没人敢靠近你。"

第二天晚上到郝场长家后，郝场长客气地说："这位就是我们的守门员。"

卓尔群一看：哪里是什么守门员，明明是看大门的本仝，鼻子差点气歪了，铁青着脸说："对不起，我回去了。"郝场长早有预料，急忙起身拦住："别走，好好聊聊。"卓尔群没好气地说："场长，看来你是早有预谋。"郝场长微笑着说："算你有眼力。我到学校查学籍档案看到你是海东县的，就很高兴，和这位是同一个县，心想一定把你招到这里来，成为国有大企业员工，还有老乡能互相照应。本仝你发表意见，成败就看你的了。"

"当然喽，没有我她找谁？这点我是明白的。"郝场长与卓尔群同时嘲讽地"扑哧"笑了。郝场长忙刹住笑解围："有智慧，明白人不用多讲，一句话就能说透。本圣父亲娶了本圣母亲一年后，她母亲快要临产时他父亲参加了地方游击队，走后再也没有音信，后来地方政府查到牺牲在战场上。本圣从未见过他父亲的面，是她母亲一手把他拉扯大。单位刚开发那会他奋斗在一线，出大力流大汗从不叫苦叫累，因为需要到了二线，当了守门员。"

卓尔群耐着性子听完，从头打量了他一番，对其重新衡量定位。郝场长趁热打铁："他已经表态了，就看你的了，以前不了解，到一块说说话、交流交流，加深感情。"本圣："有什么好说的，扎猪腔的能说出好话来？知识越多越反动。工人阶级领导一切，我们是响当当的工人老大哥。"郝场长白了他一眼。

卓尔群："能领导一切就是领不上媳妇。"转身冲出大门。郝场长追上卓尔群，听我说："别生气，别看他说话不中听，可心地善良。你从小上学，按课本上的标准说话，听不惯庄户说法。他说的都是实话，场里就他和你年龄相仿，这里和一线扯不上关系，到社会上找合适的更困难，他说话的方式听习惯了就好了，你有文化有涵养多包涵。"

卓尔群坚定地说："场长，我要辜负你的好意。"郝场长："别、别，个人问题解决好了安心工作，看着你大女他大男我着急，不能眼睁睁看着让你们当剩男剩女，你们离家远，不在家长跟前，这事就得我操心。"卓尔群睁大眼睛看着场长，一汪深情的泪水在眼眶打转："场长，您费心了。"

卓尔群心里别扭，自从面对面说了几句话后，老远望见就恶心：这样的土包子，说话噎死人，宁愿打单也不能和这样的人在一起。卓尔群饭不思、水不进，像得了大病。

郝场长见状："知识越多思虑越深，抓紧拾掇到一块不用想三想四了。"

卓尔群："场长，你明明知道是坑，还硬把我往坑里推。"

郝场长："坑不着你，你抬起头来向前看，社会主义光明大道很平坦，就等你大胆迈步走向前。"卓尔群被说得直瞪眼。

场长说了这些还不算，攻心工作一遍接一遍，卓尔群拗不过只得屈服。

郝场长："五一就把事办完，不用做衣裳，两人合用一张床，省下一张床，腾出一间房，我也就不用再磨嘴皮子，省下几个脑细胞。"没有家人到场，没有喝彩与祝福，没有婚宴与嫁妆，仓促凑合到一起，同处一室，犹如不合群的两只斗鸡。

本垒先生总是以家庭出身好自居。在基地初建时，需要大量的精壮劳力，凭他政治条件好身强力壮被招到开发基地，不怕出大力流大汗，掘土打夯扛架子战斗在工地上，待基地已经建成正式投入生产，需要技术技能时劣势凸显，降为二线。

本垒先发制人："本人遵守八小时以内革命加拼命，八小时以外啥事都不碰，上班不出事，下班理所当然呼呼把觉睡。"还大言不惭地说："小学生不比大学生挣钱少，大学生有啥了不起，我不要你，你找主都困难；往后的日子里不许过问收入，各自为政；单位的事互不干涉；在外边受了气不准回家诉苦。"

卓尔群："不用把工人阶级领导一切挂在嘴边上。"本坐："工人阶级领导一切要大讲特讲，挂在嘴边上就是念念不忘工人阶级本色。"

难熬的伏季接近尾声，郝场长喜悦地对卓尔群说："你的母校来函，邀请你给新生做实践报告，谈谈理论联系实际的体会。"卓尔群诧异地问："邀请我？"郝场长："是，邀请你。"

卓尔群："哪有什么体会，还是别去了，说不好闹出笑话，遭到起哄，更可怕的是被轰下台。"

郝场长："既然看得起你还是去吧，也是锻炼学习的好机会。"

卓尔群："那倒是，还能借此机会面见老师。"郝场长："不过，新婚燕尔怕你舍不得离开新郎。"

卓尔群："我真想离他远点。这是给自己充电的好机会，再过一把学生瘾也值。"郝场长："时间定在十月上旬，疫苗接种结束你就安心去吧。"

"站讲台多高尚，面对求知的学生那感觉是啥滋味。自己终于有登讲台的机会了。"卓尔群在心里偷着乐。

新一轮疫苗接种，已经基本顺利完成，抓起最后一只猪仔针头刚扎进它后臀："唉"的一声蹦起老高挣脱了卓尔群的手，带着扎在屁股上的针头围着猪圈打窜，所有猪仔都惊了，一齐咆哮吼叫。卓尔群吓得面如土色，束手无策，无法控制局面，被猪蹭得满身是泥，鞋上沾满猪粪。喧闹的声音很大，所有工作人员都围拢过来，当看到猪圈里混乱的局面，郝场长吆喝："快撤离现场。"场长一声吆喝使她镇定了，这才醒悟过来。惊魂未定的卓尔群很清楚刚注射过疫苗的猪仔受惊吓的结果：重则生病，轻则食欲不振，几天都缓不过神来，况且一只猪仔的后臀上还扎着针头。

郝场长再次提醒："快离开现场。"

卓尔群坚定地摆摆手："不能离开。"稍做镇静，走到屁股上扎针头的猪仔，挠着屁股拔出针头，猪圈恢复了平静。卓尔群如同泄了气的皮球，上气不接下气。

场长："任务完成了，快回家休息，缓缓神。"叫过一女工对她说："你送她回家。"女工背起药箱跟随在卓尔群身后。卓尔群长出一口气，心情有所好转，伸手拿过药箱："不用送了，我自己回去能行。"女工："这是场长给我的任务，看你的样子还是送吧。"又把药箱抢着背上。

卓尔群再没阻止，低头思考着如何拿出一个解决方案。到家后女职工说："换下罩衣我给你洗洗。"说完站到房门一边，卓尔群脱下罩衣她接到手里，卓尔群摘下白帽子，摘下用以遮脸的口罩，现出原形。手拿外衣的女工突然"啊"了一声："是你？卓——"卓尔群一惊，女工迅速摘下口罩和卫生帽，卓尔群认出来了："是你？你在这里？"出乎意料的兴奋使卓尔群改变了情绪，两人异常亲热，卓尔群客气地说："刚才被吓着了，现在好了，衣服不用你洗，自己洗就行。你是艾析村的笃实白，从小我们就认识，从初中就到我们村上学。"

说起上学，笃实白记忆的闸门被打开："你们村是公社驻地，有小学还有初中，有大集、有卫生院、有粮所、有供销社，你们见识多，我们都很羡慕，周边村上完小学后就要到你们村上初中；赶集上店，连买盐买盒火柴都要跑到你们村东头供销社。我上学上集都是从你们家大门前经过，你们村的人我大多都认识，西半截更熟，谁家大门朝哪我都知道。两村只一沟之隔，一条沟也没有把两个村截然分开，西半截生产队的很多地在沟西边，延伸到我们村前。沟里水源充足，几个生产队在沟西边的地里种棉花。村前最东头一户就是我们家，站在我家院里就能看见你们村干活的。我家兄妹六个，家里穷，上完初中我就在家里挣工分，我自己都看不起自己。遇到上高中的同学就躲着走，实在躲不过时便低着头，怕遇上偏就遇上了。多年憋在心里的一件事，跟你说出来吧。"

卓尔群："好啊，说来听听。"

"初中毕业那年夏天连着下了几场透雨，一天我到供销社买了盐向家走，走到你们村西沟'哧溜'滑倒，鞋甩出老远，为了保住盐，一只手把包盐的包袱拿结实，另一手摁着地用力向上爬，手陷到稀泥里，一使劲拿出手，"哧溜"又跌倒，屁股栽到泥窝里，整个人就陷到泥里，挣扎了多次就是爬不起来，雨后地面被太阳蒸得跟发酵了一样，很黏很滑。在沟北边棉花地里干活的代多邨听见声音站起身，看见我陷到泥里，就从地里走到我跟前，怕他看见我那个狼狈样，就摆手不让他过来，可自己又起不来。他怕盐撒了先把我手里的盐接过去用一只手拿好，另一只手用力拉住我的手，费了好大劲总算把我从泥滩里拉起来，我被折腾成个泥猴子。他垫上一块石头，从泥里把鞋勾出来，又领着到漫水桥上冲洗，之后把我领到一条好路上。没想到他完全没有嫌弃之意，我心里感激嘴上却说不出来，连个谢谢都没说。以后再去买盐，走过他干活的棉田，都主动跟他打招呼，回到自己家门前，还一直回头望，因为每次只能买一毛钱的，很快就吃完了，一夏天买了无数次，每次跟他说话心里甜滋滋的。第二年暑假，还是他自己管理棉田，等我买盐回来一个站在地里一个站在路边，说不完的话，直说到等着用盐下锅才匆匆离开。第三个暑假开始，棉株长到齐腰高，又重复着暑假的故事，他说真想早些放暑假来到棉田里，谈话的距离由路边走到田垄，一个漫长的假期过得舒心而又愉快，彼此心中燃起了爱慕之意，在假期将要结束，他向我表白要献身伟大的国防事业，当一名光荣的解放军战士，为保卫祖国的和平站岗放哨，并大胆地宣布：他爱上我了，今生今世永相爱，即便是提了干，决不变心。"卓尔群兴奋地叫道："祝贺你，你们俩还有这么浪漫的故事，都说棉花地里搞对象，还真有这回事，竟然发生在你身上。你一定很高兴吧？我和他是邻居竟然都没擦出火花，好羡慕。"笃实白："我当然高兴，我这么差的条件他能主动向我求爱，我求之不得。"卓尔群："后来呢？"笃实白："他毕业的当年冬应征入伍，临走前还是在棉田里对我说：'你等着，服役期满就回来娶你。'我激动得心里蹦蹦直跳，虽然寒风刺骨，棉柴干枯，我热血沸腾。他走后我扳着指头数日子，怀着兴奋的心情等呀盼呀。年龄大了父母找媒人给我说媒，我就是不答应，又不能把这个秘密说出来，为我的婚事家里闹别扭，不得已写信告诉我哥。我哥领导以前在这个单位当军代表，得知这个单位正好招工，当饲养员不需要大文化，给我争取了个名额。"

卓尔群打断她的话："你哥是干什么的？"笃实白："当兵的，在河南某部队当通信员。"

"当通信员要跟领导打交道，需要根红苗正，历史清白，社会关系没问题的人才有资格，你家历史清白？"

笃实白理直气壮地说："清白，我爷爷被日本鬼子抓去修碉堡，他消极怠工不好好干，鬼子又用刺刀逼着他去赶集挑菜，他趁鬼子不防备撂下菜混进人群里，想办法钻到庄稼地里，拼命向家跑，逃出了虎口，不知底细的人都说我爷爷给日本鬼子当伪军，我哥好几年当兵报名都被刷下来，他哭着喊着闹我爹，我爹非让村里把这事查清楚不可，不能祖祖辈辈背黑锅。村里也觉得该弄明白，不然的话也是村里的污点，全村都不光彩。下决心查清楚，查明白了我哥才入了伍。"

卓尔群舒了一口气："查清楚了就好。你是哪一年到这里来的？"笃实白："代多邨当兵的第二年年底。"卓尔群："他去了部队那么长时间就没给你写信？"笃实白："没有。他是个有出息的人，他肯定到部队一心扑到训练中，顾不上给我写信。我一等就是十几年，他也该提干了，你们两家隔得近，估计你能了解。"

听着笃实白的讲述，看着她期待的眼神，卓尔群说："我了解。"笃实白惊喜地催促："快把你了解的情况跟我说说。"卓尔群反复权衡，找不出权宜之计，处在矛盾之中。便劝慰说："我会告诉你的，不过不是今天，以后找时间再说吧？说话时间不短了，你回去告诉场长我很好，让他放心。适当给猪添加营养，喂饲料时尽量不出噪音减少惊吓。"笃实白见卓尔群下了逐客令，悻悻离开。

晚饭后卓尔群刚静下心来思考返校后面对新生该说些什么，敲门声打断了她的思绪。嘴里嘟念着："不用问，肯定是笃实白，该怎么跟她说呢。"起身开门，笃实白不好意思地进屋，看到桌子上摆着纸笔，故意套话："晚上你还在用功？看你白天受惊了，过来看看，没事吧？""没事，你放心吧，我正想准备一份讲课材料，没理出头绪，不能陪你说话。"笃实白见状不好意思地说："打扰了。"卓尔群实指望她马上离开，谁知她站在那里没动，卓尔群只好说："坐吧。我知道你是想了解代多邨？你是想他了，时间已经过去很久了，还是把他忘了吧，他能为自己的话负责吗？说不定早就把你忘了。"

笃实白坚定地说："绝对不能，虽然你们是邻居又是同学，还没有我对他了解得深，他说话算话，绝不会食言。"

卓尔群："那是那是，这我得承认，你们已经到了互许终身的程度。"看她没有动摇之意，就递上一句扎心的话："别信他的，别看当时花言巧语，改变了环境遇到比你条件好的就会把你搁一边，你还是死了这条心。别在他身上耗费精力，趁着大好年华，该嫁人嫁人，别把自己耽误了。"

笃实白："我知道你是好意，我要一直等下去，要等他一辈子，今生今世绝不再嫁人！"卓尔群一片愕然，半天才说："忠贞不贰的爱情自古就被人称赞，你对爱情的态度让我敬佩，你看我还有任务，你先回去好吗？"笃实白不情愿地："好吧。"

卓尔群思绪被搅乱，内心备受煎熬："对她隐瞒实情吧，笃实白抱着期待，无期地等待。实情相告？对她是残酷的打击。难道就亲眼看着她白白浪费感情，没有任何结果的无期感情投入？"

本来接到返校邀请很高兴，借机会拜见老师，和新生互相沟通，偏偏在这个时候遇上这档事。这倒好，讲授内容理不出头绪，情绪焦躁无从着手，心里七上八下像压着一块石头。按规定时间到达学校后，仍然闷闷不乐，强打精神走完过程，没有心情与新生更多沟通，显露一手的心情被浇灭，没有达到老师所期盼的效果。

经过心里挣扎，最后拿定主意，到了该揭开秘密的时候了，既然对她同情，就应该对她负责，让她走出阴影，振作精神，重新生活。

望穿双眼的笃实白见卓尔群回来，老远迎上去："可把你盼来了。"抓住卓尔群的手不放，两人一同到家，没等坐下卓尔群直入话题："你盼我回来是想早些知道代多邨的情况是吧？经过反复考虑，我觉得没有必要再隐瞒，还是对你直说了吧，你必须向我保证要承受住打击。代多邨服役期满按时休探亲假，在全家高兴之时把他的婚姻大事提到重要议事议程，他把与你已定终身的事向家人和盘托出，家人惊喜，同时要了解你的家庭背景，他的身份对政治要求高，历史问题会影响他前途，调查得知你爷爷的身世后，一致劝他另找条件好的，他力争和你要成为终身伴侣。他是军人，又是特种兵，家庭通不过，部队也通不过，这是他没有料到的，更是难以接受的，他要当面向你求证这个阻碍终身大事的关键问题。第二天正是逢集，他想在大集上邂逅他的心上人，给心上人一个惊喜，当面求证事实真相，可望穿秋水就是不见心上人出现，正好给家人一个口实：长时间杳无音信，猜测你可能变卦或嫁人，迫于家庭压力，返回时间紧迫，不得已另择佳偶。"

笃实白追问："我相信你说的都是真的"

卓尔群："没有半点儿假话，事实就是这样。"

笃实白冷静地说："也好，终于明白真实情况了，他负心我不能负义，他对不住我，我可不能对不住他。愿他终生幸福。"

卓尔群："他的生活并不幸福。"

笃实白急问："为什么不幸福？他怎么了？"

卓尔群："再跟你说一遍，告诉你真实情况可要挺住，爱得越深痛得越重。"

笃实白："求求你快说，别卖关子。"

卓尔群："他英年早逝，已经和我们阴阳两隔了。""天哪。"笃实白扑通一声倒在地上不省人事。卓尔群虽早有预料，也被眼前的情景吓蒙了，手忙脚乱地急救。笃实白"吼"了一声醒来，拼尽全力向墙撞去，哭得痛不欲生，几度昏迷，撕心裂肺地喊叫着："代多邮，你不能就这样就走了，你走得太孤单了，我要陪你去。"

卓尔群："代多邮离去得太突然，不只你心疼，他父母悲痛欲绝。打起精神来听我说。跟我说实话，他爱你至深，对你有没有过激行为？"

笃实白迷瞪着泪眼不解地问："什么行为？"卓尔群："就是过分行为？说白了就是……"

笃实白："哎呀，可怜我们连一个拥抱都没有，就是他把我从泥滩里向外拉的时候牵过手，只牵过一次。你告诉我他的坟墓在什么地方，我要到他坟上跟他说，我一直等着他，真心爱着他，到天堂去见他。"使劲摇晃着卓尔群的胳膊："我这就去，一秒都等不及。"这下可给卓尔群出了个大难题，忙安慰说："先冷静，到天堂去见他万万不可能，当务之急不是到坟上跟他诉说，关键是要振作精神。"

笃实白："这些话就不要再说了，我意已决。"

卓尔群哀叹道："真没想到，想帮你反而害了你。不告诉你真情，你痴心等待，告诉你真实情况，你仍被痴心所缚，你不知实情虽然见不到他，但他活在你心里。真不该和盘托出，本想把你从痛苦中解救出来，结果反倒给你伤口上撒了一把盐，让我自责。"

笃实白："用心爱一个人，经得起时间和心灵考验。"卓尔群哑然。

同样重要

黄老师放稳自行车，直接来到欧阳东办公室，对着正鼓捣盆盆罐罐的欧阳东大声说："鼓捣些这个干什么？先把手里的盆盆罐罐放下，研究研究欧阳惢填报高考志愿的事儿，时间紧，关系重大，考试之前先把志愿填报好。让他选择哪所高校，报考什么专业，你快考虑好做出决定。"欧阳东："原来你是为这事来的，看你跑得急忙慌促的，我还以为出了什么大事，吓我一跳。你来得正好，我来问你，怎么让水库里的水流到锅里？"黄老师严肃地说："大白天说梦话，这事别问我。"欧阳东："我一直没弄明白，盼着你来帮我出个主意。"黄老师："先说填报志愿的事，学生寒窗苦读十几年，不就是为了能考上个理想的大学吗？直接关系到学生的未来前途。"欧阳东若有所悟："没想到这么重要，只知道上学就行了，我没考虑。你也好长时间没来了，先坐下喝茶，详细跟我说说，咱俩合计合计。欧阳惢从升入高中就推给你了，啥事都是你操心，不管不问习惯了。"黄老师觉得是应该给欧阳东一个思考时间，让他想想，自己性情急，风风火火的，用跟毕业班老师讲话的口气跟他说，他不理解是正常的。确实也有些日子没来了，就坐下来说："刚才我是急了些，说得没头没脑的，刚给毕业班老师开完会接着就跑你这里来。学生高考如同老百姓到了麦收时节，不误农时抢收抢种，装到粮囤里才算收获，收不及时到嘴的东西打了水漂，等于白费了力。学校每到临近高考忙得焦头烂额，我这分管教学的副校长就得靠上抓，一轮一轮进行摸底考试，考完试就跟任课老师分析出现的问题，针对存在的问题制定下一步复习方案，研究提高措施，鼓励拔尖的学生更上一层楼，中等水平的学生再上一个台阶，调动学生学习积极性。三类生也不能放松，帮他们树立信心，跟上老师复习步伐，学得不扎实的知识通过系统复习加深理解，确实差的，老师跟上个别辅导，面向全体学生，不让一个考生掉队，平时多流汗战时少流血，考场如战场，一生只能拼一次，命运就在试卷中。"听黄老师一番话，欧阳东焦急地问："我家欧阳忞属于几类生？"黄老师："根据所了解的情况，这孩子肯动脑筋，思维敏捷，主动学习，老师反映还不错，在全年级是数得着的。"欧阳东接着问："他有把握考上大学？"黄老师回答："如果能正常发挥，说不定还能考个好学校。"苗佳蕙高兴地说："那敢情好，多谢老师操心，考上大学请老师喝酒。明天是端午节，今天正包粽子，你来了快先煮，你走时带上明天早上吃。"

欧阳东："都说听诊器、方向盘、粮食、油料和食盐，吃的用的都很全，就照着这些报吧，你看怎样？"黄老师听完哈哈大笑："真有你的，说起来还一套一套的，这都是和民生密切相关的门类，啥时候都离不开，被人们编成顺口溜，反映了我们那个时代的需求，不过现在社会日新月异发展迅速，年轻一代应该成为祖国建设的栋梁之材，最好能掌握具有前瞻性的高科技技能。"欧阳东问："前瞻性的东西有哪些？"黄老师意识到和欧阳东讲这些太深奥，急忙改变话题："我的想法只能供参考，还要尊重考生个人意见，这几年，航空航天大学、电信网路铁路学校都很热门，说多了你也记不全。"

欧阳东："你懂得多，就按你的意见报吧。"黄老师起身："你没别的意见吧？我快回学校。"苗佳蕙抢先说："粽子没煮好，还需要再煮一会，你多坐一会。"黄老师："没时间再等，就不要粽子了。"苗佳慧:"煎饼现成,就给你带上。"包上一包袱煎饼放在黄老师手里,黄老师没有推辞推起自行车想走。欧阳东大叫:"别走,你帮我出个主意。"黄老师:"这个我顾不上,欧阳忿考大学,欧阳飚升高中,学生要报志愿,这些就够我管的。你这又不是多么重要的事,自己想办法慢慢解决。"欧阳东:"高考关系到学生前途问题,水关系到老百姓的生活问题,你能说不重要?"黄老师:"两项都重要,但高考时间紧迫,全国统一命题,统一开考,不能耽误,你就别指望我帮。"欧阳东:"这个你不帮,你必须帮着找人。"黄老师听都没听匆匆推起自行车骑车扬长而去。

欧阳东急得直跺脚:"关系到山区老百姓吃水问题,这事明摆着重要,黄老师却说学生面临高考如同老百姓小麦要掉头,敲锣卖糖各管一行。借不上他的力,自己想办法解决。"他再次提起水桶爬到架子上:"水往低处流这已经是千百年来的常规,只往低处流,高处怎么办?难道就只能按常规走路?"如何才能使水从低处流向高处?再次提起水桶爬到架子上。站在架子上端详,猛然想起少年时住的村里两棵树绑上横木,架起一座简易扶梯,上方挂个广播喇叭,晚上要基干民兵开会,民兵连长双手用力抓住树干,一级一级攀到顶,嘴对着广播喇叭喊:"村里的基干民兵请注意,晚饭后到学校操场开会。"声音在上空飘荡,传送到千家万户,青年民兵闻讯准时参加会议。

召开全体村民大会,佟大伯到上边拿起广播喇叭下通知:"村里的贫下中农同志们,婶子大娘老少爷们,现在听我说,晚饭后到学校操场开全体村民大会。"然后把广播喇叭放回树权上，用手试试放稳了就返回地面。召开忆苦思甜大会、妇女大会，甄优丽毫不胆怯爬到最高处下通知，不用挨门跑，省时省力还效果好，起初，只有几个领导下通知使用，后来，天气突然变化，队长就到上边喊："暴风雨就要来了，快到场里盖麦垛。"社员们闻声赶到场上奋不顾身和暴风雨搏斗。不好，天空乌云翻滚，队长当机立断："全体社员听好了，南岭那块地下午没有拾的地瓜干今天晚上快去抢起来，不能把到嘴边的东西被雨冲走。"男女老少一听挎着提篮疾速赶到南岭，摸黑与天抢时间。"水稻泡了水容易发芽，下雨之前把南湖割倒的水稻捆扛回来。"大家积极响应。队长对着村南方向喊："送粪的把耙推到火石岭，赶牛的快跟上。"简易广播站发挥了很大作用。

天刚蒙蒙亮，甄优丽就到广播站上拿起话筒"下定决心，不怕牺牲，排除万难，去争取胜利"清脆的声音飘扬在上空，唤醒了沉睡的村庄，乡亲们在家中就听到新闻。甄优丽精明能干，口齿清楚。她大胆敢为的举动很使青少年们羡慕。

"高处能把声传远，要想高处用上水，只能把水位抬高。该怎么搞？那时民兵连长盯着树就看出门道，时至今日怎么就想不出个好办法。"欧阳东急得一跺脚，"咕咚"从架子上摔下来。

黄老师送完毕业班，专门拿出时间找欧阳东讨论他提出的问题，看到不能动的欧阳东叹了口气："不是我说你，这事又不重要你何必着急，吃了一次亏还不接受教训。"

欧阳东："这事重要，光等不能解决问题。早一天解决早一天收益，快想办法。"

黄老师："有啥办法，我丈二和尚摸不着头脑。"

欧阳东："老百姓用两棵杨树能解决的问题，怎么到咱面前就难了。你有学问，快想办法。"

黄老师皱起眉头："你太高看我了，我这学问不能解决所有难题。得向各方求援，我看你最好求助领导解决。"

欧阳东："问题不能光向外推，什么事都推给领导不行。就说你吧，在工作中遇到困难都推给领导，要你干啥？是不是这个理？干你这一行的桃李遍天下，干什么的都有，想想办法。"

黄老师："你的敬业精神很可贵，这两个难题，我一点头绪都没有，你放心我不会袖手旁观。你先把身体养好，身体不好啥事都干不成，光急没用。"

黄老师迫于无奈四处打听，写信咨询从事各项工作的往届毕业生。其中在上海的一位学生回信说："老师，震惊中外的'五四运动'您不会忘记吧。

1919年第一次世界大战中取胜的协约国在巴黎举行和平会议。中国代表团在会上提出废除外国在中国的势力范围、撤出外国在中国的军队等七项，希望取消二十一条及换文的陈述书，会议拒绝了中国的合理要求，把德国在山东的特权全部转交给日本。北洋军阀政府屈服于帝国主义的压力，准备在和约上签字。消息传到国内，激起了爱国人士的强烈反对，国人难以容忍北洋军阀政府的软弱无能，全国掀起力争国权、夺回山东的声势浩大的示威游行，国内强大的政治攻势传到巴黎，中国代表得到国内声援，最终放弃在合约上签字，粉碎了日本霸占山东的美梦。传递消息用的便是简捷快速的通信工具，这种工具就是电话。如果没有快速有效的传递工具，国内不能及时得到巴黎的消息，巴黎的中国代表不能及时得到声援，可就误了大事。军事方面早就用上电话了，抗日战争，解放战争，抗美援朝战役电话发挥了重要作用。建国初期，制定国家大政方针时把通信纳入重点建设项目，1953年写入第一个五年计划。我国幅员辽阔，经济基础有差别，发展不平衡，大中城市发展快，电话早就用上了；重工业城市和沿海城市紧随其后，电话已成为重要通信工具；近几年中小城市发展步伐加快，力争赶上大中城市水平。具体情况您可到当地邮电部门咨询。"看完信黄老师频频点头，快把这个消息告诉欧阳东。

黄老师："走，带你去邮电局，能行吗？"欧阳东："去邮电局干啥？"黄老师："邮电局能帮着找人。"欧阳东："你听谁说的？"

黄老师："在上海上班的一个学生。"欧阳东："快去看看。"刚一进邮电局门欧阳东就问："你们用什么办法找人？"工作人员丈二和尚摸不着头脑。

黄老师："听在上海上班的学生说，有一种电话用起来很方便，隔得远近都能通话，还能跨国进行业务洽谈，这么方便的话，找个人不成问题。若有，我们想用。"

有关人员："二位很超前。此项工作已列入县重点工程，已经拿出实施方案，正在着手测绘塔架高度，选择塔架位置、竖杆、架线等还有一系列工程正在进行科学攻关，力争快速完成，完工后医院、学校、水库重点单位优先配用，你们就等好消息吧。"欧阳东："越快越好，等单位配上了自己说什么也买上。"黄老师如释重负，满心喜悦回到家。

欧阳东："这一项有眉目了，重点考虑水的问题吧，水的问题怎么办？"黄老师："这一项刚有眉目你又出难题，得让你家欧阳敞学水利专业。"

欧阳东："光欧阳敞一个学还不够，你得动员更多的学生学水利才行。"黄老师："你的意见可采纳，可以动员更多的学生报考水利专业，你干水利你觉得水利重要，国家各行各业齐发展，各行各业需要人才。"

欧阳东："他们学成还得好几年，眼下还得你出马。"黄老师："你当你的水龙王，我当我的教书匠，你要的是水往锅里淌，我要的是提高课堂教学质量，各有各的目标。"欧阳东瞪眼："电话多亏你学生提供信息，水的问题再求助你学生说不定也能行。"

黄老师："依靠领导攻难关。"欧阳东："嗯，听邮电局的同志说什么竖杆、架线之类程序给了我很大启发，我头脑中已经有了初步思路。"

祝寿

欧阳东坐到左升阳面前："您八十大寿快要到了，我们要为您大大地庆祝一番。"左升阳："好啊，我要看看你们怎么个大法。"欧阳东："顺序是我先打头，欧阳红排二，欧阳方家排三。你的意见如何？"左升阳："就依你。"几番张罗准备齐全。

欧阳东宣布："寿宴开始，共同举杯祝老寿星福如东海、寿比南山。"众人呼应："祝老寿星福如东海寿比南山。"欧阳东："举起筷子开吃。"左升阳："这满桌的菜该怎么吃？"家人都说："满桌的好菜您喜欢吃啥吃啥。"苗佳蕙："我说给您听听，红烧肉、糖醋里脊、凤凰展翅，糖醋排骨；蒸鸡、炖鸡、炒鸡、烧鸡、辣子鸡；炸鱼、炖鱼、蒸鱼，鱼丸、鱼片、鱼跃龙门；炸小虾、虾仁、清蒸虾、海参、鲍鱼、焖大虾，样样都尝到。"左升阳："幸亏桌子大，不然可放不下，听你说我就感觉饱了，大家都吃。"欧阳念抢先说："蛋糕敬上。"立即把特大蛋糕端上桌，把嵌着一个大红寿字的蛋糕放到左升阳面前："奶奶过大寿，蛋糕来祝寿，祝奶奶高寿。"大家端起蛋糕高呼："高寿、高寿祝您高寿。"欧阳飚看蛋糕吃得差不多了，举起斟满的酒杯："要想人长寿，酒要先打头，祝奶奶平安吉祥永长寿。"合："酒要先打头，平安永长寿。"祝福一浪高过一浪，美味频频奉上。左升阳眉开眼笑，喜不自禁，眼睛盯着蛋糕，由衷地说："今天可开眼界了。"欧阳昺问："什么事让奶奶开眼界？"左升阳："大桌子、大蛋糕，还有——大嗓门。""嗡"的一声全桌人笑得前仰后合。欧阳红忙说："今天大，明天高。"欧阳昺："明天让奶奶步步登高。"左升阳："还是省着点儿吧，别再高了。"欧阳昺："奶奶，一定得高，步步登高，更上一层楼，楼上看得高。"大家都笑而不语。欧阳方："他家住的是楼房，楼房比平房高，楼上看得肯定高。"左升阳："你们家有楼？"欧阳昺："有、有，这有什么稀罕的。"左升阳："有了你说不稀罕，我从年轻嘴上说，心里盼，到八十了还没见过面，明天一定去看看。"

第二天欧阳昺驾车，欧阳红坐在身边护驾。左升阳得意地说："只听说楼上楼下、电灯电话，没听说汽车能在地下爬，还有这东西，真稀罕，这么稀罕的东西我孙子用上了。"欧阳红："现在国家发达了，你们那一代人连想都想不到的事现在都实现了。"左升阳："连腿都没有怎么能爬？"欧阳昺："奶奶，不是爬，是车轮子转，四个轱辘一起转当然比两条腿跑得快。奶奶到家了。"左升阳："这就到了？还没坐够。"欧阳昺蹲下身："奶奶，我背你。"欧阳红说："还是我来背。"欧阳昺用坚定的口气说："我年轻走得快，我来背奶奶，奶奶会高兴的，是吧奶奶。"其余人早就在家恭候，听见声音全都下楼迎接。欧阳忿和欧阳眺抢着背奶奶，欧阳昺说："都别争，你们领好孩子，奶奶由我来背。奶奶闭上眼睛，听见我叫再睁开。"一阵"噔噔噔"的脚步声响过，欧阳昺喊："奶奶，到我家了，您睁开眼吧。"全家响起了热烈的掌声，左升阳眉开眼笑地问："你跟奶奶变啥戏法？"欧阳昺笑着说："奶奶，我要给你一个惊喜。"左升阳笑着说："就是你的点子多。"欧阳红欧阳东哥俩把左升阳扶到沙发。左升阳拉起欧阳红的手："楼在哪先去看看。"在座的全笑了。欧阳红笑着说："我们现在就在楼上，脚踩着楼，头顶着楼。"左升阳一下子紧张起来："可不得了，头顶上漏下来可不把人砸死？"欧阳昺笑着："奶奶您放心，漏不下来，绝对安全。"左升阳问："头顶上是怎么摞住的？"欧阳昺笑道："盖楼的时候一层一层往上摞，想盖几层就摞几层，我们家住的是三楼，下边压着两层，上边还摞着两层，这楼只有五层，还有摞得更多的。"左升阳："哎呀，那不把下边的压塌了？我可不敢在这。"几位孙媳笑得前仰后合，欧阳红催促说："饭菜准备好了，我们入席吧。"欧阳东、欧阳红搀起左升阳的胳膊，孙子孙媳们高喊："奶奶请上座。"左升阳被儿子搀扶着站起身，就是不向前挪步，欧阳红说："妈，扶着你大胆地走。"左升阳颤颤悠悠地挪动脚步走到餐桌前，一看饭菜丰盛，满满一大桌，老的少的一大圈人都站在桌前，她说啥都不入座。欧阳东、欧阳红劝道："您坐，您坐好了其他人好入座。"大家异口同声地喊："请坐，您坐好了我们就座。"左升阳紧绷着脸，胆怯地说："桌上放了这么多东西，又加上这么多人，这不把楼压塌了？"全家人捧腹大笑，欧阳昺抢先说："下边虽然是空的，但是压不塌，楼房是由建筑师设计的，早就把承载重量计算好了，哪能说塌就塌，奶奶请放心，有孙子在保准不让他塌了。"欧阳昺稍微搬动一下椅子，双手搭在左升阳肩头，才把左升阳安到椅子上。

寿宴正式开始，打头阵的蛋糕上桃形"寿"字端坐面前，欧阳昺抢先说："我代表爸爸妈妈祝奶奶富贵满堂。""好好，说得好！"左升阳把寿桃端在手中，象征性夹了一点放入嘴中慢慢嚼着，鸡肉鱼蛋，水饺面条高级面点源源不断地奉上，左升阳一概不动筷："你们不用光照顾我。我吃不下多，大家都吃。"

苗佳蕙看出了端倪，便问："你想吃什么就说？这些不适合您口味就另给您做。"这一问果然点中了要害。左升阳便说："大鱼大肉，精米细面一直都吃，昨天那一顿吃得我至今都不觉馋，再吃就腻了，有煎饼吃上一个改改口味倒好。"耿悦青忙不迭地说："有啊，想吃煎饼容易。我去拿。"说着到厨房抱出一大摞，在左升阳面前翻着："这是麦子面的，这是玉米面的，这是混合面的；这是手工摊的，这是机器摊的，您想吃哪一种？"左升阳问："你说是谁摊的？"耿悦青重复说："人摊的和机器摊的都有。"左升阳："我没听明白，煎饼还有机器摊的？你说得多新鲜。就给我一个机器摊的尝尝。"耿悦青从一摞机器煎饼中抽出一张问道："煎饼里包上什么？包上五花肉好吃还好嚼。"左升阳忙阻止："什么都别包，光吃煎饼。"欧阳昺不忍心让奶奶吃煎饼，便说："奶奶，今天能不能先不吃煎饼，先吃这些刚做的。"左升阳马上说："不，今天奶奶就吃煎饼，还吃机器的。"拿过煎饼咬了一口，欧阳昺很是不过意，欧阳红看出欧阳昺的心意，劝道："既然你奶奶喜欢就别阻拦，喜欢的就是好东西。"左升阳吧唧了一下嘴："好吃，甜丝丝的麦香味，酥软，好嚼，我就吃煎饼，你们别管我，快吃你们的。"大家推杯换盏，美味佳肴都与她无关，她只管吃煎饼，一张煎饼下肚也吃出味道来了，感叹道："活了一大把年纪，头一次听说摊煎饼还要用机器！以前找媳妇要先挑会摊煎饼的，不会摊煎饼人再好也不满意，以后会不会摊煎饼不重要，不用再为吃煎饼发愁了。"耿悦青抢先说："不用愁了，现在找媳妇不用挑会摊煎饼的，自己不摊照样能吃上煎饼，你就在这住下吧。"

突然电话铃声响起，欧阳红起身接电话。左升阳突然想起什么，便问："哪样的机器会摊煎饼？"耿悦青忙说："你不用问，这些就够你吃的，吃完了让你孙子买。"左升阳打断她的话："我不是想买，就是想知道是谁这么会省事儿，煎饼还用机器摊。"欧阳昺："想知道这机器煎饼的来历还是听我说吧。单位的一个同事他家就是摊机器煎饼的，他每次休班回家带回来分给我们吃，都感觉不错，建议他向食堂管理员推荐，食堂管理员一尝果然不错，就让他带来一部分放到食堂里，开饭的时候给职工品尝，职工吃后反映很好，管理员亲自到他家考察卫生环境，家人的健康状况，摊煎饼的用料，生产能力，最后确定在食堂增加一个新品类。我想起来了，我这个同事家是番皋村的，听我爸爸说，爷爷奶奶原来就在那个村，后来响应党的号召才回到现在这个家，是吧奶奶？"左升阳惊讶："你们找到那个村了？"欧阳昺："找个村还不简单，现在可不像你们那个年代，公路四通八达，自己有车，油门一踩抬脚就到，奶奶您想去我开车送您。"左升阳无比兴奋，跃跃欲试。欧阳昺接

372

着说："我这个同事经常在我们面前夸村里这几年发展得很快。"欧阳红放下电话，接过话茬说："欧阳昺说他有个同事是那个村的，一听说那个村的人我就感到亲切，终于有那个村的消息了，迫不及待让欧阳昺把他请到家，看看是谁家的后代。来到后才知道是祁有志的小儿子，祁有志扶持大儿子上了一台煎饼机，专门搞煎饼加工，批量生产，销售量越来越大，还买上昌河牌客货两用车，大儿子负责进料送货，干得热火朝天。干事就得有经济头脑，会抓住机遇。"欧阳东听到欧阳红与番皋村的人有了联系，暗暗庆幸。接口说："祁有志就是当年推着独轮车给我们送行的那一位，他翻山越岭跑来又返回，从此没有动静，这下好了，终于有线索了，一定要去拜访。"

一直不多言的欧阳方说："就数欧阳红家条件好，楼上楼下电灯电话都全了，在老家可是还没有这个条件，还是平房和山沟，妈你就在这里住着吧。"欧阳昺接着说："电话是单位里安装的，只能公用，房子是我爸爸提升副厂长后，大胆改革创新，单位效益大增，扩大生产规模，由平房改建楼房，一并建了一栋家属楼，才能住楼房，这栋楼房坐落在市中心，设备齐全。眼下楼房还不能满足需求，不过，随着生活水平提高，不久的将来就会全覆盖，满足城乡人们需求。在眼下确实是高水平的，我姑说得对，奶奶你就在我家住下。"左升阳连忙说："条件虽然好，我的心老是悬着，还是回老家心里踏实，吃完饭快把我送回去。"欧阳昺："好，就依奶奶，您高兴在哪里就在哪里。不过你得答应我，以后常来。"欧阳方接着说："明天在我家里庆贺，我可做不出新花样，靠山吃山，做个莪子炖鸡，油炸莪子，辣椒炒莪子，红烧猪蹄加蘑菇，地皮菇，你们要早去。"左升阳："山里的东西常吃不腻，听你这一数落就先流口水。快走快走。"大家齐刷刷起身恭候。她突然说："拿来电话我看看。"欧阳红说："妈，电话不能拿过了，我扶您过去看吧。"到电话机跟前，欧阳曷把话筒放在奶奶手上，左升阳端详半天说："就这么个东西，话在哪里？说了多少年还当是个什么好东西，这不就是个盛饭的铁勺吗。""嗡"的一声，全家人的笑声爆出楼外。

故地重游

欧阳东直奔老根据地番皋村的榨油作坊，呈现在眼前的是"番皋村榨油厂"。正在端详耀眼醒目的门头，一位长者站到他面前，上下打量后开口问："您是来提油的？提油要自己带家什，提过油的都知道，莫非您是第一次来，觉得好面生。"欧阳东端详面前的这位身板硬朗、满头银发、满脸被皱纹覆盖的面庞，一个人的印象从脑海浮现，这不正是亓开原大哥吗？就是他。嘴上却故意说："我是本村人，你不认识我？再想想我是谁。"亓开原摇摇头说："你肯定不是这个村的人，这个村的人小的不敢说，上了几岁年纪的剥了皮我能认识骨头。"

欧阳东上去握住亓开原的手："亓大哥，你真负责，有你这位秉性耿直的人看守门户保准不出问题。"

亓开原抽回手："哎，听声音很熟，想起来了，你是不是小时候在这个村长大的欧阳东，在油坊干过活儿？"

欧阳东忙不迭地："是，想起来了吧？"

亓开原不好意思地解释："人老心钝，嗬，老朋友，也别怨我心钝，我哪能想到你来。"

欧阳东："多年不见，你身子骨依然硬朗，见到你壮实的身子骨从心眼里高兴，我可想你们了。这地方由原来的小作坊变成了榨油厂，生产规模扩大了。要不是亲眼所见还真想不到变化这么大。"

亓开原："你这只是看了个大门，我领你到里边看看。实行联产承包责任制，村民都觉得我懂技术，一直推选我当厂长，村两委采纳了村民的意见，决定让我发挥特长，我不能违背村两委的决定，不能辜负村民的好意就接下这副担子。在竞争激烈的形势下，原来那两下子远远不够，担心被淘汰，如果把厂子搞黄了，自己受损失事小，集体受损失就大了。儿子中专毕业后就把儿子留下来和我一起干，经过言传身教儿子由外行变成内行，现在以他为主，有文化的年轻人接受新事物快，他一接手就提出新方案，大胆改革创新。你看规模扩大了，技术更新了，效益不断提高，单说粉碎花生米这一项，你在这里的时候用人拉碾粉碎，你亲眼见过，四个人围着碾转一天累死累活、腰酸背疼、脚上磨起血泡，粉碎的数量有限。你走后改成用驴拉碾，倒是解放了劳动力，可是还要人看着驴，添着料，最要命的是驴拉撒随便，没法控制，身上有味，不卫生不说，还达不到需求。我们接手后改用机器粉碎，效率大大提高。

儿子觉得还不是最满意的办法，就去外地学习取经，眼界提高思路大开，终于找到不用粉碎直接加工囫囵花生米的新技术，大幅缩短了工艺流程，出油率高，从根本上解决了难题。"

欧阳东："要不说知识就是生产力，今天是放假吗？怎么没看见人？"亓开原嘿嘿笑着："这就是机械化的优越性，一个流程一个人管理，不用呼呼啦啦很多人。"亓开原突然转换话题："哦，你是挂念和你一起干活的小伙伴吧？年纪都不小了，基本上退休了，个别没退的做了合理安置。光顾说话了，今天把他们都约来，让儿子开车把我们送到村前饭店，我们一起开怀畅饮。"

欧阳东说："先别忙着向饭店，如果能走开，先领我去祁大叔家。"亓开原说："那好，我领你去，其余的事儿子都能办。"

祁大叔背成弓形，耳朵还不好使，欧阳东连喊几声大叔就是不答应，亓开原贴在他耳朵上："你仔细看看，就是那年你想留没留住，亲自推着车送走的欧阳东啊。"这一提醒他豁然猛醒，放开嗓门爽朗地大喊："小子，你还回来，再不来老子就要去见马克思了，想不到有生之年我们还能见面。你走的时候还是个小孩伢子，现在也到了当爷爷的年纪，岁月不饶人。你那边路不好走，来趟不容易，就在这里多住些日子，没别的，煎饼管够，嘿嘿。"他开朗的性格把两人逗笑了。

欧阳东说："你家的煎饼我早就吃上了，就是吃了煎饼才找上门来。"祁大叔拉起欧阳东说："我领你参观怎么用机器摊煎饼。"

亓开原："看看吧，来了不能错过，他的煎饼机也是个大项目，不能多耽误时间，大伙都等着，一会儿子来接你到村前酒家会餐，大家一块畅所欲言，多年的话聊一聊。"祁大叔忙不迭地答应："好、好，一定、一定，一定去高兴高兴，这样的机会难得，今天就是拼上这把老骨头也得凑凑热闹。不用叫车接，我的腿脚还好使，你们前脚走我后脚就跟上。"欧阳东出了祁大叔家，马不停蹄去探望佟致力，不是亓开原介绍，欧阳东根本就认不出这位年尊的佟大伯，已不见这位带头人当年叱咤风云的半点风范。佟大伯更认不出欧阳东，刻在他脑海里的记忆欧阳东是个英俊少年、奶油小生，站在眼前的却是个花甲老人。佟大伯把老年人的特征表现得淋漓尽致，对往事印象深刻，当下的事记忆模糊。以前头脑清醒，经历的事铭记在心，上了岁数记忆力衰退，啥事搁下就忘，人们把上岁数人的记忆特征与老鼠相比，搁下就忘。一天三顿饭都记不清吃的啥，甚至严重到刚放下饭碗一转身看见桌子上的碗筷就喊着要吃饭。亓开原欧阳东两人边比画边提醒帮他回忆，你说东他说西，交流十分吃力。

欧阳东感叹地说："倘若再晚些时候来，恐怕他的记忆会更差。还好，生活起居还能自理，年轻时冲冲杀杀，为家乡建设出力流汗，老来有个好身体，亲眼看见带领乡亲们用汗水浇灌出的劳动果实，过上富裕生活。看到他老人家身体健康，我心里倍感欣慰。"欧阳东借机打探："佟津在哪上班，干什么工作？"佟大伯断断续续地说："保密工作。"亓开原补充说："他们使用的是信箱编号，家里人都不知道具体在什么地方、干什么工作。"欧阳东："佟大伯，佟津经常回来看您吗？"佟致力摇摇头。欧阳东："难道不经常回家？"

亓开原："时候不小了，其他人还在酒店等着，我们快去吧。"两人刚出门没走几步，佟致力喊着追出门："唉，你就是那年赖着不走的臭小子吧？"亓开原忍不住大笑，鼻涕流出老远："说半天你刚想起来，想起来就好。"

欧阳东连忙说："是的，您能想起来了说明我在你头脑里还有印象。"佟致力连连说："人老心钝，刚想起来，谢谢你来看我，这让我多活十年。"

欧阳东："现在生活好了，吃不愁，穿不愁，得好好活着，您老人家一定能健康长寿。"

端起酒杯就开始掰扯陈年旧事，亓开原："小时候虽然穷，在一块很有意思，折腾喜鹊个个都是高手，哪棵树上有喜鹊窝围着打转，爬到树上掏鸟窝，掏了鸟蛋大家分，分得不合理就抢。春天喜鹊孵化雏鸟，瞅准喜鹊离开窝去找食，把未出飞的小喜鹊从窝里掏出来，等喜鹊回窝后发现孩子不见了，喳喳叫着在上空盘旋，有豁上拼命的架势。把喜鹊窝当靶子，用弹弓对着喜鹊窝瞄准，搞得喜鹊不得安宁。"

欧阳东："掏鸟窝大多是我爬树，骑在树杈上把鸟窝里的蛋装在口袋里，从树上下来不等站稳，你们就从我的口袋里抢，有一次连我的口袋都撕坏了，怕回家被我妈发现挨打，就让我妹妹胡乱缝了几针。还有一次我刚爬到树上，不知谁告的状，我妈就来到树下，你们撒腿就跑，我急忙从树上往下溜，裤子被树杈挂住了，一条腿开了膛。"全桌人哄堂大笑，全都笑喷了。亓开原："你腿长，爬得快，上墙爬屋是你的强项，瞅准了树上有鸟窝就怂恿你，一怂恿你就上，说起来好笑，少年时玩得真有意思，回想起来跟电影差不多。"

祁大叔："你还是个听话的，你妈就怕你摔断胳膊摔断腿，时不时地盯着你，家里摊上个调皮捣蛋的孩子，你可知道大人多操多少心，就是个鳖也得气青了盖。"大家哄然大笑，亓开原笑得上气不接下气，憋住笑说："人经历多了啥事都知道，你怎么知道鳖生气盖会变青？"祁大叔马上改口："不说这些了，说说我用机器摊煎饼的经验大家听听。"亓开原接过话："都知道你是响当当的万元户，说到用机器摊煎饼你的经验三天三夜都说不完。"祁大叔反驳："你不是万元户？把你的老底亮一亮，你现在不光给本村榨油，公社粮所的油都是你榨，业务量有多大？还是你厉害。"亓开原说："别光听咱俩的，借此机会让他们也露露富，别看须一丰不显山不露水，家里的面条机也不少挣钱，估计有万元的十倍吧。边凡典的草绳编织机也够来钱的，草绳销路很好，是万元户？自己说吧。"两人咧嘴笑着频频点头称是。欧阳东好奇地问："你们怎么敢想这些大项目？须一丰小时候大气都不敢出，看见老鼠都害怕，都是躲在别人屁股后边。"祁大叔说："咬人的狗不龇牙，过去的皇历看不得。"边凡迪："别看小鸡不尿尿，肚子里头有道道。"须一丰瞪了边凡典一眼："你的道道也不少。"亓开原："重奖之下必有勇夫，有优惠政策的激励人的胆都变大了。"边凡典打断亓开原的话："你看盛永民家爷仨开着两辆解放牌大汽车全国各地到处跑，跑一趟人民币就装进腰包里，那才是挣大钱的活儿，咱和人家比真是小巫见大巫。"须一丰接着说："不光是他，还有载厚生家汽车修理厂干得热火朝天，大把大把的票子塞满腰包，成规模，有技术，还安置了不少闲散劳力。"

欧阳东："卞召忠、卞召义，还有仉扛戈几个小时都玩得很好，吃完饭去见见他们。"

亓开原："这几个都不在村里，卞召忠在别的公社武装部，卞召义当兵转业后留在外地发展；仉扛戈先是当民办教师，恢复高考后考上安徽大学，毕业后留校任教。"

欧阳东："他们都发展得不错。"亓开原："你要留在这里不走的话，准能干个大项目。"

欧阳东："我想留下只是舍不得离开这里的人。"祁有志："走有走的好处，我们再富还是老百姓，人家吃上了国库粮，当了水库的领导，我们吃的自来水还是水库供给的，来，干一个。"谈起村里的变化，个个眉飞色舞，精神豪爽，踌躇满志，在场的当然最有发言权的是祁大叔，古铜色的脸庞刻满人生沧桑，脑袋里装满酸甜苦辣，大嘴巴一开启如泄闸的洪水，刹住闸则要几个马力。亓开原也不示弱，两人借着酒劲，不亚于一台相声。

欧阳东："你们都忙，不再耽误你们时间了，我还是回去吧，对于你们来说，时间就是金钱。"

众人一齐阻拦："钱再多也买不到友谊。"

须一丰："别愁没地方住，我家房子宽敞，到我家住。"

边凡典："小时候我们两个就挤在油坊吊铺上，现在我家有宽敞的房子，就到我家咱俩睡一张床找找感觉。"

亓开原："都不用争，都是村里统一规划、统一标准的前挑檐瓦房，家家都宽敞明亮。哪里也不用去，就住在我那里。"

欧阳东坚持说："我还是回去吧，别再耽误你们的时间。"

祁大叔说："今天绑也得把你绑在这里，非留下不可，我还没亲够呐，明天我家送煎饼的车不送煎饼专程送你。"

欧阳东盛情难却，激动地抱起双拳："遵命。那好吧，既然留下还是住老根据地，饱食一餐好美味，再品旧时榨油香。"

饭后欧阳东拉起祁大叔的胳膊："我送你回家。"

祁大叔甩开欧阳东："我自己能走，又没喝醉不用送。"

欧阳东口气坚定地说："大叔，就给我一次机会。"欧阳东搀扶着祁大叔送到家。告别祁大叔，欧阳东紧三步地跑到当年老房东的住处，推开大门，满院杂草丛生，房门紧锁，空旷荒凉，房东已经作古。欧阳东对着房门喃喃自语："爷爷，小东看你来了，我很想您，好久没跟您聊天了，今天我们就聊个够，您的在天之灵听到我的声音不会陌生。您耳朵不好使，您说过是被敌机投下炮弹炸聋的，别人在你面前说话你要看口型才能明白，说来也怪，我跟您说话不用大声您都能听见，当别人跟您说话的时候只要我在场都会给你当翻译，爷爷您安息吧。从记事起，爷爷每天早上都把院子打扫得干干净净，让我们兄妹几个摸爬滚打，这院子是我成长的摇篮，留下了我成长的足迹。西墙多年失修已经成为名副其实的残垣断壁，经过寒冬酷暑土块松垮，雨水把墙上泥土冲到墙壁上形成一道道小沟，曾经爬过的墙豁子已经不成样子。今天再翻越一次，找一找当年爬墙的感觉。"走向墙根，双手扳着土墙，刚想抬腿，膝盖碰到墙上，疼得"哎呀"一声立即退下："这老残腿呀，旧伤加新痕，愈发不听使唤了，可别害得我走不了路，再疼也不能让发小们发现有问题。"用尽全身力气爬到墙上，长喘了一会儿气才双手扳住土块放下双脚，出了一身大汗。与墙豁子相对的是通往柳飞扬家的墙缺口，缓过气来再次调动全身力气搬着墙头从缺口进到柳飞扬家，站到房檐下揉了揉腿，房檐只有齐眉高。"他们人呢？大伯时常把'水利是农业的命脉'挂在嘴边上，强调水对农业的重要性，当时并没有真正理解水的重要性在哪里，走上这个行业后，才真正认识到，水对农业、工业、人民的生活至关重要。每当看到水库清澈的水，就想到你们那一代修水库的艰难，我们这一代要管好用好，让水库发挥最大作用，让水最大限度造福于人民。为了实现您把水淌到锅里的遗愿，我又吃了一次大苦头，在实验过程中又摔伤了腿。"

"大妈，当年我走的时候，想带柳飞扬同去，你拒绝我妈的请求，怕摊煎饼累着她，您可曾想到，现在摊煎饼已经用上了机器，摊得又快又好，再也不用担心摊煎饼累。柳飞扬你在哪里？柳飞岩、柳飞絮还记得我们一起睡土炕吗？狭窄的土炕搁如今放不下一条腿，当年我们三人挤在上边一睡就是几年。"

"咕咚"一声亓开原从墙豁子跳下："我猜你就在这里，老琢磨什么，村里在路南一带统一规划，人都住进新房子，让新房子一比，老房简直没法看了，路北一带准备第二批规划，标准更高。我发现你爱琢磨事，走不出那些陈年往事，走吧，快回去，天都不早了。"拽住欧阳东的胳膊跳下墙豁子。欧阳东恋恋不舍地盯着那残垣断壁，许久才把目光收回。感叹："亓大哥不瞒你说，我是喝着这里的水、走着这里的路、呼吸着这里的空气长大的，这里有我的根，人走千里不能忘记根。你先回去，我跟卓尔干见个面。"亓开原说："还是我跟你一块去吧，扯起旧话来就把时间忘了，说不定到什么时候。"

两人一同来到卓尔干承包的苹果园，欧阳东礼貌地递上一盒大前门牌香烟："尝尝这个。"卓尔干翻过来正过去看了又看："这可是好烟，你留着自己抽吧，我不用抽这么好的，抽习惯了旱烟叶觉得很有劲儿。"

欧阳东抽出一支递给卓尔干，打火点着："当年你卷黄豆叶子当烟抽，我觉着很好奇，就学着你的样子卷，从此学会了抽烟。现在生活好了，抽好的吧。"卓尔干咧开满嘴的黄牙："你还记得拿黄豆叶子卷烟抽的事？现在可不是那个年代了。看见你拿出这么好的香烟就知道你混得不错，巴望着你们过好，我打心眼里为你高兴。当年你走的时候满脸愁云、打不起精神就知道是愁着到新地方日子不好过，是啊，不会有热炕头等着你。如今走的好了，没走的也好了，再不用为吃住发愁。今天晚上我请客，一起下馆子。"亓开原说："我已经安排好了，明天你再请吧。"卓尔干："那就请你们吃苹果，苹果管够。我的苹果品种多、口感好，想吃什么自己挑，开什么车来的？走时送你一汽车。"卓尔干热情大方，健谈。亓开原使了个眼色，两人起身离开。

亓开原："卓尔干要开了头，半夜也说不完。以前家里穷得叮当响，三间破屋露着天，一家人挤在三间破屋里，你走后他就睡在油坊的吊铺上，人长得丑家庭条件又差，年龄很大才找上媳妇。这些年承包苹果园发了财，张口就财大气粗显富。"

欧阳东点点头："显富说明有底气，这次回来确实看到了乡亲们拔掉了穷根走上富裕路。"亓开原："嗯。他家的卓尔群你还记得吧？"

欧阳东："记得，当然记得，永远都忘不了。"亓开原："她没跟你去，不会记恨吧？"

欧阳东："说心里话，当时没领上她我可难受了，心心念念想她，想得饭不思水不想。不过幸好她没去，刚到那阵子，那地方让人简直受不了，你根本想象不到有多荒凉，除了悬在半山腰石块垒起来的三间屋，啥都没有，没有水、没有路，出门就得上沟爬崖，一脚踩不稳就滚到山沟里。"亓开原："不记恨就好。那个家到底在什么地方还这么荒凉？"

欧阳东："刚去的时候不知道在什么地方，后来才知道是在海东县的西北角与其他两个贫困县交界的地方，人烟稀少、消息闭塞的深山沟里，都是些逃荒避难的，到那里落了脚，寄信都找不到地方。"亓开原："现在好了？"

欧阳东："还是欠发达地区，交通和水源还没有彻底解决。"亓开原："会好的，各行各业都在发展。"欧阳东："实指望这次来能见到她，还是扑了个空。"亓开原："只要打算见，一定能见到。"

知性老婆文盲汉

"快半夜了，还抱着本书点灯熬油，假装圣人，睡觉！"男人斥责着，随手"啪"的一声把灯关了。卓尔群正沉浸在书本里，一声吼叫满屋漆黑，放下书本，闭上双眼适应突如其来的黑暗，起身揉揉眼，等眼睛对黑暗适应了，摸黑洗漱，与其吵闹不如沉默。"有文化的不跟没文化的一般见识。"这是她坚持的一贯原则。转念一想：的确该睡觉了，没有他的吼声真舍不得主动把书本合上，放下洗漱用具听见呼噜声响彻满屋。听见呼噜声气不打一处来：正看到节骨眼儿上给打断，自己倒呼呼大睡，和这样的人同处一室，真够别扭的，越想越来气，翻来覆去合不上眼。心越烦躁越不堪忍受打呼噜，呼噜声偏偏直向耳朵里钻，搅得难以入睡，扯起被子捂住耳朵。

好不容易有了睡意，朦胧中感觉被子被掀开。本仝一骨碌翻身下床，打开门蹿到外边。卓尔群一股无名火上蹿，心里骂道："神经病。"趁没有呼噜声快调节心情入睡。起床后怒火未消："不顾别人学习你关灯，刚睡着你又向外跑，成心折腾人，深更半夜不好好睡觉跑出去干啥？"本仝："干啥就不用你问了，你睡你的，我该干啥干啥。"卓尔群端详了他一番，不再理会。

下午下班刚进门，笃实白紧跟着推门进屋："我老远就看见你开门了，我也跟着进来了。"卓尔群忙打招呼："你先坐我换下衣服。"笃实白："不用坐了，跟本大哥说句话就走，他还没回来？"卓尔群："我刚进门，没见他的面，你先坐下等会儿。"不大一会本垒推门进屋。

笃实白急忙起身，客气地说："本大哥，不好意思，夜里惊动你了。昨天是冬至节，老家有祭奠故去亲人的习俗，夜深人静的时候我给代多邺烧了几张纸，略表对他的心意。见大哥在远处站着，您是怕发生火灾？"

本垒："睡梦里脑海中似乎火光一闪，起身出门，果然看见外边真有火光，在火光照映下看见是你，我就站在远处看着，一直看着你离开。我们是产油单位，就怕火，这还不是一线，一线根本就不能见明火。二线也要注意防火，发生火灾可是人命关天的大事，快过年了，万万不能大意。"笃实白连声说："是、是，本大哥说得对。我知道场里有规定，可我抑制不住内心对代多邺的思念，烧几张纸略表一下心意，一直等燃烬没有火星，纸灰浇上水，用土盖了才离开。"本垒："你也是老职工了，不会违背场里的规定。我就是见不得火，一见火就惊恐。"笃实白："您责任心强。"本垒："哪里是什么责任心，职业病。"听着他们交谈，卓尔群终于明白本垒大黑夜向外走的原因。真没想到粗声大气的这位还有几分郑板桥笔下"衙斋卧听萧萧竹，疑是民间疾苦声"情胸怀。

笃实白："快做饭吧，别耽误吃饭，我回去了。"卓尔群："在这一块吃吧。回去一个人还得麻烦。"笃实白："不在这，回去做，一个人习惯了。"

卓尔群："你呀，总是搁不下代多邨，时时刻刻想着他，过个冬至节还想着烧纸，他要在天有知的话，真得感谢你。"笃实白："他知道不知道都无所谓，我尽到我的心就行了。"

"你还知道回来，看孩子病成啥样？直闹，一下午就是不睁眼，害得我上夜班觉都睡不成。"卓尔群俯下身脸贴着孩子的额头一试，吃惊地说："孩子烧得不轻，别在家等，快去诊所找医生。"本坌大声嚷道："不去。"卓尔群："不能不去，发烧越到晚上越厉害，厉害了黑夜怎么办？"本坌："夜里发烧我抱着。"卓尔群："光抱着不行，再说你还上夜班，快去医院。"本坌加重语气重复："不去。"把孩子紧紧搂在怀里。卓尔群不容分说夺过孩子，抱起孩子一路小跑直奔诊所，护士一量体温 $39·3℃$，医生当即决定："快挂吊瓶输液，持续高烧容易引起肺炎，更严重的会烧出脑膜炎、大脑炎之类的毛病。"一看情况紧急，已经下班的医护人员立即返回动手，准备就绪，护士找准脉搏，针头照着孩子手背扎下，孩子"嗷"的一声大哭，随后赶来的本坌上前一步，推开护士，一把将针头撕下，血从针眼里冒出，孩子本来在哭，一番吵闹孩子哭得撕心裂肺，见孩子哭，本坌吼道："你认为这是猪呀拿针扎，这是几个月的孩子，指头还没有这根针长，本来就有病，再扎上一根针还不疼上加疼，简直胡闹，快回家。"说着抱起孩子。医生处理着血渍说："孩子的病不能再耽搁，高烧不退容易引起脑炎，脑炎治起来就更麻烦了，治不彻底容易留下后遗症，孩子可就成了傻瓜，那可后悔都来不及。"本垒把针使劲一摔，没好气地说："你别觉得穿个白大褂就能吓唬人，我们小的时候没扎过这玩意也没成傻瓜。"一看这架势是要打架，为了缓解事态，医护人员都不再出声。

卓尔群铁了心，今天就是闹上天也不能听他的。抱过孩子使出全身力气猛地向本垒撞去，撞得他向后倒退了几步。卓尔群挡在他前面，斩钉截铁地说："这孩子非输液不可。"本垒从未见过卓尔群这样凶，被这突如其来的一撞倒没了主意。医护人员立即动手，药液有节奏地注射到脉搏了，孩子脸上的红晕渐渐消退，呼吸逐渐平稳，躺在卓尔群怀里睡着了。孩子小滴注不能快，注射完已接近半夜。本垒上夜班自己照顾着孩子，饭都没吃上。

孩子因扁桃体炎引起发烧，一次两次注射不解决问题，要连续输液，正值认生阶段的孩子因为吃过一次苦头，再见到医护人员就反抗，看见穿白大褂声嘶力竭打着挺大哭，扎针时抱都抱不住。为了配合治疗，卓尔群穷尽所能，输一次液就累得满头大汗，孩子直到哭闹得筋疲力尽才停下来，只得把孩子紧紧搂在怀里，使其安静睡熟医护人员方能进行输液，输液瓶挂上后不敢放松，盯着药瓶一滴一滴滴入脉搏，生怕有半点闪失，怀里抱着孩子，心里还惦记着场里猪的事。

没白没黑纠缠着孩子，饭也吃不上，活儿也干不成，又急又累没等孩子痊愈自己就开始发烧，祸不单行，这一发烧可来麻烦了，起不了床，孩子还得继续治疗，不舒服直闹腾。本垒吼道："孩子有病就搞得不得安宁，你又跟着凑热闹，我还得上班，顾不上管你。"无奈只得支撑着抱起孩子一同到医院治疗，急得火烧火燎，等孩子好转自己还病着，再耽误怕出问题，带病白天上班，晚上下班后再去输液。

到单位后先进猪圈查看，感觉猪有些懒。心里一颤："不好。"怀着忐忑的心情问笃实白："发现没发现猪不正常？"

笃实白："嗯，让我想想，想起来了，懒得动，光想躺着，爬的时候前爪好像不敢着地，走一步一颤悠，食欲不振。"卓尔群："跟场长反映了没有？"笃实白："没有，又不是生病反映什么。"卓尔群："不对，问题严重了，出现这些情况说明已经生病了，不能迟疑，立即汇报。"卓尔群跑到场长办公室："场长，发现猪有问题。"郝场长吃惊地瞪大眼睛问："啥问题？严重不？看看去。"郝场长陪同卓尔群火速跑到饲养场。

卓尔群问笃实白："你有没有看清都有哪些懒得动、哪些食欲不振、哪些走路有疼痛感？"笃实白说了自己掌握的情况。卓尔群着急地对笃实白说："发现情况应及时报告。"笃实白："看你病得不轻，猪就是懒点儿，没想到这么严重。"卓尔群坚定地说："不对，这是一种流行病，治疗不及时，会造成大面积感染。"笃实白："越渴越给盐吃，怎么偏在这种节骨眼儿上出问题。"卓尔群："照顾猪就跟照顾小孩一样，要处处留心，稍有疏忽就出问题，这是疏于管理造成的。"

郝场长："情况怎么样？"卓尔群："场长，多派几个人一起动手，摸清情况后，进行针对性治疗。"看着紧张的卓尔群，郝场长马上行动。

经过全面检查患病率达 20%。郝场长责成卓尔群针对存在问题拿出治疗方案，立即召开紧急会议。

会上卓尔群针对问题提出："一、对个别患病的猪进行隔离，饲料要添加营养。二、全场进行一次大范围消毒。三、除重点治疗外，对现有猪群全部注射防疫针，请大家考虑。"郝场长补充说："这事关系重大，大家都发表意见，献计献策，还有没有可补充的？"大家屏住呼吸，沉默不语。郝场长说："既然没有异议就分头行动，散会。"经过一个星期没白没黑的抢救，病情基本控制，卓尔群悬着的心才放下。又急又累，自己病情又加重，开始发烧。白天坚持上班、晚上输液。一直对猪跟踪治疗观察，再没出现问题，总算松了一口气。

这件事是一块心病，让卓尔群挥之不去，看见患过病的猪就觉得刺眼。向郝场长建议："如果最近食品单位有调拨，先把患过病的猪拨走。"

郝场长："你确定没问题？一线职工很辛苦，我们要对他们全面负责。"卓尔群："经过跟踪观察，一切良好，不会有问题。"郝场长："在这方面你是权威，你保证不出问题就听你的。"卓尔群："虽然不敢做百分之百的保证，但可以说不会出问题。"

猪被调拨出去了，拔掉了卓尔群心中的刺，心情轻松了许多。时隔不久，郝场长找到卓尔群："调拨到肉联厂的那批猪被检疫局检出问题，这下问题可大了。"

卓尔群一听吓出一身冷汗："糟了。不过，场长，口蹄疫不会对人体有危害。"

郝场长："你说不会有问题，这已经检查出问题来了，这是个不可推卸的责任，就等着处分吧。那批猪肉全部销毁，场里包赔损失，捉鸡不成蚀把米。"郝场长铁青着脸走出办公室。

卓尔群怀着沉重的心情回到家，情急之下忘记"家规"喃喃自语："这可怎么办？出这么大娄子，没有可补救的万全之策了吗？"

本全："怎么没有，没有别的办法还不会打针？你不是就喜欢打针吗？拿出打针的勇气啥问题都能解决！"

卓尔群辩解："话不能这么说，需要打的时候必须打，不是喜欢不喜欢的问题。"本全怒目圆睁："哼，需要打为什么出事？看你怎么收拾。"

卓尔群："你这是什么意思？是称快？有事不但不给安慰，反而添堵。"本全没好气地说："堵得还轻……"孩子吓得脸色发白，使劲钻到卓尔群怀里。

卓尔群忙说："别再争论了，吓着孩子。"本全更来劲了："说句话怕吓着孩子，针扎到他头上怎么不怕吓着？"卓尔群意识到：借题发挥找碴，再继续下去一场大战将会爆发，生气还吓着孩子。和这样的人有理讲不清，有文化的要高姿态，不让孩子受影响，把委屈压到心底，抱起孩子走出门外。

处理结果出来了：卓尔群、郝场长分别记过处分，记入档案。郝场长从此脸上乌云压顶，卓尔群更是背上了沉重的担子。

卓尔群回家路上见儿子撒着欢儿到处跑,上前叫住:"本为正,不要再到处乱跑,跟妈妈回家,妈妈要看你今天的作业。"头上冒着热气的本为正很不高兴地停住脚步,跟随回到家,到家后不情愿地找出作业本放到卓尔群面前。卓尔群翻开一看,语文有两个字打了叉号,数学题也有几个叉号,卓尔群指着叉号问:"老师为什么在这里打叉?"本为正:"这个字写错了。"

卓尔群:"写错了要改过来,数学题错了要找出错的原因,把错的改正,再遇到这样的题就会了,先把这几个错字改过来,多写几遍,再把错题改过来。"本为正讨价还价:"我把写错的字改过来就出去玩。"三下五除二,两个错字改正后各写了三遍,起身就想向外跑,卓尔群一把拽住,不容置疑的口气:"把错的数学题改完了再去玩。"本为正嚷道:"玩回来再改。"卓尔群口气坚定地说:"可以,现在就改,改完了就可以马上出去玩,如果玩后再改,就加做十道题,自己决定吧。"本为正踌躇地站在原地不动,经过一番思考,坐下来拿起笔乖乖地把错题改正。

卓尔群鼓励说:"知错就改才是好孩子,以后放学先完成老师布置的作业再玩,养成学习的好习惯,能做到吗?""能!"本为正爽快地回答。这一声刚好被进门的本垒听到,没头没脑地递上一句:"能啥能,别光听你妈没完没了地瞎叨叨,在学校学习,回家就是玩,小孩就喜欢玩,光趴在那里不动脊梁弯成罗锅怎么办,玩去吧。"本为正如释重负一溜风地跑出了门。

卓尔群无可奈何地质问："你怎么不问青红皂白就乱说一气，孩子小自制能力差，还不懂得学习的重要，家长应该主动配合老师，加强校外管理，从小就应该培养爱学习、自觉学习的好习惯，以后才能有出息。"本垒不耐烦地："又来了，别跟我讲这些大道理，我不爱听。你倒学得好，有出息了，也没比别人多拿几个。你想让孩子早早扛上个'二饼'是不是？告诉你，扛上'二饼'就成了盲人，吃饭冒上热气连锅里做的啥都看不清，下雨淋上水会撞到树上，总之啥事都干不成。"话不投机，卓尔群觉得没有必要争论，只得忍气吞声，走到门外深深吸了一口气。

饭后，卓尔群对本为正说："走，妈妈陪你到外边去玩。"本为正："好。"到外边后本为正："妈妈我们玩捉迷藏的游戏好吗？"

卓尔群抚摸着儿子的头："好，妈妈先讲个故事你听，讲完了再捉迷藏。"本为正一听讲故事高兴地嚷道："我喜欢听故事，妈妈快讲。""好，你听着，家里的锅用它炒菜、煮面条、蒸馒头、煮肉、炖鸡、做啥都用它，作用可大了，并且做出来的饭菜美味可口，一日三餐都离不开它。你知道它是用什么做的吗？"本为正一片茫然，问："用什么做的？我不知道，妈妈告诉我。"

卓尔群："它原本就是一块生铁疙瘩，放在角落里没人能看见，可是经过高温熔炼，大锤小锤反复锤打，铸造成锅就可以发挥多种作用，每家必用，离了不行。人小的时候就像一块铁疙瘩，要经过熔炼、锻打，才能成为有用之才。学校就是大熔炉，老师就好比是拿锤子的人，给你灌输知识，教你懂得做人的道理，看到你的错误指导你改正。在学校跟上老师，听老师的话，学会思考问题，把老师讲授的知识学好，有了知识才能成为有用之才。要想放了学就玩，最好的办法就是把老师讲的知识学会学扎实，做题不出错，能做到吗？""能。"本为正肯定地点了点了头。卓尔群鼓励说："妈妈相信本为正说话算话，从明天开始，作业不出错。"

第二天清晨，一开门，外面正下着大雨，满院子都是水。

本叁发话："下着这么大雨不去上学了，在家待着，天好了再上，不差一天半天的。"本为正看了一眼卓尔群，卓尔群心领神会，面露难色地对本为正说："外面下雨路不好走，上学还要淋湿衣裳，上还是不上你自己决定吧。"本为正犹豫了片刻后坚定地回答："上，我要上学。"

卓尔群鼓励："这就对了，今天早饭妈妈给你煮一个鸡蛋作奖励，吃了饭妈妈送你去学校。"

到校后教室里空无一人，本为正大声喊："我是第一，不来的都是胆小鬼。"老师正好进校门，听见喊声走进教室，高兴地竖起大拇指："本为正好样的，你不怕苦，下着雨坚持到校，真是个好孩子。"老师一句夸奖本为正才明白冒雨坚持到校就是不怕吃苦，得意地笑了。老师收敛笑容说："下雨天很多家长不让孩子到校，这事不能怨学生，都是家长的原因，多次在家长会上讲，就是没引起家长重视。"

下午卓尔群到家后，本为正高兴地跑到她跟前，把作业本从书包里掏出来，大声说："妈妈我的作业全做对了，老师表扬我上课认真听讲。"卓尔群点点头，趁热打铁加以引导："继续努力，今天认真听讲得到老师表扬，作业还不出错，明天认真听讲，把作业做好老师还会表扬，要想天天得到表扬就要天天坚持认真听讲，作业不出错，听明白了吗？"本为正爽快地回答："嗯，听明白了，我要让老师天天表扬。"

"妈妈，学校晚上开会，老师让您去参加。"本为正从书包里掏出一张通知书递给卓尔群。卓尔群看完通知书问："班里评三好学生了没有？"本为正："评了，我评上三好学生了。"卓尔群："好，那就让你爸爸去开会。"本为正加重语气："老师说让你去。"卓尔群："让你爸爸去开会，让他听听老师表扬你，学校对家长的要求。等他下班回来你就跟他说，就这么定了。"

本坒刚一进门就喊："爸爸，老师让你晚上去学校开会。""开会？我去开什么会？不去！"本坒一口拒绝。本为正紧追不舍："不，爸爸你一定要去，家长就坐自己学生的座位上，你不去我座位空着，老师一看就知道。老师说了，家长不去开会，就不能评为三好学生，评上了也不发奖状。"本坒："还这么严重，你上学还得麻烦我去开会。你在学校不听话了是吧？"本为正："不是光你去开会，所有学生的家长都要去，你去了就知道了，你不去我生气了。"本坒这才答应："好，去去，总得让我吃了饭再去。"等吃完饭却不抓紧时机去学校，磨磨蹭蹭在屋里转一圈，到门外转一圈，再回屋里坐下来，起来坐下，就是不出门。本为正催促说："爸爸快去呀，时间快到了，老师说不准迟到。"

本为正用力推了他一把。本全不耐烦了："你上学就上学，关我什么事？家长还要开会，学校管着我了？叫你妈去。"本为正噘着嘴："就叫你去。"本全见实在推不过，才慢吞吞走出家门。

开完会面带笑容回到家，喊道："本为正，爸爸开会回来了，老师表扬你了，夸你爱学习，主动完成作业，帮助同学，是个懂事的好孩子，你还评上三好学生。没给爸爸丢脸，为爸爸争光啦。"

本为正追问："老师还说啥了？"本全："老师说得可多了，我光顾高兴没记全，反正没批评你，我听着表扬你的多，其他同学表扬的比你少。一听老师表扬你，我就从心里高兴。从今往后爸爸支持你学习，你要好好学习天天向上。"

本为正吃惊地问："爸爸你还会说这句？"本全："看见你们教室里贴着，我就想起来了，这是毛主席语录，没上学我可会背毛主席语录，不只会背这条，会背的多着呐，不但会背语录，就连毛主席的'老三篇'我都背得透熟，就是因为学习积极，爸爸才成为领导一切的工人阶级。"参加了家长会精神头大涨，嘴上一直哼唱着"咱们工人有力量。"

第二天正式放假，本为正把领到的三好学生奖状放到桌子上。本全下班到家，拿过奖状左看了右看："这张纸说明儿子是个好学生。"端详过后跟本为正商量："咱把奖状贴到迎门墙上怎么样？一进门就能看见，也能让外人看见。"没等本为正说话，扯过一条毛巾开始擦墙，嘴里念念有词："墙要擦干净，不能把奖状弄脏了。儿子你看着我贴，别贴歪了，要贴得端端正正。"贴好退到门槛上感慨地说："贴上这张奖状，屋里亮堂多了。儿子你多拿奖状，把这面墙贴满，让满屋放光。"本为正问："你支持我上学吗？"本仝："爸爸支持儿子上学。儿子是不怕寒风吹，不怕暴雨淋，烈日当头不怕晒，做一个工人阶级的好后代。"

摸底考试两轮结束，到了高考冲刺阶段，卓尔群专门抽时间找到班主任。班主任把两轮摸底试卷放到她面前说："你来得很是时候，老师正为他的问题着急。他是一个好学生，多次参加物理、化学、数学奥赛，助长了他的骄傲情绪，过于自信，到最后这一学期，直接抛开老师钻偏题怪题，力用偏了，高考时即便总分达到录取分数线，单科不及格，也不能被录取。你看，前面部分填空题，可以说是送分的，占分值不低，他觉得太简单，不认真做，3写成8、8写成5、6写成0，而最后的思考题只有5分，他在思考题上很下功夫，挖空心思钻研，是不达目的誓不罢休，全班能做出来的只有他，15分的填空题稍微细心就能轻松全得，思考题即便作对只得5分，孰轻孰重他没有权衡。高考临近，只剩最后一轮摸底考试了，再不改正要吃大亏，希望您帮助学生改变学习方法。"

老师针对试卷分析了利弊，卓尔群听后又气又急，憋了一肚子气。心想："该对本为正猛击一掌，使他猛醒的时候到了。这事要与本仝合计好，稳住他的情绪，在这个节骨眼儿上，他东一榔头西一棒子乱弹琴会起反作用。"

卓尔群耐着性子回到家，趁本为正未到家之前对本仝说："老师对本为正近期学习情况很不满意，今天要好好教训他一顿，不给他点儿厉害是不行了。这事需要我们配合好，齐心协力帮他改正。"

本全："你想怎么教训？"卓尔群胸有成竹地："打棍子。"

本全惊愕地喊上了："什么？你还想打棍子？你向来反对体罚，说他一声、戳他一指头你都不乐意，现在这么大了，你又要打棍子，打他哪里？我可告诉你伤了他的自尊心，他会记恨你一辈子。"

卓尔群："老师多次劝说无效，光凭劝说解决不了问题，必须打棍子，在这个节骨眼儿上不能怕他记恨就放任不管，要对他负责，上了十几年学再不纠正错误，上榜都危险。放学回来后，不动声色大家先吃饭，吃完饭再做处理。"

吃罢饭卓尔群抓紧收拾碗筷，这当口，本全沉不住气了，对儿子说："本为正，你妈上午去学校找老师了，老师把你考试的情况都跟她说了。"本为正大为吃惊，卓尔群不等本全继续说下去，手持棍子从厨房出来，一棍子重重打在本为正的大腿上。本为正从没吃过棍子，咧开嘴想哭，卓尔群用命令的口气说："你先说为什么挨棍子，找出挨棍子的原因再哭不迟。"卓尔群完全失去平时的斯文，吼着嗓门大喊，本为正从没见过妈妈如此严厉，自知理亏把哭声咽下。卓尔群压住气，转为缓和的口气说："今天针对你数学方面出现的问题给你敲敲警钟，你身上滋长了傲气，觉得比谁都能，不跟随老师的复习思路，自己钻偏题怪题，每次摸底考试之后，老师给你指出存在问题，你置之不理，屡屡再犯。看来光说不解决问题，不得不用棍子教训你，觉得委屈你就大声哭吧。离最后一轮摸底考试还剩两周时间，离高考也只有三个周，你要急起直追，在有限的时间内以最好的状态迎头赶上。把其他复习资料全部收起来，跟上老师做综合复习。记住了，回学校后主动找数学老师表个态。"本为正点点头，哽咽着说："记住了。"

还好，因为事先做了沟通，本坌没有乱发议论。

一棍子能否起作用，等高考成绩见分晓。

本为正急匆匆把志愿书放到卓尔群面前："离高考还有两天时间，考前先填报志愿，停半天课回家争取家长意见，下午学校就要汇总上报，时间紧，您想让我报哪所学校？什么专业？快做决定。"卓尔群感到事情重大，关系到孩子的前途问题，不能一个人说了算，但本坌又在班上。斟酌片刻，对本为正说："时间太紧，等不及你爸爸下班回来商量，你骑车到他班上，听听他的意见。"本为正不悦："这么重要的事推给他，他连高校门类都不明白，争取他的意见？他能说个啥。"

卓尔群："正是因为重要就得让他做决定，他不明白也得征求他的意见。他要说得不合适你做参考，大主意你自己拿，快去吧。"本为正服从。

本坌老远看着本为正骑车向自己单位走来，急忙迎上去，诧异地问："你怎么了，凭啥学不上大老远跑这里来干什么？"

本为正忙着填报志愿说："找你拿主意，我十几年苦读就由你一锤定音了，您说我该报什么学校。"本坌："这样的事快去找你妈，我哪里知道该报啥学校。"

本为正："我妈让我来找你，让你做决定，你行使权力的时候到了，老师急着要表，您就说吧。"本垒面露难色："太阳从西边出来，这不是给我出难题吗？我哪里知道有什么学校？"

本为正："别犹豫，快说报什么学校。"本垒："让我想想，别看爸爸看大门，看大门也是石油工人，依我看你就报个石油大学，将来做个有文化的石油工人，你看怎样？"

本为正："大权在你手里，就听你的。决定了，就按你的意见填报石油类大学。"

本为正的高考分数出来了：语文 136、物理 143、化学 141、史地生 121。150 的数学题只得了 98 分，喜忧参半，总分已经达本科线，就是数学拉得太远，本为正捏着一把汗，每天如坐针毡，捶胸顿足。

一九九五年继续实行考生的录取名单都要登在省报上，进入八月下旬考生急不可耐往学校跑，争取第一时间在报纸上看到自己被录取的名字。邮递员一到校门口，考生们争先抢报纸查阅，查到自己名字的考生欢欣雀跃，放下报纸扭头就跑，没查到的考生则愁眉不展，继续等第二天的报纸，盼望第二天的报上出现自己的名字，每天会有不少考生从报纸上获取喜讯。等报纸的人数越来越少，本为正还在人群中，急得吃不下饭。他抱着希望，抱着忧虑，每天到学校等邮递员，把希望寄托在邮递员身上。就剩不多的几个考生了，不好意思再进办公室，希望越来越小，干脆站在大门外不显眼处，低垂着头不言语。邮递员懂得考生心情，到大门使劲按铃，把当日报纸放在传达室，有限的几人听到铃声如同注了兴奋剂，不顾一切上去就抢，其中两个抢到的考生脸上露出了笑容，把报纸一扔转身就跑。

本为正捡起被扔下的报纸翻来复就是没查到自己的大名。没有人需要再查了，把当日报纸抱回家，到家后把报纸一扔，泄气地说："没指望了。"卓尔群看到本为正懊丧的样子，把报纸捡起来，说："再仔细查查，大家一齐动手，每人三张，每一版每一个字都别漏掉，看你这个漏网的鱼往哪里逃。"

卓尔群用透明塑料尺隔着，一行不落，按着顺序仔细查找，查到第三张第二版中间，大呼一声："本为正，录取学校，华东石油大学。"

本为正长舒了一口气，在自己的头上猛击一掌："多谢吃了一棍子，不然的话可能名落孙山。"

本垒："我选得没错吧，我们家又有一个为祖国献石油的，毕业后和我同行。开学我去送你，我要亲眼看看华东石油大学门槛有多高，用十二年的努力才能爬上去。"

"老场长又出新花样，从哪里学来的，难为人吧。"本垒把一张信纸翻过来正过去，笔不停地敲着桌子，嘴里喃喃地说："总结总结，总结什么，好好地干工作，保证安全不出事不就结了，还要写出来，用嘴说还不行，非要写到纸上，挂到墙上，谁不写就在墙上挂一张白纸，也学会了往自己脸上贴金。"唠叨完低下头一个字写不出来，把手里的笔一撩："不写了，看能把我怎么样。"站起身走出门外，转了一圈，又回来坐下："明天一早上班要交，拿不出来赚个不服从领导，从来没让人说个不服从领导，因为这个事赚个不服从领导过年心里不舒坦，让儿子知道了会看不起自己。"深思后鼓起勇气："不行，不能交白纸，自己总归也是进过大学校门的。"想到此站起身向门外走去，撞见下班回家的卓尔群。卓尔群一闪，问："到吃饭时间了还要出去？"心不在焉地应了一声："嗯，出去。"又问："什么时候回来？"本埋头也不抬地下一句："说不准，估计用不了多大工夫。"

到家后卓尔群换好衣服，不慌不忙地抱出一棵大白菜。这时笃实白推门进来，指着手中的面盆："给你尝个新鲜，这是刚轧的鸡蛋面条，正好你抱出大白菜，大白菜煮面条味道特别鲜美，晚上就吃吧。"卓尔群问："鸡蛋面条？稀罕，哪来的？"笃实白："我自己轧的。逛商店看见一台小型手摇面条机，觉得很好奇就买下了，算是添置一件现代化，正好改善生活派上用场，加上一个鸡蛋和面，多轧几遍面皮，轧出来的面条爽滑筋道，这是刚轧出来的，鸡蛋味浓口感很好。"笃实白得意地解释道。卓尔群："好，今天晚上就吃，你在这里一块吃吧。"笃实白忙说："不了，怕耽误你吃先给拿过来，我还有。"

卓尔群兴奋异常："难得她有如此兴致，面条还要加鸡蛋，有创意，尝尝新鲜，就来个大白菜煮面条。"哼着小曲三下五除二把大白菜洗净切好，锅里加油炒好白菜加足水把火烧旺，不多一会锅里水沸腾滚动着白菜，卓尔群探头向外看，不见人回来把火熄灭。等了一段时间，估计时间差不多了又点火把汤烧开，把面条煮到锅里，扑鼻的面条香味随着热气飘出，弥漫到空气中。卓尔群向门外看了一眼，现在回来正好吃到可口的面条。可是左等不来右等不来，锅里的面条汤烤干了，从锅边开始翘起来，最后成了一张锅饼。本垒急匆匆进屋，看了一眼卓尔群，说："吃饭吧。"到锅跟前一看，问："这是什么饭？你吃过了？"卓尔群："你怎么出去就不知道回来，一餐美味吃不成了。"本垒："明天要交工作总结，我想去找小张帮个忙，去了一看，他下班后正忙着做饭，没好意思吭声，直到他问才跟他说，小张马上放下手里的活儿帮着写，写完我就快回。"本垒解释："你怎么不先吃，你应该先吃。"卓尔群："你向外走的时候说用不了多大一会儿就回来，第一次吃鸡蛋面条，想等你回来一块儿品尝，自己吃有啥有意思。"本垒端详着卓尔群，傻愣愣地站着不动，半天才回过神来，问："你说的是真心话？想不到你也有这种感觉。平日里你今天开会明天学习，几天不着家，我自己在家吃饭也感觉没意思，再好的东西也吃不出滋味来，今天你也试着啦。"

本垒捧着儿子的来信喜出望外，急得干瞪眼。卓尔群到家后把信递给卓尔群："儿子来信了，快看看他说的什么？"卓尔群展开信默读，本垒提意见："不能光你自己看，读一遍我听听。"卓尔群乜斜了他一眼：一副小孩子的表情，可怜巴巴的，说："好，读一遍，听好了。"卓尔群从头至尾读了一遍，本垒听着直点头，脸上露出满意的笑容。"嗨，大学生就是会说话，我喜欢听，同事们都夸儿子有出息。"卓尔群刚把信放下，本垒又问："学校的饭好吗，够吃的吧？别饿着。"吃着晚饭突然问："儿子没说想家？没说想爸爸？信上都说什么来着？"

卓尔群指着信："自己看。"本垒："别，你再给读一遍我就不问了。"卓尔群拿过信重读了一遍，问："听明白了？"本仝："听明白了，一遍就听明白了，就是想再听听。"

过一段时间又开始叨叨："这小子，一个多月了也不来信，跳出这个门心就野了，不想这个家了，写一封信就完事了，难道学习时间忙得连个信顾不上写？出门在外人生地不熟吃不好，可别是病了吧，该写封信问问。你给儿子写封信，写好了我去邮局寄。"卓尔群开始给本为正写信，本仝抢先说："告诉他吃好饭，别饿着，以后常给家里写信。"如此等等说了一大堆，卓尔群悉数照写，写完折叠好装到信封里递给本仝。本仝拿在手上掂量："你都写全了，没落下吧？"卓尔群抬头看了他一眼，一贯粗门大嗓的人却变得低声细气，反诘一句："不放心自己看呗。"本仝："劳你给我念一遍，我要是自己能看还麻烦你嘛，早知道文化这么重要，在扫盲班上就不打瞌睡了，和我年龄差不多的人85%以上都是上扫盲班摘掉了文盲帽子，这文盲的帽子至今还箍在我头上。"看在他关心儿子的份上，卓尔群掏出信说："再给你读一遍，听好了。"本仝："嗯，写全了，我这就送到邮局去。"

电话风波

本为正在来信中写道："我写信不及时是有原因的，快要期中考试了，要集中精力专心学习，数学高考时成绩比较差，应该多下些功夫；

我还担任班里的团支书，除了学习还要搞团的工作，带头发挥共青团的作用。快在家里安上部电话有事直接打电话就方便了。"本垒问："什么是电话？安装一部电话要多少钱？这小子刚见几天世面就提要求。"卓尔群："先了解了解价钱。"本垒："上学还得花钱，趁早死了这个心。"卓尔群："那好，我没意见。本为正是为你着想，不来信你想他，来了信你不能看，有心惦记你又不能写信跟他说，写了信还要向邮局跑。"本垒不耐烦地说："行了行了，说起来就没完。电话是好，就是钱太贵，上哪里淘换那么多钱？"

经过打听得知：一部电话初装费要 3000 元，电话机还要另外付钱，不吃不喝也凑不出来这么多。卓尔群犯愁："倾尽所有还差一大半，等攒足钱再说。"笃实白得知后说："你家搞大建设项目，缺额部分先用我的。"

安装电话很轰动，施工人员挖沟接线，左邻右舍都来看热闹。

卓尔群兴奋地对在场人员说："各位，等安上电话你们可以都来打。"施工人员说："打电话要有对方电话号码才行，没有对方电话号码打不了。"

几位同事站在远处小声嘀咕："这个没头脑的本垒，自己没主意，啥事都听老婆的。儿子这么大了，住着两间破宿舍，不快攒钱买房子，花这么多钱弄这么个玩意儿，装上了他也不会使。"

同事议论声虽小还是被本垒听见了，心里很不是滋味，正窝着一肚子火，没找着茬口发泄。笃实白兴奋地说："等电话装好了我先来学学怎么打，电话只能跟人打吗？"笃实白的一句话成了导火索，本垒朝她开了腔："不只能跟人打你还想跟谁打？难道你还要打到天上去？"笃实白一下涨红了脸，自知失言，急忙躲到墙旮旯里。

一部电话机落成，成了家中最值钱的家当，很晚两人还对着电话机欣赏。"丁零零"，电话打进来了。本垒一个箭步上去，抓起话筒就喊："儿子，你好神通，刚装上电话你就打过来了。电话装好了，以后不用写信了，打电话就行了，这么晚了你还没睡？"

没有回音，继续大叫："儿子，你听见我说话了没有？电话按好了。"电话里传来嘀嘀的声音。本垒握着话筒惋惜地说："儿子怎么不说话，难道没听清我的声音？白天电话刚安装好，晚上就打来了，好，这可是好玩意。可他为什么不说话？没听见我问他？"本垒很是纳闷，百思不得其解。"丁零零。"电话铃又响了，本垒一个箭步冲上去，抓起话筒就喊："儿子，儿子听见我说话了吗？快说话呀。"

本垒握着话筒："不是儿子吧，不是儿子打什么电话，哪个王八蛋找事，等儿子来电话我要好好问问他，他把家里的电话跟谁说了？让他们深更半夜来胡闹，再深更半夜打过来我就不客气。"电话挂断。

第二天卓尔群抓紧给本为正写信告知家里安装了电话。估算时间本为正还没收到信，本垒心情平静下来了，对电话的热度消退。

晚饭后突然电话铃响起，打破了屋内沉寂，抢接电话的本垒却无动于衷，坐着没动，卓尔群怒嘴示意本垒，他摇摇头不动。卓尔群只得拿起话筒："喂，本为正吗？儿子下课了？"就听啪的一声，电话挂断。

卓尔群摇摇头："莫名其妙，肯定不是本为正。"

本全开腔："要个电话有啥好处，不挡风不挡雨，不解渴不解饿，真是无事找事。"怕类似情况再次发生，卓尔群再次给本为正发出一封信，电话号码写得明明白白。本为正接到信后打电话说："我打电话要到电话亭，只有中午饭后才能向学校请假，学校批准了方可外出，否则的话不能外出，每天批准的人数不能超过15%，不能连续请假。"听到本为正的声音，本全转悲为喜，脸上露出笑容，解除了心中怨气。

隔了好长一段时间，一天晚上正在准备睡觉，电话铃声大震，料定不是本为正打来的，都不予理睬，电话铃一直在响，直到吵得心烦。卓尔群不耐烦地抓起话筒："喂，哪一位？这么晚了还打电话？"

对方礼貌地说："大娘打扰您了，请原谅。因为怕白天家里没人，晚上九点后打电话便宜，既然您没睡就跟您打听个人。"

问："你找谁？"

对方："我找卓尔群，请问您认识她吗？"

问："你是谁？找她干啥？"

对方："大娘，认识的话麻烦您请她接电话。"

答："我就是，有事快说。"

对方："还以为是个老太太，以前你不是这个声，怎么连说话的声音都变了。"

卓尔群："你以前听过她的声音？不是你要找的人那就挂了。"

对方："别挂，何止是听过，还在一起待过，她的声音永远铭记在我心里。好不容易找到，无论如何跟你说句话。你没听出我是谁？"

答："没听出你是谁，有事快说，没急事不用说了，影响睡觉，挂了。"

对方："听我说，我叫欧阳东，总算找到你了。"

卓尔群不解地问："到底有啥事找我？"

对方急切地说："没事怎么会找你，费了九牛二虎之力找你，今天总算找到你了，找到你是我的一个胜利。你没想起来我是谁？那我告诉你，小时候我们在食堂吃煮地瓜，学习《老三篇》，大演大唱，忆苦思甜，一块上学，在生产队劳动……"

卓尔群猛醒："噢，你是从我们村跟随父母回老家的那位？"

对方："是，你终于想起来了，小的时候我们住一个村，后来我跟随父母回老家，走的时候还送了我一条手绢，我至今还保留在身边。"

卓尔群："我们家刚安上电话没几天，你就找上门来，你怎么知道我家电话的？"

对方："我哪里知道你家有电话，为了找你，我没少打电话，晚上有空就胡乱拨，心想总能有拨对的那一天。有时拨通了被人家当成儿子；有时拨通了又误认为捣乱；有时还被骂。不论骂也好，误解捣乱也罢，我就是坚持找下去，今天终于找到你了。"

本垒腾地站起来嚷道："王八蛋，原来是这个混账东西，他一而再再而三地没完了，你说他想干啥？"卓尔群立即放下电话。

一波未平一波又起。

卓尔群耐心地说："别急，没有必要大喊大叫，你听我说，他小时候和我们住一个村，我们一个生产队，从小一起长大。他爸爸是国家干部，他初中毕业后和我们一起在村里当社员。国家有指示，他们响应国家号召，随父母回到自己老家，都不知道他们老家在哪，他不说，我还真把他忘了。"

本仝嚷道："你应该跟着他一块去，我听明白了，他走的时候你还送了东西，你们早就好上了，要不然这么多年他还想着你？"

卓尔群火了："别不分青红皂白乱说，什么是好上了，那时候我们都还小，那个年代你也经历过，集体活动频繁，老的少的都参与，没有私心杂念，是纯粹的友谊。"

本仝怒不可遏地："得啦，别挑好听的说，你认为我是傻瓜？"

卓尔群："你不是傻瓜，是聪明过度，我说的句句都是实情，信不信由你，别故意找碴。"

本仝："不用故意找，碴就明摆着。"

卓尔群："那你就使劲找吧，无聊。有吵的必要吗？你想怎么吵就吵吧。"本仝就是没完没了，一直吵到半夜。第二天刚亮，甩门扬长而去。

晚饭后笃实白手捧书本来到卓尔群家，进屋兴奋地说："这本《红岩》我看完了，怪不得你让我看书，看书是多懂道理，越看越想看，还想再看一本。"

卓尔群："好啊，保证满足要求。"卓尔群领笃实白到书柜前说："这里有《青春之歌》《林海雪原》《钢铁是怎样炼成的》一大堆，你想看哪一本自己挑。坐下说说你读书的收获。"笃实白"我可说不好，这书真应该读，书中的江姐真让人感动，年纪轻轻的真了不起，看见自己的爱人被国民党反动派杀害后头挂在城楼上示众，不但没吓到，强忍悲痛继续跟敌人战斗，这要有多大毅力才能做到，这种精神真让人敬佩，值得学习。"

卓尔群肯定地说："对，这就是读书的收获，有一位名人把书籍比喻成人类进步的阶梯，人类想要进步，离不开书籍的指引，我们没上过阶梯，但是我们爬过山，在山下只能看到山的一部分，一步一步往上爬，就会看到山中更多风景，到了山顶整座山尽收眼底，山上的景色一览无余，感到眼前风光无限。"

笃实白："是，是这样，我爬了多次山就没有你这种感觉，还真得多读书，还是你厉害，和你在一起真受益。本大哥在你身边，你指导他学习更方便。他人呢，你不是要求他每天晚上在家看书学习吗，今天晚上怎么没学？"

卓尔群："嗯，出去了，好几天没回家了，不知道去了哪里。"

笃实白双眼圆睁，惊讶地问："他为什么不回家？难道到本为正学校了？就是去也该跟你说一声。"

卓尔群："我们俩吵架了，他离家出走，已经四天不见人了，单位说没见面，至于到哪里就说不清了。"

笃实白："没想到你们还会吵架。"

卓尔群："不但吵，吵得还很凶，电话是导火索。"

笃实白："本大哥是个直性子，心里装不下事儿，遇事就像竹筒倒豆子，噼里啪啦往外倒。你的性格和他不同，斯斯文文有涵养，遇事沉着冷静，不会大吵大闹。我整天以为你们过得很和睦，吵架的事不会发生在你们身上。"

卓尔群："你哪里知道，我们走到一起就是个错误。说话不投机，让人最不能忍受的是他那大嗓门，老虎腔，一张嘴就呲巴人，跟吵架没什么两样，我听着就不舒服，尽量少说话。每当劝他改一改，他总是板着脸说：'你这是故意挑毛病，我这样就很好。'要改变他是不可能，那就只有改变我自己，逐渐适应，既然走到一起，尽量凑合着过，我把全部希望都寄托在孩子身上，不能让孩子夹在中间无所适从。光看他的优点，把优点放大，不足之处忽略不计。就发现这人有正义感，没有歪门邪道，道理讲透了也能接受，顾家，精打细算，心疼孩子。炖好一只鸡把鸡腿给孩子挑上，再给我挑，剩下的鸡爪鸡脖子自己吃。我从来没给他过笑脸，我也不是他的意中人，他不欣赏我的斯文，如同我不喜欢他的粗俗，他遇到不满意的事就大声疾呼，粗声大嗓地发泄，我不满意只能忍气吞声，对他的白眼与呵斥我是耿耿于怀。看来找到两情相悦之人陪伴自己太不容易了。你和代多邨两个海誓山盟却又得不到他的陪伴，你只能孤单为他守情。"

笃实白叹了口气说："跟前有个人吵架也是幸福的。"

卓尔群："你孤单怕了。"

五天后本垒回到家，卓尔群采用冷暴力。本垒一点不示弱，冷得面孔铁青。

卓尔群到底涵养不够，终于憋不住了："有事说事，一个男子汉一点气度都没有，说走就走，走了就别回来，不想过了？不想过散伙。"本垒："散伙就散伙，谁怕谁，看在孩子的份上凑合着。"

本为正寒假到家，发现家庭气氛不对劲。幽默地说："春节鞭炮还没放，怎么感觉家里火药味十足？"

卓尔群："我都被炮轰得受不了，你还开玩笑。根据你的要求安装了电话，可惹上麻烦了。"本为正："有啥麻烦？"卓尔群："麻烦可大了。"

本为正听卓尔群说完"扑哧"笑出了声："爸爸，不是我说你，您太缺乏自信了，还自命为领导阶级，领导阶级就应该胸怀大度，区区小事何必动怒，不就回忆了一些少年往事，说了几句问候的话，有什么大不了的。说句公道话，还得感谢人家是个有心人，这么多年了还能主动联系，说不定还会打来电话，再打来电话要好好谢谢。别再为这事生气了，我宣布冷战结束，别影响过年。爸爸您怕我妈被人抢走是吗？正说明你不自信，我敢肯定，我妈是不会被人抢走的，您就放心好了。"

本垒白了他一眼："她根本就没把我放在眼里。"

卓尔群调侃："我的眼再大也装不下你。"

本为正猛击一下大腿："高，实在是高！高高兴兴过年喽。"

卓尔群借到校讲课的机会找到系主任："赖主任，请问我的调动问题有眉目了？这期讲授已经结束，我就要回单位了。"赖主任："申请我已经报上去了，别着急，你再等等。"

卓尔群："这事还劳您费心。"赖主任蛮有把握地："好，没问题，你是既具备传统本色又具有进取精神、对工作一丝不苟的典型，单位就需要你这种有作为的人，放心吧。"

卓尔群在课堂上讲得神采飞扬，深入浅出，理论联系实际，把新生的情绪调动到极致，双边互动，课堂气氛活跃，受到新生好评。刚走下讲台，赖主任微笑着从教室后边迎上去："祝贺你，讲得很成功，每次的讲课新生评价都很高，学校有意把你调来当老师，你看怎样？"卓尔群没有任何心理准备，一愣神，马上一激灵，说："好啊，太好了，正盼不得呐。如果能调到学校，就有更多学习机会了，还能经常跟老师请教学习。不过还得请您帮忙打通各个环节。"

赖主任："按正常程序走，写一份申请上报学校，加盖你单位公章。"卓尔群爽快地答应："好的，按您的要求办。"卓尔群很高兴，想不到自己还有这种机会，赖主任主动找上门来，应该是铁板钉钉了。回单位后立即写好申请报告，拿着申请到郝场长办公室请求盖章。

郝场长拿着申请沉思良久，眨巴着眼睛说："不是不支持你，别抱太大希望。我看你就安心在这待着最好。"卓尔群："是校方主动提出来的，还能办不成？"郝场长："很难说，别狗咬尿泡一场空。你走了这里我立马安排人顶位。但愿你心想事成。"卓尔群蛮有信心地说："我觉得把握还是有的。您就盖章吧。"郝场长："你觉得有把握就给你盖章。"递上申请报告后迟迟不见动静,卓尔群心里犯嘀咕:"问题出在哪里?可别真让郝场长说中了,赖主任不提这茬倒也没有这个想法,既然他提起这茬,心里老搁不下,快落实了该多好。"卓尔群趁本全不在家拿起电话接通了赖主任:"赖主任您好,不好意思,星期天打扰你。想知道关于我的调动问题怎么样了,有没有结果?"

赖主任圆滑地说:"有结果了。"

卓尔群高兴地连声说:"太好了。谢谢赖主任,谢谢赖主任,您费心了。"

赖主任:"不用谢。是这样,工农兵大学生在特殊时期是很受欢迎的,现在就不再吃香了。如今刚从学校毕业的青年专业人员知识面广,时代精神强,这样的人才对学校发展最有利。据调查你还受过记过处分,不具备当教师资格。校方决定不予接收。"卓尔群如五雷轰顶,话筒掉到地下毫无知觉。

本全不知什么时候回到家,听见话筒里发出的声音,见卓尔群失魂落魄的样子,高声喊:"癞蛤蟆还想吃天鹅肉,你认为你那个大学生还吃香?早就过时了,连一点自知之明都没有,一个不受欢迎的人还想三想四,让你钻猪窝就不错了。"

卓尔群被吵醒,一股怒火涌上心头,捡起话筒"啪"地一下甩到桌子上,对着不识时务的本全像机关枪一样扫射:"什么事你都插嘴,你不说还能把你当哑巴,我再不受欢迎也比你强,你不懂体贴,不懂怜悯,不懂温情,就是个无心无肺的人。有事你就火上浇油,给人伤口上撒盐,和你这种人同在一个屋檐下简直是受罪。"

本垒哪吃这一套，反唇相讥："你觉得你比别人好多少？和你说话都得掂量掂量，这不行那不行，这不合适那不合适，和你在一起过一天都感觉不舒服。"

卓尔群："不舒服就远点儿。"本垒："你终于把心里话说出来了，从今往后你走你的阳关道，我走我的独木桥，各走各的路，看你有多大本事，走着瞧。"冲进厨房抓起锅、碗、瓢、勺摔到地下，而后用脚猛端。

卓尔群气得肺都要炸了，怒不可遏："我的路是怎么走的？每一步都走不对。"抓起本垒摔到地上的剪刀朝着大腿就刺。正在危急时刻笃实白闯进来，拼命夺下剪刀，快速包扎伤口。

笃实白推着本垒："先去我屋里消消气。"用力把本垒推出屋门。回头对卓尔群说："我听着声音不对，跑过来，晚来一步可就出大事了，为什么生这么大气？"卓尔群面无表情，毫无反应。笃实白摇晃着她的胳膊："嗨，别生气了，听见我说话了吗？"仍然没有反应。笃实白："别吓唬人，你怎么了？快说话。"

卓尔群"嗷"的一声缓上气儿来，声嘶力竭地放声大哭。

笃实白："哭吧，把心里的委屈都哭出来。"笃实白端过一杯水递给她："不要再哭了，喝水消消气。"她旁若无人毫无反应。笃实白把水杯放到她手里说："端好，喝水。"手抖得把水洒到地上。笃实白赶紧接过水杯，说："不喝水就躺一会，先躺下。"笃实白刚把手里的水杯给端了，接着一骨碌爬起身。笃实白慌忙说："刚躺下先不起来，躺会儿吧。"跟没听见一样，笃实白慌了神，上前按住说："躺下，睡会吧。"挣脱笃实白的手爬起来向外跑。笃实白用尽全身力气拦住，好说歹说才按到床上。

一直被视作禁区的笃实白宿舍被本全打破，笃实白原以为他不好意思，消了气会主动离开。哪知，笃实白的想法错了，本全下班后优哉游哉不请自到，几个星期过去了，笃实白实在忍不住了说："卓尔群受刺激不轻，这么长时间你气也该消了，快回家照料照料吧。"本全口气坚定地说："不回去，和她那样的人过得别扭，有好地方不待，何必回去找罪受。"笃实白："这地方不是你久待之地，你就不惦记她也该离开这里。"本全："她爱怎样怎样，用不着我惦记，我不走。"笃实白见劝不动，忍耐着等他醒悟，可就是没有离开之意，又忍了几天，笃实白直截了当地说："你都出来这么长时间了，家不要了？气该消了，快回家。"本全更爽快，直言不讳地说："不回去，在你这里吃顿饭都觉得舒坦。通过接触发现，你很温柔，我们俩很投脾气，在一起日子才能过好。"笃实白连忙说："打住、打住，别扯上我，你是身在福中不知福。她那样的你都不觉好，我这样的你还能拿着当人待？"

本全："我会把你当宝贝，用心呵护你，你说的话我全听，你让我做什么我都服从。"

笃实白："别发誓了，我不信你那一套，我已经看清楚了，跟炮仗一样，一点就爆。既然我说的话你服从，那我让你别待在这里，快从这里走开，回到自己家里去。先做个样子我看看。"

本叁："这个嘛……这个除外，反正我不回去。"笃实白没辙找到卓尔群："你这不是明摆着向外推他吗？你是把他推出去了，我可受不了，向外推时间长了会出问题的。"

卓尔群说："把他轰出去。"笃实白忙说："请神容易送神难，轰都不走，我已无计可施。"卓尔群："找场长反映。"

郝场长听后火冒三丈："不像话，他想干啥？还发生了这么一出，非找他算账不可。"郝场长把本叁叫到办公室劈头盖脸批评了一顿。最后义正词严地说："你想干啥？老老实实回家，越快越好。"本叁支支吾吾说不出个所以然。尽管挨了厂长一顿批，还是死皮赖脸地赖在笃实白那里不离开。

本为正寒假回到家，看见卓尔群坐立不安，说话颠三倒四，语无伦次。问："妈，你怎么了？怎么这样？病了？我陪你去医院。"到医院一检查，病历上赫然写着：精神分裂症。

本为正："病成这样我爸为什么不陪你上医院？一直拖着。"

卓尔群："他哪能管我有没有病，更不能陪我看病，他恨不得我死，他好另找新欢。"

本为正："妈，只有神经有问题的才胡乱猜测，说他什么我都信，唯独说他找新欢我绝对不信，人有精神毛病的时候最容易怀疑对方行为不轨，有作风问题。"

卓尔群："不是我无中生有随便怀疑，事出有因，不信你到笃实白那里看看。场长批评了他都不离开，死乞白赖地待在那里不走。"

本为正："真像你说的那样？"

卓尔群："信不信由你，你去看看就会明白。"

本为正把本仝从笃实白那里找回家，不容分说就是一顿急风暴雨："真出乎我的意料，我不明白你自己有家不待跑到她那里干什么，难道就不怕别人戳脊梁骨？怎么做事不考虑后果。即便没犯别的错，单凭这一点也不能让人原谅。这都快过年了，不去叫你打算怎么办？想跟她继续发展成为事实？这种非分之想我是绝对不允许的，趁早死了这个心。有事说事，有理讲理，摔锅砸碗成何体统。有劲使在工作上，把工作做得响当当的，那才叫真本事，在家里摔锅砸碗弄动静算什么英雄？"本为正对着低垂着头的本仝越说来越气。"把你们当作我的骄傲，努力争取进步，学校已接收我为入党积极分子，新学期开学后要来搞政审，政审合格吸收我为预备党员。每和同学说起我都怀着兴奋的心情，学习格外有劲头。现在我来问你，政审到你的这些表现光彩吗？党组织能通过吗？在我前进的道路上该怎么做我想你应该明白。我已经长大成人，我最怕别人说跟你一样，头脑简单四肢发达。去年寒假回来你们闹矛盾，今年回来你们闹翻了，能让我安心学习吗？能不影响我进步吗？想过我的前途没有？光一味地闹、闹、闹，我想好了我妈病了需要人照顾，过了年不去上学了，在家照顾我妈。"

本仝急忙阻止："不能不上学，好不容易才考上。"本为正："我离开后你们不知又会闹到什么程度，我妈就怕刺激，再闹病情加重可就难治了。我妈没了，你可以另找新欢，可我就一个亲妈，没了再也没有亲妈了，说啥也不去上学了。"

本坌："别，说啥也得上学。"本为正："我上学可以，你必须改掉好冲动的坏脾气，说话注意分寸，对家庭负起责任，不能再让我妈生气。丑话说前头，如果今后谁挑起事端，别怨我不孝敬，等老了坚决不管他。前面的事一张纸翻过去，谁也不许再纠缠。能做到的话我就继续上学。否则，坚决退学。"本坌："为了你再继续忍受。"

更新

郝场长："大家请安静，现在开会。首先向大家介绍这位新场长——呼语川，上级派来的新领导，大家欢迎。"呼语川？卓尔群脑海中立即浮现出他离校时的庄严宣誓："回家修理地球喽。"想不到这位信誓旦旦要修理地球的人现在已经进入石油行业，成为大名鼎鼎的场长了。掌声响起，卓尔群立即收起思绪。

郝场长："让我们以热烈的掌声欢迎呼场长给我们讲话。"

呼语川："谢谢大家。先做个自我介绍，本人是国家恢复高考后的第一届考生，毕业于北京石油学院，热爱石油事业，立志为改变国家贫油面貌尽自己微薄之力。毕业后就职于炼油厂，一干就是十几年。后因工作需要，从炼油厂调入国家第二大油田从事行政工作，在领导岗位奋斗了几十年。郝场长劳苦功高，辛苦多半辈子，在一线打拼了多年，为了一线职工的膳食营养，保证肉制食品安全供应，克服重重困难创建养殖场，现年事已高，不能再过度操劳，从现在起退居二线等待光荣退休。我新来到饲养场业务不熟，恳请郝场长给予大力支持，把我扶上马再送我一程，并希望广大职工予以帮助，齐心合力。我绝不辜负大家的期望，在新的工作岗位上尽最大努力，在短时间内让饲养场在原有基础上上台阶、求发展。让猪住上楼房，睡觉在高层，吃喝在中层，排泄在底层。"掌声响起，打断了他动容的演说。呼语川摆摆手，大家停止鼓掌。接着说："乘改革东风，改善饲养场的环境这是第一步，饲养场的环境改变后，接下来改善职工居住环境。石油大企业力排万难摘掉了国家贫油的帽子，为国争了光，在世界上扬眉吐气。困难时期已经过去，生活水平上了档次，但居住环境仍然停留在原来的水平上。我要尽自己所能扭转现在这种状况，让职工告别低矮潮湿的平房，全部住上楼房。"掌声再次响起。呼语川："今天算是见面会，不多说了，看我的行动。"

郝场长最后总结："呼场长国家名牌石油大学毕业，有基层实践经验，有领导管理能力，有实干精神，勇于创新，有这样一位带头人，一定会走在同行业前列。呼场长的到来会使我们的事业空前发展，再次把掌声送给呼场长。"

散会后职工喜形于色，谈笑风生。郝场长陪同眉飞色舞的呼语川走出会场。

卓尔群在呼语川经过身边时："你太牛了。不，恰当地说你是太油了，名牌石油大学培养，石油专业知识滋养，油厂锤炼，可谓西瓜掉进油篓里，从里到外灌足了油，只不过还不具备油腔滑调之风，希望说到做到，多为单位办实事，办好事。"呼语川一愣神马上转为镇静。

郝场长忙说："防疫员卓尔群。"

呼语川："呃，猪——医生？"说完大步径直向前，超过卓尔群很远，突然停住。卓尔群一行人走到他跟前时，呼语川："世界之大，空间狭小，没想到在这里遇上你，幸会。请问你的那一位在哪里高就？"

卓尔群："高出地平线，就在大门边。"

呼语川："您看新饲养场建在哪里合适？"

郝场长："你统筹安排吧，我就不参加意见了，我一定站好最后一班岗，你侧重筹建工作，我坚守岗位。"呼语川："我拿个主观意见，要建就建一个现代化的，争取一步到位。初步设想先到外地参观学习，借鉴外地成功经验，拿出方案后召开职工大会，让全体职工共同参与，出谋划策，经过讨论最后决定。"

郝场长："你就大胆地干吧。"

呼语川："本师傅给您换个新地方，改变一下环境怎么样？我外出学习考察刚回来，准备建一处大型现代化养猪场，比现有场规模扩大一倍，使生猪存栏数翻番。场址就选在老场的右侧，开个宽阔的临时大门，便于运料车辆出行，开工后车辆、民工来来往往，安排你过去负责大门上事情。你工作认真负责能负得起这个责任，新场建成后你正好留在新场上班。建配套宽敞明亮的传达室，冬天安上电暖器，夏天配上电风扇，冬有暖、夏有凉，传达室就像人民大会堂。"

本仝爽快地答应："别吹了，什么人民大会堂。服从领导安排，在哪里都是看大门，换换就换换。"

呼语川："看大门和看大门不一样，在国务院看大门的都是处级，在省府机关看大门的那可高人一等，外人可都另眼相看。新场建成后宽敞明亮，全部实行现代化，看着舒坦，喘口气都顺溜。退后一步说新场建成后，老场就闲置，你优先到新岗位抢占优势。"

本仝："在这里一蹲二十几年，换换新鲜。"呼语川："对喽，换换新鲜。"本仝："听口音很熟，好像是老家口音。"

呼语川："是啊，你没听错，你、我还有卓尔群老家都是海东县的，不光是老乡，我与卓尔群还是高中同班同学。俗话说，老乡见老乡两眼泪汪汪，不是一般的亲。"两人的感情距离拉近。

工程正式动工，本仝站在门上高喊："入口在右侧，左侧是出口，重车右进，空车左出。"汽车轰鸣，尘土飞扬。运载的车辆不听他那一套，重车空车争先恐后抢行，民工夹杂在车流中。本仝一点不敢怠慢，吆喝加手势，吆喝声被喇叭声淹没，拼命打手势，一天下来疲惫不堪，声音沙哑。找到呼语川反映情况："这样不行，我的喊声被汽车轰鸣声喇叭声掩盖，他们根本不听我的，得另想办法。"

呼语川："刚开始乱是正常的，过段时间走出套路来就好了。"

本仝："一开始就得理顺，顺不出个头绪来最容易乱，这样我撑不住，很快就会累趴下。"

呼语川："你在原来的大门上清闲习惯了，出点儿力就受不了。考虑你责任心强，能吃苦，所以让你挑这副重担。"本仝："吃点儿苦倒没什么，存在安全隐患，这样容易出事故。"

呼语川："哪有那么严重，小事吹大了。"

本仝："我是跟你反映真实情况，出了事故可不是闹着玩了，你看着办吧。"

呼语川一听，马上改变了态度："有话好说，千万不能出事故，依你看怎么办。"本仝："到门口看着现场跟你说我的想法。"呼语川："好吧，到现场看看。"本仝："大门再拓宽，右侧为入口，左侧为出口，单独划出人行道，线标注，有序出入。"

呼语川眨巴一下眼，立即表态："可行，就这么定了，我马上派人按你的意见办。我的眼光果然没有错，生姜还是老的辣，关键时刻献计献策。"本仝很少受到表扬，听了这番话心里甜滋滋的。

呼语川："郝场长，一期工程胜利竣工，分批到新场参观，您这位老场长优先，本师傅陪同老场长一块参观。"本仝："我看不出啥名堂，就不跟着凑合了。"

呼语川："不，你一定得去，建新场有你的功劳。"本仝："功劳是你的，我只是个看大门的哪有功劳。"

郝场长："不到一年时间就竣工了，效率够高的。本仝一同去。"

呼语川："一边走一边我给大家介绍，让大家都认识一下什么叫现代化。饲料加工车间就不参观了，重点参观养殖区，猪舍在饲料加工车间前边，上边加了防晒棚，猪舍冬暖夏凉，夏季可以洗澡。升降式饲料槽，喂料时放下，吃饱后升起，每猪单独一个隔断，饲料根据需要添加；吃饱后打开水管饮水，吃饱喝足退到休息区；粪便到排泄区，排泄后自动冲进化粪池，不产生蚊蝇虫害，不会臭气熏天，让猪过得舒舒服服，增膘快，肉质好。就等有关部门进行质量验收这一关，验收达标，马上启用。"郝场长："好、好。"

本仝点点头："还得说有文化的人头脑灵活。"向来不会说奉承话的本仝由衷发出赞叹。

晚饭时一陌生人推开传达室的门："给呼场长的烟放你这里，一会他过来拿。"陌生人顺手放到门后。

本仝应声答道："嗯，放那吧。"陌生人走后，本仝看着用旧报纸包着的包裹自语："这人，烟怎么能放到地下。"捡起在手里掂了掂："硬邦邦的，烟还这么硬！没碰过烟怎么知道硬不硬。别人的东西不能碰，还给他放回原处。"

过了个把时辰呼语川推门进屋："本师傅我来拿烟，在哪？"

本仝："在门后，自己拿吧。"呼语川："你不抽烟就不给你了。"

本仝："别客气，拿走拿走。"

第二天晚饭后，呼语川推门进屋："本师傅两瓶'老白干'你尝尝，醇香浓郁，好酒。"

本仝："我哪能喝你的酒，快拿回去。"呼语川："谁叫咱是老乡，一点小意思别客气，晚上喝点儿解解乏。"本仝抿着嘴："那就不客气啦。"

歇班在家，本垒得意地把玩着酒瓶自语："今天不上班，弄俩小菜尝尝酒。"菜准备就绪端上桌，启开酒瓶斟满酒杯，尝了一口吧唧着嘴称赞道："果然好酒。"

卓尔群："为什么要买好酒，有额外收入了？"本垒："你想喝就喝，没花你的钱，你问不着。本人就有这能耐，不花钱就能喝好酒。"把卓尔群戗得直瞪眼。"看把你厉害的，我找郝场长去。"

卓尔群："郝场长，本垒最近喝上好酒了，喝就喝呗，还拿话敲打人，莫非……"

郝场长："不就喝瓶酒吗，有什么大惊小怪的。"卓尔群："我是担心……"

郝场长："有什么可担心的？小题大做，把你自己管好就行，疑神疑鬼的能不生病？"

验收达标，为新场正式启用专门召开庆功会，友好单位到会祝贺。会上呼语川兴致高昂地说："一线拼命干，二线紧跟上，一线夺高产，二线加油干，身居二线思想不放松，向一线看齐，自我加压，创造辉煌成绩，让领导放心，做一个合格的石油人，让铁人精神永放光芒！脚踏实地为一线做好服务。努力奋斗就是为了国家富强，提高生活水平，改善生活质量，高水平的居住环境是国富民安的具体体现。第一步先把饲养环境改善了，第二步接着解决职工的居住环境。不久的将来，宽敞明亮的楼房将呈现给大家，所有职工走出低矮潮湿的平房，住进铮明瓦亮的楼房里，真正享受到高水平的现代生活。"掌声打断了他的讲话，职工群情激动。会后带领参会人员参观现场，友好单位参会人员交口称赞，呼语川满脸喜悦，难掩内心激动。

本垒严格遵守上班不喝酒的规定，但又回味着酒香，把未开启的'老白干'带在身边，吃饭时放在一边。吃罢饭对着酒瓶喃喃自语："领导给职工送礼，够意思，即便不喝看着心里也舒坦。人呢？好长时间不见他了，忙啥去了，场建好了见不到人了。饲养场可是大本营，忙啥也不该把大本营撇开。"

本垒觉得纳闷抽时间跑到建楼工地，看见郝场长老远就喊："郝场长——"

郝场长："退休了，不是场长了，以后不能叫场长。"本垒："习惯了，在我的心目中你永远都是场长，不叫场长叫啥。你一直在这里盯着？见你个面都不容易。"郝场长："这是一项大工程，又是一种新事物，关系到长远的安全和职工的切身利益，质量问题不可忽视。退休了不用再为别的事操心，在这里把把质量关，同时还能督促工程进度。"

本垒："这么一项大工程就得有人监管，这是新领导有眼力安排你到这里来负责。不知啥时候能住上，全部完工要多长时间？"

郝场长："啥负责，不用他安排，我是对职工负责不请自到。不包括前期选址、核算、招标，从备料到开工算起，主体预计得两年时间，主体拿起后内部还需要一年多。前期进度很快，二层主体都起来了，以这个进度能按计划完成。平房住了多年，再住几年也没关系，年轻的都盼着住楼房，像我这老胳膊老腿的还愁着住楼爬上爬下的。"

本圣："这是个新鲜事，不知住楼是啥滋味，赶赶潮流。过不了几年我也退休了，这楼看样子退休之前是住不上了。等我退休后清闲无事咱俩一块喝酒，你不会嫌弃我吧。"郝场长："说哪里话，在位时只是分工不同，退休后都是平民百姓，没有贵贱之分。"

本圣："'当头的'还经常过来看看？快慢由他说了算，你催催叫他加快速度。"

郝场长："催啥，我是不在其位不谋其政，尽到我的责任就行了，耐心等待，总有建成的那一天。好长时间不见他人了，不知他干啥去了。"

本圣："他是犯到鱼青仟的撒手不管了。好长时间他也没在场里露面了。"

一个特殊的会议开始，气氛几乎凝固了会场。上层领导紧绷着脸，语气严肃地宣布："呼语川犯受贿罪，开除党籍、开除公职，交司法机关处理。本圣知情不报，犯包庇罪，给予警告处分！"全体职工愕然。本圣腾地一下站起来："啥事我知情了，我一直蒙在鼓里。我冤枉，我不服。"

工会主席："冷静，共产党不会冤枉一个好人，也不会放过一个坏人。散会！"

本圣到家踹开门嚷叫："我知啥情了？我知啥情。什么臭老乡，临死拉个垫底的，把我扯上，这可沾你同学的光了。"抓起板凳扔出门外，把椅子踢翻，满屋的东西都不顺眼，疯一般把屋里搞得乌烟瘴气。

卓尔群不明白这位言之凿凿的呼语川竟然跌倒在金钱面前，为什么本坣还会包庇他，一句话说不出来。心提到嗓子眼上，两眼直勾勾地看着他闹腾，一会儿手就开始发抖。

建楼工地上郝场长对建设方留守人员吼叫："我说你们咋的啦，干得好好的说停就停，这半拉子工程怎么处理？"

"我说老同志别向我发火，我是干活的。"

郝场长："说的就是你干活的，干活的不干活磨洋工，这是糊弄谁？"项目经理满肚子怨气："老同志，你急我们比你还急，我们找谁说去。我跟你说实话吧，这个工程要黄，这可不是我们这些下力的能决定的。总经理干建筑多年，初期以承揽中小建筑工程为主，随着资质水平的提高，承建楼房不计其数，质量上乘，所有竞标的项目只要他参与就不会旁落他人，我们下属都喜欢跟着他干，接手一处工程我们就拼命干，大河有水小河满，他拿大头，我们也得到利益，工程一结束，工程款如数发到手里从不拖欠。他头脑灵活，路子宽，在行业内称老大，早有耳闻他搞不正之风。近几年上层开始注意他了，设了专案组，从查财务入手，大小账目查得底朝天，收款凭证、单据拉了好几拖拉机。这人应该说有头脑，收入支出记录详细，钱从哪里进流向哪里都有记录，具体到人。最后查明，犯严重的行贿罪，判处有期徒刑六年。他这一判牵出了不少建设单位的主要负责人。他判了你说我们该怎么干？"

郝场长："这个该死的东西，害了自己还连累了他人。"

"老同志，话也不能这么说，还是个人的思想问题。见钱眼开的有，见利忘义的有，多数还是秉公办事，不为金钱所动。骂已经晚了，手铐已经戴上了。你们最多住不上楼，而我们这些下苦力的可被他坑苦了，唉，一只苍蝇臭了满锅汤，社会风气都被这些人搅坏了，好人跟着遭殃。"

气不打一处来的本垒在家闹够了还不泄气，找到郝场长诉苦："场长，你给评评理，我知啥情？说我知情不报，我至今还蒙在鼓里。"

郝场长："别嚷嚷了，我问你，有没有人往你那里送东西？"本垒如梦方醒："有，说是一条烟先放在那里，难道不是烟？这个呼油，把我忽悠了。"

郝场长："这不明摆着你知情吗。"

本垒："我是个实心眼，哪往那方面想。"

郝场长："接受教训吧！看卓尔群两眼直勾勾的，又犯病了，这种病越犯越厉害，快抓紧治疗。"

本垒："我自己泥胎过河自身难保，哪有心管她。干一辈子背个处分退休，跟谁讲理去，我也要病了。"

笃实白说："吃过药了，睡觉吧，你睡下我去门口小卖部买管牙膏。"卓尔群点点头。看她睡着了，笃实白小心地推开病房门蹑手蹑脚走出去。瞬间卓尔群一激灵，嘴里喊："笃实白——"没听见回音，一骨碌爬起床，嘴里喊着："白……"冲出病房，漫无目的沿着走廊向前乱走。

病房走廊站着的两人看见神色慌张的卓尔群立即向后，卓尔群从两人中间冲过。两人议论："看样子这人神经不正常，怎么没人陪着，拦住她别让她走远了。"其中一人快步向前站到面前说："别再向前走了。"卓尔群旁若无人地径直向前走，那人又向前一步，挡在她面前。卓尔群这才停住脚步痴呆呆地站着，用痴呆的目光瞪着面前的人。那人加重语气重复说："别向前走了，家里人找不到。"

卓尔群突然喊："望——你是望。"

望一惊："你是？"

卓尔群自顾自地："你的欢？"

望："啊呀！一说我想起来了，你和她同住一个宿舍。怎么这般模样？你是怎么了，连原来的一点儿影子都没有，真不敢认你。"

卓尔群根本没听见他说什么，只顾自己说："她回家当老师了，和你欢到一家啦？"

望："这话是谁说的？哦，想起来了，是呼语川信口开河瞎说的，你还记得？"提起呼语川卓尔群双手发抖，急忙岔开话头："别激动，有话好好说，见到你我很高兴，你见到我高兴不高兴？难得见面应该高兴。"

卓尔群："噢、噢，高兴"情绪略微平静些。

望："你见到呼语川了？你和他有联系？是朋友还是同事？莫非你和他是同住一个屋檐下的伴侣？"

问话刚说完，卓尔群就"哇"地放声大哭。

望惊慌失措，忙安慰："别激动，我是猜想，他到底怎么了，让你这么伤心。"卓尔群抽泣着说："不，我和他可不是伴侣。"望："他怎么让你伤心了？"

卓尔群："他是我的上司。几年前调到饲养场接替了老场长的位置，雄心勃勃，到位就进行改革搞建设，收受建筑方的好处，犯受贿罪被判刑，连累我家那一位犯包庇罪受警告处分。我的那位本来就好冲动，受了处分在家摔板凳砸东西大发脾气，搞得鸡飞狗跳，让人头脑发涨，我们本来就志不同道不合，越发难以忍受。"

望："噢，原来这样。作为同学奉劝你快从阴影里走出来。太阳是光明的，天空是晴朗的，社会是向上的，人间是美好的，心中有阳光，永远亮堂堂。你也是受过高等教育的，想着多为社会做贡献，不拖累社会，要有战胜来自多方面干扰的勇气，不被偶发事件所击倒，不能掉到感情的漩涡里不能自拔，希望你做一个生活的强者……"

"你在这里，让我好找，吓死我了，刚服了药说话还正常，过了药劲就不知所以然了，快回病房。"笃实白如失而复得抓起卓尔群的胳膊就走。

望着他们走远，心中五味杂陈。回头看手术室："正在手术中。"心想：这个卓尔群该不是欧阳东苦苦找寻的那个吧？是与不是向欧阳红求证一下："刚才那位病人你认识吧？"欧阳红摇摇头："她是哪里人？"望："只知道她是海东县东部地区，具体哪个村说不清楚。"欧阳红："不认识。"望："不认识就好。"

卓尔群挣脱笃实白的手向前猛冲，看到大门上一群人抬着担架就跑到跟前。笃实白紧追不舍，嘴里喊着："卓尔群别到处乱跑，一定是刚才受了刺激。"笃实白抓起卓尔群胳膊说："该吃药了，快回病房。"

抬担架的人群中，一位身材魁梧的人一愣神，接着走到卓尔群跟前伸出热情的手："卓尔群你好？我是佟津，见到你很高兴。"卓尔群使劲推开伸过来的手："爱是谁是谁，关我什么事。"笃实白忙说："对不起，她该服药了。"拉起卓尔群就走。回到病房服完药，笃实白用力按下："快睡。哪里我都不去了，看着你睡，刚去买了管牙膏就跑出好远，让我好找。"睡醒后清醒了很多。问："伸手的人说叫什么？"笃实白："我没顾得听，不知道叫啥。"卓尔群拍着头："你快想想，告诉我。"笃实白："好像叫佟津。"卓尔群："哎呀，是佟津，我太无礼了，我该死，我们是一个村的。"笃实白忙说："别急，一个村的还有见的机会。"卓尔群："虽然是一个村，从离开村至今就没见过面。好不容易见着了又没跟他说话。他的婚事很有趣，四十来岁还是光棍。一天吃完晚饭从食堂漫不经心地回宿舍。突然有人喊：'你媳妇来了。'佟津猛一回头，原来厨师逷师傅跟在身后。佟津四下张望，连个人影也没看到。打趣说：'谁的媳妇来了？'逷师傅：'你媳妇来了。'佟津：'开玩笑，别拿我开心，我媳妇是不会来的。'逷师傅不解地问：'为什么不来？'佟津：'我根本就没有媳妇。'逷师傅：'我不信，你这个年龄了没有媳妇？你是要求条件太高了吧。'佟津：'不骗你，真没有，我走了。'逷师傅忙上前拦住：'别走，跟你说正经事，如果真没有，给你介绍一个。我虽是炊事员也是经过严格政审没有任何历史问题，不

知道你要啥条件。'佟津不知该如何回答，敷衍地说：'你看着办吧。'
遆师傅微笑着说：'你就知道工作，为你这个负责的劲头我一定给你办
好。'没过多长时间，遆师傅把女孩领到佟津面前：'媳妇给你领来了，
看看满意吧？满意就留下，不满意就拉倒。'佟津：'我一没有房子二
没有钱，人家满意就行。'遆师傅：'既不是为了你的房子也不是为了
你的钱，就看中你勤勤恳恳，扎扎实实，一心扑在工作上，这样的人
品怎么眼看着你打光棍儿。看着女孩还顺眼吧？'佟津：'女士优先，
让她先发表意见。'遆师傅哈哈大笑：'跟你泄个实底儿，她早就没意
见。'佟津：'你就这么有把握？这事可不能当儿戏。'遆师傅：'她
是我女儿，在餐厅干了多年，就是文化低了点儿，年龄比你小了些，没
见过大世面，过日子可是一把好手。'佟津恍然大悟，连忙说：'谢谢
遆……'遆：'该改改称呼啦。'佟津一下涨红了脸。三人同时开心地
笑了。这事在厂里传为佳话，在省报上做了报道。我去找他，向他道
歉。"笃实白急忙拦住："听我的，不去找，见了面一激动又犯病。"

欧阳东被推出手术室，黄老师和欧阳红立即向前问候。回病房麻药
劲过了，欧阳东咬紧牙强忍疼痛，满脸痛苦，两人尽心服侍，一夜未
眠。

黄老师："好好治疗，早日恢复健康，天亮我就回去，等出院再来
接你。"

欧阳东："你回去吧，回去安心工作，不用惦记，我争取尽快站起
来。"黄老师："对，应该有这个信心，不能向病魔屈服，现在医疗条

件好，一定能还你一个健康身体。祝你早日康复。"

黄老师握着欧阳东的手："省医院条件好，半月时间基本能康复。"

欧阳东："做手术只是第一步，接下来还得复查、做康复治疗几个程序，等正常了才能安装假肢。"黄老师："好好配合治疗，办好了出院手续我们就回走。欧阳红你收拾东西，我去看看在走廊里遇到的那个同学她怎么样，出院了没有。"欧阳东："你还有同学在这里住院？住哪一科？我和你一块去。"黄老师："不知哪一科，不知什么病，看样子好像精神有问题，到神经科找找，你走路不方便就别去了。"

欧阳东："一块去吧，顺便拜访一下你的同学。"黄老师："好，推着你一块去。"

欧阳东："既然见着她了怎么不问明白。"

黄老师："你没看她那样，目光呆滞，行为异常，就是问她也说不清楚。"

黄老师："神经科到了，我去问问住院部的护士。"黄老师走进住院部："请问这里有叫卓尔群的病人吗？"医护人员："她已经出院了。"

黄老师："什么时候出的院？"护士："本来不该出院，她闹着非要走不可，昨天下午回去的。"黄老师："请问她是哪里的病人？"医护人员："胜利油田员工。"

黄老师对欧阳东说："她出院了，来晚了，错失了机会，总算知道下落了，我们回病房吧。"

黄老师推着轮椅上的欧阳东叹息："受到精神刺激大脑不受自己支

配。"欧阳东："你已经知道是卓尔群？怎么不告诉我。"

黄老师："听我说，这人不会是你要找的那个卓尔群，她面色憔悴，神志不清，语无伦次，一点儿不具备你所说的样子。还有，你做截肢手术时间很长，不知手术进行得是否顺利，为你的手术我揪着心，哪有心情说其他事，即便确定是你要找的人也不能告诉你。"

欧阳东："或许是她，那该多好，现在可倒好。"黄老师："找了几十年你都不放弃，已经有了大方向，再努力一把。"

欧阳东："只好如此。"

返回的路上，欧阳东催促："这事还得你办，抓紧联系。"

黄老师："胜利油田大着呐，联系不容易。"

欧阳东："有了大方向，多下功夫。"黄老师："好，拿出探索油田的劲头搜查。"

终于有一天，黄老师拨打的电话得到回复："我是，我是卓尔群，请问你是哪一位？"

黄老师："我是——"卓尔群："噢，我听出来了，在省立医院我们见过，到省立医院一定是看病，现在怎么样了？好了吧？"

黄老师："我身体没有病，我是陪……"

卓尔群："那一定是欢身体不好，你陪她去医院，她好了吧？"

黄老师："不是陪她，是看望治病的朋友。你听我说，我去接朋友出院时特地去找你，结果你出院了，身体还好吧？"

卓尔群："还好，多谢你开导。你和欢过得好吧？欢有你这样的人相伴真是天大的幸福。"

黄老师："我和欢不在一起。"

卓尔群："怎么，你抛弃了她？"

黄老师："先不说欢，朋友就在跟前，迫不及待地想跟你说话。他费了九牛二虎之力才联系上你，你们先说。"

欧阳东接过电话："卓尔群你好？我是欧阳东。"卓尔群："欧阳东你好，不用介绍我就听出来了。我家刚安上电话你打过，一搁十几年过去了天天盼着你的电话，还以为你忘了，今天太阳从西边出来。"

欧阳东："太阳东升又西落，从来没有把你忘记过。告诉你一个好消息，欧阳红从单位光荣着陆，正式办理了退休手续，有了自由支配时间，决定举办发小欢聚会，把小伙伴们请到一起，回忆童年，畅叙友情，邀请你出席，请你务必参加。"

卓尔群："欧阳红是谁？"

欧阳东："欧阳红是我弟弟。"

卓尔群："怎么没印象？"

欧阳东："没印象正常，离开你们村时他还小，各自忙于应付沧桑岁月，不会把一个不关痛痒的人放在心上。见了面就会想起来的。"

卓尔群："难得他有这份心意，谢谢你们。我一定参加，去的不止我一个，还要带个保驾的。"另一端传来一声兴奋的欢呼："欢迎你们！"